OSCURA

GUILLERMO DEL TORO
Y
CHUCK HOGAN

OSCURA

Libro II
de la
Trilogía de la Oscuridad

Título original: *The Fall*
© 2010, Guillermo del Toro y Chuck Hogan
Publicado por acuerdo con William Morrow,
editorial de HarperCollins Publishers
© De la traducción: 2010, Santiago Ochoa

De esta edición:

D.R. © Santillana Ediciones Generales, SA de CV, 2009
Av. Río Mixcoac 274, Col. Acacias
CP 03240, México, D.F.
Teléfono: 54-20-75-30
www.puntodelectura.com/mx

Primera edición: abril de 2013

ISBN: 978-607-11-2809-6

Diseño de cubierta: Paso de Zabra
Diseño de interiores: Shubhani Sarkar

Impreso en México

Éste es para Lorenza, con todo mi amor
—GDT

Para mis cuatro criaturas favoritas
—CH

OSCURA

Extracto del diario de Ephraim Goodweather

Viernes, 26 de noviembre

*E*l mundo tardó apenas sesenta días en desaparecer. Y nosotros fuimos los responsables de ello: nuestras omisiones, nuestra arrogancia...

Cuando la crisis llegó al congreso para ser analizada, legislada y vetada en última instancia, ya habíamos perdido. La noche les pertenecía a ellos.

Nos dejaron anhelando la luz del día cuando ya no era nuestra...

Todo esto pocos días después de que nuestra "prueba irrefutable de video" se propagara por el mundo, y su veracidad fuera sofocada por el sarcasmo y socarronería. Las parodias de Youtube no se hicieron esperar, destrozando cualquier esperanza.

Nuestro video se convirtió en una broma, un juego de palabras de medianoche, éramos todos tan listos. Nos reímos satisfechos, hasta que el atardecer cayó sobre nosotros y nos dimos vuelta para contemplar un vacío inmenso e indiferente.

En toda epidemia, la primera etapa de la respuesta de la población siempre es la negación. La segunda es la búsqueda de culpables.

Todos los fantasmas habituales desfilaron delante de los medios: problemas económicos, los conflictos sociales, la exclusión de las poblaciones marginales, las amenazas terroristas. Buscámos a quien culpar.

Pero al final, sólo estábamos nosotros. Todos nosotros. Dejamos que sucediera porque nunca creímos que pudiera suceder. Éramos demasiado inteligentes. Demasiado avanzados y fuertes. Y ahora, la oscuridad es total.

Ya no hay verdades relativas ni absolutas; no quedan fundamentos para nuestra existencia. Los principios básicos de la biología humana han sido reescritos, y no en el código del ADN, sino en la sangre y en el virus.

Los parásitos y los demonios están por todas partes. Nuestro destino ya no es la descomposición orgánica connatural a la muerte, sino una transmutación compleja y brutal. Una plaga. Una transformación diabólica. Nos han robado a nuestros vecinos, nuestros amigos y nuestras familias. Ahora llevan sus rostros, los de nuestros parientes, los de nuestros seres queridos.

Hemos sido expulsados de nuestros hogares. Desterrados de nuestro propio reino, deambulamos por tierras lejanas en busca de un milagro. Nosotros los supervivientes estamos ensangrentados, destrozados, derrotados. Pero no hemos sido corrompidos. No somos Ellos.

Aún no.

Estas palabras no pretenden ser un registro ni una crónica, sino una especie de elegía, la poesía de los fósiles, una evocación del final de la era de la civilización. Los dinosaurios casi no dejaron rastros; sólo algunos huesos conservados en ámbar, el contenido de sus estómagos, sus desechos. Sólo espero que nosotros podamos dejar algo más que ellos.

CIELOS
GRISES

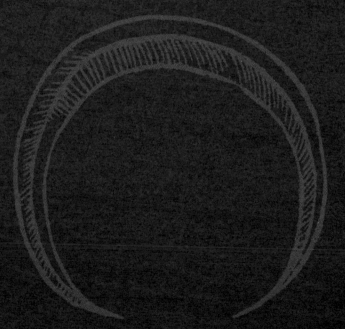

Jueves, 4 de Noviembre

Los espejos son portadores de malas noticias, pensó Abraham Setrakian, de pie bajo la lámpara verde fluorescente de la pared, su mirada fija en el espejo del baño. El anciano estaba contemplando un vidrio aún más viejo que él. Los bordes estaban ennegrecidos por los años, y una podredumbre se deslizaba cada vez más hacia el centro. Hacia su reflejo. Hacia él.

"Morirás pronto."

El espejo de plata le anunció eso. Había estado a un paso de la muerte en varias ocasiones, o en circunstancias peores, pero esto era diferente. Su imagen le reveló este hecho inevitable. De algún modo, Setrakian encontró alivio en la verdad que contenían los espejos antiguos, sinceros y puros. Ésta era una pieza magnífica de principios del siglo XX, bastante pesada, asegurada a la pared con un alambre trenzado, sobresaliendo de los viejos azulejos en ángulo descendente. En su vivienda había unos ochenta espejos enmarcados colgados de las paredes, de pie sobre el suelo, apoyados en estantes de libros. Él los coleccionaba con apremio. Así como aquél que ha atravesado un desierto conoce el valor del agua, a Setrakian le resultaba imposible abstenerse de comprar un espejo de plata, especialmente si se trataba de uno pequeño y portátil.

Pero, ante todo, confiaba en las virtudes de su antigüedad. A despecho del mito popular, los vampiros ciertamente se reflejan. No son muy diferentes de la imagen de un ser humano en un espejo moderno y fabricado en serie. Pero cuando los espejos tienen soportes de plata, sus reflejos se distorsionan. Algunas propiedades físicas de la plata reproducen con alteraciones visuales a estas monstruosidades inoculadas con el virus, a modo de advertencia.

Al igual que el espejo del cuento de Blanca Nieves, un espejo con marco de plata simplemente no puede mentir.

Así, pues, Setrakian observó su rostro en el espejo —situado entre el aparatoso lavabo de porcelana y el armario donde guardaba sus polvos y ungüentos, las pomadas para la artritis y el bálsamo caliente para calmar el dolor de sus articulaciones endurecidas—, y lo estudió con detenimiento.

Se enfrentó a su creciente debilidad y la aceptación de que su cuerpo era sólo eso: un cuerpo. Envejecido y debilitado. En decadencia. Hasta el punto de no saber con certeza si podría sobrevivir al trauma corporal de un cambio abrupto: no todas las víctimas lograban sobrevivir.

Su rostro, con líneas profundas como huellas dactilares: la impronta del tiempo marcada firmemente en su rostro. Había envejecido veinte años de la noche a la mañana. Sus ojos se veían pequeños, opacos y amarillentos como el marfil. El color de su piel se estaba apagando, y su cabello se asentaba en el cuero cabelludo como fina hierba plateada azotada por una tormenta.

Pic–pic–pic...

Escuchó la llamada de la muerte. Escuchó el bastón. Su corazón.

Miró sus manos retorcidas, moldeadas por la simple voluntad de empuñar y sostener el mango de plata del bastón-espada, pero difícilmente podía hacer algo con el menor rastro de destreza.

La batalla con el Amo lo había debilitado mucho. Era incluso más fuerte de lo que Setrakian recordaba o suponía. Aún debía meditar sobre sus propias teorías de la resistencia del Amo a la luz solar directa, que ciertamente lo había debilitado y lacerado, pero no lo había eliminado. Los rayos ultravioleta que arrasan con el virus deberían haberlo atravesado con la contundencia de diez mil espadas de plata y, sin embargo, aquella criatura terrible había logrado escapar.

¿Qué es la vida, al final, sino una serie de pequeñas victorias y de grandes fracasos? Pero, ¿qué otra cosa podía hacer él? ¿Rendirse?

Setrakian nunca se había rendido.

Lo único que tenía en ese momento eran sus propias recriminaciones. Si tan sólo hubiera hecho esto en lugar de aquello. Si pudiera haber dinamitado el edificio donde una vez supo que se encontraba el Amo. Si Eph le hubiera permitido morir en lugar de salvarlo en el último momento, cuando su situación era crítica...

El corazón le volvió a latir de prisa, simplemente al recordar las oportunidades desperdiciadas. Latidos fuertes e irregulares. Agitado. Como un niño impaciente que estuviera en su interior, ansioso por correr y correr.

Pic–pic–pic...

Un zumbido ronroneó por encima de los latidos de su corazón.

Setrakian lo sabía bien, era el preludio del olvido, al despertar en una sala de emergencias, si es que había algún hospital funcionando...

Sacó una pastilla blanca del estuche con uno de sus dedos tiesos. La nitroglicerina previene la angina de pecho al dilatar los vasos que llevan la sangre al corazón, incrementando el flujo y el suministro de oxígeno. Era un comprimido sublingual y lo introdujo debajo de su lengua reseca para disolverlo.

No sintió la sensación dulce e inmediata de hormigueo. En contados minutos se aquietaría el murmullo de su corazón.

La píldora de efecto rápido le devolvió la calma. Tantas conjeturas, tantas recriminaciones y lamentos eran un desperdicio de actividad cerebral.

Allí estaba él. Su Manhattan adoptivo lo llamaba, mientras se desmoronaba irremediablemente.

Había transcurrido un par de semanas desde que el 777 había aterrizado en el aeropuerto JFK, con la llegada del Amo y el comienzo de la epidemia. Desde el reporte de las primeras noticias, Setrakian lo había previsto con tanta certeza como se intuye la muerte de un ser querido cuando suena el teléfono a una hora inusual. Las noticias del avión funesto invadieron la ciudad. La aeronave se apagó por completo minutos después de aterrizar sin contratiempos, deteniéndose súbitamente en la pista de rodaje. Los funcionarios de los Centros para el Control y Prevención de Enfermedades abordaron el avión con trajes de contacto y encontraron muertos a todos los pasajeros y miembros de la tripulación, a excepción de cinco "supervivientes". Pero ellos no estaban en buenas condiciones, pues el síndrome de su enfermedad aumentó por obra y gracia del Amo. Oculto dentro de su ataúd en la bodega del avión, el Amo había cruzado el océano gracias a la riqueza y a la influencia de Eldritch Palmer, un hombre moribundo que se había decidido, no a morir, sino más bien a intercambiar el control del planeta por una dosis de eternidad.

Después de un día de incubación, el virus se activó en los pasajeros muertos, quienes se levantaron de sus mesas en la morgue y propagaron la enfermedad por las calles de la ciudad.

Setrakian sabía cuál era la verdadera magnitud de la epidemia, pero el resto del mundo se resistió a la horrible verdad. Desde entonces, otro avión se había apagado poco después de aterrizar en Heathrow, el aeropuerto de Londres, deteniéndose cuando transitaba entre la pista de rodaje y la puerta de embarque. En el aeropuerto de Orly, un jet de Air France aterrizó sin que ninguno de sus ocupantes diera señales de vida. Lo mismo sucedió en el Aeropuerto Internacional de Narita en Tokio. En el Franz Joseph Strauss de Munich. En el famoso y seguro Ben Gurion International de Tel Aviv, donde comandos antiterroristas irrumpieron en el avión que estaba a oscuras en la pista, y vieron a los ciento veintiséis pasajeros muertos, o al menos sin señales de vida. Sin embargo, no se emitieron alertas de búsqueda en las zonas de carga ni órdenes para destruir los aviones de inmediato. Todo sucedía demasiado rápido; la desinformación y la incredulidad estaban a la orden del día.

Lo mismo sucedió en Madrid, Pekín, Varsovia, Moscú, Brasilia, Auckland, Oslo, Sofía, Estocolmo, Reykjavik, Yakarta, Nueva Delhi. Algunos territorios más militaristas habían tenido el acierto de declarar una cuarentena inmediata en los aeropuertos, acordonando los aviones con tropas militares, pero... Setrakian no podía dejar de sospechar que estos aterrizajes fueron tanto una distracción táctica como un intento de propagar la infección. Sólo el tiempo diría si estaba en lo cierto, aunque, en realidad, el tiempo ahora era limitado y valioso.

Por ahora, los *strigoi* originales —la primera generación de vampiros, las víctimas del Regis Air y sus seres queridos— habían comenzado su segunda fase de maduración. Se estaban acostumbrando cada vez más a su entorno y a sus nuevos cuerpos. Estaban aprendiendo a adaptarse, a sobrevivir y a prosperar. Atacaban no bien anochecía, y las noticias informaban de "disturbios" en amplios sectores de la ciudad, lo cual era parcialmente cierto: los saqueos y el vandalismo campeaban a plena luz del día, pero nadie mencionó que aquella actividad se incrementaba en horas de la noche.

Debido a los tumultos a lo largo y ancho del país, toda la infraestructura comenzó a desmoronarse. El suministro de alimentos sufrió serios trastornos y los sistemas de distribución se hicieron cada vez más lentos. Las ausencias laborales aumentaron, la mano de obra disponible comenzó a escasear y los apagones y cortes de electricidad quedaron sin reparar. La reacción de la policía y de los bomberos se redujo al mínimo y los índices de violencia callejera y de incendios premeditados se dispararon.

El fuego ardía por todas partes. Los saqueadores imperaron.

Setrakian miró su rostro con el deseo de entrever una vez más al hombre joven que había en su interior. Tal vez incluso al niño. Pensó en Zachary Goodweather, que estaba abajo, en la habitación de huéspedes al otro lado del pasillo. Y, de alguna manera, el anciano que estaba en el ocaso de su vida sintió lástima de aquel niño de once años que estaba en las postrimerías de la infancia. A punto de perder su estado de gracia, acechado por una criatura no-muerta que ocupaba el cuerpo de su madre…

Setrakian se dirigió al vestidor de su habitación en busca de una silla. Se sentó, cubriéndose la cara con una mano, esperando a que le pasara aquella sensación de aturdimiento.

La sensación de aislamiento de las grandes tragedias intentaba apoderarse de él en aquel momento. Lamentó la pérdida de su esposa Miriam, ocurrida tanto tiempo atrás. El recuerdo de su rostro había sido desplazado de su mente por las pocas fotografías que conservaba y veía con frecuencia, las cuales tenían el efecto de congelar su imagen en el tiempo sin realmente captar su ser. Ella había sido el amor de su vida. Era un hombre afortunado, pero a veces le costaba recordarlo. Cortejó a una mujer hermosa con la cual se casó. Había sido testigo de la belleza, pero también del mal. Presenció lo mejor y lo peor del siglo pasado, pero había sobrevivido a todo. Y ahora estaba presenciando el final.

Pensó en Kelly, la ex esposa de Ephraim, a quien Setrakian había visto una vez en la vida, y otra vez en la muerte. Él entendía el dolor de un hombre. Entendía el dolor de este mundo.

Se escuchó otro accidente de tránsito. Disparos en la distancia, alarmas sonando con insistencia —de coches, de edificios—, todas ellas sin respuesta. Los alaridos que desgarraban la noche eran los últimos gritos de la humanidad. Los saqueadores no sólo estaban robando bienes y propiedades, también se apoderaban de las almas. No estaban tomando posesiones, sino tomando posesión.

Dejó caer su mano sobre un catálogo de la pequeña mesa que había al lado. Era un catálogo de Sotheby's. La subasta se celebraría en pocos días. No era una coincidencia. Nada de esto era una casualidad: no lo era la ocultación reciente, los conflictos internacionales ni la recesión económica. Se trataba de un efecto dominó.

Tomó el catálogo de la subasta y buscó una página en particular. En ella, y sin ningún tipo de ilustración complementaria, se mencionaba un antiguo volumen:

Occido Lumen (1667). La versión completa de la primera aparición del *Strigoi*, y de la refutación completa de todos los argumentos esgrimidos en contra de su existencia, traducido por el difunto rabino Avigdor Levy. Colección privada. Manuscrito iluminado, encuadernación original. Mostrado sólo mediante cita. Precio estimado en $15–25 millones.

Ese tratado—no un facsímil ni una fotografía— era fundamental para la comprensión del enemigo, el *strigoi*. Y para derrotarlo.

Se basaba en una colección de tabletas de arcilla de la antigua Mesopotamia, descubiertas en unas vasijas al interior de una cueva en las montañas de Zagros, en 1508. Escritas en sumerio y extremadamente frágiles, las tablillas fueron adquiridas por un acaudalado comerciante de sedas que viajó con ellas por toda Europa. Al mercader lo encontraron estrangulado en su cuarto en Florencia y sus almacenes fueron incendiados. Sin embargo, las tablillas sobrevivieron en manos de dos nigromantes, el famoso John Dee, y un acólito mucho más tenebroso, conocido históricamente como John Silence. Dee fue asesor de la reina Isabel I, y al no poder descifrarlas, conservó las tablillas como si se tratara de un objeto mágico hasta 1608, cuando obligado por la pobreza las vendió a través de su hija Katherine al rabino y erudito Avigdor Levy, quien vivía en el antiguo gueto de Metz, en Lorena, Francia. Durante varias décadas, el rabino descifró las tablillas meticulosamente, utilizando sus excepcionales capacidades, pues pasarían casi tres siglos antes de que otros lograran finalmente entender piezas similares y presentar sus conclusiones en un manuscrito como obsequio para el rey Luis XIV.

Una vez recibido el texto, el rey ordenó encarcelar al rabino de avanzada edad y destruir las tablillas, así como toda su biblioteca, sus textos y objetos devocionales. Las tablillas fueron pulverizadas y el manuscrito languideció en una caja fuerte al lado de otros tesoros vedados. Madame de Montespan, amante del rey y una apasionada del ocultismo, orquestó la recuperación secreta del manuscrito en 1671, el cual permaneció en manos de La Voisin, una comadrona que era su hechicera y confidente, y quien tuvo que exiliarse a raíz de su implicación en la histeria colectiva que rodeó al Affaire des Poisons.

El libro reapareció brevemente en 1823, esta vez en manos de William Beckford, el tristemente célebre réprobo y erudito londinense. Apareció inventariado como parte de su biblioteca de la abadía Fonthill, el palacio de sus excesos, donde acumuló artefactos raros, así como libros y objetos de arte increíbles. La construcción palaciega y sus contenidos fueron cedidos a un traficante de armas como pago de una deuda, y el libro permaneció extraviado durante casi un siglo. Fue registrado por error, o tal vez escondido bajo el título *Casus Lumen* como parte de una subasta realizada en 1911, en Marsella, pero el texto nunca fue catalogado para su exhibición y la subasta fue cancelada repentinamente después de que un brote misterioso se apoderara de la ciudad. En los años siguientes, se propagó el rumor de que el manuscrito había sido destruido.

Pero, ¿quince millones de dólares?, ¿veinticinco millones? Imposible obtenerlo. Tenía que haber otra forma…

El temor más grande de Setrakian —que no se atrevía a compartir con nadie— era que la batalla, iniciada tanto tiempo atrás, ya estuviera perdida. Que todo esto no fuera más que el final de la partida, que el rey —es decir, la humanidad— ya estaba en jaque, en el tablero del ajedrez global, aunque él siguiera obsesionado por hacer los pocos movimientos que le restaban.

Setrakian cerró los ojos tras sentir un zumbido en sus oídos. Pero éste persistió, de hecho, se agudizó.

La píldora nunca había tenido un efecto como ése en él.

Una vez que advirtió esto, el anciano se puso rígido y se levantó.

No era la píldora después de todo. El zumbido lo envolvía por completo. Pese a que no era muy fuerte, estaba allí.

Ellos no estaban solos.

"El niño", pensó Setrakian. Se levantó con gran esfuerzo y abandonó la silla, rumbo a la habitación de Zack.

Pic–pic–pic…

La madre acudía en busca de su hijo.

Zack Goodweather estaba sentado con las piernas cruzadas en un rincón de la azotea de la casa de empeño. Tenía la computadora portátil de su padre abierta sobre sus piernas. Era el único lugar en todo el edificio donde podía conectarse a internet, ingresando a la red abierta de alguien que vivía en algún lugar de la cuadra. La señal inalámbrica era débil y oscilaba entre una y dos barras, indicando que la red funcionaba a paso de tortuga.

Tenía prohibido utilizar la computadora de su padre. De hecho, se suponía que debía estar durmiendo en ese momento. El chico de once años normalmente tenía dificultades para dormir, un caso leve de insomnio que les había ocultado a sus padres durante un tiempo considerable.

¡Insomni-Zack! El superhéroe jamás inventado. Un cómic de ocho páginas a color, escrito, ilustrado y coloreado por Zachary Goodweather. Trataba sobre un adolescente que patrullaba las calles de Nueva York en horas de la noche, frustrando actividades de terroristas contaminadores. No había podido dibujar bien los pliegues de la capa, pero había obtenido resultados aceptables con las caras y también con los músculos.

Esta ciudad necesitaba un *Insomni-Zack* ahora mismo. Dormir era un lujo que nadie podía permitirse. Si todo el mundo supiera lo que él sabía.

Si todo el mundo hubiera visto lo que él había visto.

Se suponía que Zack debía estar metido en su saco de dormir de plumas de ganso en la habitación de huéspedes del tercer piso. La habitación olía a armario, al viejo cuarto de cedro de la casa de sus abuelos que nadie había vuelto a abrir, salvo los niños cuando iban a husmear.

El pequeño cuarto de ángulos insólitos había sido utilizado por el señor Setrakian —o por el profesor Setrakian, Zack no sabía cómo decirle, pues el anciano dirigía la casa de empeños del primer piso— como almacén. Pilas inclinadas de libros, muchos espejos antiguos, un armario de ropa vieja y algunos baúles cerrados; realmente cerrados, y no con el tipo de cerradura que puede abrirse con un sujetador de papeles o un bolígrafo (ya lo había intentado).

Fet, el exterminador —o V, como le había pedido a Zack que lo llamara—, había conectado un antiguo sistema de Nintendo de ocho bits, alimentado por un cartucho, a un televisor Sanyo con grandes perillas y diales en la parte frontal en lugar de botones que trajo de la sala de exhibición, en el primer piso de la casa de empeños. Tenían la esperanza de que Zack permaneciera jugando *La Leyenda de Zelda*. Pero la puerta del dormitorio no tenía cerradura. Fet y su padre habían puesto barrotes de hierro en la ventana, instalándolos en el interior y no en el exterior, atornillados a las vigas de la pared. Pertenecían a una jaula que el señor Setrakian dijo haber conseguido en la década de 1970.

Zack sabía que ellos no pretendían encerrarlo a él, sino impedir que ella entrara. Buscó la página de su padre en el listado de Centros para el Control y Prevención de Enfermedades, y leyó "página no encontrada". Lo habían borrado de la página web del gobierno.

Las noticias sobre el "doctor Ephraim Goodweather" decían que era un funcionario desacreditado por los CDC, que había filmado un video que mostraba presuntamente a un ser humano transformándose en vampiro mientras era destruido. Decía que él mismo lo había subido a internet (en realidad fue Zack quien lo hizo, aunque su papá no se lo dejaba ver) en un intento por explotar la histeria del eclipse para sus propios fines. Obviamente, la última parte eran puras idioteces. ¿Qué "propósito" distinto tenía su padre en lugar de salvar vidas? Un sitio de noticias describía a Goodweather como "un alcohólico reconocido, inmerso en una batalla legal por la custodia de su hijo, a quien tiene secuestrado y con quien actualmente se encuentra prófugo". Eso le produjo a Zack un escalofrío en el pecho. El mismo artículo continuaba diciendo que tanto la ex esposa de Goodweather como el novio de ella habían desaparecido, y se presumía que estaban muertos.

Todo esto había hecho que Zack sintiera náuseas últimamente, pero las calumnias de este artículo fueron especialmente nocivas para él. Todo había sido tergiversado, hasta la última palabra. ¿Acaso no sabían la verdad? ¿O no les importaba? Tal vez ellos estaban tratando de explotar los problemas de sus padres para *sus propios fines*.

Y los comentarios eran todavía peores. Él no podía soportar las cosas que decían sobre su padre ni la arrogancia de todos los comentarios anónimos. Ahora tenía que enfrentarse a la terrible verdad sobre su madre. Por si fuera poco, la banalidad del veneno destilado en foros y blogs estaba completamente fuera de lugar.

¿Cómo puedes llorar a alguien que realmente no ha fallecido? ¿Por qué le temes a alguien cuyo amor por ti es eterno?

Si el mundo supiera la verdad tal como la sabía Zack, la reputación de su padre sería restaurada y su voz sería escuchada, pero de todos modos eso no cambiaría nada. Su madre y su vida nunca volverían a ser las mismas.

Básicamente, Zack quería que todo esto pasara. Que sucediera algo fantástico para que todo fuera agradable y regresara a la normalidad. Como cuando era un niño —tenía cinco años o algo así—, rompió un espejo, y simplemente lo cubrió con una sábana, luego rezó con todas sus fuerzas para que se restaurara de la nada antes de que sus padres se enteraran. O la forma en que anhelaba que sus padres se enamoraran de nuevo. Que se despertaran un buen día y se dieran cuenta del error que habían cometido.

Ahora, esperaba en secreto que su padre pudiera hacer algo increíble.

A pesar de todo, Zack aún creía que les esperaba un final feliz. A todos. Tal vez, incluso, que su madre volvería a ser como era antes.

Sintió que sus lágrimas brotaban, y esta vez no se contuvo. Estaba solo en la azotea. Deseaba tanto ver otra vez a su madre. Esta idea le aterraba y, sin embargo, anhelaba su regreso. Mirarla a los ojos. Escuchar su voz. Quería que ella le explicara por qué hacía tantas cosas desagradables. "Todo va a estar bien…", se dijo para reconfortarse.

Un grito en algún rincón de la noche lo trajo de vuelta al presente. Miró el sector Uptown y vio la columna de humo negro sobre las llamas que ardían en el lado oeste. Levantó la cabeza hacia el cielo. No había estrellas esa noche. Sólo unos pocos aviones. Estuvo oyendo aviones de combate surcando el cielo aquella tarde.

Zack se frotó la cara con la manga corta de su camisa y se concentró de nuevo en la computadora. Luego de una breve búsqueda, descubrió la carpeta donde estaba el archivo de video que no debía ver. Lo abrió, oyó la voz de su padre y vio a su papá grabando con la cámara que le había pedido en préstamo.

La imagen era difícil de ver en un comienzo, sucedía en el interior oscuro de un cobertizo. Una cosa se inclinaba hacia delante sobre sus patas traseras con un gruñido gutural y un silbido estridente emitido desde el interior de la garganta, seguido por el ruido producido por una cadena. Luego la cámara se acerca más, la pixelación de la escala de grises mejora, y Zack ve aquella boca abierta. Monstruosa, con algo semejante a un pececillo de plata retorciéndose en su interior.

La criatura tenía los ojos muy abiertos y miraba a su alrededor. Zack confundió su expresión, creyendo inicialmente que era de tristeza o dolor. Un collar —al parecer de perro— estaba en su cuello, encadenándola al piso de tierra que había detrás. La criatura se veía pálida en el interior del cobertizo oscuro, tan desprovista de sangre que era casi brillante. Luego se escuchó un extraño sonido de bombeo —*snap-chunk, snap-chunk, snap-chunk*— y los tres clavos de plata, disparados detrás de la cámara —¿la de su padre?—, que impactaron en la criatura como proyectiles en forma de agujas. El ángulo de visión de la cámara se alteró cuando la criatura lanzó rugidos roncos, como un animal agonizante consumido por el dolor.

—Basta —dijo una voz en el clip. La voz pertenecía al señor Setrakian, pero el tono era muy distinto del que Zack había escuchado en boca de aquel anciano bondadoso—. Debemos ser compasivos.

A continuación, el anciano ocupó el centro de la imagen, entonando unas palabras en una lengua extraña que parecía muy antigua, como si pronunciara un conjuro o una maldición. Levantó una espada de plata —larga y brillante a la luz de la luna— y la criatura del cobertizo aulló mientras el señor Setrakian blandía la espada con fuerza...

Unas voces distrajeron a Zack, y dejó de ver el video. Provenían de la calle, allá abajo. Cerró la computadora portátil y se puso de pie, mirando por encima del saliente del techo en dirección a la Calle 118.

Un grupo de cinco hombres caminaba hacia la casa de empeños, seguidos por una camioneta SUV que se desplazaba lentamente. Llevaban armas de fuego y estaban golpeando todas las puertas. La SUV se detuvo en la intersección, justo afuera de la casa de empeños. Los hombres que iban a pie se acercaron a la edificación, haciendo sonar las puertas de seguridad.

—¡Abran! —gritaron.

Zack retrocedió. Se dio vuelta para subir a la puerta de la azotea, pensando que sería mejor regresar a su habitación en caso de que alguien viniera a buscar algo.

Entonces la vio. Una niña, casi una adolescente, probablemente una estudiante de secundaria. Estaba en el techo contiguo, al otro lado de un lote baldío que había en la esquina de la tienda. La brisa levantó su camisón largo, agitándolo alrededor de sus rodillas, pero no le movió el pelo que le colgaba recto y con rigidez.

Ella estaba de pie en el borde de la cornisa, perfectamente equilibrada, sin vacilar en su postura. Firme en el borde, como si quisiera saltar. Un salto mortal. Como si quisiera hacerlo, sabiendo de antemano que sería un fracaso.

Zack la miró. Él no lo sabía. No estaba seguro. Pero lo sospechaba.

Levantó una mano de todos modos y la saludó.

Ella le devolvió el saludo y sus ojos se posaron en él.

La doctora Nora Martínez, funcionaria de los Centros para el Control y Prevención de Enfermedades, abrió la puerta principal. Cinco hombres en trajes de combate con chalecos blindados y armas de asalto la miraron a través de la reja de seguridad. Dos de ellos llevaban pañuelos que les cubrían la parte inferior del rostro.

—¿Todo está bien ahí, señora? —le preguntó uno de ellos.

—Sí —dijo Nora, mirando para ver si tenían placas o insignias de algún tipo, pero no vio ninguna—. Mientras esta rejilla aguante, todo estará bien.

—Estamos revisando de puerta en puerta —le dijo otro—. Vamos de cuadra en cuadra.

—Hay algunos problemas por allá —señaló hacia la Calle 117—. Pero creemos que lo peor de todo está sucediendo en inmediaciones del Downtown.

—¿Y ustedes son…?

—Ciudadanos preocupados, señora. Usted no quisiera estar aquí completamente sola.

—No lo está —dijo Vasiliy Fet, trabajador de la Oficina de Servicios de Control de Plagas de la ciudad de Nueva York y exterminador independiente, quien apareció detrás de ella.

Los hombres interrogaron a aquel hombre grande y fornido.

—¿Eres el prestamista?

—Es mi padre —dijo Fet—. ¿Qué clase de problemas están enfrentando?

—Intentamos contener a los monstruos que están perturbando el orden público en la ciudad. Son agitadores y oportunistas que están sacando ventaja de una mala situación, y empeorándola.

—Hablan como policías —dijo Fet.

—Si estás pensando en irte de la ciudad —dijo otro, cambiando de tema—, deberías hacerlo ahora. Los puentes están congestionados y los túneles abarrotados. Esto se va a ir a la mierda.

Otro le dijo:

—Deberías salir de ahí para ayudarnos y hacer algo al respecto.

—Voy a pensarlo —respondió Fet.

—¡Vamos! —ordenó el conductor de la camioneta.

—Buena suerte —le dijo uno de los hombres con el ceño fruncido—. La necesitarás.

Nora los vio marcharse y cerró la puerta. Dio un paso atrás en las sombras.

—Se han ido —dijo.

Ephraim Goodweather, quien había estado observando desde un rincón, se reunió con ellos.

—¡Tontos! —exclamó.

—Son policías —señaló Fet, mientras los veía doblar la esquina.

—¿Cómo lo sabes? —le preguntó Nora.

—Es evidente.

—Menos mal que estuviste escondido —le dijo Nora a Eph, que asintió con la cabeza.

—¿Por qué no tenían insignias?

—Probablemente han terminado su turno —respondió Fet—; se están preparando para la hora feliz y decidieron que no iban a permitir que su ciudad sucumbiera así no más. Enviaron a sus esposas a Nueva Jersey y no tienen nada qué hacer ahora, salvo golpear algunas cabezas. Los policías creen que tienen controlado el territorio. Y no es que estén equivocados. Tienen la mentalidad de las pandillas callejeras; es su territorio y van a luchar por él.

—Si lo piensas un poco —dijo Eph—, en este momento no son muy diferentes a nosotros.

—A no ser que estén cargando plomo cuando lo que deberían llevar es plata —señaló Nora, tomándole la mano a Eph—. Quisiera que hubiéramos podido advertirles.

—Por tratar de hacerlo fue que me convertí en un fugitivo —acotó Eph.

Él y Nora fueron los primeros en subir al avión después de que los miembros del equipo SWAT descubrieran que todos los pasajeros parecían estar muertos. Constatar que sus cuerpos no se descomponían naturalmente, además de la desaparición del armario con forma de ataúd durante el ocultamiento solar, había contribuido a que Eph se convenciera de que enfrentaban una crisis epidemiológica de proporciones insospechadas, y que no podía explicarse en términos médicos ni científicos. Esta certeza abrió su mentalidad —a regañadientes— a las revelaciones del prestamista, y a la terrible verdad que se escondía detrás de la plaga. Su desesperación por advertirle al mundo sobre la verdadera naturaleza de la enfermedad —el virus vampírico que se propagaba insidiosamente por la ciudad y por los municipios aledaños— condujo a una ruptura con los CDC, que luego intentaron silenciarlo con una falsa acusación de asesinato. Había sido un prófugo desde entonces.

Miró a Fet.

—¿El vehículo ya está cargado?

—Está listo para arrancar.

Eph le apretó la mano a Nora. Ella no quería que él se marchara.

La voz de Setrakian descendió por la escalera de caracol al fondo de la sala de exhibiciones.

—¿Vasiliy? ¡Ephraim! ¡Nora!

—Aquí abajo, profesor —respondió Nora.

—Alguien se acerca —anotó Setrakian.

—No, acabamos de librarnos de ellos. Eran vigilantes. Estaban bien armados.

—No me refiero a seres humanos —dijo Setrakian—. Y no encuentro al joven Zack...

L a puerta de la habitación de Zack se abrió de golpe y él se dio vuelta de inmediato. Su padre irrumpió como si acabara de sonar el campanazo del primer round de una pelea.

—Por dios, papá —dijo Zack, sentado sobre su saco de dormir.

Eph miró a su alrededor.

—Setrakian no te encontró aquí.

—Uhh.... —Zack se frotó los ojos, fingiendo haber despertado—. Seguramente no me vio aquí en el suelo....

—Sí. Tal vez.

Eph miró a Zack un momento; no le creía, pero estaba seguro de tener algo más apremiante en su mente que sorprender a su hijo en una mentira. Caminó por la habitación y examinó la ventana enrejada. Zack notó que su padre tenía una mano detrás de la espalda y que la movía para ocultarle lo que tenía.

Nora llegó corriendo, pero se detuvo al ver a Zack.

—¿Qué pasa? —preguntó el joven, poniéndose en pie.

Su padre hizo un gesto con la cabeza para tranquilizarlo, no tardó en esbozar una sonrisa, sin la menor señal de frivolidad en sus ojos.

—Simplemente echaré un vistazo. Espera aquí, ¿quieres? Vuelvo enseguida.

Salió, dándose vuelta para mantener oculto lo que tenía en la espalda. Zack se preguntó: ¿será esa cosa que hace *snapchunk*, o acaso una espada de plata?

—No te muevas de aquí —le dijo Nora y cerró la puerta.

Zack se preguntó qué sería lo que estaban buscando. Había oído a su madre mencionar el nombre de Nora durante una pelea con su padre; bueno, realmente no había sido una pelea de verdad, pues ya estaban separados y más bien se estaban desahogando. Había visto a su padre besarla una vez, justo antes de que él los abandonara y se fuera con el señor Setrakian y con Fet. Su madre había estado muy tensa y preocupada durante todo el tiempo que Eph estuvo desaparecido. Cuando regresó, ya no era el mismo. Su padre se veía muy deprimido y Zack no quería volver a verlo así. A su vez, el señor Setrakian había regresado enfermo.

Durante sus pesquisas posteriores, Zack había escuchado algunas conversaciones, pero no las suficientes.

Algo sobre un "amo".

Algo sobre la luz solar y no lograr "destruirlo".

Algo sobre el "fin del mundo".

Zack estaba solo en su habitación, desconcertado por todos estos misterios que rondaban a su alrededor, cuando vio una mancha borrosa en algunos de los espejos colgados de la pared. Una distorsión, semejante a una vibración visual, algo que debería verse con nitidez pero que aparecía difuminado y vago a través del cristal.

Era algo en su ventana.

Zack se dio vuelta, lentamente al principio y luego de una sola vez.

Ella estaba aferrada al muro exterior del edificio. Su cuerpo se veía desencajado y deforme, sus ojos desorbitados y llameantes.

Se le estaba cayendo el pelo, y el que le quedaba era descolorido y ralo, su vestido de profesora estaba roto en un hombro, dejando al descubierto la piel mugrienta. Los músculos de su cuello estaban hinchados y desfigurados, y los gusanos de sangre se deslizaban debajo de sus mejillas y alrededor de su frente.

"Mamá…" Ella había venido, como él sabía que lo haría.

Dio un paso hacia ella instintivamente. Leyó su expresión, que en un instante pasó del dolor a una oscuridad que sólo podía describirse como demoniaca.

Ella había visto los barrotes.

En aquel instante, abrió la mandíbula —de forma exagerada, al igual que en el video—, un aguijón salió desde lo más profundo de su garganta, en lugar de su lengua. Perforó el cristal de la ventana con un crujido seguido de un tintineo, y continuó penetrando por el agujero que había perforado. El aguijón —de casi dos metros de largo— se adelgazó y luego se desplegó totalmente hasta quedar a un palmo de la garganta de su hijo.

Zack quedó paralizado, sus pulmones de asmático se obstruyeron, impidiéndole respirar. En el ápice del órgano carnoso se agitaba una punta bífida, rasgando el aire. Zack permaneció inmóvil, como si estuviera sembrado allí. El aguijón se relajó y, tras un gesto casual que ella hizo al levantar la cabeza, volvió a replegarse en la boca. Kelly Goodweather introdujo la cabeza por los barrotes de la ventana, rompiendo el resto del cristal. Sólo le faltaban unos cuantos centímetros más para alcanzar la garganta de Zack y reclamar a su amado en nombre del Amo.

Zack quedó petrificado al ver los ojos rojos con puntos negros en el centro. Buscó, afanosamente, una semblanza de su madre.

¿Estaba muerta, como había dicho padre? ¿O viva?

¿Se había ido para siempre? ¿O estaba allí en la habitación, junto a él?

¿Era suya aún? ¿O ya era de otra persona?

Ella tenía la cabeza atascada entre los barrotes de hierro, comprimiendo sus músculos y haciendo crujir sus huesos, como una serpiente tratando de entrar a la estrecha madriguera de un conejo, forcejeando desesperadamente para salvar la distancia que había entre su aguijón y la carne del chico. Volvió a abrir la mandíbula, y sus ojos brillantes se posaron en la garganta del niño, justo arriba de su nuez de Adán.

Eph entró corriendo al dormitorio. Encontró a Zack completamente inmóvil, mudo frente a Kelly, y al vampiro estrechando la cabeza entre las barras de hierro, listo para atacar. Sacó la espada con hoja de plata colgada a su espalda, gritando "¡NO!" y saltó para cubrir a Zack.

Nora venía detrás con su lámpara Luma, la encendió, y la intensidad de la luz UVC produjo un zumbido. La visión de Kelly Goodweather —este ser humano corrompido, esta madremonstruo— le produjo repulsión, pero avanzó con la lámpara para eliminar el virus.

Eph también se acercó a Kelly y a su horrible aguijón. El vampiro les lanzó una mirada de furia animal.

—¡FUERA! ¡SAL DE AQUÍ! —Le gritó Eph así como lo haría con un animal salvaje que intentara entrar a su casa en busca de comida. Blandió su espada y se acercó a la ventana.

Luego de lanzarle una mirada dolorosamente hambrienta a su hijo, Kelly se apartó de los barrotes para no ser alcanzada por la espada, y huyó por la pared exterior.

Nora dejó la lámpara en el suelo para que su luz mortífera llenara el espacio de la ventana rota, y evitar así que Kelly regresara.

Eph abrazó a su hijo. Zack tenía las manos en la garganta, la mirada fija en el suelo y respiraba con dificultad. Eph le atribuyó ese estado a la desesperación, pero luego comprendió que se trataba de algo más.

Un ataque de pánico. El niño estaba paralizado. Era incapaz de respirar.

Eph miró frenéticamente a su alrededor buscando el inhalador de Zack en la parte superior del televisor Sanyo. Lo puso en las manos de su hijo y lo ayudó a llevárselo a la boca. Zack inhaló, y el efecto expansivo del aerosol le abrió los pulmones. Su palidez cedió de inmediato, sus vías respiratorias se inflaron como un globo y el chico se desplomó exhausto.

Eph soltó la espada para levantar a su hijo, pero Zack reaccionó empujándolo, mientras corría hacia la ventana vacía.

—¡Mamá! —gritó.

Kelly volvió a trepar por la superficie plana de la edificación adhiriéndose con las garras de sus dedos medios a la fachada de ladrillo, como una araña. La furia que sentía por el "intruso" la hizo insistir. Ella sentía —con la misma intensidad de una madre que sueña con el niño afligido que pronuncia su nombre— la cercanía exquisita de su amado. El faro psíquico de su dolor humano. La fuerza de la necesidad del chico hacia su madre incrementaba la sujeción incondicional a su voluntad vampírica.

Lo que vio al posar sus ojos en Zachary Goodweather no fue un niño. No era su hijo, su amor. Más bien vio esa parte suya que seguía siendo tercamente humana. Algo que en un sentido le pertenecía biológicamente, esa extensión de su ser que también era eterna: su propia sangre, roja, humana, y no blanca y vampiresca; aún contenía oxígeno y no sólo el ansia y la promesa de alimento. Vio una parte incompleta de su ser, que estaba siendo sometida por la fuerza del Amo.

Y ella lo quería. Lo amaba con locura.

No era un deseo humano, sino una necesidad vampírica. Un anhelo de vampiro.

La reproducción humana funciona engendrando y creciendo, mientras que la reproducción vampírica opera en sentido contrario, recurriendo al torrente sanguíneo, habitando en las células vivas y transmutándolas para sus propios fines.

El amor —el atributo positivo— se convierte en su opuesto, que no es, de hecho, el odio ni la muerte. El atributo negativo es la infección. En lugar de compartir el amor o la unión del espermatozoide y el óvulo, la mezcla de cromosomas para crear un ser nuevo, único e irrepetible, realmente supone una corrupción del proceso reproductivo. Una sustancia inerte que invade una célula viable y produce cientos de millones de copias idénticas. No es una acción compartida ni creativa, pero sí violenta y destructiva. Es una profanación y una perversión. Una violación biológica y una suplantación. Ella necesitaba a Zack. Estaría incompleta mientras él conservara su condición humana, inacabada.

La cosa-Kelly permaneció en el borde del techo, indiferente a la ciudad que ardía a su alrededor. Ella sólo conocía la sed. Un ansia de sangre, de su tipo de sangre. Era el frenesí que la impelía, pues un virus sólo sabe una cosa: infectar.

Ella trataba de encontrar otra forma de entrar a la casa de ladrillo, oyó un par de zapatos viejos crujir sobre la grava desde atrás de la mampara de la puerta.

En medio de la oscuridad, lo vio con claridad. Setrakian, el viejo cazador, apareció avanzando hacia ella con una espada de plata. Quería ensartarla contra el borde del techo y de la noche.

Su calor humano era débil y opaco, y como ya estaba viejo, su sangre circulaba con lentitud. Le pareció pequeño, como todos los demás seres humanos: criaturas amorfas y diminutas, aferrándose al borde de la existencia, tropezando con su inteligencia limitada y mezquina. La mariposa que ha cazado a un insecto mira a una crisálida peluda con absoluto desprecio, pues supone la primera fase de la evolución, un espécimen anticuado incapaz de escuchar la alegría tranquilizadora del Amo.

Algo en ella siempre retornaba a él. Una forma de comunicación animal, primitiva, sin embargo, coordinada. La psique de la colmena.

Mientras el anciano avanzaba hacia ella, con su espada letal resplandeciendo en su campo visual de vampiro, una respuesta provino directamente del Amo, transmitida a través de ella, no de su gran voz, tal como Kelly la recordaba, sino por la mente del antiguo vengador.

"Abraham…"

"Abraham, no lo hagas."

Pronunció con el acento de una entonación femenina. No con la de Kelly. Como una voz que no había oído nunca.

Pero Setrakian sí. Ella lo vio en su impronta de calor, en la forma en que se le aceleró el ritmo cardiaco.

"Yo vivo en ella también… Yo habito en ella…"

El vengador se detuvo y un indicio de debilidad asomó a sus ojos.

La vampira aprovechó el momento: dejó caer el mentón y agitó su boca abierta, sintiendo el ímpetu de su aguijón excitado.

Pero el vengador levantó su arma y se abalanzó contra ella profiriendo un grito. Ella no tuvo otra opción. La hoja de plata ardió en el centro de sus ojos oscurecidos.

Se dio vuelta y corrió por el borde de la cornisa, escurriéndose hacia abajo por la pared del edificio.

Desde el lote vacío que había abajo, miró de nuevo a aquel anciano que la veía alejarse, y percibió la disminución de su calor.

Eph se acercó a Zack y lo jaló del brazo para evitar que fuera alcanzado por la luz calcinante de la lámpara Luma que estaba al pie de la ventana.

—¡Vete! —gritó Zack.

—Oye, socio —le dijo Eph, tratando de calmarlo, y de calmarse—. Oye, Z. Escucha.

—¡Intentaste matarla! —le respondió Zack.

Eph no sabía qué decir, porque eso era exactamente lo que había hecho.

—Ella… ya está muerta.

—¡No para mí!

—La viste, Z. —Eph no quería tener que hablar del aguijón—. La viste. Ya no es tu madre. Lo siento.

—¡No tienes que matarla! —dijo Zack, con la voz ronca por la asfixia.

—Tengo que hacerlo —dijo Eph—. Es mi deber.

Se acercó a Zack con la intención de abrazarlo, pero el niño se apartó. Se refugió en Nora, que hizo las veces de madre sustituta, y lloró desconsolado en su hombro.

Nora miró a Eph con una expresión de consuelo, pero Eph no estaba para eso. Fet esperaba en la puerta, detrás de él.

—Vamos —dijo Eph, saliendo de la habitación.

El escuadrón nocturno

LOS CINCO POLICÍAS FUERA DE SERVICIO continuaron recorriendo la calle en dirección al parque Marcus Garvey, seguidos por el sargento en su vehículo personal.

No llevaban insignias. No hay cámaras de vigilancia ni informes posteriores que den cuenta de sus actos. No hay investigaciones, juntas comunitarias ni Asuntos Interiores.

Había que arreglar las cosas. Y lo harían por la fuerza.

"Manía contagiosa", la denominaron los agentes federales. "Demencia relacionada con la peste."

¿Qué pasó con los agradables y anticuados "chicos malos"? ¿Acaso ese término había pasado de moda?

¿El gobierno había hablado de enviar a las tropas estatales? ¿A la Guardia Nacional? ¿Al ejército?

"Preferimos que nos disparen."

—¡Oye..!, ¿qué...?

Uno de ellos le estaba sosteniendo el brazo. Una cortada profunda le atravesaba la manga.

Otro proyectil cayó a sus pies.

—¡Cabrones! ¿Y ahora están arrojando piedras?

Inspeccionaron los tejados.

—¡Allá!

El fragmento de una loseta decorativa con forma de flor de lis cayó desde lo alto y los obligó a dispersarse. La pieza se estrelló contra el bordillo y los pedazos rebotaron contra sus piernas.

—¡Aquí!

Corrieron hasta la puerta y entraron luego de violentarla. El primer hombre subió las escaleras hasta el rellano del segundo piso. Allí, una adolescente de camisón largo permanecía de pie en medio del pasillo.

—¡Vete de aquí, cariño! —le gritó él mientras se disponía a subir el próximo tramo de las escaleras. Alguien se movía allá arriba.

El policía no siguió el reglamento en casos de combate ni justificó el uso de la fuerza. Le ordenó que se detuviera, y luego abrió fuego sobre el tipo, acertando cuatro veces y derribándolo.

Se acercó con decisión al revoltoso. Un negro con cuatro disparos en el pecho. El policía sonrió en el vano de las escaleras.

—¡Tengo a uno!

El negro se sentó. El policía retrocedió tres peldaños antes de que el hombre se abalanzara sobre él y le hiciera algo en el cuello.

El policía se dio vuelta, su rifle de asalto chocó contra el cuerpo del negro, y sintió su cadera golpearse contra la barandilla.

Los dos cayeron aparatosamente. Otro policía se acercó y vio al sospechoso encima de su compañero, mordiéndole el cuello o algo así.

Vio a la adolescente con el camisón antes de disparar.

Ella se abalanzó sobre él, lo derribó de inmediato y se sentó a horcajadas, arañándole la cara y el cuello.

El tercer policía subió por las escaleras y reparó en el vampiro que estaba detrás de ella con su aguijón palpitante, saciado con la sangre del primer policía.

Le disparó a la adolescente en la espalda. Comenzó a perseguir a la otra criatura, cuando una mano salió detrás de él, una larga uña semejante a una garra. Le rebanó el cuello y el oficial cayó en los brazos de la criatura.

Kelly Goodweather, enloquecida por su ansia de sangre, azuzada por el anhelo de su hijo, arrastró al policía con una sola mano hasta el apartamento más cercano, dando un portazo para poder alimentarse profusamente y sin interrupción.

El Amo
Parte I

Las extremidades del hombre se contrajeron por última vez, el aroma de su último aliento escapó de su boca y el estertor de la muerte señaló el final de la comida del Amo. El cuerpo desnudo e inerte del hombre liberado por la sombra imponente se desplomó a los pies de Sardu, junto a las cuatro víctimas restantes.

Todos tenían la misma marca del aguijón en la carne blanda de la parte interior del muslo, justo en la arteria femoral. La extendida imagen del vampiro que chupa la sangre del cuello no es del todo incorrecta, pero los vampiros más poderosos prefieren la arteria femoral de la pierna derecha. La presión y la oxigenación eran perfectas, y el sabor era más intenso, casi absoluto. La sangre de la yugular, por el contrario, era más impura. De todos modos, el acto de alimentarse había perdido —desde mucho tiempo atrás— emotividad para el Amo. Con frecuencia, el antiquísimo vampiro se alimentaba sin siquiera mirar a su víctima a los ojos, aunque el aumento de la adrenalina generada por el miedo de la presa le confería un hormigueo exótico al sabor metálico de la sangre.

Durante siglos, el dolor humano había conservado para él un ímpetu vigorizante: sus diversas manifestaciones divertían al Amo, la delicada sinfonía de jadeos, gritos y exhalaciones de las víctimas seguía despertando el interés de la criatura.

Pero ahora, especialmente cuando se alimentaba así, masivamente, buscaba un silencio absoluto. Desde su interior, el Amo clamó por su voz primitiva —su voz original, la voz de su verdadero yo—, llevando a todos los huéspedes al interior de su cuerpo y de su voluntad. Emitió su murmullo: un pulso, un estruendo psicosedante emanado de su interior, un latigazo cerebral que paralizaba a la presa durante el tiempo necesario para que el Amo pudiera alimentarse en paz.

Pero en definitiva, *el murmullo* debía utilizarse con prudencia, ya que exponía la verdadera voz del Amo. A su verdadero ser.

Fue necesario un tiempo y un esfuerzo considerable para aplacar a todas las voces que lo habitaban y descubrir la suya de nuevo. Esto era peligroso, ya que estas voces le servían de dispositivo mimético. Las voces —incluida la de Sardu, el joven cazador cuyo cuerpo habitaba el Amo— ocultaban la presencia, posición y pensamientos del Amo ante los otros Ancianos. Lo encubrían.

Había utilizado *el murmullo* a su llegada en el interior del vuelo de Regis Air, y contuvo su pulso sonoro para lograr un silencio absoluto y poner sus pensamientos en orden. El Amo podía hacerlo allí a cientos de metros bajo tierra, en la bóveda de concreto en el centro del osario semiabandonado. La recámara del Amo se hallaba en el centro de un laberinto subterráneo de corrales curvos y túneles de servicio debajo del matadero de novillos. Alguna vez la sangre y los residuos confluían allí, pero ahora, después de una limpieza a fondo, los aposentos del Amo se asemejaban más a una pequeña capilla industrial.

La cortada palpitante que tenía en la espalda había comenzado a sanar de manera instantánea. Nunca temió que la herida le causara un daño permanente —él no le temía a nada—, sin embargo el tajo habría de dejarle una cicatriz, desfigurando su cuerpo como una afrenta. Aquel viejo tonto y sus acompañantes se iban a arrepentir del día en que atacaron al Amo.

El eco más débil de la ira, de una indignación profunda, retumbó entre sus muchas voces y voluntad. El Amo se sintió vejado, lo cual era una sensación refrescante y revitalizadora para él. La indignación no era un sentimiento que experimentara a menudo y, por ende, el Amo permitió —incluso le dio la bienvenida— a esta emoción novedosa.

La risa plácida retumbó en su cuerpo lastimado. El Amo llevaba mucha ventaja en el juego, y todos sus peones se comportaban como él lo esperaba. Bolívar, el más enérgico lugarteniente de sus huestes, estaba resultando muy apto para propagar la sed, había reunido, incluso, a algunos siervos que podrían adelantar las tareas solares. La arrogancia de Palmer aumentaba con cada avance táctico, pero continuaba bajo el control total, sometido a la voluntad del Amo. El ocultamiento había determinado el tiempo para cumplir el plan. La ineluctable y exquisita geometría había sido trazada y, ahora, muy pronto, la tierra ardería...

En el suelo, uno de los "bocados" gimió, aferrándose desesperadamente a la vida. El Amo lo observó, reanimado y satisfecho. El coro de voces cantó de nuevo en su mente. Miró al hombre que yacía a sus pies, presa del dolor y del miedo, lo cual suponía un placer inesperado.

Esta vez, el Amo se deleitó, saboreando el postre. Bajo la bóveda del osario, el Amo levantó su cuerpo, posando cuidadosamente su mano sobre el pecho de la víctima, justo encima de su corazón, y sofocó ávidamente el latido interior.

Zona Cero

La plataforma estaba vacía cuando Eph saltó a la vía, mientras seguía a Fet por el túnel del metro que conducía a la "bañera" de la excavación del proyecto "Zona Cero".

Nunca imaginó que regresaría allí, a este lugar. Después de todo lo que habían visto y presenciado, él no podía imaginar que existiera una fuerza lo suficientemente poderosa como para obligarlo a regresar a ese laberinto subterráneo que era la morada del Amo.

Pero hay callos que tardan sólo un día en aparecer. El whisky le había ayudado, tal vez demasiado.

Una vez más, caminó sobre las piedras negras extendidas a lo largo de la vía en desuso. Las ratas no habían regresado. Pasó por la manguera de drenaje abandonada por los trabajadores subterráneos que también habían desaparecido.

Fet llevaba su barra de acero reforzado. A pesar de las otras armas que traían consigo, más impactantes y efectivas —lámparas ultravioleta, espadas de plata, una pistola de clavos cargada con puntas de plata pura—, Fet seguía utilizando el bastón para ratas, aunque ambos sabían que allí ya no había roedores. Los vampiros habían invadido ahora el territorio subterráneo de las ratas.

A Fet también le gustaba la pistola de clavos. Las pistolas neumáticas requerían de tubos y de agua. Las pistolas eléctricas no eran muy contundentes y su trayectoria era errática. Ninguna de las dos era realmente portátil. La pistola de Fet —un arma proveniente del arsenal de rarezas antiguas y modernas de Setrakian— funcionaba con una carga de pólvora de escopeta. Cincuenta clavos de plata por carga que se introducían por la parte inferior como el tambor de una UZI. Las balas de plomo abrían agujeros en los cuerpos de los vampiros, al igual que en los seres humanos, pero el dolor físico es inocuo cuando ya no se cuenta con un sistema nervioso, y los proyectiles recubiertos de cobre resultaban ser simples artefactos contundentes. Las escopetas podían neutralizar, pero las ráfagas de perdigones tampoco los mataban, a menos que los decapitaras. Pero la plata, si tenía la forma de una punta de unos cuatro centímetros, los mataba de manera infalible. Las balas de plomo los enfurecían, pero los clavos de plata les causaban heridas de orden genético, por decirlo de algún modo. Y, al menos para Eph, había otro aspecto casi igual de relevante: la plata los asustaba, así como la luz ultravioleta UVC de gama pura y onda corta. La plata y la luz del sol eran el equivalente vampírico de la barra de Fet, el exterminador de ratas.

Fet supo de su existencia cuando fue contratado por un funcionario del gobierno para saber por qué las ratas estaban saliendo de la tierra. Ya había visto algunos vampiros en sus recorridos subterráneos, y sus habilidades —un asesino consagrado de todo tipo de bichos y roedores y experto, además, en los movimientos debajo de la ciudad— se prestaban perfectamente para la caza de estos seres. Fue él quien condujo inicialmente a Eph y a Setrakian allí abajo, en busca de la guarida del Amo.

El olor de la masacre seguía adherido a las vías del metro. El hedor a carne chamuscada de vampiro y la penetrante hediondez a amoniaco de sus excrementos.

Eph se vio rezagado y aceleró el paso, inspeccionando el túnel con su linterna, hasta alcanzar a Fet.

El exterminador masticaba un cigarro Toro sin encender, que solía mantener en la boca mientras hablaba.

—¿Estás bien? —le preguntó.

—Por supuesto —respondió Eph—. No podría estar mejor.

—Él está confundido, Eph. Yo también lo estaba a esa edad y mi madre no era... ya sabes.

—Lo sé. Necesita tiempo. Pero ésa es una de las cosas que no le puedo dar en estos momentos.

—Es un buen chico. Normalmente no me gustan los niños, pero el tuyo sí.

Eph asintió, agradecido por el gesto de Fet.

—Me preocupa el viejo.

Eph avanzó con cuidado sobre las piedras sueltas.

—Ha sufrido mucho.

—Físicamente, sí. Pero hay más.

—El fracaso...

—Sí, claro. Estar tan cerca, después de perseguir por tantos años a estas criaturas, sólo para ver al Amo resistir y sobrevivir al disparo más certero. Y algo más. Hay cosas que el viejo no nos dice. O que no nos ha dicho todavía. Estoy seguro de ello.

Eph recordó al rey vampiro echando su capa hacia atrás en un gesto triunfal, su piel cerúlea ardiendo bajo la luz mientras le aullaba desafiante al sol, para luego desaparecer por el borde de la azotea.

—Él pensó que la luz del sol mataría al Amo.

—Por lo menos lo hirió —dijo Fet masticando su cigarro—. Quién sabe cuánto tiempo habría podido resistir a la exposición solar. Y tú... le propinaste una cortada con la espada de plata.

Eph había tenido suerte al abrirle al Amo un tajo en la espalda, que no tardó en quedar convertido en una cicatriz negra debido a su exposición al sol.

—Si pudimos herirlo, creo que también podemos destruirlo, ¿no?

—Pero, ¿acaso los animales heridos no son más peligrosos?

—Así como los seres humanos, los animales también están motivados por el dolor y el miedo. Y en cuanto a esta criatura, ella vive de esto. No necesita de ninguna otra cosa para exterminarnos a todos.

—He estado pensando mucho en eso. ¿Querrá acabar con toda la humanidad? Es decir, somos su alimento. Su desayuno, almuerzo y cena. Si nos convierten a todos en vampiros, el suministro de alimentos llegaría a su fin: cuando matas a todos los pollos, no quedan más huevos.

Eph quedó impresionado por el razonamiento de Fet, por la lógica contundente del exterminador.

—Tienen que mantener un equilibrio, ¿verdad? Si conviertes a demasiadas personas en vampiros, crearás una demanda excesiva de alimento humano. Es la economía de la sangre.

—A menos que el futuro nos depare otro destino. Simplemente espero que el viejo tenga las respuestas. De lo contrario...

—Nadie las tendrá.

Llegaron al cruce del túnel oscuro. Eph levantó la lámpara Luma y los rayos UVC alumbraron las manchas agrestes de los desechos vampíricos: su orina y excrementos, cuya masa biológica mostraba su fluorescencia con el rango de luz baja. Las manchas ya no tenían los colores chillones que Eph recordaba. Se estaban desvaneciendo. Esto significaba que los vampiros no habían visitado aquel lugar recientemente. Tal vez habían sido advertidos gracias a su telepatía aparente por los cientos de criaturas aniquiladas por Eph, Fet y Setrakian.

Fet utilizó su barra de acero para hurgar en el montículo de teléfonos móviles desechados, apilados como piedras. Un monumento inconexo a la futilidad humana, como si los vampiros hubieran chupado la vida de las personas y lo único que hubiera quedado de ellas fueran sus aparatos.

Fet dijo en voz baja:

—He estado pensando en algo que dijo él: en los mitos de diferentes culturas y épocas que revelan los mismos temores humanos esenciales. Los símbolos universales.

—Los arquetipos…

—Ésa es la palabra. Terrores comunes a todas las tribus y países, profundamente arraigados en la psique humana: enfermedades y plagas, la guerra, la codicia. ¿Acaso no eran más que simples supersticiones? ¿Y qué pasaría si estuvieran directamente relacionadas entre sí? ¿Nuestro inconsciente no relacionará aquellos temores que están separados inicialmente? ¿Qué tal si tienen raíces reales en nuestro pasado? En otras palabras, ¿qué pasaría si éstos no son mitos comunes? ¿Qué tal si son verdades comunes universales?

Eph tuvo dificultades para reflexionar sobre esta teoría en las entrañas de la ciudad sitiada.

—¿Estás diciendo que él sostiene que tal vez siempre hayamos sabido que…?

—Sí, siempre lo hemos temido. Que esta amenaza —este clan de vampiros que subsisten de la sangre humana y cuya enfermedad posee a los cuerpos humanos— existía y era conocida. Pero a medida que pasaron a la clandestinidad, o como quieras llamarlo, y se refugiaron en las sombras, la verdad se transformó en mito. La realidad se convirtió en folclor. Pero este germen del miedo circula tan profundamente en todos los pueblos y culturas, que no ha desaparecido nunca.

Eph asintió con interés, pero distraído al mismo tiempo. Fet podía tomar distancia y ver el cuadro general, mientras que la situación de Eph era su antítesis. Su esposa —su ex esposa— había sido transformada y convertida. Y ahora estaba empeñada en convertir a su sangre, a su amado, al hijo de sus entrañas.

Esta plaga demoniaca lo había afectado a nivel personal, y él estaba teniendo dificultades para concentrarse en cualquier otra cosa, especialmente en las teorías a gran escala, aunque, paradójicamente, ésa fuera su formación como epidemiólogo. Pero cuando algo tan insidioso se filtra en tu vida personal, todo pensamiento superior escapa por la ventana.

Eph se obsesionó cada vez más con Eldritch Palmer, la cabeza del Grupo Stoneheart, uno de los tres hombres más ricos del mundo y a quien había identificado como cómplice del Amo. A medida que aumentaban los ataques, duplicándose luego de cada noche, y la cepa del virus se propagaba exponencialmente, las noticias insistían en reducirlos a simples "disturbios". Equivalía a decir que una revolución era una protesta aislada. Ellos sabían que no era así, sin embargo, alguien —tenía que ser Palmer, un hombre con un gran interés en desinformar a la opinión pública estadounidense y al mundo en general— estaba influyendo en los medios de comunicación y en el control de los CDC. Sólo su Grupo Stoneheart podía financiar y ejecutar una campaña masiva de desinformación pública sobre el ocultamiento. Eph había decidido, en privado, que si no podían destruir fácilmente al Amo, ciertamente podrían destruir a Palmer, que no sólo era un anciano enfermo, sino también bastante débil.

Cualquier otro hombre habría fallecido diez años antes, pero la gran fortuna de Palmer y sus recursos ilimitados lo mantuvieron con vida, como un vehículo antiguo que requiere mantenimiento continuo para seguir funcionando. La vida, conjeturó Eph —el médico—, se había convertido para Palmer en algo parecido a un fetiche: ¿Cuánto tiempo podría seguir viviendo?

La furia que sentía Eph por el Amo —por convertir a Kelly, por trastocar todos sus conocimientos sobre la ciencia y la medicina— aunque justificada, era impotente, así como también lo sería lanzarle puñetazos a la muerte. Pero el acto de condenar a Palmer —el más cercano colaborador del Amo y su asesor— le daba a Eph una dirección y un propósito muy firmes. Mejor aún, legitimaba su deseo de venganza personal.

Este anciano había destrozado la vida de su hijo y le había partido el corazón.

Llegaron a la cámara espaciosa, que era su lugar de destino. Fet alistó su pistola de clavos y Eph empuñó su espada antes de doblar en la esquina.

En el otro extremo de la cámara se encontraba el montículo de tierra y desperdicios. El altar hediondo sobre el cual había reposado el ataúd, el armario laboriosamente tallado que había atravesado el Atlántico en el interior del vientre frío del vuelo 753 de Regis Air, dentro del cual estuvo enterrado el Amo en la marga fría y esponjada.

El ataúd no estaba allí. Había desaparecido de nuevo, tal como lo había hecho en el hangar vigilado del aeropuerto de La Guardia. La cúspide aplanada y terrosa del altar aún conservaba su sello.

Alguien —o, probablemente, *algo*— había regresado por él antes de que Eph y Fet pudieran destruir el lugar de descanso del Amo.

—Estuvo aquí —dijo Fet, mirando a su alrededor.

Eph sufrió una gran decepción. Quería despedazar el pesado armario, descargar su ira destruyendo algún objeto físico y trastornar el hábitat del monstruo de un modo contundente. Hacerle saber que no se había dado por vencido y que no se rendiría nunca.

—Aquí —dijo Fet—. Mira esto.

Un remolino salpicado de colores en la base de la pared lateral, iluminado por los rayos de la lámpara de Fet, reveló un charco de orina fresca. A continuación, Fet iluminó toda la pared con una linterna convencional.

Un mural de grafitis de diseños delirantes y dispuestos al azar cubría todo el muro de piedra. Eph se acercó y observó que casi todas las figuras eran variaciones de una que tenía seis puntas, las cuales iban de lo rupestre a lo abstracto y a lo sencillamente desconcertante. Había algo en ellos que parecía una estrella; algo que se asemejaba más a una ameba. Los grafitis estaban diseminados por el extenso muro como algo que se replica a sí mismo, llenando la fachada de piedra desde abajo hasta arriba. De cerca, la pintura tenía un olor fresco.

—Esto —dijo Fet, dando un paso atrás para verlo bien— es reciente.

Eph se acercó para observar un glifo en el centro de una de las estrellas más elaboradas. Parecía ser un gancho, una garra, o…

—Una luna creciente.

Eph pasó su lámpara de luz negra a través del dibujo intrincado. Invisibles para el ojo desnudo, dos formas idénticas se ocultaban en los vectores de los ornamentos. Y una flecha apuntaba en dirección a los túneles que estaban más allá.

—Podrían estar emigrando —dijo Fet señalando el camino…

Eph asintió con la cabeza y siguió la mirada de Fet.

—La dirección que indica es el sureste.

—Mi padre solía hablarme de estas marcas —dijo Fet—. Jerga de vagabundos, de la época en que llegó a este país después de la guerra. Los dibujos muestran las casas hospitalarias, y las que son hostiles: dónde puedes recibir alimento, encontrar una cama y advertirles a otros sobre el dueño de una casa hostil. A través de los años, he visto numerosos avisos como éste en bodegas, túneles, sótanos…

—¿Qué significa eso?

—No conozco el idioma —miró a su alrededor—. Pero parece señalar ese camino. Veamos si uno de esos teléfonos tiene la batería cargada. Uno que tenga cámara.

Eph escarbó en la parte superior de la pila, encendiendo teléfonos y descartando los malos. Un Nokia rosado con un Hello Kitty que brillaba en la oscuridad vibró en su mano. Eph se lo lanzó a Fet.

Fet le echó un vistazo.

—Nunca he entendido a este gato de mierda. Su cabeza es demasiado grande. ¿Cómo puede ser un gato? Míralo. ¿Está enfermo…? Tiene agua por dentro.

—¿Hidrocefalia, quieres decir? —replicó Eph, preguntándose por qué Fet había dicho eso.

Fet desprendió el gato y lo arrojó a la basura.

—Es un mal de ojo. Maldito gato. No me gusta ese gato de mierda.

Tomó una foto del glifo de la luna creciente iluminado por la luz índigo y luego grabó en video el fresco delirante, abrumado por la visión que ofrecía al interior de aquella cámara lúgubre, atormentado por la naturaleza de su trasgresión y desconcertado por su significado.

Ya era de día cuando salieron. Eph tenía su espada y demás equipo dentro de una bolsa de béisbol que llevaba al hombro; Fet traía sus armas en el pequeño maletín rodante que utilizaba para guardar los instrumentos de exterminio y los venenos. Iban vestidos como obreros, sucios por el polvo de los túneles debajo de la Zona Cero.

Con sus aceras semivacías, Wall Street parecía extrañamente tranquila. Las sirenas ululaban en la distancia, como implorando una respuesta que no llegaría. El humo negro se estaba convirtiendo en un elemento permanente en el cielo de la ciudad.

Los pocos transeúntes que pasaron junto a ellos avanzaron con rapidez, y escasamente devolvieron el saludo. Algunos llevaban mascarillas, otros tenían la nariz y la boca cubierta con bufandas; estaban desinformados sobre este "virus" misterioso. Casi todas las tiendas y locales comerciales estaban saqueados y vacíos, o sin electricidad. Pasaron junto al único supermercado iluminado, pero no se veía ningún empleado.

Adentro, varias personas sacaban las frutas estropeadas de los puestos delanteros, o los productos enlatados de los estantes casi vacíos de atrás. Cualquier cosa que fuera comestible. El enfriador de bebidas ya había sido vaciado, al igual que la sección de alimentos refrigerados. La caja registradora también estaba desocupada, como un recordatorio de los viejos hábitos que tardan en morir: el dinero no era tan valioso como pronto lo serían el agua y los alimentos.

—Absurdo —murmuró Eph.

—Por lo menos algunas personas aún tienen energía —dijo Fet—. Espera a que sus teléfonos y computadoras portátiles se descarguen y descubran que no pueden recargarlos. Entonces comenzarán a gritar.

El semáforo cambió de la mano roja a la figura blanca caminando, pero no había aglomeraciones de transeúntes dispuestos a cruzar. Manhattan sin peatones no era Manhattan. Eph oía el eco de las bocinas de los automóviles en las principales avenidas, pero las calles secundarias sólo eran recorridas por uno que otro taxi: los conductores estaban recostados en los volantes y los pasajeros esperaban ansiosamente atrás.

Eph y Fet se detuvieron en la acera, por simple costumbre, cuando el semáforo se puso en rojo.

—¿Por qué crees que está ocurriendo esto ahora? —preguntó Eph—. Si han estado aquí desde hace tanto tiempo, durante siglos, ¿qué fue lo que ocasionó esto?

Fet dijo:

—Nuestros horizontes de tiempo no son los mismos. Calculamos nuestra vida en días y años, con un calendario. Pero él es una criatura nocturna. El cielo es lo único que le preocupa.

—¡El eclipse! —señaló Eph—. Él lo estaba esperando.

—Tal vez signifique algo —dijo Fet—. Representa algo para él...

Un policía de Tránsito que salía de una estación los observó detenidamente, especialmente a Eph.

—Mierda —Eph desvió la mirada, pero no con la rapidez ni la espontaneidad adecuada. Aunque las fuerzas policiales se estaban desmoronando, el rostro de Eph había aparecido muchas veces en la televisión y los ciudadanos la seguían viendo en busca de sugerencias y recomendaciones.

Siguieron caminando y el policía les dio la espalda.

"Sólo es paranoia mía", pensó Eph.

Al otro lado de la esquina, y siguiendo instrucciones precisas, el policía hizo una llamada telefónica.

El blog de Fet

Hola, mundo.

(O lo que queda de él...)

Yo solía pensar que no hay nada más inútil que escribir un blog.

No podía imaginar una pérdida de tiempo más grande que ésta.

Pues, ¿a quién le importa lo que tienes que decir?

Así que no sé de qué se trata realmente.

Pero debo saberlo.

Supongo que tengo dos razones.

La primera es organizar mis pensamientos. Plasmarlos en la pantalla de esta computadora donde pueda verlos, analizarlos y tener quizá una idea de todo lo que está sucediendo. Porque lo que he experimentado en los últimos días es algo que me ha transformado —literalmente— y debo tratar de descifrar quién soy en ese momento.

¿La segunda razón? Es simple: descubrir la verdad. La verdad de lo que está sucediendo.

¿Quién soy yo? Un exterminador de oficio. Así que si vives en uno de los cinco distritos de Nueva York, ves una rata en la bañera y llamas al control de plagas...

Sí, soy el tipo que aparece dos semanas después.

Acostumbrabas dejarme ese trabajo sucio a mí. Librarte de las plagas. Erradicar a los bichos.

Pero ya no.

Una nueva plaga se está extendiendo por toda la ciudad, por todo el mundo. Un nuevo tipo de intrusos. Una viruela espantosa se propaga sobre la raza humana.

Estas criaturas están anidando en tu sótano.

En tu ático.

En las paredes.

Ahora, aquí viene lo bueno.

La mejor forma de erradicar una plaga —de ratas, ratones o cucarachas— es eliminando la fuente de alimento.

De acuerdo.

¿El verdadero problema consiste en la fuente de alimentos de esta nueva cepa?

Así es.

Somos nosotros.

Tú y yo.

Mira, en caso de que no te hayas dado cuenta todavía, aquí estamos hundidos en la mierda por los problemas.

Condado de Fairfield, Connecticut

LA PEQUEÑA EDIFICACIÓN ERA UNA de las doce que había al final de la carretera derruida, un parque de oficinas que se había ido a pique incluso antes de ser golpeado por la recesión. Conservó el aviso del inquilino anterior —Industrias R.L.—, un despachador de furgones blindados y, como era de esperarse, estaba rodeado por una gruesa cerca metálica de tres metros de altura. Se entraba con una tarjeta a través de una puerta electrónica.

El Jaguar de color crema del doctor y una flota de vehículos negros dignos de la comitiva de un mandatario ocupaban la mitad del garaje. La parte que correspondía a la oficina había sido habilitada como una pequeña sala de cirugía, dedicada al servicio de un solo paciente.

Eldritch Palmer estaba en la sala de recuperación, despertando de las habituales molestias postoperatorias. Se despertó lentamente pero con decisión, pues a fin de cuentas ya estaba habituado al oscuro tránsito de la recuperación de la conciencia. Su equipo médico conocía bien la combinación adecuada de sedantes y anestesia. Ya no lo sedaban mucho, pues era demasiado arriesgado para su avanzada edad. Y Palmer se recuperaba con mayor rapidez mientras menos anestesia le aplicaran.

Permanecía conectado a unas máquinas que monitoreaban la eficacia de su nuevo hígado. El donante había sido un prófugo salvadoreño, a quien le habían practicado exámenes para cerciorarse de que no sufría de enfermedades, drogadicción o alcoholismo. Se trataba de un órgano rosado-marrón sano y joven, con forma triangular, y su tamaño era similar al de un balón de futbol americano. Había acabado de llegar en un avión a reacción, menos de catorce horas desde su recolección y este injerto era, según las cuentas del propio Palmer, su séptimo hígado. Su cuerpo los descartaba del mismo modo que las máquinas de café lo hacían con los filtros.

El hígado, el órgano interno y la glándula más grande del cuerpo humano, tiene muchas funciones vitales, incluyendo el metabolismo, el almacenamiento de glucógeno, la síntesis de plasma, la producción de hormonas y la desintoxicación. En la actualidad, no existen recursos médicos para compensar su ausencia en el cuerpo, que fue bastante infortunada para el reacio donante salvadoreño.

El señor Fitzwilliam, enfermero, guardaespaldas y compañero constante de Palmer, permanecía en un rincón, siempre vigilante, como acostumbraban hacerlo casi todos los ex infantes de Marina. El cirujano entró sin quitarse su tapabocas y se puso un nuevo par de guantes. El médico era exigente, ambicioso, e incluso, para los estándares de la mayoría de los cirujanos, increíblemente rico.

Retiró la sábana. La sutura reciente era la reapertura de la cicatriz de un antiguo trasplante. Si exteriormente el pecho de Palmer era un cuadro abigarrado de cicatrices desfiguradas, su caja torácica era una cesta endurecida de órganos defectuosos. Esto fue lo que le dijo el cirujano:

—Me temo que su organismo ya no tolera más los tejidos y órganos trasplantados, señor Palmer. Éste es el fin.

Palmer sonrió. Su cuerpo era un hervidero de órganos de otras personas, y en ese sentido no era muy diferente al del Amo, la personificación de un enjambre de almas que no habían muerto.

—Gracias, doctor. Comprendo —la voz de Palmer se escuchaba ronca a través del tubo respiratorio—. De hecho, sugiero que me practique esta cirugía. Sé que a usted le preocupa que la Asociación Médica Americana descubra nuestras técnicas de recolección de órganos, y por lo tanto, lo eximo de cualquier responsabilidad. Le garantizo que, además, éstos serán los últimos honorarios que cobrará por este procedimiento. No volveré a necesitar intervenciones médicas… nunca más.

El cirujano lo seguía mirando con perplejidad. Eldritch Palmer, un hombre enfermo desde la infancia, poseía una extraordinaria voluntad de vivir: un feroz instinto de supervivencia como nunca antes había visto el cirujano. ¿Acaso el anciano estaba sucumbiendo finalmente al destino de todos los mortales?

No tenía importancia. El cirujano se sintió aliviado y agradecido. Llevaba planeando su retiro desde hacía algún tiempo y todo estaba arreglado. Era una bendición verse libre de todas sus obligaciones en tiempos tan tumultuosos como éstos. Sólo esperaba que su vuelo a Honduras aún siguiera en pie. Y que el incendio de este edificio no despertara demasiadas sospechas ni investigaciones a raíz de los muchos disturbios civiles.

El médico pensó en todo esto mientras se retiraba con una sonrisa amable, bajo la mirada glacial del señor Fitzwilliam.

Palmer descansó sus ojos. Dejó que su mente volviera de nuevo a la exposición solar del Amo, perpetrada por Setrakian, aquel viejo loco. Palmer evaluó este caso bajo los únicos términos que entendía: ¿Qué significado tiene esto para mí?

Sólo aceleraba la línea de tiempo que, a su vez, apresuraba su inminente liberación.

Finalmente, su día estaba a punto de llegar.

Setrakian. ¿La derrota realmente tenía un sabor amargo? ¿O era como tener un montón de cenizas en el paladar?

Palmer no conocía el rostro de la *derrota*: nunca lo conocería.

¿Cuántos podrían decir algo parecido?

Setrakian era como las piedras en medio de los ríos caudalosos. Orgullosamente necio, creía que podía interrumpir el flujo, cuando, de manera predecible, el río estaba fluyendo a toda velocidad alrededor suyo.

La futilidad de los seres humanos. Todo comienza con semejante promesa, ¿verdad? Sin embargo, todo termina siempre de un modo predecible.

Concentró sus pensamientos en la Fundación Palmer. Era lo usual entre los archimillonarios: bautizar una organización caritativa con su nombre. Ésta, su única fundación filantrópica, había destinado una fracción de sus cuantiosos recursos al traslado y posterior tratamiento de una decena de niños afectados por la ocultación reciente de la Tierra. Habían perdido la visión durante el raro evento celeste, ya sea por observar el eclipse sin la protección óptica adecuada, o bien, debido a un infortunado defecto en las gafas de seguridad para niños provenientes de una planta en China, cuyo rastro terminaba en un lote baldío de Taipei…

A través de su fundación, Palmer prometió que no escatimaría ningún gasto para la rehabilitación y reeducación de estas pobres criaturas. Y, en efecto, Palmer lo había dicho en serio.

El Amo lo había exigido así.

Calle Pearl

EPH SENTÍA QUE LOS SEGUÍAN CUANDO cruzaban la calle. Mientras tanto, Fet seguía concentrado en las ratas. Los roedores desplazados huían de puerta en puerta y a lo largo de la alcantarilla soleada, en un evidente estado de pánico, completamente desconcertados.

—Mira allí —dijo Fet.

Lo que Eph tomó por palomas posadas en las cornisas en realidad eran ratas. Estaban mirando hacia abajo, observando a Eph y a Fet como si esperaran a ver qué hacían. Su presencia fue tan reveladora como un termómetro que medía el grado de infestación de vampiros que se propagaban bajo tierra y expulsaban a las ratas de sus nidos. Hubo un registro de algo relacionado con las vibraciones animales de *strigoi*, o en su defecto, de su presencia evidentemente diabólica que rechazaba otras formas de vida.

—Debe haber un nido cercano —dijo Fet.

Pasaron junto a un bar y Eph tenía tanta sed que sintió un tirón en la parte posterior de su garganta. Retrocedió y trató de abrir la puerta, que estaba sin seguro.

Un bar antiguo, fundado hace más de ciento cincuenta años años, presumía el aviso; el más antiguo en funcionamiento en Nueva York, pero no había clientes ni bartender. La única interrupción del silencio era el murmullo apagado de un televisor que había en un rincón, transmitiendo las noticias.

Eph se acercó a la barra del fondo, tan oscura como desolada. En las mesas había jarras de cerveza a medio consumir y unas pocas sillas con abrigos colgados de los respaldos. Era evidente que cuando la fiesta terminó, había concluido de manera abrupta y de una vez por todas.

Eph inspeccionó los baños —de los hombres, con orinales grandes y antiguos que daban a un desagüe con forma de cubeta—, y los encontró previsiblemente vacíos.

Regresó, y las suelas de sus botas dejaron rastros en el piso de aserrín.

Fet tenía el maletín a un lado y descansaba sus piernas sobre una silla.

Eph se aventuró detrás de la barra. No había botellas de licores, licuadoras ni cubetas de hielo: sólo las llaves de los barriles de cerveza, con las jarras de vidrio de diez onzas esperando a ser llenadas. Aquel bar sólo vendía cerveza. No tenía licor alguno, que era lo que Eph buscaba. Sólo vio cerveza con la marca del bar, disponible en versión clara u oscura. Las llaves viejas eran de adorno, pero las nuevas funcionaban sin problema. Eph sirvió dos cervezas oscuras.

—¿Por quién brindamos?

Fet se acercó a la barra, tomando una de las jarras.

—Por la aniquilación de los malditos chupasangres.

Eph vació la mitad de su jarra.

—Parece que los clientes salieron huyendo de aquí a toda prisa.

—¡Último llamado! —exclamó Fet, chupándose el bigote de espuma en su grueso labio superior.

"Último llamado a toda la ciudad." Una voz proveniente del televisor captó su atención, y fueron a escuchar. Un periodista estaba haciendo una toma en vivo de un pueblo cercano a Bronxville, la ciudad natal de uno de los cuatro sobrevivientes del vuelo 753. El humo oscurecía el cielo detrás de él y el titular de la noticia decía: SIGUEN LOS DISTURBIOS EN BRONXVILLE.

Fet cambió de canal. Wall Street se tambaleaba debido al pánico financiero, a la amenaza de un brote mayor que el de la gripe H1N1 y a una serie de desapariciones recientes de sus agentes.

Los corredores de la Bolsa estaban sentados y casi petrificados en sus puestos mientras veían cómo se desplomaba el promedio bursátil.

En el canal NY1, el tema principal era el tránsito: todas las salidas de Manhattan estaban atestadas de ciudadanos que huían de la isla antes de que fuera declarada la supuesta cuarentena.

Los boletos aéreos y ferroviarios estaban sobrevendidos, de modo que los aeropuertos y las estaciones de trenes se producían escenas totalmente caóticas.

Eph escuchó el sobrevuelo de un helicóptero; tal vez era la única forma de entrar o salir de Manhattan en aquel momento. Si es que acaso tenías tu propio helipuerto, como Eldritch Palmer.

Encontró un teléfono antiguo detrás de la barra.

Escuchó un áspero tono de marcado y utilizó con paciencia el disco rotatorio para llamar a Setrakian.

El teléfono repicó y Nora contestó.

—¿Cómo está Zack? —le preguntó Eph antes de que ella pudiera hablar.

—Mejor. Realmente estuvo muy impresionado.

—¿Ella no ha regresado?

—No. Setrakian la sacó de la azotea.

—¿De la azotea? ¡Santo Dios! —Eph se sintió indispuesto. Sacó otra jarra y se sirvió otra cerveza con rapidez—. ¿Dónde está Z?

—Arriba. ¿Quieres que vaya a buscarlo?

—No. Será mejor que hable cara a cara con él cuando regrese.

—Creo que tienes razón. ¿Destruyeron el ataúd?

—No —dijo Eph—. Desapareció.

—¿Qué dices? —preguntó ella.

—Parece que no está herido de gravedad. Realmente no salió tan mal librado. Y vimos algo raro en las paredes: unos dibujos extraños, pintados con aerosol.

—¿Quieres decir que alguien pintó unos grafitis?

Eph se palpó el bolsillo, y se tranquilizó al cerciorarse de que el Nokia rosado seguía allí.

—Logré grabar algo y realmente no se qué pensar —apartó brevemente el teléfono para tomar más cerveza—. Sin embargo, te diré algo, la ciudad tiene un aspecto espeluznante. El silencio es total.

—Aquí no —dijo Nora—. Hay un poco de calma ahora que está amaneciendo, pero no durará. El sol ya no parece asustarlos tanto. Se están volviendo cada vez más osados.

—Exactamente —replicó Eph—. Están aprendiendo, se están haciendo más inteligentes. Tendremos que irnos. Hoy mismo.

—Setrakian también dijo eso. Por lo de Kelly.

—¿Porque ella sabe dónde estamos ahora?

—Sí, y eso significa que el Amo también lo sabe.

Eph se llevó la mano a los párpados, intentando mitigar su dolor de cabeza.

—Estamos de acuerdo.

—¿Dónde estás ahora?

—En el distrito financiero, cerca de la estación Ferry Loop —no le dijo que estaba en un bar—. Fet le ha echado el ojo a un coche más grande. Iremos por él y regresaremos pronto.

—Simplemente… regresen sanos y salvos, por favor.

—Ése es el plan.

Colgó el teléfono y se agachó debajo de la barra. Estaba buscando un recipiente que no fuera de vidrio para servir más cerveza; lo necesitaba para internarse bajo la superficie terrestre. Encontró una vieja licorera forrada en cuero y, luego de retirar el polvo de la tapa de bronce, descubrió una botella de brandy de buena calidad completamente limpia: seguramente el bartender rompía con ella la monotonía de las rondas de cerveza. Lavó la copa, la llenó con cuidado sobre un pequeño fregadero, y escuchó un golpe en la puerta.

Corrió a buscar su espada y recordó que los vampiros no tenían la costumbre de tocar puertas. Pasó a un lado de Fet, avanzando con cautela en dirección a la entrada, miró por la ventana y vio al doctor Everett Barnes, el director de los Centros para el Control de Prevención y Enfermedades.

El médico, entrado en años y de aspecto campesino, no llevaba su uniforme de almirante —los CDC habían sido creados originalmente por la Marina de los EE.UU.—, sino un traje marfil con blanco y la camisa desabotonada. Parecía como si hubiera salido deprisa, sin terminar su desayuno.

Eph pudo ver la calle a sus espaldas, todo parecía indicar que Barnes estaba solo, al menos en ese instante. Eph retiró el cerrojo de la puerta y la abrió.

—Ephraim —dijo Barnes.

Eph lo agarró de la solapa y lo obligó a entrar, cerrando la puerta de inmediato.

—Tú —le dijo echándole un vistazo a la calle—, ¿dónde están los demás?

El director Barnes se desprendió de Eph y se acomodó la chaqueta.

—Han recibido órdenes de mantenerse alejados. Pero pronto estarán aquí; de eso no tengas dudas. Insistí en que necesitaba unos pocos minutos para hablar a solas contigo.

—¡Jesús! —exclamó Eph, al observar los tejados de enfrente, antes de retirarse de la ventana—. ¿Cómo llegaron tan rápido?

—Es una prioridad de la cual quiero hablarte. Nadie te quiere hacer daño, Ephraim. Todo esto se ha hecho por petición mía.

Eph se apartó de él y se dirigió a la barra.

—Tal vez seas el único en creer eso.

—Necesitamos que vengas con nosotros —dijo Barnes, siguiéndolo—. Te necesito, Ephraim. Ahora lo sé.

—Mira —replicó Eph, acercándose a la barra y dándose vuelta—. Tal vez entiendas lo que está sucediendo, o tal vez no. No sé si eres parte de todo esto. Es probable que ni siquiera lo sepas. Pero hay alguien detrás de todo, alguien muy poderoso y si me voy con ustedes ahora, sin duda alguna terminaré incapacitado o muerto. O tal vez peor que eso.

—Estoy ansioso de escucharte, Ephraim; atento a lo que tengas que decir. Reconozco que cometí un error. Sé que ahora estamos en las garras de algo totalmente devastador y de consecuencias insospechadas, algo que no pertenece a este mundo.

—No es de otro mundo, sino de éste. —Eph tapó la licorera.

Fet estaba detrás de Barnes.

—¿Cuánto tiempo falta para que entren? —preguntó.

—No mucho —dijo Barnes, sin saber quién era aquel exterminador de porte imponente y de uniforme sucio. Barnes concentró su atención en Eph y en su copa.

—¿Te parece que es buen momento para beber?

—Ahora más que nunca —dijo Eph—. Sírvete si quieres. Te recomiendo la cerveza oscura.

—Mira, sé que has pasado por muchas dificultades últimamente.

—Everett, realmente no me importa lo que pueda pasarme. No se trata de mí y será inútil que apeles a mi ego. Lo que realmente me preocupa son estas verdades a medias o, mejor dicho, las patrañas que se publican bajo los auspicios de los CDC. ¿Ya no eres un servidor del pueblo, Everett? ¿Sólo del gobierno?

El director Barnes hizo una mueca.

—De los dos, necesariamente.

—Débil —replicó Eph—, un inepto: eso es lo que eres. Incluso un criminal en las circunstancias actuales.

—Es por eso que necesito que vengas, Ephraim. Necesito tu testimonio, de tu experiencia de primera mano.

—¡Es demasiado tarde! ¿Ni siquiera te das cuenta de eso?

Barnes retrocedió un poco, con sus ojos puestos en Fet.

—Tenías razón sobre Bronxville. Lo hemos sellado.

—¿Sellado? —preguntó Fet—. ¿Cómo?

—Con una cerca de alambre.

Eph se echó a reír con amargura.

—¿Con una cerca de alambre? ¡Por Dios, Everett! Eso es exactamente a lo que me refiero. Estás anticipándote a la percepción pública frente al virus, pero no a la amenaza en sí. ¿Vas a ofrecerles seguridad con lemas publicitarios? ¿Con vallas o símbolos? Ellos no tardarán en volverlos añicos.

—Entonces dime qué debo hacer. ¿Qué me recomiendas?

—Empieza por destruir a los cadáveres. Es el paso número uno.

—¿Destruir a los…? Sabes que no puedo hacer eso.

—Entonces nada de lo que hagas surtirá efecto. Tienes que enviar un contingente militar a que recorra el lugar y elimine a todos y cada uno de los portadores. Luego debes ampliar la operación al sur, aquí en la ciudad y en todo Brooklyn y el Bronx…

—Estás hablando de asesinatos en masa. Piensa en las imágenes…

—Eres tú quien tiene que pensar en los hechos, Everett. Yo también soy médico, nos estamos enfrentando a una realidad completamente distinta.

Fet se acercó de nueva la puerta para cerciorarse de que no hubiera movimientos extraños en la calle.

—Ellos no te enviaron aquí para que yo les ayude. Lo que quieren es que me lleves para poder neutralizarme a mí y a las personas que me rodean. Esto —dijo sacando la espada de plata del arsenal portátil de su bolso— es mi bisturí ahora. La única forma de curar a estas criaturas es liberándolas, y sí, eso significa una verdadera masacre. Los tratamientos médicos son inútiles. ¿Realmente quieres ayudar? Entonces ve y divúlgalo en televisión. Cuéntales la verdad.

Barnes miró a Fet.

—¿Y quién es éste que te acompaña? Esperaba verte con la doctora Martínez.

A Eph le pareció extraña la forma en que Barnes pronunció el nombre de Nora. Pero no pudo darle vueltas al asunto. Fet se acercó a ellos. Estaba inquieto.

—Ahí vienen —les dijo.

Eph se dirigió a la puerta y vio unas furgonetas que se detenían para cerrar la calle en ambas direcciones. Fet pasó a su lado y agarró a Barnes del hombro; se lo llevó a una mesa de atrás y lo sentó en un rincón. Eph se enfundó la bolsa de béisbol y le entregó la maleta a Fet.

—Por favor —exclamó Barnes—. Se lo suplico a los dos… Puedo protegerlos.

—Escucha —estalló Fet—. Acabas de convertirte oficialmente en un rehén, así que cierra el pico de una buena vez.

Miró a Eph y le preguntó:

—¿Y ahora qué? ¿Cómo hacemos para evitar que entren? Los agentes del FBI son inmunes a la luz UVC.

Eph recorrió la cervecería con sus ojos en busca de respuestas. Los cuadros colgaban de las paredes y atiborraban los estantes detrás de la barra. Retratos de Lincoln, Garfield, McKinley y un busto de John F. Kennedy, todos ellos presidentes asesinados, como si fueran testigos del paso de un largo siglo. Muy cerca, entre otras antigüedades —un fusil de caza, una taza para la espuma de afeitar y algunos obituarios enmarcados—, colgaba una daga de plata.

A su lado había un aviso: ESTÁBAMOS AQUÍ ANTES DE QUE USTEDES NACIERAN.

Eph saltó detrás de la barra con rapidez. Retiró con una patada el aserrín de la aldaba en forma de hocico de toro incrustada en el piso desgastado de madera.

Fet se acercó y le ayudó a levantar la portezuela.

El olor les dijo lo que necesitaban saber: olía a amoniaco fresco y pungente.

—Ellos sólo vendrán por ustedes —dijo el director Barnes, quien todavía estaba sentado en el rincón.

—A juzgar por el olor, no se lo recomendaría —respondió Fet, bajando por la escalera subterránea.

—Everett —dijo Eph, encendiendo su lámpara Luma antes de iniciar el descenso—. En caso de que aún tengas dudas, permíteme ser perfectamente claro ahora: renuncio.

Eph siguió a Fet, iluminando los estantes inferiores con su lámpara, cuya luz tenía una tonalidad índigo y etérea. Fet se estiró para cerrar la portezuela.

—Deja eso —susurró Eph—. Si él es tan sucio como supongo, seguramente ya está corriendo hacia la puerta.

Fet desistió y la escotilla permaneció abierta.

El techo era bajo y los desechos de tantas décadas —toneles y barriles viejos, unas cuantas sillas estropeadas, varios estantes repletos de vasos vacíos y un viejo lavaplatos industrial— reducían el espacio del pasillo. Fet sujetó unas bandas de goma gruesa alrededor de los tobillos y en los puños de su chaqueta, un truco de sus días de exterminador cuando colocaba trampas en apartamentos infestados de cucarachas y que había aprendido del modo más desagradable. Le pasó unas a Eph.

—Para los gusanos —le dijo, subiéndose el cierre de la chaqueta.

Eph avanzó por la superficie de piedra y empujó una puerta lateral que conducía a una vieja habitación que hacía las veces de bodega, ahora caliente y desierta. Luego vio una puerta de madera con una perilla ovalada y el polvo asentado en el suelo que ya no perturbaba el ventilador. Fet hizo un gesto con la cabeza y Eph la abrió de un golpe.

Eph había aprendido que no podía titubear ni pensar mucho antes de actuar. No podía darles tiempo a que se reunieran y tomaran la delantera, porque estaba en su naturaleza el sacrificarse para que los demás tuvieran una oportunidad de atacar a la presa. Ante la posibilidad de enfrentarse a aguijones que pueden extenderse casi dos metros y a su extraordinaria visión nocturna, nunca se debe dejar de mover hasta que el último de los monstruos sea destruido.

El cuello era su punto débil, como la garganta de sus presas lo era para ellos. Cercenarles la columna vertebral, destruir su cuerpo y al ser que lo habita. Una pérdida significativa de sangre blanca tiene el mismo efecto, aunque el derramamiento de sangre es mucho más peligroso, pues los gusanos capilares que logran escapar vivos buscan nuevos cuerpos huéspedes para invadirlos. Era por esto que Fet se colocaba siempre bandas de goma en los puños.

Eph aniquiló a los dos primeros vampiros del modo que le había resultado más efectivo: utilizando la lámpara UVC como una antorcha para repeler a las bestias, arrinconándolas contra la pared para luego rematarlas con la espada y darles el golpe de gracia. Al herirlos, las armas de plata producían en los vampiros algo semejante al dolor humano y quemaduras de luz ultravioleta en su ADN, como si se tratara de un lanzallamas.

Fet utilizó la pistola neumática, descerrajándoles clavos de plata en sus rostros para enceguecerlos o desorientarlos y luego rebanarles sus cuellos distendidos. Los gusanos fugitivos se deslizaron por el suelo húmedo, Eph mató a algunos de ellos con su lámpara UVC y otros encontraron su destino fatal bajo las suelas de las botas de Fet, quien luego de pisotearlos recogió algunos en un pequeño frasco que tenía en su maletín.

—Para el viejo —dijo, antes de continuar con su labor de exterminio.

Oyeron una multitud de pasos y voces allá arriba, en el bar, cuando entraron a la habitación contigua.

Uno de ellos atacó a Eph desde un costado, todavía con su delantal de barman y los ojos desmesuradamente abiertos y hambrientos. Eph le lanzó un espadazo de revés, haciendo retroceder a la criatura con la luz de su lámpara. Eph estaba aprendiendo a ignorar sus sentimientos misericordiosos. El vampiro chilló lastimosamente en un rincón mientras Eph lo acorralaba para rematarlo.

Otros dos, tal vez tres, huyeron por la puerta lateral tan pronto vieron la luz índigo. Un puñado se mantuvo agazapado bajo los estantes rotos con la intención de atacar.

Fet se acercó a Eph con su lámpara en la mano, agarrándolo firmemente del brazo cuando éste se disponía a atacar a los vampiros. Eph respiraba con dificultad, así que el exterminador procedió con profesionalismo, concentrado y sin el menor remordimiento.

—Espera —le dijo Fet—. ¡Déjaselo a los agentes del FBI que acompañan a Barnes!

Eph captó la idea de Fet y dio marcha atrás, enfocando los rayos de su lámpara hacia ellos.

—¿Y ahora qué?

—Los otros escaparon. Debe haber otra salida…

Eph miró la puerta de al lado.

—Más te vale que estés en lo cierto.

Fet tomó la delantera, siguiendo el rastro de orina seca que resplandecía bajo la luz fluorescente de sus lámparas. Los cuartos de atrás daban paso a una serie de bodegas, conectadas por túneles antiguos excavados a mano. Los rastros de amoniaco estaban completamente desperdigados, Fet siguió uno y cambió de dirección en un cruce.

—Me gusta esto —dijo, golpeándose las botas para quitarse el barro—. Es como las ratas cuando cazan, siguen el rastro. La luz ultravioleta lo hace posible.

—Pero, ¿cómo conocen estas rutas?

—Ellos han estado explorando en busca de alimentos. ¿Nunca has oído hablar de la ordenanza Volstead?

—¿Volstead? ¿Te refieres a la Ley Volstead de la Prohibición?

—Los restaurantes, bares y tabernas tuvieron que adecuar sus bodegas y pasar a la clandestinidad. Esta ciudad crece continuamente. Suma todas las antiguas bodegas y casas provistas de túneles con las redes de tuberías de acueducto y alcantarillado… Hay quienes afirman que puedes pasar de cualquier punto a otro de la ciudad, de una cuadra y de un barrio a otro, exclusivamente bajo tierra.

—La casa de Bolívar —insinuó Eph, recordando a la estrella de rock, uno de los sobrevivientes del vuelo 753. Su residencia era una antigua casa de contrabandistas, con un sótano secreto donde se fabricaba ginebra, el cual estaba conectado con los túneles del metro que se extendían abajo.

—¿Cómo sabes hacia dónde se dirigen? —preguntó Eph, examinando uno de los túneles.

Fet señaló otra inscripción de vagabundos grabada en la piedra, probablemente hecha por una uña endurecida en forma de garra característica de las criaturas.

—Aquí hay algo. Es lo único que sé con certeza. Pero apuesto a que van a la estación Ferry Loop, que está a menos de una o dos cuadras de distancia.

Nazareth, Pennsylvania

"Agustín..."

Agustín Elizalde se puso de pie. Permaneció sumergido en la oscuridad más absoluta. Era una negrura comparable a la de la tinta, sin el menor rastro de luz. Como el firmamento cuando no hay estrellas. Parpadeó para asegurarse de que sus ojos estaban abiertos y que aún los tenía en su sitio. Pero no vio cambio alguno.

¿Así era la muerte? Ningún lugar podía ser más oscuro.

Debía serlo. Estaba jodidamente muerto.

O tal vez lo habían convertido. ¿Era un vampiro ahora, incluido su cuerpo, sólo que una vieja parte de él estaba encerrada en la oscuridad de su mente, como un prisionero en un ático? Tal vez la frialdad que sentía y la dureza del suelo bajo sus pies eran sólo trucos compensatorios de su cerebro. Estaba encerrado para siempre dentro de su cabeza.

Se agachó un poco, tratando de comprobar su existencia mediante el movimiento y la impresión sensorial. Se sintió mareado debido a la ausencia de un punto focal y apartó los pies. Estiró la mano y saltó, pero no logró tocar techo alguno.

Una brisa ocasional y suave ondulaba su camisa. Olía a barro, a tierra.

Estaba bajo tierra. Enterrado vivo.

"Agustín..."

Su madre lo llamaba una vez más como en un sueño.

—¿Mamá?

Su voz se le devolvió en un eco sorprendente. La recordaba a ella tal como la había dejado: sentada en el armario de su dormitorio, al lado de un montón de ropa. Mirándolo con la sed lasciva de una recién convertida.

—Vampiros —dijo un anciano.

Gus se dio vuelta, intentando adivinar de dónde provenía la voz. Pero no tenía otra opción más que seguirla.

Se acercó a un muro de piedra, tanteando el camino con la pared lisa y ligeramente curva. Sus manos seguían lastimadas por las cortaduras de vidrio que había sufrido: las esquirlas que había recibido en el asesinato (no: en la *destrucción*) de su hermano convertido en vampiro. Se detuvo para sentir sus muñecas y se dio cuenta de que las esposas que tenía cuando escapó de la custodia policial —y cuya cadena rompieron los cazadores— habían desaparecido.

Esos cazadores habían resultado ser vampiros, apareciendo de improviso aquella mañana en esa calle de Morningside Heights, combatiendo contra sus congéneres como dos bandas rivales en una guerra de pandillas. Pero los cazadores estaban bien equipados. Tenían armas. Tenían automóviles. Y una buena coordinación. No eran simplemente unos zánganos sedientos de sangre como los que Gus había enfrentado y destruido.

Lo último que recordaba era que ellos lo habían subido a la parte posterior de una camioneta SUV. Pero, ¿por qué a él?

Otra ráfaga de viento, como el último suspiro de la Madre Naturaleza, pasó por su cara y él la siguió con la esperanza de ir en la dirección correcta. El muro terminaba en un ángulo agudo. Palpó el otro lado, el izquierdo, y advirtió que también concluía en una esquina con una brecha en el medio, como si se tratara de un umbral.

Gus avanzó y el nuevo eco de sus pasos le indicó que transitaba por un espacio más ancho y alto que el anterior.

Sintió un olor penetrante y de algún modo familiar. Procuró identificarlo.

Lo consiguió. Era el mismo olor del desinfectante que había utilizado en el calabozo para hacer labores de limpieza. Era amoniaco, aunque no alcanzó a quemarlo.

Entonces sucedió algo. Pensó que su mente le estaba jugando una mala pasada, pero luego se dio cuenta de que, efectivamente, la luz estaba entrando allí. La precariedad de la luz y la incertidumbre de la situación lo aterrorizaron. Cerca de las paredes lejanas, dos lámparas de trípode separadas una de la otra se aproximaron lentamente, diluyendo el grosor de la negrura.

Gus estiró sus brazos con la misma firmeza de los combatientes de artes marciales que había visto en internet. Las luces siguieron brillando, aunque de manera tan gradual que su potencia apenas si se hizo visible. Pero sus pupilas estaban tan dilatadas por la oscuridad y sus retinas tan expuestas, que cualquier fuente de luz lo habría perjudicado.

Él no lo vio al principio. El ser estaba justo frente a él, a no más de diez o quince metros de distancia, pero su cabeza y extremidades eran tan pálidas, suaves e inmóviles que sus ojos las tomaron por fragmentos de muros rocosos.

Lo único que sobresalía era un par de agujeros simétricos y oscuros. No eran negros, pero casi.

Eran de un color rojo profundo. Del color de la sangre.

Si se trataba de un par de ojos, lo cierto era que no parpadeaban. Tampoco miraban fijamente. Se posaron sobre Gus con una notable ausencia de pasión. Eran tan indiferentes como dos piedras rojizas. Unos ojos empapados de sangre que lo habían visto todo.

Gus percibió el borde de una bata sobre el cuerpo del ser, fundiéndose en la oscuridad como una cavidad dentro de otra. El ser era alto, si es que Gus estaba viendo correctamente. Pero la inmovilidad de esta cosa era semejante a la muerte. Gus permaneció en su sitio.

—¿Qué es esto? —dijo con un tono casi cómico que traicionaba su miedo—. ¿Crees que estás comiendo comida mexicana? Piénsalo bien. ¿Qué tal si vienes y te atragantas de esto, perra?

Irradiaba tanto silencio y quietud que Gus bien podría haber estado frente a una estatua vestida. Su cráneo, desprovisto de pelo y del cartílago de las orejas, era extremadamente suave. Ahora Gus se estaba percatando de algo, oyendo —o mejor, sintiendo— una vibración semejante a un zumbido.

—¿Y bien? —dijo, dirigiéndose a aquella masa inexpresiva—. ¿Qué estás esperando? ¿Te gusta jugar con tu comida antes de la cena? —Levantó los puños a la altura de su cara—. No soy una maldita chalupa, zombis de mierda.

Algo más llamó su atención aparte del movimiento a su lado derecho y vio que había otra criatura. Estática, como si fuera parte del muro, una sombra más baja que la primera, los ojos con forma distinta pero igualmente desprovistos de emociones.

Y luego, a la izquierda —y gradualmente— un tercero.

Gus, que no estaba familiarizado con las salas de audiencia, se sintió como si estuviera compareciendo ante tres jueces extraños en una estancia de piedra. Estaba perdiendo la razón, pero siguió hablando y comportándose como un pandillero. Los jueces lo habrían denominado "desacato"; Gus lo consideró como "hacerle frente", algo que siempre hacía cuando se sentía menospreciado y era tratado no como un ser humano digno, sino como un estorbo, un obstáculo que se interponía en el camino de alguien.

"Seremos breves."

Gus se llevó las manos a las sienes, no a los oídos: de algún modo, la voz estaba dentro de su cabeza. Venía del mismo lugar de su cerebro donde se había originado su propio monólogo interior, como si una estación de radio pirata hubiera usurpado su señal.

"Eres Agustín Elizalde."

Se llevó las manos a la cabeza, pero la voz proseguía impasible. Y no había botón alguno para apagarla.

—Sí, ya sé quién carajos soy. ¿Quién chingados eres tú? ¿*Qué* chingado eres? ¿Y cómo te metiste dentro de mí...?

"No estás aquí a modo de alimento. Tenemos un montón de ganado para la temporada de invierno."

—¿Ganado? ¿Personas?

Gus había oído gritos esporádicos, ecos de voces angustiadas en las cuevas, pero supuso que eran gemidos que escuchaba en sueños.

"La cría de ganado de pastoreo ha satisfecho nuestras necesidades durante miles de años."

"Los estupiods animales nos sirven de cuantioso alimento. Y ocasionalmente, alguno de ellos muestra un ingenio inusual."

Gus apenas entendió aquello, y quiso que fueran al grano.

—Así que... ¿están queriendo decirme que no intentarán convertirme en... uno de ustedes?

"Nuestra línea de sangre es prístina y privilegiada. Ser parte de nuestro linaje es un regalo. Es algo completamente único, y muy, muy caro."

Lo que ellos decían no tenía el menor sentido para Gus.

—Si no van a chuparme la sangre, entonces, ¿qué chingados quieren?

"Tenemos una propuesta para hacerte."

—¿Una propuesta? —Gus se golpeó un lado de la cabeza como si se tratara de un aparato defectuoso—. Bueno, entonces díganla ya.

"Necesitamos un siervo durante el día. Un explorador. Somos una raza de seres nocturnos, y ustedes son diurnos."

—¿Diurnos?

"Tu ritmo circadiano y endógeno está regulado por el ciclo de luz y oscuridad al que ustedes llaman un día de veinticuatro horas. La cronobiología consanguínea de tu especie está aclimatada al calendario celeste de este planeta, todo lo contrario a la nuestra. Eres una criatura solar."

—¿Criatura solar?

"Necesitamos a alguien que pueda moverse libremente a la luz del día. Alguien que pueda soportar los rayos del sol y, de hecho, utilizar su poder, así como otras armas que pondremos a tu disposición para masacrar a los impuros."

—¿Masacrar a los impuros? Pero ustedes son vampiros, ¿no? ¿Quieren que yo mate a otros de su propia especie?

"A la nuestra no. Esta cepa impura se está propagando de una manera muy promiscua a través de tu gente: se trata de un flagelo. Y está totalmente fuera de control."

—¿Y qué esperaban?

"No somos parte de esto. Estás frente a seres de gran discreción y honorabilidad. Este contagio representa la violación de una tregua, de un equilibrio que ha durado varios siglos. Ésta es una afrenta directa."

Gus retrocedió unos milímetros. Advirtió que ya estaba comenzando a entender: 'Alguien está tratando de robarte la esquina…'

"No nos reproducimos de la misma forma desordenada y anárquica de tu especie. El nuestro es un proceso de una atención cuidadosa."

—Son finísimas personas.

"Comemos lo que queremos. El alimento es el alimento. Disponemos de el aún cuando estamos saciados."

Una risa afloró en el pecho de Gus y por poco lo asfixia. Ellos se referían a las personas como si las vendieran a tres por un dólar en el mercado de la esquina.

"¿Te parece gracioso?"

—No. Al contrario. Por eso me río.

"Cuando has terminado de comer una manzana, ¿eliminas el corazón? ¿O conservas las semillas para sembrar más árboles?"

—Supongo que lo arrojo a la basura.

"¿En un recipiente de plástico? ¿Luego de vaciar su contenido?"

—Está bien, entiendo. Ustedes beben la sangre y luego tiran el envase: ¡una botella humana! Quiero saber algo. ¿Por qué yo?

"Porque pareces ser capaz."

—¿Cómo lo saben?

"Por tu historial criminal, por ejemplo. Llamaste nuestra atención cuando fuiste arrestado por asesinato en Manhattan."

Aquel tipo gordo, caminando desnudo por Times Square. Había atacado a una familia y, en ese instante, Gus pensó "No en mi ciudad, pervertido". Obviamente, en estos momentos habría deseado no haber hecho nada al respecto, como el resto de los transeúntes.

"Luego escapaste de la custodia policial y mataste a otros impuros."

Gus frunció el ceño.

—Mi compadre era uno de "esos impuros". ¿Cómo saben tantas cosas si viven en este agujero de mierda?

"Ten la seguridad de que estamos conectados con el mundo humano en sus más altos niveles. Pero, para conservar el equilibrio, no podemos correr el riesgo de exponernos, que es precisamente la actual amenaza de esta cepa impura. Y es aquí donde tú entras en juego."

—Una guerra de pandillas. Eso lo entiendo. Pero se les olvida algo jodidamente importante: ¿por qué carajo debería ayudarlos?

"Por tres razones."

—Adelante; estoy contando. Espero que sean buenas.

"La primera es que saldrás con vida de esta habitación."

—Ésa es buena.

"La segunda es que tu éxito en esta empresa te enriquecerá más allá de lo que jamás hubieras imaginado."

—Hmmm. No lo sé. Puedo contar hasta cifras muy altas.

"La tercera… está justo detrás de ti."

Gus se dio vuelta. Inicialmente vio a un cazador, uno de aquellos vampiros con aires de suficiencia que lo habían raptado en la calle. Tenía la cabeza cubierta por una capucha negra, y sus ojos rojos refulgían en la penumbra.

A su lado estaba una vampiresa con esa mirada distante que ya le era familiar a Gus. Era gorda y bajita, de cabello negro y enmarañado, vestida con una bata rota, su tráquea pulsando con la estructura interior del aguijón vampírico.

Llevaba un crucifijo muy estilizado de color rojo y negro en la base de la costura en "v" del cuello de su bata, un tatuaje de su juventud del que ella decía arrepentirse, pero que en aquella época debió de tener un aspecto bastante majestuoso y que siempre había impresionado a Gus desde su más tierna edad, a despecho de lo que su madre dijera.

La criatura era su madre. Tenía los ojos vendados con un trapo oscuro. Gus pudo ver el latido de su garganta, el ansia de su aguijón.

"Ella te siente. Pero sus ojos deben permanecer cubiertos. En su interior reside la voluntad de nuestro enemigo. Él ve a través de ella. Escucha a través de ella. No podemos mantenerla mucho tiempo en esta recámara."

A Gus le brotaron lágrimas de ira. La tristeza le causaba dolor y éste se manifestaba en rabia. Desde los once años, aproximadamente, no había hecho otra cosa más que deshonrarla. Y ahora ella estaba delante de él: una bestia, un monstruo insepulto.

Gus se volvió hacia ellos. La furia aumentó en él, pero su impotencia era total, y él lo sabía.

"...La tercera es que podrás liberarla."

Sus sollozos secos resonaron como eructos. A él le enfermaba esta situación, lo consternaba, sin embargo...

Miró a su alrededor. Su madre estaba prácticamente secuestrada. Tomada como rehén por esa cepa "impura" de vampiros de la que hablaban ellos.

—Mamá —dijo él.

Ella lo escuchó, pero ninguna emoción animó su expresión.

Matar a su hermano Crispín había sido fácil, debido a los resentimientos que había entre ellos desde hacía tanto tiempo. También porque Crispín era un adicto más fracasado que Gus. Liquidarlo cercenándole el cuello con un pedazo de cristal roto había sido el colmo de la eficacia: terapia familiar y eliminación de basura en un solo acto. La rabia acumulada durante décadas había desaparecido con cada tajo.

Pero rescatar a su *madre* de esta maldición; eso sería un acto de amor.

La madre de Gus fue retirada de la recámara, pero el cazador permaneció atrás. Gus los miró a los tres, pues ya los percibía con mayor claridad. Soberbios en su pavorosa quietud. Temibles.

"Te daremos todo lo que necesites para cumplir con esta tarea. El suministro de capital no es un problema, pues hemos acumulado grandes fortunas de las arcas humanas."

A lo largo de los siglos, quienes habían recibido el don de la eternidad pagaron fortunas inmensas por obtener tal privilegio. En sus bóvedas, los Ancianos guardaban artefactos mesopotámicos de plata, monedas bizantinas, lingotes de oro, marcos alemanes...

La moneda no tenía la menor importancia para ellos. Eran simples baratijas para comerciar con los nativos.

—Entonces, quieren que trabaje para ustedes, ¿verdad?

"El señor Quinlan te proporcionará todo lo que necesites. Lo que sea. Es nuestro mejor explorador. Eficiente y leal. Excepcional en muchos aspectos. Sólo hay una restricción: el secreto. El ocultamiento de nuestra existencia es de suma importancia. Dejamos a tu discreción el reclutamiento de los exploradores. Anónimos e invisibles, sin embargo, asesinos letales."

Gus se detuvo al sentir la fuerza de su madre detrás de él. Una salida para su ira: tal vez esto fuera exactamente lo que necesitaba.

Frunció los labios en una sonrisa iracunda. Necesitaba mano de obra. Asesinos.

Y él sabía exactamente en dónde conseguirlos.

Curva interior, estación South Ferry, IRT

Tras un solo giro en falso, Fet los condujo a un túnel que conectaba con la estación abandonada de la curva interior de South Ferry. Decenas de estaciones fantasmales del metro salpican los sistemas IRT, IND y BMT. Ya no figuraban en los mapas, aunque podían verse desde las ventanas de los vagones de servicio en las vías activas del metro, si sabías cuándo y dónde buscar.

El clima era más húmedo allí, una humedad al ras del suelo, y las paredes eran resbaladizas, como si estuvieran cubiertas de lágrimas.

El sendero resplandeciente de los desechos de los *strigoi* se hacía más escaso. Fet miró desconcertado a su alrededor. Sabía que la ruta de la calle Broadway formaba parte del proyecto original del metro y que South Ferry había sido abierta a los viajeros en 1905. El túnel subacuático que conectaba con Brooklyn se abrió tres años después.

El mosaico original de baldosines, con las iniciales SF de la estación, aún estaba en la pared, cerca de un aviso incongruente:

LOS TRENES NO PARAN AQUÍ

Como si a alguien se le pudiera ocurrir cometer ese error... Eph se dirigió a una pequeña bahía de mantenimiento y la exploró con su Luma.

Se escuchó una risa en medio de la oscuridad:

—¿Eres del IRT?

Eph percibió al hombre con su olfato antes de verlo. Salió de un cuarto cercano, atestado de colchones sucios y rotos: era un espantapájaros desdentado, un hombre vestido con varias capas de camisas, abrigos y pantalones. Su olor corporal, rancio y añejo, impregnaba todas sus prendas.

—No —dijo Fet, tomando el relevo—. No hemos venido a arrestar a nadie.

El hombre los miró con desdén, haciendo un juicio apresurado sobre su honradez.

—Me llaman Cray-Z —dijo—. ¿Vienen de arriba?

—Claro —respondió Eph.

—¿Qué se siente? Soy uno de los últimos aquí.

—¿De los últimos? —inquirió Eph. Entonces percibió por primera vez el miserable panorama que ofrecían las carpas y casuchas de cartón. Un momento después aparecieron otras tantas figuras espectrales. La comunidad de los "Topos", los habitantes del abismo urbano, los caídos, los indigentes, los marginados, las "ventanas rotas" de la era Giuliani. Fue allí donde finalmente encontraron su lugar, en la ciudad de abajo, donde siempre estaba caliente, incluso en pleno invierno. Con suerte y experiencia, podías acampar hasta seis meses seguidos en un mismo sitio, o incluso más.

Lejos de las estaciones más concurridas, algunos individuos pasaban varios años sin ver a un solo equipo humano de mantenimiento.

Cray-Z giró la cabeza y miró a Eph con su ojo bueno. Tenía el otro cubierto con gránulos de cataratas.

—Así es. La mayoría de la colonia se ha ido, igual que las ratas. Sí, hombre. Se esfumaron y dejaron sus objetos de valor.

Señaló varios montículos de basura: bolsas de dormir rotas, zapatos llenos de barro, algunos abrigos. Fet sintió una punzada, pues sabía que estos artículos representaban la suma total de las posesiones mundanas de los recién fallecidos.

Cray-Z esbozó una sonrisa desdentada.

—Es muy raro. Absolutamente espeluznante.

Fet recordó algo que había leído en la revista *National Geographic*, o que tal vez vio alguna noche en History Channel: la historia de una colonia de pobladores en la época precolombina —probablemente en Roanoke— que se esfumó misteriosamente. Más de un centenar de personas desapareció, abandonando todas sus pertenencias y sin dejar una sola pista de su partida repentina y misteriosa, salvo dos inscripciones crípticas: la palabra CROATOAN escrita en un poste del fuerte y las siglas CRO talladas en la corteza de un árbol cercano.

Fet volvió a mirar el aviso sobre el mosaico de baldosines con el nombre de la estación, en lo alto de la pared.

—Te conozco —dijo Eph, manteniéndose a una distancia prudente del vagabundo maloliente—. Te he visto. Quiero decir, allá arriba —dijo, señalando en dirección a la superficie—. Portas uno de esos letreros que dicen: DIOS TE ESTÁ OBSERVANDO, o algo así.

Cray-Z esbozó una sonrisa desdentada y fue por su cartel hecho a mano, orgulloso de su estatus de celebridad. ¡¡¡DIOS TE ESTÁ OBSERVANDO!!! Escrito en rojo brillante y con tres signos de exclamación para darle énfasis.

Cray-Z era un fanático que rayaba en el delirio. Allí abajo era un paria entre los parias. Había vivido quizá más tiempo bajo tierra que cualquier otro marginado. Afirmaba que podía ir a cualquier parte de la ciudad sin subir a la superficie, sin embargo, parecía no tener la capacidad de orinar sin salpicarse la punta de sus zapatos.

Cray-Z caminó a lo largo de la vía, indicándoles a Eph y a Fet que lo siguieran. Entró a una carpa hecha de lona y madera, con viejos cables pelados colgando precariamente del techo y conectados a una fuente oculta de electricidad en la rejilla de la gran ciudad.

Había comenzado a lloviznar ligeramente dentro del túnel. Las tuberías derramaban gotas de agua como si fueran lágrimas, humedeciendo la tierra y deslizándose por la lona de Cray-Z hasta depositarse en una botella vacía de Gatorade.

El vagabundo salió con una antigua figura promocional de Ed Koch en tamaño real, el ex alcalde de Nueva York, sonriente y exhibiendo su lema "¿Qué tal lo hago?".

—Aquí —dijo, pasándole el cartel a Eph—. Ten esto.

Cray-Z los condujo hasta el túnel más apartado y señaló los carriles.

—Allá —dijo—. Todos fueron hacia allá.

—¿Quién? ¿La gente? —preguntó Eph, colocando al alcalde Koch a su lado—. ¿Entraron al túnel?

Cray-Z se echó a reír.

—No. No sólo al túnel, tonto. Allá abajo, donde las tuberías pasan bajo el río Este, a través de Governor's Island y llegan a tierra firme, en Red Hook, Brooklyn. Fue allá a donde se los llevaron.

—¿Se los llevaron? —dijo Eph, un escalofrío le recorrió la columna vertebral—. ¿Quién se los llevó?

En ese momento se iluminó una señal en las vías del tren. Eph saltó hacia atrás.

—¿Esta vía sigue activa? —preguntó.

—El tren cinco todavía da la vuelta en la curva interior —dijo Fet.

Cray-Z escupió en la vía:

—El hombre sabe de trenes.

La luz fue apareciendo a medida que el tren se acercaba, iluminando la vieja estación y confiriéndole una breve ilusión de vida. La figura del alcalde Koch se sacudió bajo la mano de Eph.

—Miren bien de cerca —les dijo Cray-Z—. ¡Sin parpadear!

Se cubrió el ojo bueno y sonrió, dejando al descubierto sus encías desdentadas.

El tren tronó a su paso, tomando la curva un poco más rápido de lo habitual. Los vagones estaban semivacíos, tal vez con una o dos personas visibles a través de las ventanas y algún pasajero de pie. Eran ciudadanos de arriba, que conmutaban.

Cray-Z agarró a Eph del antebrazo cuando estaba pasando el último vagón.

—Mira hacia allá…

Bajo la luz intermitente del tren, Fet y Eph vieron algo en la parte posterior del último vagón. Un grupo de figuras —de personas, de cuerpos— aferradas a la parte exterior del tren. Como rémoras adheridas a un tiburón gris.

—¿Vieron eso? —preguntó Cray-Z, emocionado—. ¿Los vieron a todos? ¿A la otra gente?

Eph se apartó de Cray-Z y del alcalde Koch y caminó hacia adelante, mientras el tren doblaba la curva y se adentraba en la oscuridad, la luz perdiéndose dentro del túnel como el agua por una cloaca.

Cray-Z se apresuró de nuevo a su casucha.

—Alguien tiene que hacer algo, ¿no? Ustedes lo han decidido por mí. Éstos son los ángeles oscuros del fin de los tiempos. Nos atraparán a todos si lo permitimos.

El tren se alejó. Fet dio unos pasos, se detuvo y miró a Eph.

—Avancemos —señaló Fet—. Los túneles. Es la forma que utilizan para moverse. No pueden atravesar el agua en movimiento, ¿verdad? No sin ayuda.

Eph estuvo de acuerdo.

—Pero sí debajo del agua. Nada les impide hacer eso.

—Es el progreso —dijo Fet—. Éstos son los problemas que tenemos por culpa del progreso. ¿Cómo se dice cuando puedes hacer algo para lo cual no existe una ley específica?

—Un vacío legal —respondió Eph.

—Exactamente. ¿Ven esto? —Fet abrió los brazos, señalando a su alrededor—. Acabamos de descubrir un enorme vacío legal...

El autobús

A COMIENZOS DE LA TARDE, UN lujoso autobús partió desde el Hogar para Ciegos Santa Lucía, en Nueva Jersey, y se dirigió a una exclusiva academia en el norte del estado de Nueva York.

El conductor, con su repertorio de chistes, juegos de palabras e historias cursis, iba en compañía de unos sesenta niños inquietos, entre los siete y los doce años. Los casos habían sido extraídos de informes de salas de emergencia en toda el área triestatal. Habían quedado ciegos accidentalmente a causa de la reciente ocultación lunar y, para muchos, éste era su primer viaje sin la presencia de sus padres.

Los fondos monetarios provenían en su totalidad de la Fundación Palmer, incluyendo esta excursión, una especie de campamento de retiro con fines de orientación que incluía técnicas de adaptación para quienes habían perdido la vista recientemente. Sus acompañantes —nueve adultos, jóvenes graduados de Santa Lucía— eran legalmente ciegos, es decir, que su agudeza visual central era de 20/200 o menos, aunque algunos tenían percepción residual de la luz. Los niños a su cargo padecían NPL, o "no percepción de la luz". Eran totalmente ciegos. El conductor era el único vidente a bordo.

El tráfico era lento en muchas avenidas debido a las congestiones que había alrededor de la Gran Manzana, pero el conductor mantuvo entretenidos a los niños con bromas y adivinanzas. Les describía el trayecto, las cosas interesantes que veía a través de la ventana, o bien, inventaba los detalles necesarios para hacer interesante lo más insignificante. Era un antiguo empleado de Santa Lucía, a quien no le importaba hacer el papel de payaso. Sabía que uno de los secretos para desarrollar el potencial de estos niños traumatizados y abrir sus corazones a los retos que tenían por delante era alimentar su imaginación, así como involucrarlos y comprometerlos.

—Toc-toc.

—¿Quién es?

—El disfraz.

—¿El disfraz de quién?

—Las bromas disfrazadas me están matando....

La parada en McDonald's estuvo bien, dadas las circunstancias, salvo por el juguete de la "cajita feliz" que sólo era un simple holograma. El conductor se sentó aparte, observando a los niños tantear con las manos en busca de sus papas a la francesa: todavía no habían aprendido a "organizar" sus comidas para facilitar su consumo. Al mismo tiempo, y a diferencia de la mayoría de los niños que han nacido con discapacidad visual, McDonald's tenía un significado visual para ellos y parecían encontrar consuelo en las sillas giratorias de plástico y en las pajitas para beber.

De regreso en la carretera, el viaje de tres horas tardó el doble. Los chaperones les hicieron cantar rondas a los niños y luego pasaron algunos audiolibros por el sistema de video. Unos de los niños más pequeños dormían profundamente a consecuencia de una alteración de su reloj biológico producto de la ceguera.

Los chaperones percibieron el cambio en la intensidad de la luz a través de las ventanas, conscientes de la oscuridad que se cernía afuera. El autobús avanzó con mayor velocidad al entrar al estado de Nueva York, en un momento dado frenó de manera tan brusca que los animales de peluche y las bebidas de los niños cayeron al suelo.

El conductor se detuvo a un lado de la carretera.

—¿Qué pasa? —preguntó Joni, la acompañante en jefe, una asistente de profesor de veinticuatro años que iba en el asiento de adelante.

—No sé... es algo extraño. Quédate sentada. Regresaré en un momento. —El conductor bajó del autobús, pero los acompañantes estaban demasiado ocupados para preocuparse, atendían a los niños quepedían ayuda para ir al baño de atrás.

El conductor regresó diez minutos después. Subió al autobús sin decir una sola palabra, mientras los acompañantes seguían supervisando los turnos para ir al baño. Joni le solicitó al conductor que esperara unos cuantos minutos más, pero él ignoró su petición. Los niños fueron conducidos de nuevo a sus asientos y todo regresó a la normalidad.

El autobús avanzó en silencio. El programa de audio no fue activado de nuevo. Las bromas del conductor cesaron y se negó a responder todas las preguntas de Joni, quien estaba sentada atrás, en la primera fila. Ella se alarmó un poco, pero concluyó que no debería permitir que los demás notaran su preocupación. Se dijo a sí misma que el autobús aún se desplazaba sin novedades, que iban a una velocidad normal y que pronto llegarían a su destino.

Momentos después, el autobús entró a un camino de tierra y todos los pasajeros se despertaron. Avanzó por un terreno cada vez más irregular y las bebidas se derramaron sobre las piernas de los niños mientras el autobús traqueteaba por el camino. Continuaron así durante un minuto, hasta que el autobús se detuvo repentinamente.

El conductor apagó el motor y todos escucharon el silbido neumático de la puerta plegable. Bajó sin decir palabra, el eco de las llaves perdiéndose en la distancia.

Joni les dijo a los acompañantes que esperaran. Si habían llegado a la academia, como ella lo esperaba, en cualquier momento serían recibidos por el personal encargado. El silencio del chofer podría ser discutido cuando llegara el momento. Sin embargo, cada vez fue más evidente que no era así y que nadie iría a recibirlos.

Joni se agarró del respaldo de su asiento, se puso de pie, y se dirigió en dirección a la puerta abierta.

—¿Hola? —dijo en medio de la oscuridad.

Sólo escuchó el sonido del radiador y el aleteo de un ave de paso.

Se volvió hacia los jóvenes que tenía a su cuidado y percibió su cansancio y ansiedad. Un viaje tan largo y este final incierto… Algunos niños estaban llorando atrás.

Joni convocó a una reunión de acompañantes en la parte delantera. Susurraron entre sí con nerviosismo y nadie supo qué hacer.

"Sin señal", anunció una voz molesta y anodina por el teléfono móvil de Joni.

Uno de los acompañantes buscó a tientas el radio del conductor en el tablero del autobús, pero no pudo encontrarlo. No obstante, percibió que su asiento todavía estaba caliente.

Otro acompañante, un chico impetuoso de diecinueve años llamado Joel, desplegó su bastón y bajó del autobús.

—Es un campo cubierto de hierba —informó. Acto seguido, le gritó al conductor o a cualquier otra persona que pudiera estar al alcance de su oído:

—¡Hola! ¿Hay alguien ahí?

—Creo que sucede algo malo —dijo Joni, sintiéndose tan impotente como los pequeños que tenía a su cuidado—. No entiendo qué sucede.

—Espera —le dijo Joel—. ¿Oíste eso?

Todos escucharon en silencio.

—Sí —dijo otro.

Joni no oyó nada, aparte de un búho ululando en la distancia.

—¿Qué es?

—No lo sé. Es un… zumbido.

—¿Un zumbido mecánico?

—Tal vez. No lo sé. Parece… casi un mantra de yoga. Ya sabes, una de esas sílabas sagradas. Un murmullo…

Siguió oyendo un momento más.

—No oigo nada, pero… Tenemos dos opciones. Cerrar la puerta y permanecer indefensos adentro, o bajar y buscar ayuda.

Nadie quería permanecer en el autobús. Llevaban mucho tiempo en su interior.

—¿Y qué pasa si se trata de algún tipo de prueba? —especuló Joel—. Es decir, alguna de las actividades programadas.

Un acompañante murmuró en señal de aprobación.

Esto despertó algo en Joni.

—Bien —dijo ella—. Si se trata de una prueba, la sortearemos entonces como todos unos campeones.

Hicieron bajar a los niños por filas, formándolos en fila india, de modo que cada uno pudiera posar su mano en el hombro del niño que tenía adelante. Algunos percibieron el "zumbido" y trataron de reproducirlo a quienes no lo habían escuchado. El zumbido pareció calmarlos, pues el lugar del cual provenía les dio la sensación de que habían llegado.

Tres acompañantes lideraron la marcha, tanteando el suelo con sus bastones. El terreno era abrupto, pero tenía muy pocas rocas u otros obstáculos traicioneros.

No tardaron en oír ruidos de animales en la distancia. Alguien dijo que se trataba de burros, pero la mayoría concluyó que no. Más bien parecían cerdos.

¿Era una granja? ¿Sería el zumbido de una máquina de gran tamaño, una especie de trituradora de alimentos funcionando en la noche?

Aceleraron la marcha hasta encontrar un obstáculo: una cerca de ferrocarril, de madera y de poca altura. Dos de los tres líderes se dividieron a derecha e izquierda. Localizaron otra cerca, el grupo fue conducido hasta ella y todos la cruzaron. La hierba cedió el paso a la tierra bajo sus zapatos y los gruñidos se hicieron más cercanos. Estaban en una especie de camino ancho y los chaperones formaron a los niños en filas más compactas, avanzando hasta llegar a una edificación. El camino conducía directamente a una puerta grande y abierta. Llamaron luego de entrar, pero no recibieron respuesta.

Estaban dentro de un gran salón donde se escuchaban diferentes ruidos.

Los cerdos reaccionaron a su presencia con unos chillidos de curiosidad que asustaron a los niños. Los animales parecieron tropezar contra los corrales y rasgar el piso de paja con sus pezuñas. Joni percibió que había establos en ambos lados. Olía a excrementos animales, pero también… a algo más putrefacto. Algo así como un osario.

Habían encontrado la sección porcina de un matadero, aunque ninguno de ellos la habría denominado así.

A algunos niños les pareció que el rumor se había convertido en una voz y sintieron la necesidad de dispersarse, al parecer como respuesta a algo familiar que había en la voz y los chaperones tuvieron que reunirlos de nuevo, recurriendo incluso a la fuerza. Hicieron un conteo para cerciorarse de que todos estaban juntos.

Joni escuchó la voz durante el recuento. Le pareció que era la suya; era una sensación completamente extraña, pues aquella voz parecía llamarla como en un sueño.

Acudieron al llamado de la voz y bajaron por una rampa ancha que daba a un área común con un fuerte olor a cuerpos humanos.

—¿Hola? —inquirió Joni, con voz temblorosa, esperando que el conductor del autobús le respondiera—. ¿Podrías ayudarnos?

Un ser los esperaba. Una sombra semejante a un eclipse. Los invidentes sintieron su calor y su inmensidad. El murmullo insistente se hizo más fuerte, ocupando sus mentes de una forma inevitable, nublándoles el sentido más agudo que les quedaba —el reconocimiento aural— y dejándolos en un estado de animación casi suspendido.

Ninguno de ellos escuchó el chirrido suave de la carne chamuscada del Amo mientras éste se acercaba.

Interludio
Otoño de 1944

L a carreta tirada por bueyes avanzaba dando tumbos sobre la tierra y la hierba enmarañada, rodando obstinadamente por el campo. Los bueyes eran bestias de buena condición, al igual que la mayoría de los animales de tiro castrados, sus colas delgadas y trenzadas balanceándose en sincronía como las barras de un péndulo.

El conductor tenía las manos callosas a fuerza de sujetar los estribos. El acompañante que estaba sentado a su lado llevaba una túnica negra sobre unos pantalones humildes del mismo color. Alrededor de su cuello colgaban las cuentas de un rosario, perteneciente a un sacerdote polaco.

Sin embargo, este hombre joven que llevaba vestiduras sacras no era sacerdote.

Ni siquiera era católico.

Era un judío disfrazado.

Un automóvil se acercó por detrás y les dio alcance en medio del camino lleno de baches; era un vehículo ruso de transporte militar que los sobrepasó por el lado izquierdo. El conductor de la carreta no hizo ningún gesto de respuesta al paso de los soldados y utilizó su larga vara para arriar a los bueyes entre la humareda levantada por el tubo de escape del motor diesel.

—No importa cuán rápido vaya —comentó una vez que se hubo desvanecido la nube de humo—. Al final, todos llegamos al mismo destino, ¿verdad, padre?

Abraham Setrakian no respondió, pues ya no estaba muy seguro de la veracidad de esas palabras.

El grueso vendaje que llevaba en el cuello era una estratagema. Había logrado entender bastante la lengua polaca, pero no podía hablarla tan bien como para darse a entender.

—Lo han golpeado, padre —le dijo el conductor de la carreta—. Le han partido las manos.

Setrakian se las miró. Los nudillos fracturados no le habían sanado bien mientras estuvo prófugo. Un cirujano local se apiadó de él y le restauró las articulaciones medias, aliviando en parte el dolor causado por la superposición de los huesos. Quedó con un poco de movilidad en ellos, más de lo que podría haber esperado. El cirujano le dijo que sus articulaciones empeorarían progresivamente con el paso del tiempo.

Setrakian las estiraba durante el día, soportando todo el dolor que podía, en un esfuerzo por aumentar su flexibilidad. La guerra había ensombrecido la esperanza de todos los hombres de llevar una vida larga y productiva, pero Setrakian había decidido que, sin importar los años que tuviera por delante, nunca se consideraría un inválido.

No reconoció la campiña a su regreso, pero, ¿cómo podría hacerlo? Había llegado a esta localidad en un tren cerrado y desprovisto de ventanas. Abandonó el campo de concentración cuando se produjo el levantamiento y lo hizo simplemente para internarse en lo más profundo del bosque. Miró las vías del tren, pero, al parecer, los rieles habían sido arrancados. Sin embargo, la franja seguía allí, como una cicatriz atravesando

GUILLERMO DEL TORO Y CHUCK HOGAN

los cultivos. Un año no era un lapso de tiempo tan prolongado como para que la naturaleza restañara aquella vía de la infamia.

Setrakian se apeó en la última curva, no sin antes bendecir al campesino que conducía la carreta.

—No se quede mucho tiempo aquí, padre —le dijo el conductor, antes de azotar a los bueyes para que reanudaran la marcha—. Este sitio está cubierto por un oscuro manto.

Setrakian vio el balanceo rítmico de los animales, y ascendió por el camino apisonado. Llegó a una modesta casa de ladrillos situada al lado de un campo de hierba alta, al cuidado de unos pocos trabajadores. El campo de concentración conocido como Treblinka había sido construido con un carácter transitorio. Fue concebido como un matadero humano provisional, diseñado para una eficiencia máxima, destinado a desaparecer por completo una vez que cumpliera su objetivo. No se les tatuaron los brazos a los prisioneros y los trámites se redujeron al mínimo. El campamento fue camuflado como una estación de tren con una taquilla falsa, un nombre ficticio ("Obermajdan") y una lista de falsas conexiones ferroviarias. Los arquitectos de los campos de concentración de la Operación Reinhard habían planeado el crimen perfecto a una escala delirantemente genocida.

Poco después de la revuelta de los prisioneros, Treblinka fue desmantelado y demolido en el otoño de 1943. La tierra fue arada y se construyó una granja con el fin de que los pobladores locales pudieran entrar para desmontar el lugar. La casa fue construida con ladrillos de las viejas cámaras de gas. Un guardia ucraniano, de nombre Strebel, y su familia se instalaron allí como ocupantes. Los trabajadores ucranianos del campamento eran antiguos prisioneros soviéticos de guerra reclutados para el servicio. El objetivo del campo de concentración —el asesinato en masa— había trastornado a todos y a cada uno de ellos. Setrakian había visto con sus propios ojos cómo estos ex prisioneros —especialmente los ucranianos de origen alemán, a quienes se les asignó la responsabilidad de brigadieres de escuadra— sucumbieron a la corrupción del campo de concentración, así como al sadismo y al enriquecimiento personal.

Setrakian no podía recordar a Strebel simplemente por su nombre, pero sí recordaba con claridad los negros uniformes de los ucranianos, así como la crueldad con que utilizaban las culatas de sus fusiles. Setrakian había escuchado que Strebel y su familia habían abandonado recientemente estas tierras de cultivo, huyendo ante el avance del Ejército Rojo. Pero Setrakian, en su condición de párroco de la aldea situada a unos cien kilómetros de distancia, también conocía historias que describían una plaga maligna que se había abatido sobre la región aledaña al antiguo campo de concentración. Se murmuraba que la familia de Strebel había desaparecido una noche sin previo aviso y sin llevarse ni una sola de sus pertenencias.

Esta última historia era la que más le intrigaba a Setrakian.

Había llegado a sospechar que el ucraniano se habría vuelto parcial, o quizá totalmente loco dentro del campo. ¿Habría visto Strebel lo mismo que él creía haber presenciado? ¿O acaso el vampiro que se alimentaba de algunos prisioneros judíos era apenas un producto de su imaginación, un mecanismo de supervivencia, un golem frente a las atrocidades nazis que su mente se negaba a aceptar?

Sólo en ese momento sintió la fortaleza suficiente para buscar una respuesta. Al llegar a la casa de ladrillo, cuando pasó entre los hombres que labraban el campo, vio que no eran trabajadores, sino pobladores que habían traído sus herramientas para cavar la tierra en busca del supuesto oro y joyas que pudieran haber dejado los judíos tras su exterminio. Sin embargo, lo único que conseguían desenterrar era alambres de púas y algunos fragmentos óseos.

Lo miraron con recelo, como si existiera otro código de conducta para los saqueadores, para no hablar de usurpar bienes en zonas vagamente establecidas. Sus ropas no les impedían excavar ni minaban su determinación. Es probable que unos pocos hubieran hecho una pausa para agachar la cabeza, no precisamente en señal de vergüenza, sino como acostumbran hacerlo los saqueadores expertos, esperando a que él reanudara su marcha antes de seguir cavando para usurpar los bienes enterrados.

Setrakian dejó atrás el antiguo campo de concentración y retomó su antigua ruta de escape, que se internaba en lo más profundo del bosque. Después de dar muchas vueltas en falso, llegó a las ruinas romanas, que parecían tener el mismo aspecto de antes. Entró a la cueva donde había enfrentado y destruido al Zimmer nazi, a pesar de sus manos destrozadas, para llevarlo después a la luz del día y verlo calcinarse bajo el sol. Setrakian registró el interior de las ruinas y percibió algo en las huellas que había en las losas desgastadas de la entrada: la cueva mostraba señales de haber sido ocupada recientemente.

Setrakian salió con rapidez y sintió una contracción en el pecho mientras permanecía afuera de las ruinas pestilentes. Sintió algo maligno. El sol se estaba ocultando en el oeste, y muy pronto, la oscuridad se cerniría sobre toda la comarca.

Setrakian cerró los ojos como un sacerdote en oración. Sin embargo, no estaba invocando a un ser superior. Se estaba concentrando en sí mismo, tratando de aplacar su miedo y de aceptar la tarea que le había sido encomendada.

Regresó a la granja. Los lugareños ya se habían ido a casa y el terreno estaba tan gris e inmóvil como el cementerio que realmente era.

Entró a la casa. Hizo una inspección rápida para asegurarse de que realmente estaba solo. Se llevó un susto cuando llegó a la sala. En una pequeña mesa para leer, junto a la silla más cómoda de la habitación, una pipa de madera descansaba de lado. Setrakian estiró su mano, tomó la pipa con sus dedos retorcidos e inmediatamente recordó algo.

Esa pipa era suya. En la navidad de 1942, un capitán ucraniano le había ordenado tallar cuatro pipas que quería dar como obsequio.

La pipa tembló en la mano de Setrakian mientras imaginaba al guardia Strebel sentado en aquella habitación con su familia, rodeado por los ladrillos de los hornos de la muerte, disfrutando de la picadura del tabaco y de la fina voluta de humo que ascendía hasta el techo, en el mismo lugar donde habían ardido los pozos de fuego y el hedor de la inmolación se elevaba hacia el cielo como una horrible súplica.

Setrakian partió la pipa en dos con su mano, la dejó caer al suelo y terminó de aplastarla con el talón del pie, temblando con una furia inusitada. No obstante, su ira se aplacó tan súbitamente como había aparecido.

Regresó a la cocina rústica. Encendió una vela y la puso en la ventana que daba al bosque. Luego se sentó frente a la mesa.

A solas en esa casa, mientras flexionaba sus manos fracturadas, Setrakian recordó el día en que entró a la iglesia de la aldea. Había salido en busca de alimentos, siendo un hombre prófugo, y descubrió que la casa parroquial estaba vacía.

Todos los sacerdotes católicos habían sido detenidos y llevados a otro lugar. Setrakian encontró unas vestimentas en el pequeño refectorio adyacente a la iglesia y más por necesidad que por cualquier otra cosa —las noches eran muy frías, sus ropas estaban hechas jirones y no tenía con qué remendarlas— se enfundó una sotana sin seguir ningún plan premeditado.

Salió ataviado con las ropas religiosas de las que nadie sospechó mientras duró la guerra, de modo clandestino, y tal vez a causa de la sed religiosa acumulada a lo largo de aquel año oscuro, los pobladores acudieron a él, ventilándole sus confesiones a este joven ataviado con ropas sagradas, que les ofrecía una bendición con sus manos estropeadas.

Setrakian no era el rabino que su familia esperaba que llegara a ser. Algún día sería otra cosa muy diferente, sin embargo, extrañamente similar.

Fue allí, en aquella iglesia abandonada, donde tuvo que lidiar con aquello de lo cual había sido testigo, preguntándose a veces cómo eso —desde el sadismo de los nazis hasta la extravagancia del gran vampiro— podía haber sido real. Sus manos destrozadas eran su única prueba. Para entonces, el campo de concentración, tal como le habían informado los refugiados a quienes les había ofrecido "su" iglesia como santuario —campesinos que habían huido de la Armia Krajowa, desertores de la Wehrmacht o de la Gestapo— había sido borrado de la faz de la Tierra.

Después del crepúsculo, cuando la totalidad de la noche se adueñó del campo, un silencio misterioso descendió sobre la granja. El lugar distaba de ser un sitio apacible a esa hora, pero las zonas aledañas se vieron envueltas en un silencio solemne. Era como si la noche estuviera conteniendo su aliento.

No tardó en llegar un visitante. Apareció en la ventana, la palidez de su cara de gusano iluminada por la llama vacilante de la vela contra el cristal delgado y burdo. Setrakian había dejado la puerta abierta, y el visitante entró, avanzando pesadamente, como si se estuviera recuperando de alguna enfermedad grave y penosa.

Setrakian se volvió hacia el hombre con una incredulidad nerviosa. Era Hauptmann, *Sturmscharführer* de las SS, su capataz en el campo de concentración. Era el hombre responsable de la carpintería y de todos los llamados "judíos artesanos" que prestaban servicios calificados a las SS y a los ucranianos. El impecable uniforme de la Schutzstaffel, de color negro ónix, estaba hecho jirones y las hilachas dejaban al descubierto sendos tatuajes de las SS en sus antebrazos, ahora desprovistos de vello. Los botones brillantes habían desaparecido, al igual que el cinturón y el gorro negro. Aún exhibía las calaveras de la insignia de las SS-Totenkopfverbände en el cuello negro y desgastado. Sus botas de cuero del mismo color, en otro momento relucientes, estaban ahora agrietadas y cubiertas de mugre. Sus manos, su boca y su cuello estaban manchados con la sangre negra y reseca de antiguas víctimas y un halo de moscas serpenteaba alrededor de su cabeza.

Cargaba unos sacos de arpillera en sus largas manos. ¿Por qué razón, se preguntó Setrakian, había venido este oficial de la Schutzstaffel a recoger tierra del sitio que una vez había sido Treblinka? ¿A esta tierra fertilizada con el gas y la ceniza del genocidio?

El vampiro lo miró desdeñoso con sus ojos de un color rojo metálico.

"Abraham Setrakian."

La voz provenía de otro lugar y no de la boca del vampiro. Sus labios ensangrentados permanecieron inmóviles.

"Escapaste de la fosa."

La voz en el interior de Setrakian era amplia y profunda, reverberando como si su columna vertebral fuera un tenedor a punto de doblarse. Lo mismo sucedía con su voz, de dimensiones polifónicas. El gran vampiro. Aquél a quien había visto en el campo de concentración hablaba a través de Hauptmann.

—Sardu —le dijo Setrakian, dirigiéndose a él por el nombre de la forma humana que había tomado, el noble gigante de la leyenda, Jusef Sardu.

"Veo que estás vestido como un hombre santo. Alguna vez me hablaste de tu dios. ¿Crees que fue Él quien te salvó de la fosa en llamas?"

—No —respondió Setrakian.

"¿Todavía buscas destruirme?"

Abraham guardó silencio. Pero su respuesta era afirmativa.

El ser pareció leer su pensamiento y su voz burbujeó con lo que sólo podría describirse como placer.

"Eres resistente, Abraham Setrakian, así como la hoja que se niega a caer."

—¿Qué es esto? ¿Por qué sigues aquí?

"¿Te refieres a Hauptmann? Fue creado para facilitar mi presencia en el campo de concentración. Al final lo convertí. Y él se alimentó de los jóvenes oficiales a quienes una vez favoreció. Tenía un gusto especial por la sangre aria pura."

—Entonces... hay otros.

"El administrador en jefe. Y el médico."

Eichhorst, pensó Setrakian. Y el doctor Dreverhaven. Sí, así era. Setrakian los recordaba claramente a los dos.

—¿Y Strebel y su familia?

"Strebel no me interesaba en absoluto, salvo en calidad de alimento. Destruimos los cuerpos como el suyo después de alimentarnos, antes de que empezaran a convertirse. Ya lo ves, los alimentos se han vuelto escasos aquí. La guerra de ustedes es una molestia. ¿Qué sentido tiene crear más bocas para alimentar?"

—Entonces, ¿qué haces aquí?

Hauptmann inclinó la cabeza de un modo nada natural y su garganta emitió un cloqueo semejante al de una rana.

"¿Por qué no lo llamamos nostalgia? Extraño la eficiencia del campo. Me he malacostumbrado debido a las ventajas y comodidades del bufete humano. Y ahora... estoy cansado de responder a tus preguntas."

—Sólo una más —Setrakian miró de nuevo las manos de Hauptmann, untadas de tierra—. Un mes antes del levantamiento, Hauptmann me ordenó que le hiciera un armario muy grande. Me dio la madera, un ébano importado de grano muy grueso. Me entregó un dibujo para que yo lo tallara en las puertas exteriores.

—Así es. Trabajas bien, judío.

Hauptmann lo había llamado un proyecto "especial". En ese momento, Setrakian, que no tenía otra opción, creyó que estaba fabricándole un mueble a un oficial de las SS en Berlín. Tal vez incluso al mismo Hitler.

Pero no. Fue mucho peor.

"La historia me había enseñado que el campo de concentración estaba condenado al fracaso. Ninguno de los grandes experimentos logra ser duradero. Yo sabía que la fiesta terminaría, y que pronto tendría que ponerme en marcha. Una de las bombas de los aliados había caído en un objetivo no deseado: en mi cama. Así que necesitaba una nueva. Y ahora tengo la certeza de tenerla conmigo en todo momento."

Era la ira y no el miedo, la causa de la agitación de Setrakian.

Él había fabricado el ataúd del gran vampiro.

"Y ahora, Hauptmann debe alimentarse. No me sorprende en absoluto que hayas vuelto aquí, Abraham Setrakian. Parece que ambos conservamos sentimientos especiales por este lugar."

Hauptmann dejó caer las bolsas llenas de tierra. Setrakian permaneció de pie mientras el vampiro se acercaba a la mesa y él retrocedía contra la pared.

"No te preocupes, Abraham Setrakian. No te arrojaré a los animales. Creo que deberías unirte a nosotros. Tienes un carácter fuerte. Tus huesos sanarán y tus manos volverán a sernos útiles."

Setrakian sintió el extraño calor de Hauptmann. El vampiro irradiaba su fiebre y apestaba a la tierra que había recogido.

Abrió su boca desprovista de labios y Setrakian pudo ver la punta del aguijón interior, listo para atacarlo.

Miró los ojos rojos del vampiro Hauptmann y esperó a que la Cosa-Sardu mirara hacia atrás.

Hauptmann cerró su mano sucia en torno a la venda que cubría el cuello de Setrakian. El vampiro le arrancó la gasa, dejando al descubierto una pieza de plata brillante que le cubría la garganta, el esófago y las arterias principales. Los ojos de Hauptmann se abrieron de par en par, mientras se tambaleaba hacia atrás, repelido por la placa protectora de plata que Setrakian le había encargado al herrero de la aldea.

Hauptmann sintió el frío de la pared opuesta en su espalda. Gimió debilitado y confundido. No obstante, Setrakian advirtió que simplemente se estaba preparando para su próximo ataque.

"Resistente hasta el final."

Mientras Hauptmann se disponía a abalanzarse sobre Setrakian, éste sacó, de entre los pliegues de su sotana, un crucifijo de plata, uno de cuyos extremos tenía una punta afilada y se lo enterró hasta la mitad.

El asesinato del vampiro nazi fue un acto de pura liberación. Para Setrakian, representó una oportunidad de venganza sobre el suelo de Treblinka, así como un golpe contra el gran vampiro y sus oscuros procedimientos. Pero, ante todo, sirvió como una confirmación de su cordura. Sí, lo que él había visto en el campamento era cierto.

Sí, el mito era incuestionable.

Y sí… la verdad era terrible.

El asesinato selló el destino de Setrakian. A partir de entonces, dedicó su vida al estudio de los *strigoi* y a cazarlos.

Se quitó la sotana esa noche, la cambió por el atuendo de un humilde campesino y limpió con fuego la punta blanquecina de su daga-crucifijo. Al salir, acercó la vela a la sotana y a unos trapos y abandonó la casa maldita, con la luz de las llamas destellando a sus espaldas.

SOPLA UN VIENTO FRIO

Préstamos y curiosidades Knickerbocker, Calle 118 Este, Harlem Latino

Setrakian entró a la casa de empeños luego de abrir la puerta de seguridad. Fet, quien esperaba afuera como un cliente ocasional, imaginó al anciano repitiendo esa misma rutina durante treinta y cinco años. Y cuando el dueño de la tienda salió a la calle para recibir la luz del sol, por un momento todo pareció haber regresado a la normalidad. Un anciano entornando sus ojos bajo el sol en una calle plácida de Nueva York. Esa escena, lejos de reconfortarlo, le produjo nostalgia a Fet. No le parecía que quedaran ya muchos momentos "normales".

Setrakian, con un chaleco de tweed sin chaqueta y los puños de la camisa blanca remangados, miraba el letrero en un lado de la furgoneta: DEPARTAMENTO DE OBRAS PÚBLICAS DE MANHATTAN.

—La pedí prestada —le dijo Fet.

El viejo profesor parecía estar complacido.

—Me pregunto si podrías conseguir otra.

—¿Para qué? ¿Adónde vamos?

—No podemos permanecer más tiempo aquí.

Eph se sentó en la camilla de una de las máquinas de ejercicios que Setrakian había habilitado en aquella bodega de almacenamiento de ángulos extraños que estaba en la planta superior de su casa. Zack se sentó a su lado con una pierna doblada, la rodilla a la altura de su mejilla y abrazándose los muslos con sus brazos. Tenía un aspecto andrajoso, como un niño que hubiera regresado cambiado de un campamento pavoroso y no en un sentido agradable precisamente. Varios espejos de plata los rodeaban y Eph sintió que eran observados por una multitud de ojos antiguos. El marco de la ventana circundado de barrotes había sido tapiado deprisa, un vendaje más feo que la herida que cubría.

Eph escrutó el rostro de su hijo intentando descifrarlo. Le preocupaba la salud mental del niño y también la suya. Se frotó la boca antes de hablar, sintió una aspereza en las comisuras de los labios y en el mentón, señal de que no se había afeitado en varios días.

—Repasé el manual de educación infantil —comenzó—. Desgraciadamente, no hay ningún capítulo sobre vampiros.

Intentó sonreír, pero no tenía la certeza de que eso funcionara. Ya no estaba seguro de que su sonrisa fuera persuasiva. Y tampoco de que alguien debiera sonreír en ese momento.

—Está bien, sé que esto te sonará algo disparatado. Pero déjame decírtelo. Ya sabes que tu madre te amaba, Z. Mucho más de lo que puedes alcanzar a imaginarte, tanto como una madre puede amar a un hijo. Fue por eso que ella y yo pasamos por todo lo que vivimos —y que a veces todo parecía un forcejeo eterno—, porque ninguno de los dos soportaba estar lejos de ti. Porque tú lo eras todo para nosotros, Zack. Sé que algunas veces los niños se culpan a sí mismos por la separación de sus padres. Pero en este caso tú eras lo único que nos mantenía juntos y lo que nos hizo pelear como locos.

—Papá, no tienes que…

—Lo sé, lo sé, quieres que deje de hablar, ¿verdad? Pero no, necesitas oír esto, y es mejor que sea ahora mismo. Tal vez yo también necesite oírlo, ¿de acuerdo? Necesitamos entendernos con claridad. Poner esto frente a nosotros. El amor de una madre… es como una fuerza. Está más allá del afecto. Es algo tan profundo como el alma. El amor de un padre —mi amor por ti, Zack— es lo más importante que hay en mi vida, de veras lo es. Pero esto me ha hecho comprender que el amor maternal tiene una particularidad y es que seguramente sea el vínculo espiritual más fuerte que existe entre los seres humanos.

Quiso saber cómo lo estaba tomando Zack, pero su rostro permanecía impasible.

—Y ahora esta plaga, esta cosa horrible… se ha apoderado de lo que era tu madre y ha acabado con todo lo bueno que había en ella. Con todo lo noble y verdadero, tal como lo entendemos nosotros los seres humanos. Tu madre… era hermosa, se preocupaba por ti… en demasía; y también era algo alocada, tal como lo son todas las madres dedicadas. Pero tú eras su gran regalo. Era así como ella te veía. Y aún lo sigues siendo, Zack. Esa parte de ella sigue viva. Pero tu madre se ha transformado. Ya no es Kelly Goodweather. Ya no es mamá y ambos tenemos dificultades para aceptarlo. Por lo que puedo decir, lo único que queda de ella es el vínculo contigo. Ese vínculo es sagrado y no muere nunca. Eso que denominamos amor en las tarjetas cursis es un sentimiento mucho más intenso de lo que somos capaces de imaginarnos los seres humanos. Su amor hacia ti parece haber cambiado… se ha transformado en otro tipo de deseo, en una necesidad imperiosa. ¿Dónde está ella ahora? En algún lugar, ansiando estar a tu lado; ella no cree que sea algo malo o peligroso, no. Sólo quiere que estés a su lado. Y lo que tú necesitas saber es que todo esto ha ocurrido porque tu madre te amó incondicionalmente.

Zack asintió con la cabeza. No pudo hablar, o no quería hacerlo.

—Ahora, y una vez dicho esto, tenemos que mantenerte a salvo de ella. Su aspecto ya no es el mismo, ¿verdad? Ahora es distinta, esencialmente diferente, y esto no es fácil de aceptar; no puedo hacer que eso te agrade, protegerte de ella, de lo que se ha convertido, pero ésa es la nueva responsabilidad que tengo ahora como padre, como tu papá. Si piensas en tu madre como era originalmente, y en lo que habría hecho para protegerte... bueno, dime... ¿Qué piensas que haría ella?

—Me escondería —respondió Zack sin vacilar.

—Exactamente: te alejaría de la amenaza, te llevaría muy lejos, para que estuvieras en un lugar seguro —Eph escuchaba lo que le decía a su hijo—. Simplemente te recogería y... saldría corriendo. Estoy en lo correcto, ¿no es cierto?

—Tienes razón —dijo Zack.

—Muy bien, así que ¿ser una mamá sobreprotectora? Ésa es mi misión ahora.

Brooklyn

Eric Jackson fotografió la ventana en llamas desde tres ángulos diferentes. Siempre llevaba una pequeña cámara digital Canon cuando estaba de servicio, junto con su pistola y su placa.

El grabado con ácido era el último grito de la moda. Aguafuertes, generalmente mezclados con betún, estampados en vidrio o en plexiglás. No se veían de inmediato, sólo ardían en el cristal al cabo de varias horas. Cuanto más tiempo permaneciera el "tag" grabado con ácido, más permanente se hacía.

Retrocedió un poco para evaluar el tamaño. Seis apéndices negros salían de una masa roja que había en el centro. Miró las fotos que tenía en la memoria de su cámara. Una, con poca definición, tomada el día anterior en Bay Ridge, y otra, en Canarsie, más parecida a un asterisco de gran tamaño, pero con la misma precisión en el trazo.

Jackson reconocía fácilmente un grafiti de Phade. Es cierto que éste era diferente a su obra habitual —parecía un trabajo de aficionados en comparación con los otros—, pero los exquisitos arcos y el balance perfecto de las proporciones eran inconfundibles.

Todo indicaba que el tipo recorría toda la ciudad, a veces en una sola noche. ¿Cómo podía hacerlo?

Eric Jackson era miembro del Grupo Anti Vandalismo del Departamento de Policía de Nueva York. Él creía ciegamente en el evangelio de la policía de Nueva York, en lo referente a las inscripciones o dibujos hechos en las paredes. Incluso, los vertiginosos grafitis con más bello colorido y detalles más logrados, representaban una afrenta al orden público. Una invitación a que otros se apropiaran del espacio urbano e hicieran lo que les diera la gana con él. La libertad de expresión era siempre la coartada que alegaban los sinvergüenzas. Arrojar basura a la calle también era un libre acto de expresión, pero podían detenerte por eso. El orden era algo frágil y el caos siempre estaba al acecho, a la vuelta de la esquina.

En ese momento, la ciudad era testigo de primera mano.

Los disturbios habían estallado en varias cuadras del sur del Bronx. Las noches eran de lo peor. Jackson estuvo esperando en vano la llamada del capitán para salir a la calle con su uniforme. Tampoco escuchó muchas charlas en la frecuencia de radio cuando lo encendió en la patrulla. Así que decidió continuar haciendo su trabajo.

El gobernador había ignorado los llamados de la Guardia Nacional, puesto que sólo era un hombre que sopesaba su futuro político en Albany. Aparentemente, el ejército estaba diezmado y tenía pocas unidades disponibles —pues había muchas en Irak y Afganistán— pero al ver las columnas de humo negro elevándose en el firmamento, Jackson habría aceptado cualquier ayuda con satisfacción.

Jackson lidiaba con vándalos de los cinco distritos, aunque no había nadie tan productivo como Phade. El tipo estaba en todas partes. Debía de dormir en el día y pintar durante toda la noche. Tenía unos quince o dieciséis años y había estado en actividad desde los doce. Ésa era la edad de iniciación de casi todos los grafiteros, quienes practicaban en paredes de escuelas, en kioscos de periódicos, etcétera. En las imágenes captadas por la cámara de seguridad, el rostro de Phade aparecía siempre cubierto por la capucha de una sudadera de los Yankees —abajo se ponía un cuello de tortuga—, y a veces llevaba también una mascarilla de protección contra los vapores del aerosol. Se vestía con el atuendo típico de los grafiteros: pantalones con muchos bolsillos, una mochila para su latas de aerosol y tenis de baloncesto.

La mayoría de los vándalos trabajan en equipo, pero Phade no. Era una leyenda juvenil que se movía impunemente entre los diferentes distritos.

Se decía que siempre llevaba consigo un juego de llaves de tránsito robadas, incluyendo una llave de esqueleto para abrir vagones del metro. Sus tags le habían ganado respeto. A diferencia del típico grafitero joven con una autoestima baja, un ansia de ser reconocido por sus pares y una visión distorsionada de la fama, Phade no firmaba sus *tags* —con un apodo o un motivo repetitivo—, ya que su estilo era único. Sus grafitis no se limitaban únicamente al espacio de las paredes.

Jackson sospechaba —algo que había dejado de ser una simple corazonada para convertirse en una certeza absoluta con el tiempo— que Phade debía ser un sujeto obsesivo-compulsivo, tal vez con síntomas de síndrome de Asperger o incluso autismo.

El agente Jackson comprendía esto, entre otras cosas, porque él también era obsesivo. Por ejemplo, tenía un estudio de dibijo a mano alzada de las obras de Phade en un cuaderno de bocetos Cachet de cubierta negra, muy similar en su apariencia a los libros que cargaban los grafiteros. Jackson era uno de los cinco oficiales asignados a la unidad GHOST del Grupo Anti Vandalismo —el Escuadrón de Neutralización de Delincuentes Habituales de Grafitis— y era el responsable del banco de datos de los grafiteros y de sus zonas de acción. Las personas que consideran que el grafiti es una especie de "arte callejero" piensan exclusivamente en bombas de chicle de estilo delirante y colores sicodélicos pintados en los muros de las construcciones y en los vagones del metro. No creen que los grafiteros que dibujan fachadas de tiendas compitan por lograr un alto perfil o —lo que suele ser peligroso— para hacerse perseguir.

O con mucha más frecuencia, que estén demarcando los límites territoriales de las pandillas, buscando el reconocimiento de un nombre o simplemente para intimidar.

Los otros cuatro policías del GHOST no habían ido a trabajar.

Algunos informes policiales señalaban que muchos agentes del NYPD estaban abandonando la ciudad como lo habían hecho sus homólogos de Nueva Orleans tras el huracán Katrina, pero Jackson no podía creerlo. Tenía que estar ocurriendo otra cosa, algo más allá de esa enfermedad que se propagaba por los cinco distritos.

Si estás enfermo, no vas a trabajar: alguien te reemplaza para que un compañero no tenga que hacer el doble de trabajo por ti. Estas manifestaciones de deserción y cobardía lo ofendían tanto como las firmas de pacotilla hechas con aerosol sobre una pared recién pintada. Jackson creería en esta basura de los vampiros de la que hablaba la gente antes que aceptar que sus colegas estaban huyendo a Nueva Jersey.

Subió a su vehículo camuflado y avanzó por una calle tranquila hacia Coney Island. Había hecho esto rutinariamente por lo menos durante tres días a la semana. Fue su lugar favorito en la infancia, pero sus padres no lo llevaron allí con la frecuencia que él hubiera querido. Aunque había abandonado su promesa de ir todos los días cuando fuera adulto, almorzó allí con la suficiente frecuencia como para no incumplirla. El malecón estaba vacío, tal como lo había esperado. El día de otoño era lo suficientemente caliente, pero con aquella epidemia rondando, en lo último que pensaba la gente era en divertirse. Llegó a Nathan's Famous; aunque el lugar seguía abierto, estaba completamente desierto. No se veía una sola alma. Había trabajado en este sitio de hot-dogs después de terminar la secundaria, así que entró por detrás del mostrador hacia la cocina. Ahuyentó a dos ratas y limpió el fogón. Continuó sacando dos salchichas de carne de res del refrigerador, abrió la bolsa de los panes y una lata de cebolla roja cubierta con papel celofán. Le gustaba la cebolla, sobre todo por la forma en que los vándalos se estremecían cuando, con su aliento, los sorprendía después del almuerzo.

No tardó en preparar el par de hot-dogs y fue a comérselos afuera. El Ciclón y la Rueda de la Fortuna estaban apagados e inmóviles y las gaviotas se posaban tranquilamente en la barandilla de la cúspide. Otra gaviota intentó acercarse, pero levantó el vuelo súbitamente. Jackson miró con más detenimiento y advirtió que las criaturas que estaban arriba no eran aves.

Eran ratas. Centenares de ellas, apiñadas en el borde superior de la estructura, acechando a las aves. ¿Qué diablos era eso?

Recorrió el paseo marítimo, pasando por Dispárale al Monstruo, una de las atracciones más representativas de Coney Island. Desde el pequeño promontorio donde terminan los rieles miró hacia el callejón donde estaba el polígono, salpicado de vallas, barriles, cabezas de maniquíes y varios bolos apostados sobre bastidores oxidados para el tiro al blanco. Seis rifles de paintball estaban encadenados a una mesa, dispuestos a lo largo de una barandilla. BLANCO HUMANO CON VIDA, rezaba el aviso, que también contenía los precios de los turnos.

Las paredes laterales de ladrillo estaban decoradas con grafitis, lo que le imprimía más carácter al lugar. Jackson descubrió otro diseño de Phade entre los falsos grafitis de Krylon blanco y manchas tenues. Era otra figura de seis extremidades, esta vez en colores negro y naranja. Y, cerca de ella, con los mismos colores, había un diseño de puntos y líneas similar al código que había visto diseminado por toda la ciudad.

Entonces vio a un bicho raro, ataviado con un atuendo negro similar a un traje antidisturbios que le cubría todo el cuerpo. Un casco y una máscara con gafas de protección le tapaban la cara. El escudo de color naranja para neutralizar los proyectiles de paintball estaba apoyado contra una cerca de alambre.

El personaje estaba en el otro extremo de la zona de tiro con una lata de aerosol en la mano enguantada pintando la pared.

—¡Oye! —le gritó Jackson.

El tipo no respondió y continuó pintando.

—¡Oye! —insistió Jackson, con voz más alta—. ¡Policía de Nueva York! ¡Quiero hablar contigo!

No hubo ninguna señal de respuesta.

Jackson tomó los seis rifles de paintball —semejantes a carabinas— para ver si tenían municiones. Encontró un puñado de bolas anaranjadas dentro de uno de los cargadores de plástico opaco. Se llevó el rifle al hombro e hizo un disparo bajo, el arma se sacudió y la bola explotó en la bota de la silueta humana.

El tipo no se inmutó. Terminó su grafiti, arrojó al suelo la lata de aerosol vacía y se dirigió hacia la parte inferior de la barandilla donde estaba Jackson.

—Oye, cabrón, te dije que quería hablar contigo.

El tipejo no se inmutó. Jackson le descargó tres disparos que le estallaron en su pecho, con una explosión carmesí. El hombre se escabulló debajo del ángulo de tiro de Jackson, en dirección a él.

El agente trepó a la barandilla y permaneció un momento en suspenso antes de bajar. Entonces pudo apreciar mejor la obra de aquel extraño personaje.

Era Phade. Jackson no lo dudó un instante. El ritmo cardiaco se le aceleró y se dirigió hacia la única puerta que había allí.

Adentro había un pequeño vestidor y el piso estaba salpicado de pintura.

Más allá había un pasillo estrecho, y Jackson vio el casco, los guantes, las gafas, el traje antidisturbios y los demás implementos desparramados por el suelo. Jackson comprendió que estaba en lo cierto: Phade no sólo era un oportunista que se valía de los disturbios para cubrir la ciudad con sus grafitis, sino que estaba vinculado de algún modo a los desórdenes. Sus grafitis e inscripciones lo confirmaban: él era parte de esto.

Entró en la pequeña oficina de la administración, donde no había más que un mostrador y un teléfono, varias cajas de huevos con bolas de paintball y unos rifles estropeados.

Sobre la silla giratoria había una mochila abierta con latas de aerosol y varios marcadores: eran los implementos de Phade.

Escuchó un ruido detrás y se dio media vuelta. Allí estaba él con la mascarilla protectora, su capucha manchada de pintura y una gorra negra con plateado de los Yankees. Su estatura era menor de la que Jackson había calculado.

—Oye —lo interpeló Jackson. Fue lo único que acertó a decirle inicialmente. Lo había perseguido durante tanto tiempo que no esperaba encontrárselo de un modo tan repentino—. Quiero hablar contigo.

Phade permaneció en silencio. Se limitó a mirarlo con sus ojos oscuros y mezquinos bajo la sombra de la visera. Jackson le cerró el paso, por si acaso Phade estuviera pensando en coger su mochila y escapar.

—Eres un personaje bastante esquivo —prosiguió Jackson, con su cámara a punto en el bolsillo de la chaqueta, como siempre—. En primer lugar, quítate la máscara y la gorra. Quiero que le sonrías al pajarito.

Phade se movió con mucha lentitud: inicialmente permaneció inmóvil, pero luego alzó sus manos manchadas de pintura, se quitó la capucha y la gorra, así como su máscara protectora.

Jackson mantuvo la cámara frente a él, pero no alcanzó a oprimir el botón. Lo que vio a través del lente lo dejó frío.

No era Phade. No podía serlo. Era una chica puertorriqueña.

Tenía pintura roja alrededor de la boca, como si hubiera estado aspirándola para drogarse. Sin embargo, oler pintura dejaba una capa fina y uniforme alrededor de la boca. Y ella tenía gotas gruesas —algunas secas— debajo de la barbilla. Abrió la mandíbula, el aguijón atacó, la vampira artista saltó sobre el pecho y los hombros de Jackson, arrinconándolo contra el mostrador y lo chupó hasta dejarlo seco.

Flatlands

Flatlands era un barrio cercano al extremo sur de Brooklyn, entre Canarsie y el Marine Park. Al igual que los demás barrios de la ciudad de Nueva York, había sufrido muchos cambios significativos a nivel demográfico durante el siglo XX. La biblioteca pública tenía libros en francés y creole para los residentes haitianos y los inmigrantes de otras naciones del Caribe, así como programas de lectura en coordinación con las yeshivas locales para los niños de familias judías ortodoxas.

La pequeña tienda de Fet estaba ubicada en un modesto centro comercial en la esquina de la avenida Flatlands. A pesar de que no había electricidad, el teléfono de Fet aún daba tono de marcado. La parte frontal de la tienda era utilizada principalmente para almacenamiento y no para atender a los clientes; de hecho, el letrero de la puerta —con una rata dibujada— estaba diseñado específicamente para persuadir a los compradores callejeros. El taller y el garaje estaban atrás; era allí adonde habían llevado los bastimentos más esenciales del sótano-armería de Setrakian: libros, armas y otros pertrechos.

La similitud entre el sótano de Setrakian y el taller de Fet no le pasó desapercibido a Eph. Los enemigos naturales del exterminador eran los insectos y roedores, razón por la cual el lugar estaba lleno de jaulas, jeringas telescópicas, lámparas Luma y cascos de minería para la caza nocturna. También había pinzas para agarrar serpientes, varillas, eliminadores de olores, pistolas de dardos y hasta redes. Los guantes, las mezclas y demás insumos de laboratorio estaban sobre un pequeño lavabo, al lado de instrumentos rudimentarios para la extracción de muestras a los animales capturados.

Lo único que llamaba la atención era una pila de revistas de Bienes Raíces al lado de una mullida silla reclinable La-Z-Boy. Donde otros podrían esconder un alijo de pornografía, Fet tenía en cambio esas revistas en su taller.

—Me gustan las fotos —decía—. Las casas con sus luces cálidas y el atardecer azul al fondo, tan hermosas. Me gusta imaginar la vida de las personas que viven en esos espacios. Gente feliz.

Nora entró para descansar un poco. Bebió un poco de agua de una botella, sosteniendo la mano derecha sobre la cadera. Fet le entregó un llavero a Eph.

—Tres candados en la puerta de entrada y tres en la puerta de atrás —hizo una demostración, para indicarle el orden de las llaves a lo largo del anillo—. Los gabinetes, de izquierda a derecha.

—¿A dónde vas? —preguntó Eph cuando Fet se dirigía a la puerta.

—El anciano me ha encargado una tarea.

—Tráenos un poco de comida cuando regreses —le dijo Nora.

—Ésas eran otras épocas —comentó Fet, antes de subir a la segunda furgoneta.

Setrakian apareció con algo que había traído en su regazo desde Manhattan. Era un pequeño bulto de trapo, con un objeto envuelto en su interior. Se lo entregó a Fet.

—Te internarás de nuevo abajo —le dijo Setrakian—. Debes encontrar los conductos que conectan con el continente. Clausúralos.

Fet no pudo menos que asentir; la orden del viejo era terminante.

—¿Por qué solo?

—Conoces esos túneles mejor que nadie. Y Eph tiene que acompañar a Zachary.

Fet volvió a asentir.

—¿Cómo está el niño?

Setrakian suspiró.

—Para él, en primer lugar está el horror abyecto de las circunstancias, el terror que le produce esta nueva realidad. Y en segundo lugar, el *Unheimlich*: lo siniestro. Hablo de su madre. De cómo se entremezclan lo familiar y lo extraño, y la sensación de ansiedad que le inspira. Atrayéndolo y rechazándolo a un mismo tiempo.

—También podrías estar refiriéndote a su padre.

—Desde luego. Ahora, en cuanto a esta tarea se refiere: debe ser rápida —dijo, señalando el paquete—. El temporizador te dará tres minutos. Sólo tres.

Fet miró lo que había dentro de los trapos manchados de aceite: tres cartuchos de dinamita y un pequeño temporizador mecánico.

—Cielos, ¡parece un reloj de arena!

—Así es, análogo, de los años cincuenta. Los relojes análogos minimizan el error. Dale suficiente manivela a la derecha y luego échate a correr. El fusible que hay debajo generará la chispa necesaria para detonar la carga. Son tres minutos: igual que un huevo pasado por agua. ¿Crees poder encontrar un lugar dónde camuflarlo con rapidez?

Fet asintió.

—No veo porqué no. ¿Hace mucho que lo ensamblaste?

—Hace algún tiempo —respondió Setrakian—. Funcionará.

—¿Tenías esto en tu sótano?

—Escondí los explosivos en la parte posterior de la bodega. En una bóveda pequeña y sellada, con paredes de hormigón y asbesto, para que no los vieran los inspectores de la ciudad ni los exterminadores entrometidos...

Fet hizo un gesto de consentimiento, envolviendo cuidadosamente el explosivo y acomodando el paquete bajo el brazo. Se acercó a Setrakian para hablarle al oído.

—Póngase en mi lugar, profesor... quiero decir, ¿qué estamos haciendo? A menos que me esté perdiendo de algo, no veo cómo podamos detener esto. Tal vez un poco, pero destruir a todos los vampiros uno a uno sería como tratar de exterminar con las manos a todas las ratas de la ciudad. Se trata de una peste que se propaga con demasiada rapidez.

—Es cierto —dijo Setrakian—. Necesitamos una forma de destrucción más eficaz. Aunque, por esa misma razón, no creo que el Amo quede satisfecho con una exposición exponencial.

Fet meditó en esas palabras y le concedió la razón.

—Porque ciertas epidemias desaparecen. Eso es lo que dijo el doctor. Se quedan sin anfitriones.

—En efecto —observó Setrakian, con gesto cansado—. Hay un plan mucho más ambicioso en juego. ¿Cuál podría ser? Espero que nunca tengamos que descubrirlo.

—Independientemente de cuál sea ese plan —señaló Fet, palpando los trapos—, pueden contar conmigo.

Setrakian vio a Fet subir a la camioneta y marcharse. El ruso le caía bien, aunque sospechaba que éste disfrutaba mucho con los asesinatos. Hay hombres que despuntan en medio del caos. Puedes llamarlos héroes o villanos, dependiendo del bando ganador, pero hasta el momento de la batalla, sólo son hombres comunes y corrientes en busca de acción, que anhelan una oportunidad para deshacerse de la rutina de sus vidas como si se tratara de un capullo, y que desean reencontrarse consigo mismos. Sienten que existe un destino más grande que ellos, pero sólo se convierten en guerreros cuando todo colapsa a su alrededor.

Fet era uno de ellos. A diferencia de Ephraim, el exterminador no dudaba de su vocación ni de sus actos. No es que fuera estúpido o indiferente. Al contrario: tenía una inteligencia aguda e instintiva y era un estratega natural. Y cuando se proponía algo, no vacilaba nunca.

Era un gran aliado con el cual contar para el llamado final en contra del Amo.

Setrakian entró de nuevo en la tienda y abrió una pequeña caja llena de periódicos amarillentos. Sacó del fondo unos recipientes químicos de vidrio con mucho cuidado; parecían más los implementos de un alquimista que los insumos de un laboratorio científico. Zack se hallaba cerca, masticando la última de sus barras de granola. Encontró una espada de plata y la sopesó, manipulándola con el debido cuidado y la encontró sorprendentemente pesada. Luego tocó el borde de un pectoral elaborado con piel gruesa de animal, pelo de caballo y savia vegetal.

—Es del siglo XIV —le dijo Setrakian—. Data de comienzos del imperio otomano y de la época de la peste negra. ¿Ves la parte del cuello? —señaló la parte superior del escudo, a la altura de la barbilla—. Pertenecía a un cazador del siglo XIV, cuyo nombre se ha perdido para la historia. Es una pieza de museo que no tiene un uso práctico para nosotros. Pero no podía desecharla.

—¿Tiene siete siglos? —preguntó Zack, tocando la frágil superficie con las yemas de sus dedos—. ¿Tan vieja es? Si los vampiros han existido durante tanto tiempo y tienen tanto poder, ¿por qué han permanecido ocultos?

—El poder revelado que equivale al poder sacrificado —respondió sibilinamente Setrakian—. Los verdaderamente poderosos ejercen su influencia de forma sutil e impalpable. Algunos dirán que lo visible es también vulnerable.

Zack examinó la cruz grabada a un costado del pectoral.

—¿Son demonios?

Setrakian no supo qué responderle.

—¿Qué crees?

—Supongo que depende...

—¿De qué?

—De si crees en Dios.

Setrakian asintió con la cabeza.

—Creo que es una buena manera de verlo.

—Bueno —dijo Zack—. ¿Y tú? ¿Crees en Dios?

Setrakian hizo una mueca de dolor, que trató de ocultarle al muchacho.

—Las creencias de un anciano tienen poca importancia. Yo soy el pasado. Tú, el futuro. ¿Cuáles son las tuyas?

Zack se acercó a un espejo de mano forrado en plata.

—Mi mamá me dijo que Dios nos hizo a su imagen y semejanza. Y que lo ha creado todo.

Setrakian asintió, captando la pregunta implícita en la respuesta del chico.

—Eso se llama una paradoja: cuando dos premisas válidas parecen ser contradictorias. Por lo general, esto significa que una de ellas es incorrecta.

—Pero, ¿por qué habría de crearnos para que... podamos convertirnos en ellos?

—Deberías preguntárselo.

—Tendré que hacerlo —dijo Zack en voz baja.

Setrakian hizo un gesto de aprobación con la cabeza mientras le daba una palmadita en el hombro.

—A mí nunca me respondió. A veces tenemos que descubrir las respuestas por nuestros propios medios. Pero no siempre lo conseguimos.

La situación era incómoda, sin embargo, Zack llamó la atención de Setrakian. El niño tenía una curiosidad brillante y una seriedad que reflejaba bien a su generación.

—Me han dicho que a los chicos de tu edad les gustan los cuchillos —dijo Setrakian, buscando uno y entregándoselo. Era una navaja plegable de diez centímetros de largo, con hoja de plata y mango de hueso marrón.

—¡Guau! —Zack accionó el mecanismo para cerrarla y luego la volvió a abrir. Seguramente tendré que preguntarle a papá si me permite tenerla.

—Creo que te cabe perfectamente en el bolsillo. ¿Ves?

Vio a Zack replegar la hoja y guardarla en el bolsillo de sus pantalones.

—Bien. Todo niño debe tener un cuchillo. Dale un nombre y será tuyo para siempre.

—¿Un nombre? —preguntó Zack.

—Uno siempre debe darles un nombre a las armas. No puedes confiar en algo que no puedas llamar por su nombre.

Zack se tocó el bolsillo, con la mirada perdida en la distancia.

—Tendré que pensarlo un poco.

Eph vio a Zack acompañado por Setrakian. Intuyó que había sucedido algo personal entre ellos y decidió acercarse.

Zack hundió la mano en el bolsillo donde había guardado el cuchillo, pero no dijo nada.

—En el asiento delantero de la camioneta hay una bolsa con un sándwich —dijo Setrakian—. Cómelo. Tienes que estar fuerte.

—No quiero más mortadela —dijo Zack.

—Mis disculpas —dijo Setrakian—, pero estaba en descuento la última vez que fui al supermercado. Es el último que queda. Le puse una mostaza deliciosa. También hay dos pastelillos en la bolsa. Tal vez quieras comerte uno y traerme el otro.

Zack asintió con la cabeza y su padre le acarició el pelo mientras se dirigía a la puerta de atrás.

—Cierra las puertas de la furgoneta con llave, ¿de acuerdo?

—Lo sé...

Eph lo vio alejarse y subir al asiento del pasajero de la furgoneta estacionada afuera.

—¿Estás bien? —le preguntó Eph a Setrakian.

—Creo que sí. Mira. Tengo algo para ti.

Eph recibió un estuche de madera barnizada. Abrió la tapa y vio una Glock en perfectas condiciones, sólo que el número de serie estaba borrado. El estuche de espuma gris contenía cinco cartuchos con municiones.

—Esto parece altamente ilegal —señaló Eph.

—Y de gran utilidad. Son balas de plata, fíjate; especiales.

Eph sacó el arma de la caja, dándose vuelta para que Zack no pudiera verlo.

—Me siento como el Llanero Solitario.

—Su idea era muy acertada, ¿no? Pero no sabía cómo transmitir su mensaje. Estas balas estallan en el interior del cuerpo, destrozándolo. Un disparo en el armario del *strigoi* debería surtir efecto, sin importar el lugar del impacto.

La presentación tuvo visos de ceremonia.

—¿Fet tiene una de éstas? —preguntó Eph.

—A Vasiliy le gusta la pistola de clavos. Se inclina más por lo manual.

—Y a ti te gusta la espada.

—En tiempos difíciles como éstos, es preferible quedarse con aquello a lo que uno está acostumbrado.

Nora se acercó, atraída por el espectáculo inusual que ofrecía la pistola.

—Tengo otra daga de mediana plata. Creo que le vendrá a la perfección, doctora Martínez.

Ella asintió con la cabeza; tenía las dos manos en los bolsillos.

—Es el único tipo de joya que me interesa en este momento.

Eph guardó la pistola en la caja y cerró la tapa. La pregunta era más fácil en presencia de Nora.

—¿Qué crees que pasó en la azotea? —le preguntó a Setrakian—. El Amo sobrevivió a la exposición solar. ¿Significa que es diferente del resto?

—Sin duda alguna. Es su progenitor.

—Entiendo. Y por eso sabemos —dolorosamente bien— cómo se reproducen las generaciones de vampiros. Por medio de la infección transmitida por el aguijón y todo lo demás. Pero, ¿quién creó al primero? ¿Y cómo? —preguntó Nora.

—Precisamente —anotó Eph—. ¿Cómo puede el pollo existir antes que el huevo?

—En efecto —apuntó Setrakian, sacando su bastón con cabeza de lobo y apoyándose en él—. Creo que el secreto de todo esto reposa en la creación del Amo.

—¿Cuál secreto? —preguntó Nora.

—La clave de su perdición.

Permanecieron un momento en silencio, pensando en eso.

—Entonces, sabes algo… —dijo Eph.

—Tengo una teoría que comprobé, al menos parcialmente, a partir de lo que vimos en la azotea. Pero no quisiera estar equivocado porque perderíamos la pista y, como todos sabemos, el tiempo se ha convertido en arena; sin embargo, el reloj ya no es manipulado por manos humanas —destacó Setrakian.

—Si la luz del sol no lo destruyó, probablemente la plata tampoco lo hará —agregó Nora.

—Su cuerpo anfitrión puede ser mutilado e incluso asesinado —resaltó Setrakian—. Ephraim logró hacerle una cortada. Pero no, estás en lo cierto. No podemos suponer que bastará únicamente con la plata.

—Ya nos hablaste de los demás. De los Siete Ancianos Originales, del Amo y de los otros seis, tres del Viejo Mundo y tres del Nuevo Mundo. ¿Cuál es su papel en todo esto? —inquirió Eph.

—Eso es algo que yo también me he preguntado.

—¿Estarán con él? Supongo que sí.

—Al contrario —dijo Setrakian—. Están en su contra, y con toda su alma. De eso no me cabe la menor duda.

—¿Y qué hay de su creación? ¿Estos seres aparecieron al mismo tiempo, o del mismo modo?

—Sí, no se me ocurre otra respuesta.

Nora intervino:

—¿Qué dice la tradición sobre los primeros vampiros?

—Realmente muy poco. Algunos han tratado de involucrar a Judas, o a Lilith, pero ésa es una ficción revisionista de carácter popular. Sin embargo, hay un libro. Una fuente —respondió Setrakian, mirando a su alrededor.

—Dime cuál es y lo conseguiré —le dijo Eph.

—Se trata de un libro que no tengo todavía. He pasado una buena parte de mi vida buscándolo.

—Déjame adivinar —dijo Eph—. *La guía de cazadores de vampiros para salvar el mundo.*

—Casi. Se llama el *Occido Lumen*. Estrictamente traducido, significa *Muerte de la luz*, o por extensión, *La luz derro-*

tada —Setrakian sacó el catálogo de subasta de Sotheby's y lo abrió en una página doblada.

El libro estaba catalogado, pero en lugar de la imagen había una gráfica que decía: IMAGEN NO DISPONIBLE.

—¿De qué se trata? —preguntó Eph.

—Es difícil de explicar. Y aún más difícil de aceptar. Durante mi estadía en Viena, me familiaricé —por necesidad— con muchos métodos ocultistas: el Tarot, la Cábala, la Magia enoquiana... y con todo aquello que me ayudara a responder las preguntas fundamentales a las que me enfrentaba. Estas materias no encajan muy bien en un plan de estudios, pero, por razones que no revelaré, la universidad recaudó una suma considerable para mi investigación. Fue durante esos años que me enteré por primera vez de la existencia del *Lumen*. Un librero de Leipzig me trajo una recopilación de fotografías en blanco y negro, no muy nítidas, de algunas páginas del libro. Sus peticiones eran escandalosas. Yo le había comprado varios *grimoires* a este vendedor —y me había pedido una suma considerable por algunos de ellos—, pero esto... simplemente era ridículo. Investigué y descubrí que, incluso entre los expertos, el libro era considerado como un mito, una estafa, un engaño. Era el equivalente literario a una leyenda urbana. Se decía que el volumen compendiaba la naturaleza y el origen de todos los *strigoi*, pero más importante aún, los nombres de los Siete Ancianos Originales... Tres semanas después fui a la librería de aquel hombre, una tienda modesta en la calle Nalewski. Estaba cerrada. Nunca volví a saber de él.

—¿Los siete nombres... incluyen a Sardu? —preguntó Nora.

—Precisamente —contestó Setrakian—. Y saber su nombre —su verdadero nombre— nos daría cierto poder sobre él.

—¿Me estás diciendo que básicamente estamos buscando las páginas blancas más costosas del mundo? —comentó Eph.

Setrakian sonrió con amabilidad y le pasó el catálogo.

—Entiendo tu escepticismo. De verdad. Para un hombre moderno, un hombre de ciencia —alguien que ha visto tantas cosas como tú—, el conocimiento antiguo puede parecer arcaico. Obsoleto. Una simple curiosidad. Pero debes saber algo. Los nombres contienen la esencia de la cosa, incluso, de los nombres que figuran en un directorio. Los nombres, las letras y los números, si se estudian a profundidad, tienen un poder enorme. Todo en nuestro universo está cifrado y conocer esa cifra equivale a conocer la cosa; lo cual implica dominarla. Una vez conocí a un hombre muy sabio que podía producir la muerte instantánea luego de enunciar una palabra de seis sílabas. Una palabra, Eph, pero muy pocos hombres la conocen. Ahora, imagina lo que contiene el libro…

Nora leyó el catálogo por encima del hombro de Eph.

—¿Y será subastado en dos días?

—Es una coincidencia increíble, ¿no te parece? —expresó Setrakian.

—Lo dudo —dijo Eph, mirándolo de soslayo.

—Correcto: creo que todo esto forma parte de un rompecabezas. Este libro tiene una procedencia muy compleja y oscura. Cuando les digo que se considera que el libro está maldito, no me refiero a que alguien se haya enfermado después de leerlo. Me refiero a sucesos terribles que rodean su aparición siempre que sale a la luz. Dos casas de subastas que lo habían catalogado quedaron reducidas a cenizas antes de iniciarse la subasta. Una tercera lo retiró y cerró sus puertas definitivamente. El ejemplar se cotiza ahora entre los quince y los veinticinco millones de dólares.

—Quince y veinticinco millones. . . —dijo Nora, con un resoplido—. ¿Estamos hablando de un libro?

—No de cualquier libro —aclaró Setrakian tomando nuevamente el catálogo—. Tenemos que comprarlo. No hay otra alternativa.

—¿Aceptan cheques personales? —preguntó Nora con sorna.

—Ése es el problema. Con semejante precio, hay muy pocas posibilidades de que podamos adquirirlo por medios legales.

La expresión de Eph se hizo lúgubre.

—Es dinero de Eldritch Palmer —acotó.

—Precisamente —coincidió Setrakian—. Y a través de él, Sardu, el Amo.

El blog de Fet

OTRA VEZ AQUÍ. Tratando de descifrar esto.

Considero que el problema es que la gente está paralizada por la incredulidad.

Un vampiro es un tipo vestido con una capa de satín. Corte de pelo clásico peinado hacia atrás, maquillaje blanco y acento raro. Dos agujeros en el cuello, luego se convierte en un murciélago y ¡zas!, sale volando.

He visto esa película, ¿de acuerdo? La que sea.

Está bien. Ahora los invito a que miren a Sacculina.

¡Qué diablos!, de todos modos ya figura en internet.

Háganlo. Yo lo hice.

¿Ya lo hicieron? Bien.

Ahora ya saben que ese Sacculina es un género de percebes parasitarios que atacan a los cangrejos.

Y a quién le importa, ¿verdad? ¿Por qué les hago perder el tiempo?

Lo que hace la Sacculina hembra después de mudar su larva es introducirse en el cuerpo del cangrejo a través de una articulación muy frágil que tiene en su caparazón.

Una vez allí, empieza a producir unos apéndices que se propagan como raíces por todo el cuerpo del cangrejo, incluso en torno a sus pedúnculos.

Y cuando el cuerpo del cangrejo es colonizado, la hembra emerge en forma de saco. El macho se une a ella, y ¿adivinen qué? Es tiempo de aparearse.

Los huevos se incuban y maduran en el interior del cangrejo anfitrión, el cual es obligado a emplear todas sus energías al cuidado de esta familia de parásitos que lo dominan.

El cangrejo es un anfitrión. Un zángano. Poseído completamente por esta especie diferente a la suya y, no obstante, obligado a cuidar los huevos del invasor como si fueran suyos.

A quién le importan unos percebes huéspedes y unos cangrejos anfitriones, ¿no es cierto?

Lo que quiero decir es que en la naturaleza abundan los ejemplos de este tipo.

Criaturas que invaden los cuerpos de especies totalmente diferentes a las suyas, alterando su función principal.

Está comprobado. Es un hecho evidente.

Y, sin embargo, nosotros creemos que estamos por encima. Somos seres humanos, ¿no?

Estamos en la cúspide de la cadena alimentaria. Comemos, no somos comidos. Cazamos, no somos cazados.

Se dice que Copérnico (no puedo ser el único en creer que fue Galileo) afirmó que la Tierra no era el centro del universo.

Y Darwin sostuvo que los seres humanos no eran el centro del mundo vivo.

Entonces, ¿por qué seguimos insistiendo en creer que somos superiores a los animales?

Mirémonos. Somos básicamente una colección de células coordinadas por señales químicas.

¿Qué pasaría si algún organismo asumiera el control de estas señales, si comenzara a invadirnos uno por uno? ¿Si empezara a reescribir nuestra naturaleza, convirtiéndonos en medios para sus propios fines?

¿Les parece imposible?

¿Por qué? ¿Acaso creen que la raza humana es "demasiado grande para fracasar"?

Allá ustedes. Deberían dejar de leer mis palabras en este preciso instante. Dejen de navegar por internet en busca de respuestas. Salgan, consigan un poco de plata y levántense en contra de estas criaturas antes de que sea demasiado tarde.

Instalación de soluciones Selva Negra

Gabriel Bolívar, uno de los "supervivientes" originales del vuelo 753 de Regis Air, se encontraba en un lugar con paredes de tierra situado en la planta debajo de las tuberías de drenaje del Matadero # 3, dos pisos más abajo de la instalación de Soluciones Selva Negra, donde funcionaba la empacadora de carne.

El gigantesco ataúd del Amo descansaba sobre un soporte de roca y tierra, en la oscuridad absoluta de la cámara subterránea, sin embargo, el calor que emanaba era tan fuerte y peculiar que el féretro parecía brillar ante los ojos de Bolívar como si estuviera iluminado desde el interior. Lo suficiente para que pudiera percibir los detalles de los bordes tallados de las dos puertas con bisagras dobles.

Tal era la intensidad de la temperatura corporal del Amo, irradiando su gloria, que Bolívar estaba ya en la segunda fase de la transformación vampírica. El dolor de la mutación había desaparecido casi por completo, atenuado en gran parte por su dieta de sangre, que nutría su cuerpo así como las proteínas y el agua contribuyen a la creación de músculos en los seres humanos.

Su nuevo sistema circulatorio ya se había desarrollado y sus arterias alimentaban las cavidades de su caja torácica. Su sistema digestivo se había simplificado; ahora los desechos —mínimos— salían de su cuerpo por un solo orificio. Su piel estaba desprovista de vello y era tan tersa como el cristal. Sus dedos medios eran gruesos como garras y al abrirse enseñaban una uña dura como la roca; las demás habían desaparecido, pues eran tan innecesarias en su estado actual como el cabello o los genitales.

Sus ojos eran ahora básicamente pupilas, el anillo rojo del iris había eclipsado la esclerótica del globo ocular humano. Percibía el calor en una escala de grises y su función auditiva —un órgano interior muy diferente del cartílago inútil que tenía a ambos lados del cráneo— se había agudizado mucho: podía oír incluso a los insectos trepar por las paredes de tierra.

Ahora confiaba más en los instintos animales que en sus limitados sentidos humanos.

Todavía era consciente del ciclo solar, a pesar de estar a varios metros debajo de la superficie terrestre: sabía que allá arriba ya comenzaba a anochecer. Su temperatura corporal era de unos 323° Kelvin —50° C o 120° F—. Sentía claustrofobia en la superficie, y en cambio, una gran empatía con la oscuridad y la humedad, así como una afinidad por los espacios estrechos y cerrados. Sólo se sentía cómodo y seguro bajo tierra, abrigándose durante el día con la tierra fría como lo haría un ser humano con una manta tibia.

Adicionalmente, experimentaba un nivel de comunión con el Amo mucho más fuerte que el vínculo psíquico normal del que gozaban sus demás hijos. Bolívar sentía que estaba siendo preparado para un propósito más grande dentro del grupo en expansión. Por ejemplo, sólo él conocía la ubicación exacta de la guarida del Amo. Sabía que su conciencia era más amplia que la de los demás. Esto lo entendía sin tener que elaborar una respuesta emocional ni una opinión independiente al respecto.

Simplemente era así.

Era uno de los llamados a estar junto al Amo al momento del levantamiento final.

Las puertas del gabinete superior se abrían hacia afuera. Primero aparecían las manos inmensas, con los dedos agarrando uno a uno los costados del ataúd, con la misma coordinación sinuosa de las patas de una araña. El Amo se erguía recto hasta la cintura y los terrones caían de su espalda gigantesca al lecho de tierra.

Sus ojos estaban abiertos. El Amo ya estaba al tanto de los acontecimientos, más allá de los confines de este hueco oscuro y subterráneo.

El Amo se había oscurecido física y mentalmente tras la exposición solar, durante su enfrentamiento con el grupo conformado por Setrakian, el cazador de vampiros, el médico Goodweather y el exterminador Fet. Su carne, otrora diáfana y cristalina, lucía ahora gruesa y cuarteada. Su piel agrietada se le desprendía al moverse. Recogía los pedazos de su cuerpo como si estuviera mudando plumas negras. Había perdido más de cuarenta por ciento de su masa muscular, lo cual le daba la apariencia de un espectro horrible saliendo de un molde de yeso negro y resquebrajado. Su carne ya no se regeneraba; la epidermis dejaba al descubierto otra piel, más cruda, profunda y vascular: la dermis y, en algunos puntos debajo de la subcutis, exteriorizaba la fascia superficial. Su color variaba del rojo sanguinolento a un amarillo seboso, como si fuera una pasta de flan y remolacha brillante. Los gusanos capilares del Amo sobresalían sobre todo lo demás, especialmente en su cara, suspendidos debajo de la superficie de su dermis expuesta, deslizándose y arrastrándose a través del gigantesco cuerpo.

El Amo sintió la proximidad de su esbirro. Levantó sus enormes piernas agrietadas sobre las paredes laterales del viejo gabinete, asentándolas en la tierra apisonada. A medida que avanzaba, los terrones adheridos a su cuerpo se confundían con los pedazos de carne que caían al suelo. Normalmente, un vampiro de piel tersa se levanta tan limpio de la tierra como un humano al salir de una tina con agua.

El Amo retiró unos pedazos grandes de carne de su torso. Percibió que no podría moverse con agilidad sin que se le cayera una parte de su exterior miserable: ese cuerpo no le duraría. Bolívar, que esperaba solícito cerca de la guarida interior que hacía las veces de puerta de salida, era una opción disponible y un candidato aceptable a corto plazo para este gran honor: no tenía seres queridos a quienes aferrarse, lo cual era un prerrequisito para ser un anfitrión. Sin embargo, Bolívar apenas había comenzado la segunda fase de transformación. Todavía no había evolucionado completamente.

Podía esperar. Lo haría. Mientras tanto, el Amo tenía mucho que hacer.

Avanzó, agachándose y retorciendo sus garras para salir de la cámara, gateando con rapidez por los túneles bajos y serpenteantes, seguido por Bolívar. Entró a una cámara más grande, cerca de la superficie; el suelo era un lecho blando de tierra húmeda, como la de un jardín chino. El techo era suficientemente alto, incluso para que el Amo se mantuviera erguido.

A medida que el sol se ocultaba afuera, la oscuridad nocturna daba inicio a su imperio y el suelo comenzó a agitarse alrededor del Amo. Lentamente fueron apareciendo algunas extremidades, una pequeña mano aquí, una pierna delgada allá, como brotes de vegetación germinando del suelo. Cabezas jóvenes, todavía cubiertas de pelo, emergían con lentitud. Algunos de ellos tenían el rostro inexpresivo y otros se crispaban por el dolor de la resurrección nocturna.

Eran los niños invidentes del autobús, hambrientos como larvas recién nacidas. Doblemente maldecidos por el sol, cegados inicialmente por el eclipse y, ahora, desterrados de la luz por el espectro mortal de sus rayos ultravioleta. Iban a convertirse en "exploradores", en la milicia expandida del Amo: seres bendecidos con una percepción más desarrollada que la del resto del clan. Su agudeza especial los hacía indispensables como cazadores —y asesinos—.

"Mira esto."

Ésa fue la orden que el Amo le dio a Bolívar, llevando a la mente del ex cantante la imagen de Kelly Goodweather enfrentándose al viejo profesor en una azotea del Harlem Latino, unos días atrás.

La impronta de calor del anciano irradiaba un brillo gris y fresco, mientras que la espada en su mano resplandecía con tanta intensidad que los párpados nictitantes de Bolívar se cerraron en un estrabismo defensivo.

Kelly escapó por los tejados y Bolívar compartió su campo visual desde que saltó para escapar, hasta que comenzó a descender por el costado de un edificio.

Entonces, el Amo dotó a Bolívar de una percepción equivalente a la de un animal, y la antigua estrella de rock pudo ver la ubicación exacta del edificio en el intrincado atlas de tránsito subterráneo del clan.

"El anciano: es tuyo."

Curva interior, estación South Ferry IRT

FET LLEGÓ AL CAMPAMENTO DE VAGABUNDOS antes de que oscureciera. Traía los explosivos con el reloj análogo y su pistola de clavos en una bolsa de lona. Se internó en la estación Bowling Green, abriéndose paso a lo largo de las vías hacia el campamento de South Ferry.

Una vez allí, tuvo dificultades para encontrar a Cray-Z. Sólo quedaban unos cuantos vestigios: fragmentos de madera de algunas de sus estibas y la cara sonriente del alcalde Koch. Sin embargo, vio una pista en ello. Se dio vuelta y avanzó hacia el túnel central de los conductos.

Oyó una conmoción en el túnel. Fuertes golpes metálicos, así como un rumor de voces lejanas.

Sacó su pistola de clavos y se dirigió hacia la curva.

Encontró a Cray-Z meneando sus trenzas disparejas mientras plegaba un sofá raído, con su ropa interior sucia y su piel morena brillando por el efecto de las filtraciones del túnel y el sudor. Al lado de su casucha, una pila de escombros obstaculizaba la carrilera, amontonada junto a los desechos de la colonia de vagabundos. El montículo de basura tenía cinco pies de altura, él había arrojado allí pedazos sobrantes de las vías del tren.

—¡Oye, hermano! —le dijo Fet—. ¿Qué demonios haces?

Cray-Z se dio vuelta, de pie sobre su montón de chatarra como un artista al borde de la locura. Tenía un tubo de acero en la mano.

—¡Ya es hora! —gritó, como si estuviera en la cima de una montaña—. ¡Alguien tenía que hacer algo!

Fet tardó un momento en reconocer su voz.

—¡Vas a descarrilar el maldito tren!

—¡Ya sé que vienes a ejecutar tu maldito plan! —afirmó Cray-Z.

Algunos de los "topos humanos" se acercaron para asistir al espectáculo de Cray-Z.

—¿Qué has hecho? —le preguntó uno. Le decían Carl, el Cavernoso. Había trabajado en las vías del metro y después de jubilarse descubrió que no era capaz de abandonar los túneles, así que regresó a ellos como un marinero que vuelve a los mares. Carl llevaba una lámpara en la cabeza y el rayo temblaba debido al movimiento de ésta.

Cray-Z, molesto por el haz de luz, dejó escapar un grito de batalla desde la cima de su barricada.

—¡Soy un loco de Dios, no dejaré que me lleven tan pronto!

Carl el Cavernoso se encaminó hacia allí en compañía de otros hombres para derribar el montículo.

—Si uno de los trenes llega a chocar, ¡nos sacarán de aquí para siempre!

Cray-Z bajó del montículo de un salto, aterrizó al lado de Fet, quien extendió los brazos en un intento por calmar la situación; deseó que esas personas estuvieran en sintonía con él.

—Esperen por favor…

Cray-Z no estaba de humor para hablar. Le lanzó un golpe con el tubo de acero y el exterminador lo amortiguó con el antebrazo izquierdo. El tubo le fracturó el hueso.

Fet aulló de dolor y le propinó un golpe en la sien a Cray-Z con la cacha de la pistola de clavos. El loco se tambaleó, pero volvió al ataque. Fet lo golpeó en las costillas y luego le dio una patada tan fuerte en la pantorrilla derecha, que le dislocó el fémur a la altura de la rótula, derribándolo finalmente.

—¡Escuchen! —gritó Carl el Cavernoso.

Fet permaneció inmóvil.

El sonido inconfundible... Se dio vuelta y vio el polvoriento halo de luz contra la pared del túnel, a lo largo de la curvatura de la vía.

El tren cinco se disponía a dar el giro de ciento ochenta grados.

Los "topos" intentaron desbaratar el montículo, infructuosamente. Cray-Z se apoyó en el tubo para saltar sobre su pierna izquierda.

—¡Malditos pecadores! —gritó—. ¡Todos ustedes están ciegos! ¡Allá vienen! Y ahora no les queda más remedio que luchar contra ellos. ¡Defiendan sus vidas!

El tren se abalanzó sobre ellos y Fet retrocedió ante la catástrofe inminente; los faros del tren iluminaban la coreografía y la danza excéntrica de Cray-Z.

Fet alcanzó a ver la cara de la conductora antes de que el tren pasara junto a él, rozándolo. Ella le lanzó una mirada inexpresiva y directa. Tuvo que haber visto los escombros. Sin embargo, no accionó el freno.

Era evidente que ella tenía la mirada propia de un vampiro recién convertido.

¡BAM! El tren chocó contra el obstáculo y las ruedas patinaron con un chirrido ensordecedor. El primer vagón se hundió en la montaña de escombros, dispersándolos en mil pedazos, arrastrando los objetos más pesados a unos diez metros antes de salirse de la vía. Los vagones se tambalearon hacia la derecha, golpeando el borde de la plataforma en el centro de la curva, mientras seguía patinando tras una estela de chispas. La locomotora se tambaleó hacia el otro lado al igual que los vagones, y el tren se inclinó sobre el margen derecho de la vía.

El estridente chirrido, áspero y metálico, era casi humano en su dolor e indignación. Teniendo en cuenta la cavidad de los túneles y su tendencia al eco, tan similares al producido por una garganta, los vagones se detuvieron mucho antes de que el estruendo se apagara.

Muchos pasajeros venían aferrados a los costados del tren. Algunos fallecieron en el acto, quedaron aplastados y esparcidos en los bordes de la plataforma. Los demás siguieron a bordo hasta el final del aparatoso accidente.

Cuando los vagones se detuvieron finalmente, se desprendieron del tren como sanguijuelas separándose de la carne, cayendo al suelo y reincorporándose rápidamente.

Luego se dieron vuelta y miraron con sorpresa a los "topos" humanos.

Los pasajeros salieron impasibles de entre el polvo y el humo funesto, salvo por su modo de andar, sigiloso y extraño. Sus articulaciones emitían una especie de crujido suave a medida que avanzaban.

Fet hurgó rápidamente en su bolsa de lona para sacar la bomba artesanal que le había entregado Setrakian. Sintió un ardor intenso en la pantorrilla derecha: una varilla larga y afilada como una aguja se le había atravesado de un lado al otro. Si se la arrancaba, sangraría profusamente y en ese momento la sangre era lo último que él quería oler. La dejó incrustada en su masa muscular, a pesar del intenso dolor.

Cray-Z se acercó a la vía. ¿Cómo pudieron sobrevivir tantos? Se preguntó asombrado.

Los sobrevivientes se acercaron y hasta alguien tan obtuso como Cray-Z pudo advertir que les faltaba algo. Vio destellos de humanidad en sus rostros, pero sólo eran eso: destellos, así como se detecta la chispa de una codiciosa inteligencia humanoide en los ojos de un perro hambriento.

Reconoció a varios compañeros "topos", hombres y mujeres, a excepción de una figura. Una criatura pálida y desgarbada, con el torso desnudo, parecida a una estatuilla de marfil. Unos mechones ralos enmarcaban un rostro angular y atractivo, no obstante, totalmente poseído.

Era Gabriel Bolívar. Su música nunca se había escuchado entre los pobladores de la Ciudad Subterránea, sin embargo, todas las miradas recayeron sobre él. Sobresalía entre los demás, el artista que había sido en vida, ahora llevaba a cuestas su condición de muerto-vivo. Llevaba unos pantalones de cuero negro y botas de vaquero. Cada vena, músculo y tendón de su torso desnudo eran visibles bajo su piel delicada y translúcida.

Dos mujeres desfiguradas lo acompañaban. Una de ellas tenía una cortada profunda que le atravesaba los músculos y el hueso del brazo, casi al punto de la mutilación. El tajo no le sangraba; más bien rezumaba, pero no sangre roja, sino una sustancia blanca más viscosa que la leche, aunque de una consistencia más delgada que la nata.

Carl el Cavernoso empezó a rezar. Su voz suave y quebrada era tan aguda y denotaba tanto miedo, que pudiera confundirse con la de un niño.

Bolívar señaló a los hombres que los observaban y los pasajeros se abalanzaron de inmediato sobre ellos.

Una de las muertas vivientes corrió en dirección a Carl el Cavernoso, lo derribó y se sentó sobre su pecho, sujetándolo contra el suelo. La criatura olía a cáscaras de naranja podridas y a carne rancia. Carl intentó apartarla, pero ella le retorció el brazo a la altura del codo, rompiéndoselo de manera instantánea.

Le empujó la barbilla hacia atrás con la fuerza descomunal de su mano hirviente. Las vértebras cervicales de Carl llegaron al punto máximo de estiramiento, a un paso de romperse, con el cuello extendido y totalmente expuesto. Desde su perspectiva invertida, a la luz de su casco de minero, sólo alcanzó a ver piernas, zapatos desatados y pies descalzos que corrían. Una horda de criaturas de refuerzo irrumpió en los túneles, una invasión masiva que arrasó con el campamento, agrupándose en torno a los cuerpos que convulsionaban en el suelo.

Una criatura se unió a la mujer que estaba sobre Carl, desgarrándole su camisa con furia. El Cavernoso sintió un fuerte mordisco en el cuello. No fue una mordedura propinada con los dientes, sino un piquete, seguido de algo semejante a una succión. La otra criatura femenina escarbó en la entrepierna, desgarrándole los pantalones a la altura de la ingle y apretándose contra la parte interior de su muslo.

Sintió dolor, un ardor agudo y penetrante. Y luego… un entumecimiento, una sensación semejante a un pistón golpeando contra sus músculos.

Carl estaba siendo drenado. Intentó gritar, pero su boca abierta no encontró voz alguna, sino cuatro dedos largos y calientes. La criatura le agarró la parte interior de la mejilla y le rasgó la encía hasta el hueso de la mandíbula con la garra de su dedo medio. Su carne era salada y amarga, pronto se vio ahogado por el sabor cobrizo de su propia sangre.

Fet se había retirado inmediatamente después del accidente, pues sabía muy bien cuando una batalla estaba perdida.

Los gritos eran casi insoportables, pero él tenía una misión por cumplir y no podía desviarse de su objetivo.

Trepó a uno de los conductos, y vio que casi no tenía espacio para acomodarse. Una de las ventajas del miedo era el torrente de adrenalina que circulaba por su sangre: le dilató las pupilas, descubrió que podía ver alrededor suyo con una gran claridad.

Desenvolvió el temporizador y le dio una vuelta.

Tres minutos; ciento ochenta segundos. Un huevo pasado por agua…

Maldijo su suerte al advertir que, como la batalla sería en el túnel, tendría que internarse en las vías utilizadas por los vampiros para atravesar el río. Y tendría que hacerlo moviéndose hacia atrás, ayudándose con su brazo ileso. Sin embargo, lo cierto era que tenía una contusión severa en el otro brazo y de su pierna derecha manaba sangre.

Antes de activar el temporizador, Fet vio a los "topos" retorciéndose en el suelo mientras eran consumidos por la horda de vampiros.

Ya estaban infectados, todos ellos perdidos de manera irremisible a excepción de Cray-Z, quien permanecía cerca de un pilar de hormigón, mirando como un tonto alucinado.

Se mantuvo al margen de estos seres oscuros sin ser atacado, mientras arrasaban la colonia a su paso.

Un momento después, Fet vio la figura desgarbada de Gabriel Bolívar acercándose a Cray-Z, quien cayó de rodillas ante el cantante en medio del humo y la luz polvorienta, como dos personajes de una imagen bíblica.

Bolívar posó su mano en la cabeza de Cray-Z y el loco se inclinó en una profunda reverencia. Le besó la mano y elevó una plegaria.

Fet había visto suficiente. Introdujo el dispositivo en un agujero, lo activó y apartó la mano del dial… "uno… dos… tres…" midiendo el tiempo con el tic-tac del reloj análogo mientras se alejaba con su bolso.

Siguió deslizándose hacia atrás, sintiendo que su cuerpo avanzaba con mayor facilidad al cabo de un tiempo, arrastrándose sobre su propia sangre.

"…cuarenta… cuarenta y uno… cuarenta y dos…"

Un grupo de criaturas se acercó a la entrada del conducto, atraído por el olor de la ambrosía rociada por Fet. El exterminador las vio asomarse por la pequeña abertura y sintió que todo estaba perdido.

"…setenta y tres… setenta y cuatro… setenta y cinco…"

Se abrió paso tan rápido como pudo y abrió la bolsa para sacar su pistola neumática. Disparó los clavos de plata mientras se arrastraba hacia atrás, gritando como un soldado tras vaciar su ametralladora en una trinchera enemiga.

Los proyectiles de plata se incrustaron profundamente en el pómulo y en la frente del primer vampiro, un hombre de unos sesenta años. Fet disparó de nuevo, sacándole los ojos y llenándole de puntillas argénteas las carnes blandas de la garganta.

La criatura chilló y retrocedió. Otras pasaron por encima del camarada caído, serpenteando ágilmente por la abertura del conducto. Fet vio a una que se acercaba peligrosamente: era una mujer delgada vestida de sudadera, con los hombros lacerados, el hueso de su clavícula al descubierto rozando las paredes.

"…ciento cincuenta… ciento cincuenta y uno… ciento cincuenta y dos…"

Fet le disparó a la criatura que se aproximaba. Siguió arrastrándose hacia él, aunque su cara ya estaba atiborrada de clavos de plata. Su aguijón maldito salió disparado de su cara convertida en un enorme alfiler, hasta su extensión máxima, lo que obligó a Fet a trepar con más fuerza, resbalando en medio de su sangre y errando el siguiente disparo; el clavo rebotó detrás del vampiro y se incrustó en la garganta de la criatura que venía detrás.

¿A qué distancia se encontraba? ¿A cincuenta metros de la explosión? ¿A unos treinta metros?

No era suficiente.

Tres cartuchos —y tres minutos— de dinamita después, Fet lo sabría.

Recordó las fotos de las casas con sus ventanas iluminadas mientras seguía disparando y vociferando. Casas hermosas que nunca requerían los servicios de los exterminadores. Si había alguna forma de sobrevivir a esto, Fet se prometió que iluminaría todas las ventanas de su apartamento y que saldría a la calle únicamente para contemplarlas.

"…ciento setenta y seis… ciento setenta y siete… ciento setenta y…"

A medida que la onda expansiva se elevaba detrás de la criatura y la conflagración lo sacudía, Vasiliy sintió que su cuerpo era empujado por el pistón ardiente del aire desplazado y un cuerpo —el de un vampiro chamuscado— lo golpeó de lleno, haciéndole perder el conocimiento.

Mientras se desvanecía en un vacío plácido, una palabra en lo más profundo de su mente sustituyó la cadencia del conteo mental:

"CRO… CRO…

CROATOAN".

Arlington Park, Jersey City

Eran las diez y media de la noche.

Alfonso Creem llevaba ya una hora en el parque, escogiendo un punto estratégico.

Era exigente en eso.

Lo único que no le gustó fue la ubicación de la luz de seguridad allá arriba, que despedía un brillo anaranjado. Le dijo a su lugarteniente "Real Royal" —simplemente Royal— que rompiera la base del candado y forzara la cerradura con una ganzúa. Problema resuelto. La luz se apagó y Creem asintió con la cabeza.

Tomó su lugar bajo la sombra. Sus brazos musculosos colgaban a ambos costados, demasiado gruesos para cruzarlos sobre su pecho. Su cintura era amplia, casi cuadrada. El jefe de los Zafiros era un negro y colombiano, hijo de padre británico y madre colombiana. Los Zafiros de Jersey controlaban todas las calles que rodeaban al parque Arlington. Podrían hacer lo mismo con el parque si lo quisieran, pero no valía la pena. El parque era un bazar de malhechores durante la noche, la labor de limpieza les correspondía a los policías y a los ciudadanos de bien, no a los Zafiros. De hecho, era una ventaja para Creem tener esta zona muerta aquí, en el centro de Jersey City: un baño público que atraía a los cabrones.

Creem había tomado todas y cada una de las esquinas por la fuerza. Patrullaba como un tanque Sherman y sometía a las bandas rivales a una obediencia total. Cada vez que tomaba otra esquina, se hacía cubrir un diente en plata a manera de celebración. Creem tenía una sonrisa radiante e intimidante. Sus dedos también estaban cubiertos con adornos de plata. Tenía cadenas, pero esta noche las había dejado en su casa; es lo primero que asegura una persona cuando sabe que va a ser asesinada.

Royal estaba cerca de Creem, sudando dentro de una gruesa chaqueta forrada de piel y un gorro de lana negro con un as de espadas cosido en la parte frontal.

—¿No dijo acaso que nos reuniéramos a solas?

—Tal vez quería "apostar" —respondió Creem.

—Huuh. Entonces, ¿cuál es el plan?

—¿Su plan? Ni puta idea. ¿El mío? Una puta cicatriz agradable.

Creem utilizó su grueso pulgar para describir un corte profundo de navaja en la cara de Royal.

—Realmente odio a los mexicanos, pero sobre todo a ése.

—Me pregunto por qué nos citó en el parque.

Los asesinatos cometidos en los parques nunca se esclarecían porque casi nadie los denunciaba. Si eras lo suficientemente valiente para ir de noche al parque A, es porque en realidad eras lo suficientemente tonto para morir. Por si acaso, Creem se había cubierto las huellas dactilares con Crazy Glue y había lubricado su navaja con vaselina y ácido —tal como lo hacía con la empuñadura de una pistola— para no dejar rastros de ADN.

Un vehículo largo y negro pasó por la calle. No era exactamente una limusina, pero sí más ostentoso que un Cadillac modificado. Aminoró la marcha y se detuvo a un lado de la acera. Las ventanas oscuras estaban cerradas. El conductor no se bajó.

Royal y Creem se miraron mutuamente.

La puerta trasera se abrió al borde de la acera. El ocupante salió, vestido con una camisa a cuadros desabotonada sobre una camiseta blanca, pantalones anchos y botas nuevas completamente negras como sus gafas de sol. Se quitó el sombrero, dejando al descubierto una pañoleta roja y apretada. Arrojó el sombrero al asiento del coche.

—¿Qué carajo es esto? —preguntó Royal en voz baja.

Ese puto cruzó la acera, entrando por la abertura de la valla. Su camiseta blanca resplandeció bajo el menguado brillo de la noche mientras avanzaba entre la hierba y la basura.

Creem no creyó al principio en lo que veían sus ojos hasta que el tipo estuvo tan cerca que pudo verle la clavícula al descubierto.

SOY COMO SOY.

—¿Se supone que deberías impresionarme? —preguntó Creem.

Gus Elizalde, de la pandilla La Mugre del Harlem Latino, sonrió, pero no dijo nada.

El coche seguía en su sitio.

—¿Qué? ¿Has venido desde tan lejos para decirme que te ganaste la maldita lotería? —preguntó Creem.

—Algo parecido.

Creem lo examinó mirándolo de arriba abajo.

—De hecho, estoy aquí para ofrecerte un porcentaje del billete ganador —señaló Gus.

Creem gruñó, tratando de descifrar el juego del mexicano.

—¿Qué estás pensando, chico? ¿Crees que vas a intimidarme andando en esa cosa por mi territorio?

—Esto es un insulto para ti, Creem —anotó Gus—. ¿Por qué no sales nunca de Jersey City?

—Estás hablando con el rey de Jersey City en persona. Ahora, ¿quién más viene contigo en ese trineo?

—Es curioso que lo preguntes.

Gus miró hacia atrás, hizo un leve gesto con el mentón y la puerta del conductor se abrió. No era un chofer de gorra, sino un tipo enorme que llevaba una sudadera con capucha, con su cara oculta bajo la sombra. Se dio vuelta y permaneció a un lado de la rueda delantera, con la cabeza gacha, esperando.

—¿Así que pediste un aventón en el aeropuerto, machín? —le dijo Creem.

—Las viejas costumbres son cosa del pasado, compadre Creem. Yo ya vi cómo acaba todo. Y acaba muy mal. ¿Batallas territoriales? Esta mierda de combate cuadra por cuadra tiene por lo menos dos mil años de atraso. No significa nada. La única batalla territorial que cuenta en estos momentos es la siguiente: todo o nada. Nosotros o ellos.

—¿Ellos? ¿Quiénes?

—Tú ya sabes qué está pasando. Y no sólo en la isla al otro lado del río.

—¿En la isla grande? Eso es problema de ustedes.

—Mira el parque. ¿Dónde están los drogadictos y las putas adictas al crack? ¿Dónde está la acción? Todo está muerto, güey, porque ellos se comen primero las plagas nocturnas. Las gentes perdidas. Los que nadie echa de menos.

Creem gruñó. No le gustaba que Gus dijera algo que tuviera sentido.

—Bueno, el negocio ya no es tan bueno como antes.

—El negocio ya no existe. Hay una nueva droga que está haciendo furor en las calles. Compruébalo tú mismo. Es la pinche sangre humana. Y es gratis si te gusta al sabor.

—Loco. Eres uno de esos que hablan de vampiros.

—Tienen a mi madre y a mi hermano. ¿Te acuerdas de Crispín?

Era el hermano drogadicto de Gus.

—Me acuerdo de él —señaló Creem.

—Bueno, creo que no volverás a verlo en este parque. Pero no guardo rencor, Creem. Ya no. Éste es un nuevo día. Tengo que dejar a un lado mis sentimientos personales. Porque

ahora estoy consiguiendo el mejor equipo de pandilleros cur-
tidos que pueda encontrar. Puro hijo de la chingada.

—Si viniste aquí para hablar de un plan de mierda, asal-
tar un banco o algo así; a río revuelto, ganancia de pescadores
y…

—Eso es para aficionados —lo interrumpió Gus—. Yo
tengo un trabajo de verdad, con dinero de verdad, todo está
arreglado. Llama a tus muchachos para que puedan escuchar
mi oferta.

—¿A cuáles muchachos?

—A los que tienes escondidos para golpearme, Creem.
Diles que salgan.

Creem miró fijamente a Gus. Comenzó a silbar. Creem
era un as para silbar. La plata engastada en sus dientes hacía
que sus silbidos tuvieran un sonido magistral.

Tres Zafiros salieron de entre los árboles con las manos
en los bolsillos.

Gus mantuvo las manos abiertas para que ellos pudieran
verlas.

—De acuerdo —dijo Creem—. Habla rápido, mex.

—No. Voy a hablar bien despacito y ustedes me van a oír
muy tranquilos.

Gus les explicó todo: la batalla territorial entre los Ancianos y el Amo descarriado.

—Has estado fumando… —interpeló Creem.

Sin embargo, Gus alcanzó a ver una chispa incipiente en
sus ojos. Un destello de excitación a punto de encenderse.

—Lo que les estoy ofreciendo es más dinero de lo que
nunca podrían ganar vendiendo crack. La oportunidad de
matar y mutilar hasta hartarse, sin preocuparse de acabar
en la cárcel. Sin medida. Les estoy ofreciendo una oportunidad única de quedarse con todo en los cinco distritos. Y

si hacemos bien el trabajo, quedaremos listos para toda la vida.

—¿Y si no lo hacemos bien?

—No, pos en ese caso, el dinero no vale nada. Pero por lo menos se divierten. ¿Saben lo que quiero decir?

—Demasiado bueno para ser cierto. Primero necesito ver alguna prueba —dijo Creem.

Gus rio entre dientes.

—Como prueba tengo tres colores. Plateado, verde y blanco.

Le hizo una seña con la mano al chofer encapuchado. Éste fue al maletero, lo abrió y sacó dos bolsas. Las pasó por la valla y las dejó al lado de ellos.

La primera era una bolsa grande de lona negra, la otra era de tamaño mediano, con dos manijas de cuero.

—¿Quién es tu hombre? —preguntó Creem.

Además de la sudadera con la capucha, el corpulento chofer tenía puestos unos jeans y unas botas Doc Martens macizas. Creem no podía verle el rostro, pero le pareció evidente que ese tipo tenía algo que no encajaba.

—Le dicen el señor Quinlan —respondió Gus.

Un grito se levantó en el otro extremo del parque; era el grito de un hombre, más escalofriante al oído que el de una mujer en peligro. Todos se dieron vuelta.

—De prisa. Primero la plata —ordenó Gus.

Se arrodilló y abrió la cremallera de la bolsa de lona. No había mucha luz. Sacó un arma larga y sintió a los Zafiros reaccionar sacando las suyas. Gus accionó el interruptor de la lámpara instalada en el cañón, creyendo que era un foco incandescente y convencional, aunque obviamente era de luz ultravioleta.

Usó la luz de un tinte púrpura para enseñarles el resto del arsenal. Una ballesta, con una carga de impacto cubierta de plata en la punta del perno. Una hoja de plata afilada en forma de abanico con un mango curvo de madera. Una espada semejante a una cimitarra, con una hoja ancha, una curva generosa, y una empuñadura gruesa y forrada en piel.

—Te gusta la plata, ¿no? —le preguntó Gus a Creem.

En efecto, el exótico armamento despertó el interés de Creem. Sin embargo, seguía desconfiando de Quinlan, el conductor.

—Muy bien. ¿Y dónde están los verdes? —indagó.

Quinlan abrió las manijas de la bolsa de cuero. Estaba llena de fajos de billetes, y los sellos antifalsificación resplandecían bajo la luz índigo de la lámpara UV de Gus.

Creem metió una mano en la bolsa, pero se contuvo. Vio las manos de Quinlan sujetando las manijas de cuero. La mayoría de sus uñas había desaparecido y tenía la piel completamente lisa. Pero lo más extraño de todo era su dedo medio. Era dos veces más largo que los demás y curvo en el extremo, tanto así que la punta se enroscaba sobre la palma de su mano.

Otro grito desgarró la noche, seguido de un gruñido gutural. Quinlan cerró la bolsa y miró en dirección a los árboles. Le devolvió la bolsa con el dinero a Gus y éste le pasó el arma acondicionada con la lámpara UV. Luego, con una potencia y una velocidad increíbles, echó a correr hacia los árboles.

—¿Qué…? —exclamó Creem.

Quinlan no avanzó por el sendero demarcado. Los pistoleros escucharon un crujir de ramas.

—Esto se va a poner bueno —dijo Gus, echándose al hombro la bolsa de las armas.

Era fácil seguir el camino por las ramas caídas dejado por Quinlan. Se apresuraron y le dieron alcance en un claro que estaba al otro lado. Lo encontraron de pie, con su arma contra el pecho.

Su capucha se había replegado. Creem notó el cráneo totalmente calvo y liso de Quinlan. En la oscuridad, parecía no tener orejas. Creem se dio vuelta para verlo mejor, percibió que aquel tanque temblaba como una pequeña flor en una tormenta.

La criatura que respondía al nombre de Quinlan no tenía orejas y sólo un asomo de nariz. Su garganta era gruesa. Su piel translúcida, casi iridiscente. Y sus ojos rojos como la sangre, los más brillantes que Creem hubiera visto nunca, hundidos en lo más profundo de su cabeza pálida y lisa.

En ese momento, una figura saltó de las ramas más altas y salió corriendo por el claro. Quinlan se apresuró a interceptarla como un puma persiguiendo a un venado. Chocaron y Quinlan inclinó su hombro para embestirlo en campo abierto.

La figura cayó dando un chillido y rodó estrepitosamente antes de poder levantarse.

En un instante, Quinlan encendió la luz y alumbró a la figura, la cual silbó entre dientes y retrocedió despavorida; el dolor lacerante que se reflejaba en su cara era visible incluso a esa distancia. Quinlan apretó el gatillo. La descarga de perdigones de plata le voló la cabeza a la figura.

Sólo que ésta no murió como mueren los seres humanos. Una sustancia blanca hizo erupción desde la parte superior del tronco; la criatura apretó los brazos y se desplomó en el suelo.

Quinlan giró su cabeza con rapidez antes de que la próxima figura saltara desde los árboles. Era una mujer-cosa que trataba de evadir a Quinlan para atacar al resto del grupo. Gus sacó la cimitarra de la bolsa. La criatura —harapienta como la prostituta y adicta al crack más inverosímil que pudiera imaginarse, extremadamente ágil y con sus ojos despidiendo un intenso resplandor rojo— retrocedió al ver el arma, pero fue demasiado tarde. Gus le abrió un tajo entre los hombros y el cuello con un movimiento diestro, la cabeza se desprendió hacia un lado y su cuerpo cayó al otro. Un líquido pastoso y blanco brotó de sus heridas.

—Ahí está el color blanco —indicó Gus.

Quinlan regresó con ellos, agitando su arma y retirándose la capucha de algodón grueso de su cabeza.

—De acuerdo —dijo Creem, bailando de un lado a otro como un niño que fuera al baño en la mañana de navidad—. ¡Cuenta con nosotros!

Flatlands

EPH COMENZÓ A AFEITARSE LA MEJILLA derecha con una navaja que tomó de la casa de empeños. Permaneció meditabundo, mirando el espejo que había sobre el lavabo de agua lechosa, con su mejilla cubierta de espuma.

Estaba pensando en ese libro —en el *Occido Lumen*— y que todo se confabulaba en su contra. Palmer y su fortuna bloquearían cualquier movimiento que ellos lograran hacer. ¿Qué sería de ellos —de Zack— si fracasaban?

Se hizo un pequeño corte con la navaja. Eph miró la mancha de sangre en la hoja de acero y retrocedió once años, al nacimiento de Zack.

Después de un aborto espontáneo y de la pérdida de un feto de veintinueve semanas, Kelly llevaba dos meses en reposo antes de empezar las labores de parto con Zack. Tenía un plan concreto para el nacimiento: cero anestesia epidural o de otro tipo, tampoco cesáre a. Diez horas después empezó a dilatar ligeramente.

Su médico le sugirió oxitocina para acelerar el parto, pero Kelly se negó, fiel a su plan. Ocho horas más tarde tuvo que ceder y el suministro de oxitocina comenzó. Dos horas después,

GUILLERMO DEL TORO Y CHUCK HOGAN

tras padecer casi un día entero de dolorosas contracciones, por fin dio su consentimiento para la anestesia epidural. La dosis de oxitocina fue aumentada gradualmente y llegó a ser tan alta como lo permitiera la frecuencia cardiaca del bebé.

Veintisiete horas después, su médico le ofreció la opción de una cesárea, pero Kelly se negó. Después de haber cedido en todo lo demás, ella se inclinaba por un parto natural. La ecografía mostró que el feto estaba en perfectas condiciones: el cuello uterino se había dilatado ocho centímetros y Kelly se dedicó a empujar a su bebé para traerlo al mundo.

Sin embargo, cinco horas más tarde, a pesar del vigoroso masaje de vientre que recibió de una enfermera veterana, el bebé seguía obstinadamente en posición lateral y el cuello uterino de Kelly ya no se dilató más. Una vez más sintió el dolor de las contracciones, a pesar del efecto positivo de la anestesia. El médico de Kelly acercó un taburete a su cama y volvió a recomendarle la cesárea. Esta vez, Kelly aceptó.

Eph se puso la bata y acompañó a Kelly a la reluciente e impecable sala de cirugías, luego de cruzar las puertas dobles situadas al extremo del pasillo. El monitor cardiaco fetal lo tranquilizó con su tic-tac continuo, similar a un metrónomo. La enfermera frotó el vientre hinchado de Kelly con un antiséptico amarillo-marrón y el obstetra le hizo un corte en el abdomen, de izquierda a derecha, con un trazo firme y prolongado: la fascia se separó, seguida por los tendones de los músculos abdominales, finalmente la membrana delgada del peritoneo, dejando al descubierto la pared gruesa y redonda del útero. El cirujano le hizo una incisión final con las tijeras para vendajes, a fin de minimizar el riesgo de dañar al feto.

Las manos enfundadas en guantes de látex se hundieron para recibir a un nuevo ser humano que llegaba al mundo, pero Zack no había nacido aún. Estaba "en la membrana" —como se dice popularmente—, es decir, que todavía estaba en la placenta, fuliginosa e inflada como una burbuja, cuya membrana opaca envolvía al feto como un huevo de nylon. Zack permaneció inmóvil, recibiendo el alimento y el oxígeno a través del cordón umbilical que aún lo unía a Kelly. El obstetra y las enfermeras se esforzaron para conservar el aplomo, pero Kelly y Eph notaron su preocupación frente a la evolución del proceso de parto.

Eph supo después que los bebés mesentéricos representan menos de uno por ciento de los nacimientos, y menos de 0.1 por ciento si el bebé no es prematuro.

El fenómeno se prolongó, el bebé nonato todavía unido a su madre extenuada, parido pero aún sin nacer. Luego, la membrana se rompió espontáneamente y la cabeza de Zack asomó revelando su rostro resplandeciente. Otro lapso de tiempo suspendido… y finalmente el grito respiratorio se oyó con nitidez cuando los pulmones del bebé se expandieron y fue colocado sobre el pecho de Kelly, aún empapado por el líquido amniótico.

En el quirófano se vivía una mezcla de tensión y alegría irrebatible, Kelly miró los pies y las manos del recién nacido para cerciorarse de que tuviera todos los dedos. Lo examinó a fondo en busca de signos de deformidad, pero sólo encontró motivo de alegrías.

El bebé pesó tres kilos y medio, era tan calvo y pálido como una bola de harina. Sacó ocho puntos en el test de Apgar después de dos minutos, y cinco al cabo de nueve.

Era un bebé saludable.

Kelly, sin embargo, experimentó una gran desilusión después del parto. Nada que fuera tan extenuante e intenso como una depresión, pero sí un estado sombrío. El trabajo de parto fue tan arduo que prácticamente no le salía leche, lo que, sumado a su frustrado plan de parto, la hizo sentir como una fracasada. En un momento, Kelly le insinuó a Eph que sentía haberlo decepcionado, lo cual lo dejó estupefacto. Dijo que se sentía corrompida en su interior. Todo en la vida les había llegado con tanta facilidad a los dos, antes de esto…

Cuando se sintió mejor, abrazó el regalo del cielo que era su hijo recién nacido, y no quiso soltarlo. Se obsesionó con el parto mesentérico y comenzó a investigar su significado. Algunas fuentes distinguían esta particularidad como un presagio de buena suerte, augurándole, incluso, grandeza. Otras señalaban que los portadores de la membrana, como se les conocía, eran clarividentes, nunca se ahogaban, y según lo referían esas mismas leyendas, habían sido marcados por los ángeles con almas protectoras. Buscó el sentido de este fenómeno en la literatura y encontró a varios personajes ficticios nacidos "con manto", como David Copperfield y el niño de la película *El resplandor*. Y personajes históricos como Sigmund Freud, Lord Byron y Napoleón Bonaparte. Con el tiempo, descartó todas las asociaciones negativas (de hecho, en algunos países europeos se decía que un niño nacido con manto podría estar maldito) para compensar cualquier sentimiento de ineptitud, con la firme determinación de que su hijo, esta creación suya, era excepcional.

Fueron estos impulsos los que terminaron por deteriorar su relación con Eph, conduciendo a un divorcio que él no quiso nunca y a la batalla posterior por la custodia: un enfrentamiento legal que se transformó desde el comienzo en una guerra despiadada. Kelly había decidido que si no podía ser perfecta para un hombre tan exigente, entonces ella no sería nada para él. Por tal motivo, el alcoholismo de Eph y su paulatino desmoronamiento personal era algo que la emocionaba en su interior, al mismo tiempo que la aterrorizaba. El deseo de Kelly se había hecho realidad: demostró que ni aún el mismísimo Ephraim Goodweather podía estar a la altura de sus propios parámetros.

Eph sonrió burlonamente para sus adentros al verse en el espejo con la cara afeitada a medias. Agarró su botella de Schnapps de albaricoque, brindó por su perfección de mierda y bebió dos tragos dulces y fuertes.

—No necesitas hacer eso.

Nora había entrado, cerrando la puerta del baño tras ella.

Estaba descalza; llevaba jeans limpios y una camiseta suelta y fresca; tenía el cabello —muy negro— recogido a la altura del cuello.

Eph le habló a la imagen reflejada en el espejo.

—Hemos pasado de moda, Nora. Nuestra época ha quedado atrás. El siglo XX fue de los virus. ¿Y el XXI? De los vampiros —dio otro trago, como demostrando que no veía nada de malo en ello y que ningún argumento racional podía disuadirlo—. No entiendo por qué no bebes. Para esto se hizo la bebida, precisamente. La única manera de asimilar esta nueva realidad es enfrentándola con algo placentero —dio otro trago y le echó un vistazo a la etiqueta—. Si sólo tuviera algo placentero…

—No me agrada tu afición.

—Soy lo que los expertos denominan un "alcohólico altamente funcional". Pero si lo prefieres, puedo seguir ocultándolo.

Ella se cruzó de brazos, recostándose contra la pared, con la certeza de que no estaba logrando su objetivo.

—Es sólo cuestión de tiempo, lo sabes; antes de que la Kelly ávida de sangre regrese por Zack. Y esto significa el Amo a través de ella. Conduciéndolo directamente a Setrakian.

Si la botella hubiera estado vacía, Eph la habría quebrado contra la pared.

—Es una locura de mierda, pero es *real*. Nunca había tenido una pesadilla que pudiera compararse con esto.

—Me parece que necesitas llevarte a Zack lejos de aquí.

Eph asintió con la cabeza, sujetando el borde del lavabo con las dos manos.

—Lo sé. Poco a poco voy acercándome a esa decisión.

—Y creo que tendrás que irte con él.

Eph lo pensó un momento, realmente lo hizo, antes de darse vuelta para mirar a Nora a la cara.

—¿Así es como el teniente le informa al capitán que no es apto para el servicio?

—Es como cuando alguien se preocupa lo suficiente por ti y teme que puedas hacerte daño. Reconócelo, Eph: es lo mejor para él y lo mejor para ti —replicó Nora.

Eso lo desarmó.

—No puedo dejarte a ti en mi lugar, Nora. Los dos sabemos que la ciudad se está desmoronando. Nueva York ha colapsado. Y prefiero que caiga sobre mí que sobre ti.

—Pareces un borracho desvariando en un bar.

—Tienes razón en una cosa. No puedo comprometerme de lleno en esta lucha si Zack se queda aquí. Él tiene que marcharse. Necesito saber que está a salvo, lejos de esto. Hay un lugar en Vermont…

—Olvídalo, no me iré de aquí.

Eph exhaló.

—Sólo escúchame.

—No me iré, Eph. Crees que estás haciendo algo caballeroso conmigo, cuando en realidad me estás insultando. Esta ciudad es más mía que tuya. Zack es un gran muchacho, es cierto, pero yo no estoy aquí para hacer el trabajo de niñera ni para organizarte la ropa. Soy una médica y científica como tú.

—Lo sé, Nora, créeme. También lo decía por tu mamá…

Esto la detuvo en seco. Sus labios se abrieron, prestos a la réplica, pero las palabras de Eph le robaron el aliento de la boca.

—Sé que ella no está bien —añadió—. Se encuentra en la fase inicial de la demencia y sé que esto es algo que ocupa la mayor parte de tus pensamientos, así como Zack lo hace con los míos. Es tu oportunidad de sacarla también de aquí. Estoy tratando de decirte que la familia de Kelly tiene un lugar en las montañas de Vermont.

—Puedo ser más útil si me quedo aquí.

—¿Puedes? Quiero decir, ¿puedo yo? No estoy muy seguro. ¿Qué es lo más importante ahora? Yo diría que sobrevivir. Creo, sin duda alguna, que es lo mejor que podemos hacer. Al menos así, uno de nosotros estará a salvo. Y tengo perfectamente claro qué es lo que no quieres. Y sé que sería pedirte demasiado. Tienes razón: si ésta fuera una pandemia viral, tú y yo seríamos las personas más necesarias en esta ciudad. Quisiéramos estar al frente de esto por las razones correctas. Pero actualmente, esta cepa ha rebasado totalmente nuestra experiencia y conocimientos. El mundo ya no nos necesita más, Nora. No necesita médicos ni científicos. Necesita exorcistas. Necesita a Abraham Setrakian —Eph se aproximó a ella—. Sé lo suficiente para tener la certeza de que estamos frente a algo muy peligroso. Y por lo tanto, yo también debo serlo.

Esto la sacó de su ensimismamiento.

—¿Qué es exactamente lo que se supone que significa eso?

—Que soy prescindible. O, al menos, tanto como cualquier otro hombre. A no ser que ese hombre sea un prestamista de edad avanzada y con problemas cardiacos. ¡Diablos! Fet está contribuyendo mucho más a esta guerra que yo. Es más valioso para el viejo que yo.

—No me gusta la forma en que estás hablando.

Eph esperaba con impaciencia que ella aceptara la realidad tal como él la entendía. Hacerla entender.

—Quiero luchar. Darlo todo de mí. Pero no puedo hacerlo si Kelly persigue a las personas más importantes para mí. Necesito saber que mis seres queridos están a salvo. Y eso los incluye a Zack y a ti.

Él le tomó la mano. Sus dedos se entrelazaron. La sensación fue intensa y a Eph se le ocurrió algo: ¿cuántos días habían pasado desde que había tenido un simple contacto físico con otra persona?

—¿Qué es lo que piensas hacer? —preguntó Nora.

Apretó los dedos con más firmeza en los de ella, palpando su entrelazamiento mientras ratificaba el plan que estaba concibiendo en su mente. Era peligroso y desesperado, pero eficaz. Y tal vez podría cambiarlo todo.

—Simplemente ser útil —respondió Eph.

Se dio vuelta para buscar la botella en el borde del lavabo, pero Nora lo sujetó del brazo y lo atrajo hacia ella.

—Déjala ahí, por favor —le dijo con sus ojos castaños que irradiaban una hermosa tristeza—. No necesitas eso.

—Pero lo quiero. Y eso me quiere a mí.

Eph quiso darse vuelta, pero ella lo sujetó con fuerza.

—¿Kelly no pudo lograr que dejaras de beber?

Eph pensó en ello.

—¿Sabes qué?, no estoy seguro de que lo hubiera intentado realmente.

Nora alzó la mano y le tocó su mejilla hirsuta sin afeitar y luego la otra, acariciándolo suavemente con el dorso de sus dedos. El contacto los derritió a ambos.

—Yo podría hacer que dejaras de beber —le dijo ella, muy cerca del oído.

Le besó la mejilla áspera. Entonces él rozó sus labios y sintió que su esperanza y su pasión se encendían, y fue como si se hubieran abrazado por primera vez. Todos los pormenores de los dos encuentros sexuales que habían tenido acudieron de nuevo a él de un modo vehemente y lleno de anticipación; un contacto humano que reclamaba terriblemente el intercambio. Aquello que había faltado anteriormente era lo que ahora se anhelaba con más fuerza.

Agotados, poseídos e hipnotizados y, sin estar preparados en absoluto, se fundieron en un sólo ser mientras Eph sostenía a Nora contra la pared de azulejos y sus manos acariciaban sus muslos. Ante el terror y la deshumanización, la pasión humana era en sí misma un acto de desafío.

INTERLUDIO II

Occido Lumen: La historia del libro

E l agente de piel oscura y abrigado con una chaqueta de terciopelo negro estilo Nehru giró el anillo de ópalo azul en la base de su dedo meñique mientras caminaba a un lado del canal.

—Nunca he conocido a Mynheer Blaak, fíjese. Él lo prefiere así.

Setrakian caminaba al lado del intermediario. Viajaba con un pasaporte belga, bajo el nombre de Roald Pirk y decía que su ocupación era "vendedor de libros antiguos". El documento era una falsificación perfecta. Corría el año de 1972. Setrakian tenía cuarenta y seis años de edad.

—Aunque puedo asegurarle que es muy rico —prosiguió el agente—. ¿Le gusta mucho el dinero, monsieur Pirk?

—Así es.

—Entonces Mynheer Blaak le simpatizará. Le pagará con mucha generosidad por este volumen. Estoy autorizado para decir que él coincidirá con su precio, al que yo no vacilaría en calificar de agresivo. ¿Esto lo hace feliz?

—Sí.

—Tal como debe ser. Usted realmente tiene suerte al haber adquirido ese incunable. Estoy seguro de que no desconoce su procedencia. ¿Es usted un hombre supersticioso?

—De hecho, lo soy. Por mi oficio.

—Ah. ¿Y por eso ha decidido desprenderse de él? Me atrevería a decir que este volumen es el equivalente al objeto mágico de "El diablo de la botella". ¿Está usted familiarizado con la historia?

—Stevenson, ¿no es cierto?

—Desde luego. Oh, espero que no esté pensando que estoy midiendo sus conocimientos de literatura con el fin de acreditar su buena fe. Cito a Stevenson sólo porque negocié hace poco la venta de una edición extraordinariamente rara de *El señor de Ballantrae*. Pero en "El diablo de la botella" como seguramente usted recordará la botella maldita debe venderse cada vez por un precio menor al que se compró. No sucede lo mismo con este volumen. No, no; todo lo contrario.

Los ojos del agente resplandecieron con interés frente a una de las vitrinas iluminadas por las que paseaban. A diferencia de la mayoría de las que había a lo largo de De Wallen, el distrito rojo de Ámsterdam, la ocupante de esta vitrina, en particular, era una mujer núbil y no una prostituta profesional.

El comisionista se acicaló el bigote y miró de nuevo hacia la calle adoquinada.

—En cualquier caso —continuó—, el libro ha dejado un legado enigmático. Yo no lo tendría en mis manos. Mynheer Blaak es un coleccionista ávido, un experto de primera línea. Sus gustos van de lo más selecto a lo más oscuro y sus cheques siempre tienen un respaldo sólido. Pero considero justo advertirle que en este caso en particular se han presentado algunos intentos de fraude.

—Ya veo.

—Naturalmente, no puedo aceptar ninguna responsabilidad por la suerte que corrieron esos vendedores deshonestos. Aunque debo decir que el interés de Mynheer Blaak en el volumen es muy notorio, pues ha pagado la mitad de mi comisión en cada una de las transacciones fallidas. A fin de poder continuar con mi búsqueda y mantener a raya a los potenciales pretendientes, si acaso me comprende usted.

El agente sacó un par de guantes blancos de algodón fino y enfundó sus manos impecables en ellos.

—Usted sabrá disculparme —dijo Setrakian—, pero no he venido a Ámsterdam a recorrer sus hermosos canales. Como le dije, soy un hombre supersticioso y me gustaría deshacerme, a la mayor brevedad posible, de la carga que supone un ejemplar tan valioso. Para serle franco, me preocupan más los ladrones que las maldiciones.

—Ya veo, sí. Es usted un hombre pragmático.

¿Dónde y cuándo estará disponible Mynheer Blaak para realizar la transacción?

—Entonces, ¿tiene usted el libro?

—Está aquí —respondió Setrakian asintiendo con la cabeza.

El agente señaló la gruesa maleta de cuero negro y hebillas dobles que portaba Setrakian.

—¿Lo trae consigo?

—No, sería demasiado arriesgado —Setrakian tomó la maleta con la otra mano, dando a entender que no lo llevaba allí—. Pero está aquí, en Ámsterdam. Muy cerca.

—Entonces, por favor disculpe mi atrevimiento. Pero si usted realmente está en posesión del *Lumen*, supongo que estará familiarizado con su contenido. Es su *raison d'être*, ¿verdad?

Setrakian se detuvo. Advirtió que se habían ido alejando de las calles más concurridas y que ahora entraban en un callejón desierto y angosto. El agente cruzó los brazos como si estuviera sosteniendo una conversación informal.

—Sí —contestó Setrakian—. Pero sería una tontería de mi parte divulgar su contenido.

—Así es —comentó el intermediario—. Y no esperamos que lo haga, pero, ¿podría resumirme sus impresiones? Unas pocas palabras, si así lo prefiere.

Setrakian percibió un destello metálico detrás de la espalda del agente; o ¿fue acaso una de las manos enguantadas del hombre? De todos modos, no sintió miedo. Se había preparado para eso.

—*Mal'akh Elohim*. Los mensajeros de Dios: Ángeles y Arcángeles. Ángeles caídos, en este caso, y su linaje corrupto sobre la Tierra.

Los ojos del agente se avivaron brevemente.

—Maravilloso.

—Bueno, Mynheer Blaak está muy interesado en conocerlo y muy pronto se pondrá en contacto con usted.

El agente le ofreció a Setrakian su mano enguantada de blanco. Setrakian la estrechó con sus guantes negros; el comisionista debió sentir sus dedos retorcidos, pero no evidenció ninguna reacción distinta a su rigidez flemática.

—¿Quiere que le dé la dirección de mi local? —le preguntó Setrakian.

El intermediario agitó su mano enguantada con brusquedad.

—No debo saber nada, monsieur. Le deseo muchos éxitos.

Comenzó a alejarse en la misma dirección por la que habían venido.

—Pero, ¿cómo se pondrá en contacto conmigo? —preguntó Setrakian, dándole alcance.

—Sólo sé que lo hará —respondió el agente por encima del hombro de su chaqueta forrada con terciopelo. —Muy buenas noches para usted, monsieur Pirk.

Setrakian observó a aquel hombre tan compuesto dirigirse a la vitrina por la que habían pasado antes y tocar en ella con discreción. Abraham se subió el cuello de su abrigo y caminó hacia el oeste, lejos del agua entintada de los canales, hacia la Dam Platz.

Ámsterdam, la ciudad de los mil canales, era una residencia inusual para el *strigoi*, a quien su naturaleza le impedía cruzar aguas en movimiento. Y ahora, tantos años dedicados a la búsqueda del doctor Werner Dreverhaven, el médico nazi del campamento de Treblinka, habían conducido a Setrakian a una red de libreros anticuarios y clandestinos. Lo cual lo había encaminado a su vez al objeto de la obsesión de Dreverhaven, una traducción latina extraordinariamente rara de un oscuro texto mesopotámico.

De Wallen era más conocido por su abigarrada mezcla de drogas, bares, clubes de sexo, burdeles y chicos de ambos sexos exhibiéndose en las ventanas. Pero los estrechos callejones y canales de este sector de la ciudad portuaria también eran el hogar de un pequeño pero muy influyente grupo de comerciantes de libros antiguos que negociaban manuscritos en los cinco continentes.

Setrakian se había enterado de que Dreverhaven —bajo la apariencia de un bibliófilo llamado Jan-Piet Blaak— había huido a los Países Bajos en los años posteriores a la guerra, escondiéndose en Bélgica hasta comienzos de la década de 1950, cuando pasó a Holanda para establecerse en Ámsterdam en el año de 1955. Dreverhaven podía moverse libremente durante la noche y por los senderos proscritos por los canales, y resguardarse sin ser detectado durante el día en De Wallen. No obstante, los canales lo disuadían de permanecer mucho tiempo allí, pero al parecer, el atractivo ofrecido por el oficio de los bibliófilos —y por el *Occido Lumen* en particular— era demasiado seductor. Había establecido una guarida allí e hizo de la ciudad su hogar permanente.

El centro de la ciudad se extendía desde Dam Platz como una isla parcialmente rodeada —aunque no dividida— por los canales. Setrakian deambuló por edificaciones de trescientos años de antigüedad y techos de dos aguas, con el olor del hachís saliendo por las ventanas acompañado de acordes de música folk americana. Una mujer joven pasó apresurada rumbo a sus labores nocturnas; cojeaba, pues uno de sus zapatos tenía el tacón roto, sus piernas con ligueros y medias de red asomando bajo el dobladillo de un abrigo de visón falso.

Setrakian vio dos palomas en los adoquines y no parecieron inmutarse ante su cercanía. Se detuvo para ver qué había captado el interés de las aves.

Las palomas estaban examinando a una rata de alcantarilla.

"¿Eres tú el portador del *Lumen*?"

Setrakian quedó paralizado. La presencia era muy próxima. De hecho, parecía estar justo detrás de él. Pero la voz provenía del interior de su cabeza.

Setrakian se dio media vuelta, asustado.

—¿Mynheer Blaak?

Se había equivocado. No había nadie detrás de él.

"Monsieur Pirk, supongo."

Setrakian miró a su derecha. En la entrada de un oscuro callejón había una figura corpulenta, vestida con un abrigo largo y un sombrero alto, apoyada en un bastón delgado con punta metálica.

Setrakian tragó toda su adrenalina, su anticipación, su miedo.

—¿Cómo ha podido encontrarme, señor?

—El libro. Eso es lo único que importa. ¿Está en su poder, Pirk?

—Yo... Lo tengo cerca. ¿Dónde está su hotel?

—Tengo un apartamento cerca de la estación. Me encantaría que realizáramos nuestra transacción allí, si usted lo desea, claro.

—Me temo que no puedo ir tan lejos; mi gota es muy delicada y me lo impide.

Setrakian se dio vuelta para ver de lleno al ser sumergido en la sombra. Había unas cuantas personas en la plaza, así que se atrevió a dar un paso hacia Dreverhaven, tal como lo haría un transeúnte desprevenido. No percibió el habitual almizcle terroso del *strigoi*, aunque el humo del hachís imponía su fragancia en la noche.

—¿Qué sugiere, entonces? Me gustaría mucho finiquitar la venta esta tarde. Sin embargo, usted tendría que regresar primero a su apartamento.

—Sí. Supongo que sí.

El personaje dio un paso adelante, golpeando un adoquín con la punta metálica de su bastón. Las palomas agitaron sus alas y emprendieron el vuelo a espaldas de Setrakian.

—Me pregunto por qué un hombre que viaja a una ciudad desconocida confiaría un artículo tan valioso a la dudosa seguridad de su apartamento, en lugar de llevarlo consigo —observó Blaak.

Setrakian tomó su maleta con la otra mano.

—¿Qué quiere decir?

—No creo que un verdadero coleccionista estaría dispuesto a correr el riesgo de dejar un objeto tan valioso fuera de su vista. O de su control.

—Hay ladrones cerca —dijo Setrakian.

—Y adentro. Si realmente desea librarse del peso de este objeto maldito a un precio excelente, entonces sígame, Pirk. Mi residencia está a unos cuantos pasos en esa dirección.

Dreverhaven se dio vuelta y se adentró en el callejón, apoyándose en el bastón pero sin depender exclusivamente de él. Setrakian se detuvo un momento, se lamió los labios y sintió los pelos de su barba postiza antes de seguir al criminal de guerra y muerto viviente por el callejón de piedra.

L a única vez que Setrakian obtuvo un permiso para cruzar la alambrada de púas de Treblinka fue para trabajar en la biblioteca de Dreverhaven.

Herr Doktor tenía una casa a pocos minutos del campamento y los trabajadores eran llevados allí por separado, custodiados por un escuadrón de tres guardias ucranianos fuertemente armados a bordo de un coche. Setrakian tenía poco contacto con Dreverhaven en su casa, ninguno en la sala de cirugía del campamento, lo cual era una gran fortuna, pues Dreverhaven intentaba satisfacer su curiosidad médica y científica del mismo modo en que un niño solitario se deleita cortando gusanos y quemándole las alas a una mariposa.

Dreverhaven ya era un bibliófilo en aquel entonces y utilizaba los botines de guerra y del genocidio —el oro y los diamantes robados a los muertos en vida— invirtiendo sumas escandalosas en textos raros procedentes de Polonia, Francia, Gran Bretaña e Italia, los cuales eran de dudosa procedencia debido al estado caótico del mercado negro durante el conflicto bélico. Setrakian había recibido la orden de fabricar una biblioteca de roble en dos habitaciones con una escalera de hierro rodante y un vitral con la vara de Esculapio. A menudo confundida con el caduceo, la imagen de Esculapio —una serpiente o gusano largo enrollado sobre un pentagrama— es el símbolo de la medicina y los médicos. Pero la imagen encargada por Dreverhaven tenía una calavera adicional; el símbolo de las SS nazis.

En una ocasión, Dreverhaven inspeccionó personalmente el trabajo de Setrakian. Sus ojos azules eran fríos como el cristal de roca, deslizó sus dedos morosamente sobre la superficie inferior de los estantes en busca de asperezas. Satisfecho, hizo un gesto de aprobación con la cabeza a modo de elogio y despidió al joven judío sin más.

Volvieron a verse cuando Setrakian se enfrentó al "Pozo Ardiente" y el médico supervisó la masacre con los mismos ojos azules y fríos. No reconoció a Setrakian: eran demasiados rostros, todos ellos indistinguibles para él. Además, el médico estaba ocupado en sus "experimentos" y un asistente cronometraba el intervalo entre el momento en que el disparo entraba por la parte posterior de la cabeza y el temblor agónico y final de la víctima.

Los conocimientos de Setrakian sobre el folclor y la historia oculta de los vampiros se habían sumado a sus pesquisas en los archivos de los campos de concentración nazis hasta dar con el paradero del antiguo texto conocido como *Occido Lumen*.

Setrakian le dio a Blaak un margen prudencial de movimiento, siguiéndolo a tres pasos de distancia, justo fuera del alcance de su aguijón. Dreverhaven caminaba con su bastón, despreocupado al parecer por la vulnerabilidad que suponía tener a un extraño a sus espaldas. Tal vez se había habituado a depositar su confianza en los transeúntes que merodeaban por De Wallen durante la noche, confiando en que su presencia desalentaría cualquier posible ataque. O tal vez quería dar simplemente una impresión de inocencia.

En otras palabras, quizá el gato estaba actuando como un ratón.

Dreverhaven giró la llave en la cerradura de la puerta flanqueada por dos pequeñas ventanas con luces rojas y Setrakian lo siguió por la alfombra igualmente roja de las escaleras. Dreverhaven ocupaba los dos últimos pisos, lujosamente decorados, aunque no vivía allí. La potencia de los focos era mínima, las lámparas inclinadas brillaban débilmente en las mullidas alfombras. Las ventanas de la fachada daban hacia el este y no tenían cortinas gruesas. No había ventanas traseras, y tras evaluar el tamaño de las habitaciones, Setrakian concluyó que eran estrechas. Recordó que ya había albergado la misma sospecha cuando estuvo en la casa de Dreverhaven en Treblinka, sospecha alimentada por los rumores del campo de concentración en torno a una sala de cirugía oculta.

Dreverhaven apoyó su bastón en una mesa iluminada. Setrakian reconoció en la bandeja de porcelana los documentos que le había entregado al comisionista: registros de origen sumamente costosos que establecían un vínculo plausible con la subasta de Marsella de 1911, todos ellos fraudulentos.

Dreverhaven se quitó el sombrero y lo dejó sobre una mesa.

—¿Le gustaría tomar un aperitivo? —preguntó sin darse vuelta.

—Lamentablemente no —respondió Setrakian, abriendo las dos hebillas de su maleta y dejando cerrado el broche superior—. Los viajes me trastornan el sistema digestivo.

—Ah, por eso… El mío es a prueba de todo.

—Por favor, no deje de hacerlo si no lo acompaño.

Dreverhaven se dio vuelta lentamente en la penumbra.

—No podría, monsieur Pirk. Nunca acostumbro beber solo.

En lugar de ver a un *strigoi* envejecido por el tiempo —tal como esperaba Setrakian—, se sorprendió —aunque se esforzó en ocultarlo— al ver que Dreverhaven tenía exactamente el mismo aspecto de unas décadas atrás. Los mismos ojos gélidos, el cabello negro y abundante sobre el cuello. Setrakian sintió una punzada de angustia, pero tenía pocas razones para temer: Dreverhaven no lo había reconocido en el "pozo" y seguramente no lo reconocería ahora, más de un cuarto de siglo después.

—Bueno —dijo Dreverhaven—. Consumemos entonces nuestra feliz transacción.

La mayor prueba de firmeza para Setrakian consistió en disimular su asombro ante el discurso del vampiro. O, mejor aún, su juego al hablar. El vampiro se comunicaba en la forma telepática de costumbre, "hablándole" directamente a la mente de Setrakian, pero había aprendido a manipular sus labios inútiles esbozando una pantomima del habla. Setrakian entendió en aquel instante cómo se movía "Jan-Piet Blaak" de noche por Ámsterdam sin temor a ser descubierto.

Setrakian examinó la habitación en busca de otra puerta de salida. Necesitaba cerciorarse de que el *strigoi* se viera atrapado antes de abalanzarse sobre él. No había venido desde muy lejos para permitir que Dreverhaven se le escapara de las manos.

—¿Debo entender, entonces, que no tiene preocupaciones sobre el libro, teniendo en cuenta la desgracia que parece acaecerles a sus poseedores? —le preguntó Setrakian.

Dreverhaven permaneció en silencio con las manos en la espalda.

—Soy un hombre que acoge lo maldito, monsieur Pirk. Y, además, todo parece indicar que no ha caído ninguna desgracia sobre usted.

—No… todavía no —mintió Setrakian—. ¿Y por qué este libro en especial, si me permite preguntar?

—Podría decirse que por un interés académico. En cierto modo, yo mismo soy un agente. De hecho, he emprendido esta búsqueda global para otra parte interesada. El libro es realmente raro, pues llevaba más de medio siglo sin aparecer. Muchos creen que la única edición restante fue destruida. Pero —según sus documentos— tal vez ha sobrevivido. O bien, hay una segunda edición. ¿Está usted dispuesto a mostrármela ahora?

—Naturalmente. Aunque primero me gustaría ver el pago.

—Ah, desde luego. Está en la maleta, en la silla del rincón, detrás de usted.

Setrakian se movió en sentido lateral, con una naturalidad que realmente no sentía, buscó el cerrojo con el dedo y lo abrió. La maleta estaba llena de florines apretujados en fajos.

—Muy bien —dijo Setrakian.

—*Quid pro quo*, monsieur Pirk. Ahora, si tuviera la gentileza de corresponderme…

Setrakian se apartó de la maleta y fue por su valija.

Desabrochó la hebilla sin quitarle el ojo de encima a Dreverhaven.

—¿Sabe algo? La encuadernación es bastante inusual.

—Sí, soy consciente de eso.

—Aunque estoy seguro de que sólo es parcialmente responsable de su escandaloso precio.

—Quisiera recordarle, señor, que es usted quien determina el precio. Y nunca juzgue un libro por su cubierta. Este es un excelente consejo, así sea ignorado con tanta frecuencia, tal como sucede con la mayoría de los clichés.

Setrakian llevó la valija a la mesa donde estaban los registros de origen. Abrió la parte superior bajo la tenue luz de la lámpara y luego se apartó.

—Que sea como usted quiera, señor.

—Por favor —dijo el vampiro—. Me gustaría que fuera usted quien la retirara. Insisto.

—No se diga más —replicó Setrakian.

Introdujo su mano cubierta con el guante negro. Sacó el libro, estaba encuadernado en plata y la carátula y contracarátula tenían placas del mismo metal.

Se lo ofreció a Dreverhaven. Los ojos del vampiro se entrecerraron ante el resplandor del metal.

Setrakian dio un paso hacia él.

—¿Le gustaría inspeccionarlo?

—Déjelo sobre esa mesa, monsieur.

—¿Sobre esa mesa? Pero la luz es mucho más favorable acá.

—Tenga la amabilidad de dejarlo sobre la mesa.

Setrakian no respondió de inmediato a la petición. Permaneció inmóvil, con el libro de plata maciza en sus manos.

—Pero supongo que querrá examinarlo.

Los ojos de Dreverhaven pasaron de la cubierta de plata al rostro de Setrakian.

—Su barba, monsieur Pirk, oscurece su cara. Le da un aire hebreo.

—¿De veras? Debo suponer que no le gustan los judíos.

—Soy yo quien no les gusto a ellos… Su olor, Pirk, me es familiar.

—¿Por qué no mira el libro más de cerca?

—No es necesario. Es evidente que se trata de una falsificación.

—Probablemente. Pero puedo asegurarle que la plata es genuina.

Setrakian se acercó a Dreverhaven esgrimiendo el libro. El vampiro retrocedió y luego se detuvo.

—Sus manos —dijo— están paralizadas.

Dreverhaven observó de nuevo el rostro de Setrakian.

—El ebanista… Así que es usted.

Setrakian sacó una daga de plata del lado izquierdo de su abrigo.

—Se ha convertido en todo un pusilánime, Herr Doktor.

Dreverhaven arremetió con su aguijón. No con decisión, sino a medias; el vampiro, abotagado, saltó hacia atrás, contra la pared y tomó impulso para atacar de nuevo.

Setrakian anticipó su movimiento. De hecho, el médico nazi era mucho menos ágil que muchos de los que había enfrentado. El profesor se mantuvo firme, de espaldas a las ventanas, la única vía de escape que tenía el vampiro.

—Es usted demasiado lento, doctor —le dijo Setrakian—. Ha sido demasiado fácil emboscarlo aquí.

Dreverhaven bufó. La preocupación se reflejó en los ojos de la bestia a medida que el calor producto del cansancio empezó a derretir su maquillaje facial.

Miró hacia la puerta, pero Setrakian mantuvo la guardia en alto.

Estas criaturas siempre construían una salida de emergencia; incluso una garrapata hinchada como Dreverhaven.

Setrakian simuló un ataque, haciendo que el *strigoi* perdiera el equilibrio, obligándolo a reaccionar. Dreverhaven intentó sacar el aguijón, pero su impulso fue neutralizado. Setrakian respondió con un movimiento rápido de su hoja y por poco se lo corta de un tajo.

Dreverhaven emprendió la huida, corriendo en sentido lateral por los estantes de la parte posterior de su biblioteca, pero Setrakian reaccionó con presteza. Aún tenía el libro en una mano y se lo arrojó al vampiro; la criatura retrocedió ante el resplandor mortal de la plata. Setrakian se abalanzó sobre él.

Mantuvo la punta de su daga contra la base de la mandíbula de Dreverhaven. El vampiro tenía la cabeza inclinada hacia atrás, la coronilla apoyada en los lomos de sus preciosos libros, con la mirada fija en Setrakian.

La plata lo debilitó y su aguijón quedó en jaque. Setrakian buscó en el más profundo de sus bolsillos —que estaba forrado con plomo— y sacó un juego de abalorios de plata envueltos en una fina malla de acero, sujetados por una banda del mismo metal. Los ojos del vampiro se abrieron con una expresión de fiereza, pero fue incapaz de moverse mientras Setrakian le pasaba el collar por la cabeza hasta acomodarlo en los hombros de la criatura.

El lastre del collar de plata, en el pecho del *strigoi*, le pesó como una cadena de rocas de cincuenta kilos. Setrakian acercó una silla justo a tiempo para que Dreverhaven se desplomara sobre ella, evitando que el vampiro cayera al suelo. La cabeza de la criatura se desplomó hacia un lado, sus manos temblando, impotentes sobre su regazo.

Setrakian recogió el libro —que era en realidad la sexta edición de una copia del *Origen de las especies* de Darwin, forrado y encuadernado en plata de Britania— y lo introdujo de nuevo en su valija. Regresó a los estantes de la biblioteca esgrimiendo su espada, al lugar adonde Dreverhaven había intentado refugiarse en medio de su desesperación.

Luego de buscar exhaustivamente y alerta ante posibles trampas, Setrakian encontró el libro detrás del cual estaba oculta la cerradura. Oyó un clic, sintió la estantería ceder, y luego empujó la pared, que giró sobre su eje de rotación.

Lo primero que notó fue el olor. Los recintos posteriores de Dreverhaven carecían de ventilación; eran un nido de libros desechados, de basura y trapos fétidos. Pero el hedor no provenía de allí, sino del último piso, al que se accedía a través de una escalera manchada de sangre.

Una sala de operaciones, una mesa de acero inoxidable empotrada en los azulejos negros y aparentemente cubierta de coágulos de sangre. Varias décadas de inmundicia y porquería cubrían todas las superficies y las moscas revoloteaban furiosamente alrededor del refrigerador, empotrado en un rincón y manchado de sangre.

Setrakian contuvo la respiración y abrió la nevera: no tenía otra opción. Sólo contenía elementos de perversión; nada que le interesara particularmente. No había pistas que le sirvieran para adelantar su búsqueda; en su interior había únicamente carne humana. Setrakian advirtió que cada vez se estaba acostumbrado más a la depravación y a la carnicería.

Regresó al lado de la criatura que agonizaba en la silla. El rostro de Dreverhaven se había desvanecido, dejando al descubierto al *strigoi*. Setrakian se acercó a la ventana; el alba empezaba a anunciarse y pronto acamparía en el apartamento, que lo libraría de la oscuridad y de los vampiros.

—¡Cómo me aterraban los amaneceres en el campo de concentración! —dijo Setrakian—. El comienzo de otro día más en los galpones de la muerte. No le temía a la muerte, pero tampoco es que la hubiera elegido. Escogí la supervivencia. Y al hacerlo, elegí el temor.

"Estoy feliz de morir."

Setrakian miró a Dreverhaven. El *strigoi* ya no se molestaba en mover los labios.

"Todos mis deseos han sido saciados desde hace ya mucho tiempo. He ido tan lejos como se puede ir en esta vida, sin importar si fue en calidad de hombre o de bestia. Ya no deseo nada más. La repetición extingue el placer."

—El libro —comentó Setrakian, acercándose peligrosamente a Dreverhaven—. Ya no existe.

"Sí existe. Pero sólo un tonto se atrevería a buscarlo. Perseguir el *Occido Lumen* significa que estás persiguiendo al Amo. Tal vez puedas liquidar a un acólito ya cansado como yo, pero si te opones a él, las probabilidades estarán sin duda en tu contra. Así como lo estuvieron en el caso de tu querida esposa."

De modo que el vampiro aún tenía un poco de perversión en su interior. Todavía conservaba la capacidad, sin importar cuán pequeña y vana, del placer enfermizo. Los ojos del vampiro nunca se apartaron de Setrakian.

La mañana se impuso sobre ellos y el sol brilló por un ángulo de las ventanas. Setrakian se puso de pie y agarró con rapidez el respaldo de la silla de Dreverhaven, volcándolo sobre sus patas traseras y arrastrándolo a través del estante hacia los habitáculos secretos del fondo, dejando dos marcas en el piso de madera.

—La luz del sol —señaló Setrakian— es demasiado buena para usted, Herr Doktor.

El *strigoi* lo miró fijamente, sus ojos llenos de expectación. Aquí, y finalmente para él, estaba lo inesperado. Dreverhaven anhelaba participar en la perversión, sin importar el papel que pudiera desempeñar.

Setrakian logró contener su ira.

—¿Dice que la inmortalidad no es amiga de los perversos? —dijo Setrakian apoyando el hombro en la estantería para impedir la entrada del sol—. Entonces gozarás de la inmortalidad.

"Eso es todo, carpintero. Eres apasionado. ¿Qué tienes en mente?"

El plan le tomó tres días. Setrakian trabajó sin descanso durante setenta y dos horas, inmerso en un paroxismo vengativo. Descuartizar al *strigoi* en la mesa de operaciones de Dreverhaven y cauterizar los cuatro muñones fue lo más peligroso.

Luego se dio a la tarea de conseguir macetas con tulipanes de plomo y los introdujo en el ataúd del *strigoi* —el cual quedó con menos tierra— para impedir así que el vampiro se comunicara con el Amo. Introdujo en el sarcófago a la abominación con sus miembros mutilados. Setrakian fletó un pequeño barco y les pagó a seis marinos borrachos para que le ayudaran a subir el féretro. Zarpó hacia las aguas gélidas del Mar del Norte donde, no sin ciertas dificultades, arrojó el ataúd para que la criatura quedara atrapada entre las dos masas de tierra continental, resguardada del sol letal, sin embargo, impotente por toda la eternidad.

No fue sino hasta que el cajón se hundió en el fondo del océano que la voz burlona de Dreverhaven salió de la mente de Setrakian, como una locura que hubiera encontrado remedio. Setrakian se miró sus dedos torcidos, amoratados y cubiertos de sangre; le ardían a causa del agua salada y los apretó entre sus puños.

Y de hecho, él iba camino a la locura. Comprendió que era el momento de pasar a la clandestinidad, emulando al *strigoi*. Para continuar con su trabajo a la sombra y esperar las circunstancias propicias.

Su oportunidad con el libro. Frente al Amo.

Había llegado el momento de viajar a América.

El Amo
Parte II

Por sobre todas las cosas, el Amo era compulsivo tanto en la acción como en el pensamiento, había examinado el plan con todas sus contingencias y permutaciones posibles. Se sentía vagamente ansioso frente al éxito de sus designios, aunque si había algo de lo que no carecía era de convicción.

En cuestión de horas los Ancianos serían exterminados.

Ni siquiera lo verían venir. ¿Cómo podrían hacerlo? Después de todo, ¿acaso el Amo no había orquestado hace unos años la desaparición de uno de ellos junto a seis subalternos en Sofía, la capital de Bulgaria? El Amo había compartido el dolor y la angustia frente a la muerte en el mismo momento en que acaeció, sintiendo a la vorágine resurgir de la oscuridad —de la nada implacable—, saboreándola.

El 26 de abril de 1986, a varios cientos de metros bajo el centro de la capital búlgara, un destello solar —una fisión cercana al poder del sol— se produjo dentro de una bodega con paredes de hormigón de cinco metros de espesor. La ciudad fue sacudida por un profundo estruendo y un movimiento sísmico; su epicentro fue establecido en la calle Pirotska, pero no hubo heridos y sólo hubo pocos daños materiales.

El evento había sido un simple titular en las noticias, que apenas valía la pena registrar. Sería completamente eclipsado por la crisis del reactor de Chernobyl, sin embargo, y de un modo desconocido para la mayoría, estaría íntimamente relacionado con él.

De los siete originales, el Amo era el más ambicioso, el más hambriento y, en cierto sentido, el más joven. Esto era apenas natural. Había sido el último en aparecer, creado de la boca, de la garganta, de la *sed*.

Los Otros estaban dispersos y ocultos, divididos a causa de esta sed.

Ocultos, pero conectados.

Estas nociones zumbaban dentro de la mente del Amo. Sus pensamientos se dirigieron a la época en que había visitado por primera vez el Armagedón en la Tierra, las ciudades sumidas en el olvido, con pilares de alabastro y pisos de ónix pulido.

A la primera vez que había probado la sangre.

El Amo retomó rápidamente el control de sus pensamientos. Los recuerdos eran peligrosos. Se individualizaban en su mente, cuando eso sucedía, incluso en aquel entorno protegido, los otros Ancianos también podían escucharlo. Porque en esos momentos de claridad, sus mentes se fundían en una, tal como lo habían hecho alguna vez, y como estaban destinadas a hacerlo por siempre.

Habían sido creados como un solo ser y, por tanto, el Amo no tenía un nombre propio. Todos ellos compartían uno —Sariel— así como compartían una naturaleza y un mismo propósito. Sus emociones y pensamientos estaban conectados naturalmente con su progenie y con todo lo que de ella germinara. El vínculo entre los Ancianos podría ser bloqueado, pero nunca podría romperse. Por naturaleza, sus instintos y pensamientos ansiaban la conexión.

Y si deseaba tener éxito, el Amo tenía que subvertir esa situación.

HOJAS
CAIDAS

La alcantarilla

Cuando recobró la conciencia, Vasiliy se halló sumergido a medias en el agua sucia. A su alrededor, las tuberías rotas vomitaban galones de aguas negras en el charco que crecía debajo de él. Fet intentó levantarse, pero se apoyó en su brazo fracturado y gimió. Recordó lo que había sucedido: la explosión, el *strigoi*. El aire estaba cargado con un olor inquietante a carne cocida, mezclado con gases tóxicos. En algún lugar lejano —¿arriba o debajo de él?—, oyó las sirenas y la interferencia de los radios de la policía. Más allá, el débil resplandor del fuego revelaba la boquilla de un desagüe lejano.

Sumergida en el agua turbia, su pierna lesionada le sangraba. Sus oídos todavía le zumbaban. En realidad, era uno sólo. Se llevó la mano a la cara y una costra de sangre se alojó en sus dedos. Sospechó que se le había reventado el tímpano.

No sabía dónde estaba ni cómo podía salir de allí, pero la explosión debió lanzarlo lejos y en ese momento encontró un poco de espacio libre a su alrededor.

Se dio vuelta y vio a su lado una reja estropeada. Era de acero oxidado, asegurada con unos tornillos podridos que se sacudieron al tocarlos. Logró aflojarlos y sintió una ráfaga de aire fresco. Estaba muy cerca de la libertad, pero sus dedos no tenían fuerzas suficientes para abrir la reja.

Buscó algo que pudiera utilizar a manera de palanca. Encontró una varilla de acero retorcida, tendido boca abajo, el cuerpo carbonizado de un *strigoi*.

El pánico se apoderó momentáneamente de Fet al ver los restos calcinados. ¡Los gusanos de sangre! ¿Qué tal si hubieran salido de su anfitrión y buscado ciegamente otro cuerpo en ese agujero húmedo? En ese caso… ¿estarían ya en su interior? ¿Tendría una sensación diferente en su pierna herida si estuviera infectada?

El cuerpo se movió.

Se estremeció.

Muy levemente.

Aún tenía actividad. Todavía estaba con vida, tan vivo como puede estarlo un vampiro. Ésa era la razón por la que no habían salido los gusanos.

La criatura se sacudió y abandonó el charco de agua. Estaba carbonizada por detrás, pero no por delante. Fet no tardó en advertir que la criatura ya no podía ver. Se movió con torpeza; muchos de sus huesos estaban dislocados, pero su musculatura se encontraba intacta. Destrozada por la explosión, su mandíbula ya no estaba en su lugar y su apéndice —su aguijón— colgaba precariamente como un tentáculo en el aire.

Se estiró con gesto agresivo: era un depredador ciego, aunque listo para atacar. Fet quedó pasmado al ver el aguijón expuesto. Era la primera vez que lo veía por completo. Se unía en dos puntos, tanto en la base de la garganta como en la parte posterior del paladar. La raíz estaba henchida de sangre, tenía una estructura ondular y musculosa. En la parte posterior de la garganta, un agujero semejante a un esfínter se abría en busca de alimento. Vasiliy pensó haber visto una estructura similar, pero, ¿en dónde?

Fet buscó a tientas su pistola de clavos en medio de la luz lóbrega. La criatura giró su cabeza hacia el lugar del cual provenía el sonido del agua, intentando orientarse. Fet ya iba a darse por vencido cuando descubrió su pistola, completamente sumergida en el agua. Maldita sea, pensó, esforzándose por controlar su ira.

Pero la cosa había conseguido acorralarlo y arremetió contra él. Fet se movió tan rápido como pudo, pero la criatura, adaptada ya a las dimensiones del conducto y a sus miembros maltrechos, se equilibró de manera instintiva, moviéndose con una coordinación asombrosa.

Fet levantó el arma y esperó contar con suerte. Jaló el gatillo dos veces y descubrió que estaba sin munición. Había vaciado toda la carga antes de la explosión, lo único que tenía ahora era una herramienta inútil en sus manos.

La criatura estuvo encima de él en cuestión de segundos, forcejeando e intentando derribarlo. Fet tenía todo su peso encima. Lo que quedaba de su boca temblaba mientras el aguijón se replegaba, listo para disparar.

Vasiliy agarró instintivamente el apéndice como lo haría con una rata rabiosa. Tiró de él, retorciéndolo en la base de la garganta abierta. Presa de la desesperación, el engendro gritó y se agitó con los brazos dislocados, incapaces de desprenderse de Fet. El aguijón era como una serpiente musculosa y viscosa, se retorcía tratando de soltarse. Pero Vasiliy ya estaba enojado. La criatura jalaba con más fuerza hacia atrás, pero Fet tiraba de ella con mayor energía hacia adelante. No quiso renunciar a su férreo dominio y la haló con todas sus fuerzas con su brazo bueno. Fet tenía una fuerza descomunal.

En un tirón final, Vasiliy sometió al *strigoi*, arrancándole el aguijón y parte de la estructura glandular y de la tráquea, desprendiéndolas del cuello de la criatura.

El aguijón se retorció en su mano, moviéndose como un animal autónomo, mientras el cuerpo donde había estado se contraía espasmódicamente, retrocediendo hasta caer finalmente al suelo.

Un voluminoso gusano de sangre emergió de la inmundicia, trepando rápidamente al puño de Fet. Se deslizó por la muñeca y comenzó a perforarle el brazo. Iba en busca de las venas del antebrazo, y Fet sacudió el aguijón, al ver que el parásito invadía su extremidad. Estaba a punto de perforarle el brazo, pero Vasiliy lo cogió del extremo posterior, que se retorcía con avidez y se lo arrancó, gritando de dolor y de asco. Una vez más, sus reflejos se manifestaron y cortó en dos al parásito repugnante.

En sus manos, y ante sus ojos, las dos mitades se regeneraron —como por arte de magia— en dos parásitos completos.

Fet los arrojó lejos. Vio salir del cuerpo del vampiro a docenas de gusanos que rezumaban un líquido blanquecino, deslizándose hacia él a través del agua fétida.

La barra de acero había desaparecido y Fet dijo "mierda", lleno de adrenalina mientras desprendía la rejilla, abriéndola y agarrando su pistola de clavos vacía mientras salía del conducto y se precipitaba hacia la libertad.

El Ángel de Plata

Vivía solo en un edificio de apartamentos en Jersey City, a dos cuadras de la plaza Journal. Era uno de los pocos barrios que no se habían aburguesado, mientras que muchos yuppies habían invadido los aledaños; ¿de dónde habían salido tantos? ¿Sería una migración interminable?

Subió las escaleras hacia a su apartamento del cuarto piso, su rodilla derecha crujiendo a cada paso; un chirrido doloroso que sacudía su cuerpo una y otra vez.

Su nombre era Ángel Guzmán Hurtado y había sido grande. Todavía lo era físicamente, pero tenía sesenta y cinco años y su rodilla, tantas veces operada, le molestaba todo el tiempo. Adicionalmente, su grasa —que su médico llamaba índice de masa corporal, pero que cualquier mexicano llamaría "panza"— se había apoderado de su constitución anteriormente fuerte. Estaba encorvado, cuando antes era esbelto; y rígido, cuando había sido flexible. Pero, ¿grande? Ángel siempre lo había sido. Como hombre y como estrella, o al menos así ostentaba en su vida pasada.

Ángel había sido un luchador: El Luchador, en la Ciudad de México. El Ángel de Plata. Había comenzado su carrera como luchador rudo en la década de 1960 —uno de los "chicos malos"—, pero pronto fue aceptado y acogido por el público que lo adoraba por su peculiar máscara de plata, entonces modificó su estilo y alteró su personalidad, convirtiéndose en un técnico, en uno de los "buenos". Con el paso de los años se transformó en toda una industria: libros de historietas, fotonovelas cursis que narraban sus hazañas bizarras y a menudo ridículas, películas y comerciales de televisión. Abrió dos gimnasios y compró media docena de casas de vecindad en la Ciudad de México, convirtiéndose en una especie de superhéroe por derecho propio. Sus películas cubrían todos los géneros: vaqueros, terror, ciencia ficción, espionaje, casi siempre con variaciones mínimas. Incluían criaturas anfibias, así como espías soviéticos y flemáticos en escenas con coreografías mal logradas, llenas de efectos de sonido pregrabados, que concluían siempre con su característico golpe noqueador, conocido como el "Beso del Ángel".

Pero fue con los vampiros cuando descubrió su verdadero nicho. El enmascarado de plata luchaba contra vampiros de todo tipo: hombres, mujeres, delgados, gordos —incluso, desnudos, ocasionalmente, para versiones alternativas proyectadas sólo en el extranjero.

Pero la caída final fue proporcional al pináculo de su ascenso. Cuanto más crecía el imperio de su marca, con menos frecuencia entrenaba y la lucha se convirtió en una molestia a la cual debía resignarse. Cuando sus películas eran éxitos de taquilla y su popularidad seguía siendo alta, hacía exhibiciones de lucha libre sólo una o dos veces al año. Su película *Ángel versus El retorno de los Vampiros* (un título que no tenía sentido sintáctico, y que no obstante, sintetizaba perfectamente toda su obra cinematográfica) encontró una nueva vida en transmisiones repetidas por la televisión y, tras el ocaso de su fama, Ángel se sintió obligado a filmar una revancha cinematográfica con esos seres de capa y colmillos que tantas cosas le habían dado en la vida.

Y así, sucedió que una mañana se encontró cara a cara con un grupo de luchadores jóvenes, disfrazados de vampiros, con maquillaje barato y colmillos de caucho. Ángel se acercó a ellos durante un cambio en la coreografía del combate en el que había participado tres horas antes, pero su interés no estaba tanto en la mencionada película, como en disfrutar de un martini seco en el Hotel Intercontinental al final de la tarde.

En la escena, uno de los vampiros lograba casi desenmascararlo, pero Ángel se liberaba milagrosamente gracias a un golpe con la mano abierta, su característico "Beso del Ángel".

Pero a medida que avanzaba la escena, filmada en un escenario asfixiante en los Estudios Churubusco, en medio de luminotécnicos sudorosos, la actriz más joven, que hacía de vampiro, quizá extasiada por la gloria de su debut cinematográfico, se empleó con mayor fuerza de la necesaria y derribó al luchador de edad mediana. Mientras caían, la vampiresa aterrizó, torpe y trágicamente, en la pierna del protagonista.

Ángel se rompió la rodilla, con un chasquido fuerte y ahogado, doblándose en una L casi perfecta, el grito angustiado del luchador sofocado por su máscara de plata hecha casi jirones.

Despertó horas después en una habitación privada de uno de los mejores hospitales de México, rodeado de flores y de una serenata de admiradores coreando desde la calle.

Pero su pierna quedó destrozada irremediablemente.

El médico le explicó esto con una franqueza total, un hombre con el que Ángel había compartido algunas tardes de dados en el club campestre cercano a los estudios de cine.

En los meses y años que siguieron, Ángel gastó una parte considerable de su fortuna tratando de reconstruir su articulación con la esperanza de rehacer su carrera y recuperar su técnica, pero su piel estaba completamente endurecida a causa de las múltiples cicatrices que le atravesaban la rodilla y sus huesos se negaban a sanar debidamente.

En una última humillación, un periódico reveló su identidad y, ya sin la ambigüedad y el misterio que le confería su máscara de plata, Ángel, el hombre de carne y hueso, se hizo tan digno de lástima como para seguir siendo venerado por el público.

El resto sucedió con rapidez. A medida que sus inversiones fracasaban, trabajó como entrenador, luego como guardaespaldas y después como gorila. Pero mantuvo su orgullo y pronto terminó convertido en un viejo corpulento que ya no asustaba a nadie. Quince años atrás viajó a Nueva York detrás de una mujer, y un buen día su visa de turista expiró. Y al igual que la mayoría de las personas que terminan en casas de vecindad, no tuvo una idea clara de cómo había ido a parar en esa ciudad, salvo por su condición de inquilino en un edificio muy similar a uno de los seis que alguna vez habían sido suyos.

Pero pensar en el pasado era peligroso y doloroso. Trabajaba durante las noches lavando platos en el Palacio del Tandoori, justo abajo de su casa. Resistía varias horas de pie en las noches agitadas, envolviendo cinta adhesiva alrededor de las dos férulas que tenía en la rodilla. Y de esas noches hubieron muchas. De vez en cuando limpiaba los baños y barría las aceras, dándole a Gupta motivos suficientes para conservarlo como empleado. Había caído tan bajo en este sistema de castas, que ahora su posesión más valiosa era el anonimato. Nadie tenía porqué saber quién había sido. En cierto modo, llevaba una máscara de nuevo.

El Palacio del Tandoori llevaba ya dos noches cerrado, al igual que la tienda de al lado, la otra mitad del emporio neobengalí propiedad de los Gupta. Ni una palabra de ellos ni la menor señal de su presencia, su teléfono repicando sin respuesta. Ángel empezó a preocuparse, no por ellos, es cierto, sino por sus ingresos. La radio hablaba de una cuarentena, lo cual era bueno para su salud pero muy malo para sus ingresos. ¿Habrían huido los Gupta de la ciudad? ¿Se habrían visto atrapados en alguno de los actos de violencia que habían estallado en las calles? ¿Cómo saber si ellos habían sido ajusticiados en medio de semejante caos?

Tres meses antes, le pidieron que sacara duplicados de las llaves de los dos locales. Sin saber muy bien porqué, encargó otra copia adicional, no por un oscuro impulso de su parte, sino por una lección que había aprendido en la vida: estar siempre preparado para cualquier eventualidad.

Esa noche, Ángel decidió echar un vistazo. Necesitaba saber qué había pasado con los Gupta. Y justo antes del amanecer entró a la tienda. La calle estaba desierta, salvo por un perro, un siberiano negro que no había visto en el barrio. Le ladraba desde la otra acera, aunque algo le impedía cruzar la calle.

La tienda de los Gupta había sido llamada alguna vez el "Taj Mahal", pero ahora, después de varias décadas de remoción de grafitis y panfletos, el logo se había desvanecido a tal punto que sólo permanecía visible la ilustración en colores rosa de la deslumbrante atracción india. Era extraño que tuviera tantos minaretes.

Alguien había borrado un poco más el logotipo, pintando un diseño hermético de líneas y puntos de color naranja fluorescente con aerosol. El diseño críptico aún estaba fresco. La pintura seguía brillando, y algunos hilos chorreaban ligeramente por los bordes.

Vándalos en su vecindario.

Sin embargo, los candados estaban en su lugar y la puerta en buen estado.

Ángel giró la llave. Los dos pernos se abrieron y el ex luchador entró renqueando.

Todo estaba en silencio. No había electricidad, el refrigerador estaba apagado y todas las carnes y pescados se habían descompuesto. La luz del último estertor del atardecer se filtraba entre las persianas de acero de las ventanas como una niebla dorada y naranja. El interior de la tienda estaba oscuro. Ángel había traído dos teléfonos móviles. Estaban en mal estado y la opción de llamadas no estaba activada; sin embargo, ambos tenían batería y las pantallas todavía se iluminaban. Gracias a una fotografía que había tomado de día, vio que las pantallas funcionaban muy bien como linternas, colgadas de su cinturón o atadas a su cabeza y poder así trabajar en la oscuridad.

La tienda estaba en un desorden absoluto. El suelo estaba cubierto de arroz y lentejas que se habían derramado de varios recipientes que ya no tenían sus tapas. Los Gupta nunca habrían permitido algo así.

Ángel comprendió que algo estaba totalmente mal.

El olor a amoniaco destacaba por encima de todo. No se trataba del limpiador que usaba para los baños, el cual tenía un olor que lo hacía llorar, sino de algo más fétido. No tenía la pureza de un producto químico, sino un aroma orgánico y turbio. Su teléfono iluminó varios senderos de un líquido anaranjado en el suelo húmedo y pegajoso: conducían a la puerta del sótano.

El sótano de la tienda se comunicaba con el restaurante y también con los pisos inferiores del edificio donde vivía Ángel.

Abrió la puerta de la oficina de los Gupta empujándola con el hombro. Sabía que ellos guardaban una vieja pistola en el escritorio. La encontró; el arma era pesada y grasienta, muy diferente de las armas relucientes que él había utilizado alguna vez. Se enfundó uno de los teléfonos en su cinturón y regresó a la puerta del sótano.

La pierna le dolía más que nunca al veterano luchador cuando comenzó a bajar las escaleras resbaladizas. Al fondo había una puerta. Ángel notó que estaba rota del lado de afuera. Alguien había entrado a la tienda desde el sótano.

Más allá de la bodega, Ángel escuchó una especie de silbido sostenido y prolongado. Entró con el arma en una mano y el teléfono en la otra.

Otro dibujo se destacaba en la pared. Se parecía a una flor de seis pétalos, o tal vez a una mancha de tinta: el centro era dorado, los pétalos pintados de negro. La pintura brillaba todavía, Ángel la iluminó con el teléfono antes de escurrirse por la puerta a la habitación contigua: quizá era un insecto y no una flor.

El techo era bajo, reforzado con vigas de madera.

Ángel conocía bien el lugar. Un pasadizo conducía a una escalera estrecha que daba a la acera, donde recibían las cajas de víveres tres veces por semana.

El otro pasadizo conducía a su edificio. Caminó hacia allá y golpeó algo con la punta del zapato.

Alumbró el piso con el teléfono. Tardó en comprender lo que veía. Una persona dormida. Luego otra. Y dos más cerca de las sillas amontonadas.

No estaban dormidas, pues no escuchó ronquidos ni respiraciones profundas, sin embargo, no estaban muertas, porque no tenían el olor de los cadáveres.

En ese mismo instante, el último rayo solar desapareció del firmamento de la Costa Este. La noche cayó sobre la ciudad; los recién convertidos respondían de manera muy literal al edicto cósmico del alba y del crepúsculo solar.

Los vampiros dormidos comenzaron a moverse. Ángel había tropezado sin darse cuenta con una madriguera de muertos vivientes. No necesitaba verles las caras para saber que aquello —un tumulto levantándose del suelo de un sótano oscuro— no era algo de lo que quisiera ser parte, y mucho menos presenciar.

Avanzó por el espacio angosto de la pared hacia el pasadizo que conducía a su edificio —del que había visto sus dos extremos, pero que jamás había tenido la oportunidad de recorrer— y vio más figuras levantarse y bloquearle el camino.

Ángel no les gritó ni les hizo ninguna señal de advertencia. Disparó, pero no estaba preparado para la intensidad de la luz y del sonido en el interior de un espacio tan reducido.

Tampoco lo estaban sus objetivos, que parecieron más afectados por la detonación y el destello brillante de la llama que por las balas de plomo que traspasaron sus cuerpos. Disparó tres veces más con el mismo resultado, luego otras dos por detrás, al sentir que se aproximaban a él.

El cargador de la pistola quedó vacío.

Ángel arrojó el arma al suelo. Sólo tenía una opción. Una vieja puerta que no había abierto nunca porque no había podido; no tenía manijas y estaba empotrada en un marco de madera compacta, rodeado por un muro de piedra.

Ángel creía que era una puerta de soporte. Se dijo a sí mismo que era simplemente una tabla débil, de balsa. Tenía que romperla. Tomó el teléfono, bajó su hombro y corrió hacia ella con todas sus fuerzas.

La madera se desprendió del marco, arrojando polvo y mugre, mientras la chapa cedía y se abría de golpe. Ángel cojeó, tropezando con lo que tomó por una banda de vándalos que estaban al otro lado.

Los exploradores sacaron sus pistolas y espadas de plata, asombrados por el tamaño de Ángel, listos para dispararle.

—¡Madre santísima! —exclamó Ángel.

Gus, quien lideraba el grupo, estaba a punto de liquidar a ese vampiro hijo de puta cuando lo oyó hablar, y en español. Las palabras lo detuvieron a él —y a los Zafiros caza-vampiros que estaban detrás— justo a tiempo.

—Me lleva la chingada, ¿qué haces tú acá, muchachón? —dijo Gus.

Ángel no respondió, dejando que su expresión facial hablara por él mientras se daba vuelta y señalaba hacia atrás.

—Más chupasangres —dijo Gus, captando el gesto—. Por eso estamos aquí.

Miró al hombre grande. Había algo noble y familiar en él.

—¿Te conozco? —le preguntó Gus, a lo cual el luchador respondió con un breve encogimiento de hombros, pero sin musitar palabra.

Alfonso Creem cruzó la puerta, armado con unas pinzas de plata de empuñadura gruesa en forma de campana para resguardarse de los gusanos de sangre. Este accesorio no amparaba a su otra mano, que estaba descubierta, a excepción de una manopla de plata que tenía inscrito el apellido C-R-E-E-M en diamantes falsos.

Atacó a los vampiros, repartiendo tajos furiosos y golpes brutales a diestra y siniestra. Gus venía detrás, con una lámpara de rayos UV en una mano y una espada de plata en la otra. Los demás Zafiros los seguían de cerca.

Nunca pelees en un sótano es un axioma de las peleas callejeras —y de la guerra—, que pierde validez en una cacería de vampiros. Gus habría preferido lanzar una bomba incendiaria allí, si eso garantizara plena mortandad. Pero estos vampiros parecían tener siempre otra salida.

Había más vampiros de los que esperaban, así como ríos de sangre blanca, semejante a leche agria y espesa. Aún así, no dejaron títere con cabeza y, cuando terminaron de hacerlo, regresaron junto a Ángel, que estaba de pie al otro lado de la puerta despedazada.

Lo encontraron en estado de shock. Había reconocido a los Gupta entre las víctimas de Creem y no podía sobreponerse al espectáculo de sus caras de zombis ni a los aullidos que emitían las criaturas cuando el colombiano les cercenó la garganta, de las que emanaba esa sangre blanca llena de gusanos.

Eran el tipo de vándalos a los que él golpeaba en las películas.

—¿Qué chingados pasa? ¿Qué es todo esto? —preguntó Ángel.

—El fin del mundo —le contestó Gus—. ¿Tú quién eres?

—Yo soy… Nadie… Yo ya no soy nadie —dijo Ángel, sobreponiéndose—. Trabajaba aquí. Vivo allá —señaló en cierta dirección.

—Todo tu edificio está infestado.

—¿Infestado? ¿Realmente son…?

—¿Vampiros? A güevo que sí.

Ángel se sintió desorientado; no podía estar sucediendo algo semejante. Un torbellino de sensaciones se apoderó de él, y Ángel reconoció una que lo había abandonado hacía mucho tiempo: la emoción.

Creem apretó su manopla de plata.

—Deja a este viejo. Estas cosas están despertando en toda la bodega y a mí todavía me sobran ganas.

—¿Qué dices? —preguntó Gus, dirigiéndose a su compatriota—. Aquí no hay nada para ti.

—Mira esa rodilla —dijo Creem—. Nos va a detener y yo no quiero convertirme en uno de esos bichos.

Gus sacó una pequeña espada de la bolsa de los Zafiros y se la entregó a Ángel.

—Éste es su edificio, compadre. Vamos a ver si puede ganarse el pan.

Los vampiros que vivían en el edificio de Ángel se aprestaron para la batalla, como si hubiera sonado algún tipo de alarma psíquica. Los muertos vivientes salieron de todas las puertas, sorteando sin dificultad los pasillos y alcanzando las escaleras.

Ángel vio a una vecina suya, de setenta y tres años, y quien antes no podía moverse sin un caminador, apoyándose en la barandilla para saltar por el espacio vacío de la escalera.

Al igual que los demás, ella se movía con la gracia sorprendente de los primates.

En sus películas, los enemigos se anunciaban siempre con el ceño fruncido, dándole protagonismo al héroe tras avanzar lentamente antes de ser asesinados. Ángel no se "ganó" precisamente "su sustento", aunque su fuerza bruta le dio ciertas ventajas. A pesar de sus limitaciones físicas, su conocimiento de la lucha libre acudió de nuevo a él en los combates cuerpo a cuerpo. Y una vez más se sintió como un héroe en acción.

Al igual que los espíritus malignos, los muertos vivientes seguían apareciendo como si hubieran sido convocados desde los edificios circundantes. Era una oleada tras otra de criaturas pálidas, pululando desde los pisos inferiores con sus apéndices sanguinolentos. Las paredes del edificio residencial se habían vuelto blancas. Los Zafiros batallaban así como los bomberos combaten incendios, retrocediendo, sofocando estallidos y atacando los puntos álgidos. Funcionaban como un pelotón de ejecución implacable y Ángel se sorprendería posteriormente de haber sobrevivido a su asalto nocturno iniciático. Dos de los colombianos fueron aguijoneados, sucumbiendo ante el flagelo y, no obstante, cuando terminaron, los Zafiros sólo parecían querer más.

Comparado con esto, dijeron, la caza diurna era una brisa.

Una vez que contuvieron la marea, uno de los colombianos encontró un cartón de cigarrillos y todos empezaron a fumar. Ángel llevaba años sin hacerlo, pero el sabor y el olor del tabaco sofocaba el hedor de las criaturas muertas. Gus vio el humo disiparse y pronunció una oración silenciosa por las almas de los difuntos.

—Hay un hombre —dijo Gus—. Un viejo prestamista en Manhattan. Él fue quien me dio las primeras pistas sobre estos vampiros. Él me salvó el alma.

—No tiene sentido —objetó Creem—. ¿Para qué ir al otro lado del río cuando estamos matando a montones aquí?

—Lo entenderás cuando lo conozcas.

—¿Y cómo sabes que todavía está vivo?

—Está vivo. Cruzaremos el puente con la primera luz.

Ángel decidió ir a su apartamento para echarle un último vistazo. La rodilla le dolía mientras permanecía de pie mirando a su alrededor: la ropa sin lavar amontonada en un rincón, los platos sucios en el fregadero, la sordidez de todo el lugar. Nunca se había sentido orgulloso de la vida que llevaba, pero ahora sintió vergüenza. Tal vez, pensó él, todo el tiempo supo que estaba destinado para algo muy grande, algo que nunca podría haber previsto, a la espera de un simple llamado.

Echó algunas prendas en una bolsa plástica, incluyendo las férulas de su rodilla y, por último —casi avergonzado, porque tomarla entre sus manos equivalía a reconocer que era su posesión más querida, el único vestigio de lo que alguna vez fue—, tomó la máscara de plata.

La dobló en el bolsillo de su chaqueta y, con ella apretada contra su corazón, advirtió por primera vez en varias décadas, que se sentía bien consigo mismo.

Flatlands

EPH TERMINÓ DE CURAR LAS LESIONES de Vasiliy, prestándole particular atención al orificio que le había perforado el gusano en su antebrazo. El exterminador de ratas había sufrido varias lesiones de consideración, pero ninguna permanente, a excepción de una cierta disminución auditiva y un zumbido en el oído derecho. El fragmento metálico aún asomaba en su pierna, haciéndolo cojear, pero Fet no se quejaba. Aún seguía en pie. Eph se admiró de ello y se sintió como un niño mimado, como un universitario privilegiado de la Ivy League. A pesar de su educación y de todos sus logros académicos, Eph se sentía infinitamente menos útil a la causa que Fet.

Pero eso no tardaría en cambiar.

El exterminador abrió el armario donde guardaba los venenos y le mostró a Setrakian sus paquetes de cebos y trampas, sus botellas de halotano y de sulfato de aluminio tóxico. Las ratas, explicó, carecían del mecanismo biológico que inducía al vómito. La función principal de la emesis era purgar al cuerpo de sustancias tóxicas, razón por la cual las ratas eran particularmente susceptibles a la intoxicación, habiendo evolucionado y desarrollado otras características para compensar esto. Una de ellas era que podían ingerir casi cualquier cosa, incluyendo sustancias no comestibles como la arcilla o el concreto, lo que ayudaba a diluir el efecto tóxico en el cuerpo hasta que la rata pudiera expulsar el veneno en sus excrementos. La otra era la inteligencia de estos roedores, sus complejas estrategias para evitar ciertos alimentos, algo que contribuía a su supervivencia.

—Lo curioso —dijo Fet— fue cuando le arranqué esa cosa a la criatura y pude verla con claridad.

—¿Sí? —preguntó Setrakian.

—La forma en que me miró: apostaría que tampoco pueden vomitar.

Setrakian meditó en eso y asintió.

—Creo que estás en lo correcto —señaló—. ¿Puedo preguntarte cuál es la composición química de estos raticidas?

—Depende —dijo Fet—. Éstos de aquí contienen sulfato de talio, una sal metálica muy densa que ataca el hígado, el cerebro y los músculos. Es inodoro, incoloro y altamente tóxico. Esos venenos contienen un disolvente sanguíneo muy común en los mamíferos.

—¿Disolvente? ¿Cuál es? ¿Algo parecido al Coumadin?

—Parecido no: exactamente igual.

Setrakian miró la botella.

—Así que yo mismo he estado tomando veneno para ratas desde hace años.

—Sí. Tú y millones de personas más.

—¿Y qué efecto tiene?

—El mismo que si tomaras una cantidad excesiva. El anticoagulante produce una hemorragia interna: las ratas se desangran. No es nada agradable.

Setrakian tomó la botella para examinar la etiqueta y notó algo en la parte posterior del estante.

—No quiero alarmarlo, Vasiliy, pero, ¿no son éstos excrementos de ratón?

Fet avanzó para mirar de cerca.

—¡Hijos de puta! —exclamó—. ¿Cómo puede ser?

—Una infestación menor, estoy seguro —dijo Setrakian.

—Menor, mayor, ¿qué importa? ¡Se supone que éste es un lugar tan inexpugnable como el Fuerte Knox!

Fet apartó algunas botellas para ver mejor.

—Es como si los vampiros irrumpieran en una mina de plata.

Mientras Fet inspeccionaba obsesivamente la parte posterior del armario en busca de más evidencias, Eph observó que Setrakian se guardaba una de las botellas en el bolsillo de su chaqueta.

Eph lo siguió y le preguntó cuando estuvieron a solas:

—¿Qué vas a hacer con eso?

Setrakian no mostró ninguna vergüenza por haber sido descubierto. El viejo tenía las mejillas hundidas, y su carne era una pálida sombra gris.

—Fet dijo que era un diluyente sanguíneo. Y como todas las farmacias están siendo saqueadas, no me gustaría que se agotara.

Eph escrutó el rostro del anciano, procurando comprobar si mentía.

—¿Nora y Zack están listos para viajar a Vermont? —le preguntó Setrakian.

—Casi. Pero no a Vermont. Nora reparó en un detalle importante: es la casa de los padres de Kelly y ella podría sentirse atraída a ese lugar. Nora conoce un campamento de niñas en Filadelfia, estuvo allá durante su infancia. En estos momentos está fuera de temporada. Hay tres cabañas en una pequeña isla en medio de un lago.

—Bien —dijo Setrakian—. El agua los mantendrá a salvo. ¿Cuándo irán a la estación del tren?

—Pronto —respondió Eph, mirando su reloj—. Todavía tenemos un poco de tiempo.

—Podrían tomar un coche. ¿Te das cuenta de que ya estamos fuera del epicentro? Este barrio, que no tiene acceso directo al metro y cuenta con pocos edificios de apartamentos, no es muy propicio para una infestación rápida, y todavía no ha sido totalmente colonizado. No estamos en un mal lugar.

Eph negó con la cabeza.

—El tren es la forma más rápida y segura de evadir esta plaga —observó.

—Fet me habló de los policías fuera de servicio que fueron hasta tu casa de empeños. Se organizaron como autodefensas una vez que sus familias estuvieron a salvo fuera de la ciudad. Tienes algo similar en mente, supongo.

Eph se quedó atónito. ¿El anciano había intuido su plan?

Estaba a punto de confesárselo cuando Nora entró con una caja abierta.

—¿Para qué es esto? —preguntó, dejando la caja cerca de las jaulas para mapaches. En su interior había toda clase de cubetas y productos químicos—. ¿Van a instalar un cuarto oscuro?

Setrakian la miró.

—Hay ciertas emulsiones de plata que quiero ensayar con los gusanos de sangre. Me siento optimista de que una fina capa de plata, si consigo derivarla, sintetizarla y manipularla, podrá ser una arma eficaz para el exterminio masivo de esas criaturas.

—¿Cómo vas a comprobarlo? ¿Dónde vas a conseguir un gusano de sangre? —preguntó Nora.

Setrakian levantó la tapa de una hielera de poliestireno, revelando un frasco que contenía el corazón de un vampiro que palpitaba con lentitud.

—Voy a extraer el gusano que alimenta a este órgano.

—¿No es peligroso? —preguntó Eph.

—Sólo si me equivoco. Ya he segmentado a estos parásitos en el pasado. Cada sección se regenera y se transforma en un gusano con funciones completas.

—Sí —dijo Fet, regresando del armario—. Lo he comprobado.

Nora sacó el frasco y observó el corazón que el anciano había alimentado por más de treinta años, manteniéndolo vivo con su propia sangre.

—¡Guau! —exclamó—. Es como un símbolo, ¿no?

Setrakian la miró con gran interés.

—¿Qué quieres decir?

—Este corazón enfermo guardado en un frasco. No lo sé. Creo que representa aquello que terminará siendo la causa de nuestra perdición.

—¿A qué te refieres? —preguntó Eph.

Nora lo miró con una expresión de tristeza y simpatía.

—Al amor —dijo.

—Ah —exclamó Setrakian, confirmando el comentario de Nora.

—Los insepultos regresando por sus seres queridos —completó Nora—. El amor humano corrompido en el deseo vampírico.

—Puede ser, de hecho, el mal más alevoso de esta plaga. Y por eso tienes que destruir a Kelly —indicó Setrakian.

Nora concordó con esta observación.

—Tienes que liberarla de las garras del Amo. Tienes que liberar a Zack. Y, por extensión, a todos nosotros.

Eph se sobresaltó, pero sabía muy bien que ella tenía razón.

—Lo sé —señaló.

—Pero no basta con saber cuál es el camino adecuado —dijo Setrakian—. Estás siendo llamado a realizar un acto que va en contra de todo instinto humano. Y, en el acto de liberar a un ser querido… saborearás el significado de la conversión. Ir en contra de todo lo que eres. Ese acto lo cambia a uno para siempre.

Las palabras de Setrakian estaban llenas de sentido y todos permanecieron en silencio. Y Zack, evidentemente aburrido del juego de video que Eph le había encontrado, o tal vez porque la batería ya se había agotado, regresó de la furgoneta y los vio reunidos.

—¿Qué pasa?

—Nada, joven. Hablamos de estrategias —contestó Setrakian, sentándose en una de las cajas y descansando sus piernas—. Vasiliy y yo tenemos una cita en Manhattan, así que, con el permiso de tu padre, te llevaremos de paseo al otro lado del puente.

—¿Qué clase de cita? —preguntó Eph.

—En Sotheby's. Un adelanto de la próxima subasta.

—Pensé que no ofrecían un adelanto para ese artículo.

—Así es —dijo Setrakian—. Pero tenemos que intentarlo. Es nuestra última oportunidad. Cuando menos, Vasiliy podrá observar las medidas de seguridad.

Zack miró a su padre y le preguntó:

—¿No podemos hacer lo mismo que hace James Bond para protegerse, en lugar de subir a un tren?

—No temas, pequeño ninja. Debes irte de aquí —respondió Eph.

—¿Y cómo estarán en contacto y se comunicarán? —preguntó Nora, sacando su teléfono—. En todos los distritos están derribando las torres de telefonía móvil. Al mío sólo le funciona la cámara.

—En el peor de los casos, podremos reunirnos aquí. Tal vez deberías utilizar la línea telefónica convencional para hablar con tu madre y decirle que estamos en camino —comentó Setrakian.

Nora fue a hacer precisamente eso, y Fet salió a encender la furgoneta. Eph pasó su brazo alrededor de su hijo, delante del anciano.

—Sabes, Zachary —dijo Setrakian—, en el campo de concentración del cual te he hablado, las condiciones eran tan brutales que muchas veces sentí deseos de agarrar una piedra, un martillo y una pala y golpear a uno o dos guardias. Seguramente habría muerto con ellos, sin embargo, en el calor ardiente del momento de la elección, habría logrado *algo*. Al menos mi vida —mi muerte— hubiera tenido un significado.

Setrakian miró al niño, aunque Eph sabía que esas palabras estaban dirigidas a él.

—Era mi manera de pensar. Y cada día me despreciaba por no hacerlo. Cada momento de pasividad se siente como un acto de cobardía frente a la capacidad de la opresión inhumana. Con frecuencia, la supervivencia se siente como una forma de indignidad. Pero —y ésta es la lección, tal como lo veo ahora— a veces la decisión más difícil es no martirizarte por alguien, sino vivir *por* ellos. *A causa* de ellos.

Sólo entonces miró a Eph.

—Espero que te lo tomes muy en serio.

Instalación de soluciones Selva Negra

LA CAMIONETA SEGUIDA POR LA CARAVANA de tres vehículos se detuvo frente a la entrada de la empacadora de carne Soluciones Selva Negra, ubicada al norte del estado de Nueva York. Los hombres que venían en las camionetas de adelante y atrás desplegaron sus enormes paraguas negros, mientras las puertas traseras de la camioneta se abrían para dar paso a una rampa automática.

Una silla de ruedas fue bajada en reversa, su ocupante fue cubierto inmediatamente con los paraguas y conducido rápidamente hacia el interior.

Los paraguas sólo bajaron cuando la silla ingresó a la instalación sin ventanas, situada entre los corrales de ganado. El ocupante de la silla de ruedas era una figura que vestía un hábito similar a una burka para resguardarse del sol.

Eldritch Palmer, que vigilaba la entrada desde un costado, no se molestó en saludar al ocupante, más bien esperó a que le retiraran el velo.

Se suponía que Palmer iba a reunirse con el Amo y no con uno de sus sórdidos lacayos del Tercer Reich. Pero el Oscuro no se veía por ninguna parte. Palmer advirtió entonces que no había tenido una audiencia con el Amo desde su encuentro con Setrakian.

Una pequeña sonrisa descortés se esbozó en las comisuras de los labios de Palmer. ¿Se sentía complacido de que el profesor le hubiera propinado una herida al Amo? No exactamente. Palmer no sentía el menor afecto por las causas perdidas, como era el caso de Abraham Setrakian. Aún así, como hombre acostumbrado a la condición de presidente y consejero delegado, a Palmer no le importaba que el Amo hubiera demostrado algo parecido a la humildad.

Se reprendió a sí mismo para no permitir nunca que estos pensamientos acudieran a su mente en presencia del Oscuro.

El nazi se fue despojando de cada una de sus prendas. Thomas Eichhorst, el oficial que había dirigido alguna vez el campo de exterminio de Treblinka, se levantó de la silla de ruedas y las telas negras que le resguardaban del sol se apilaron a sus pies como capas de piel. Su rostro conservaba la arrogancia de un comandante de campo, aunque el tiempo había difuminado sus ángulos como una pátina de ácido corrosivo. Su piel era tan suave como una máscara de marfil. A diferencia de cualquier otro "Eterno" que Palmer hubiera conocido, Eichhorst insistía en llevar traje y corbata, manteniendo el típico aspecto de un caballero muerto vivo.

El disgusto que Palmer sentía por el nazi no tenía nada que ver con sus crímenes contra la humanidad, pues él mismo estaba a cargo de un verdadero genocidio. Más bien, su disgusto por Eichhorst provenía de la envidia. Le molestaba que el nazi fuera bendecido con la eternidad —el gran don del Amo— pues la anhelaba con todas sus ansias.

Palmer recordó entonces su primer encuentro con el Amo, una reunión facilitada por Eichhorst. A esto le habían seguido tres décadas de pesquisas e investigaciones, de explorar la fisura donde el mito y la leyenda se fundían con la realidad histórica. Palmer terminó por rastrear, incluso, a los propios Ancianos y logró concertar una reunión. Declinaron su solicitud para unirse a su clan eterno, rechazándolo terminantemente, aunque

Palmer sabía que ellos habían aceptado en su linaje a hombres cuyo valor neto era significativamente más bajo que el suyo. Su desprecio incondicional, después de tantos años de esperanza, era una humillación que Eldritch Palmer sencillamente no podía soportar. Era sinónimo de su mortalidad y de su renuncia a todo lo que había realizado en esta vida introductoria. "Polvo eres y en polvo te convertirás": eso estaba bien para las masas, pero él sólo se conformaría con la inmortalidad. La corrupción de su cuerpo —que nunca había sido un amigo para él— no era más que un pequeño precio a pagar.

Y así comenzó otra década de pesquisas —pero esta vez, en pos de la leyenda del Anciano descarriado, el séptimo inmortal, cuyo poder se decía que rivalizaba con el de cualquiera de los demás—. Este viaje condujo a Palmer hasta dar con el paradero del cobarde Eichhorst, quien organizó la cumbre.

Ocurrió dentro de la Zona de Alienación que rodeaba la Central Nuclear de Chernobyl, en Ucrania, unos diez años después de la catástrofe del reactor, acaecida en 1986. Palmer tuvo que entrar a la zona sin su caravana de apoyo habitual (su ambulancia sin distintivos ni mecanismos de seguridad), pues los vehículos en movimiento levantaban el polvo radiactivo, mezclado con Cesio 137, de modo que nadie desearía recibir la estela tóxica que dejaban los coches. Así que el señor Fitzwilliam —el guardaespaldas y médico de Palmer— lo condujo a él solo, con rapidez.

El encuentro tuvo lugar al caer la noche, por supuesto, en una de las así llamadas aldeas negras que rodeaban la planta: asentamientos evacuados que salpicaban la zona de diez kilómetros cuadrados más atribulada del planeta.

Pripyat, el mayor de estos asentamientos, había sido fundado en 1970 para albergar a los trabajadores de la planta y su población había aumentado a cincuenta mil al momento del

accidente y de la exposición a la radiación. La ciudad fue eva-
cuada totalmente tres días después. Un parque de atracciones
había sido construido en un extenso lote del centro urbano, su
inauguración estaba prevista para la celebración del primero
de mayo de 1986: cinco días después del desastre y dos días
antes de que la ciudad quedara vacía y desolada para siempre.

Palmer se reunió con el Amo a los pies de la rueda de la
fortuna que nunca se estrenó, sentado con la misma inmovilidad
de un gigantesco reloj detenido. Fue allí donde se selló el acuerdo y el Plan Decenal fue puesto en marcha, con el ocultamiento
de la Tierra como el momento señalado para la travesía.

Por su parte, a Palmer se le prometió la eternidad y un
asiento al lado derecho del Amo. No como uno de los acólitos
que hacían recados, sino como un socio en el Apocalipsis, a la
espera de que le fuera entregado el control de la raza humana,
tal como lo había pactado.

Antes de finalizar la reunión, el Amo tomó a Palmer del
brazo y subieron a la cima de la noria gigantesca. Una vez allí,
Palmer, quien se sentía aterrorizado, observó Chernobyl, la
almenara roja del reactor número cuatro en la distancia, como
un sarcófago plúmbeo y acerado conteniendo la pulsación de
cien toneladas de uranio lábil.

Y ahora, allí estaba, diez años después, a un paso de en-
tregar las pruebas de todo cuanto le había prometido al Amo
en aquella noche oscura en una tierra enferma. La plaga se
estaba propagando ahora con mayor rapidez a cada hora que
pasaba, por todo el país y a lo largo y ancho del globo terráqueo,
pero él aún estaba obligado a soportar la humillación de entre-
vistarse con este vampiro burócrata.

Eichhorst tenía mucha experiencia en el diseño y construcción de corrales, así como en la optimización de los mata-
deros para lograr una eficiencia absoluta. Palmer había finan-

ciado la "restauración" de decenas de plantas cárnicas en todo el país, todas ellas rediseñadas según las especificaciones de Eichhorst.

"Confío en que todo esté en orden", señaló Eichhorst.

—Naturalmente —respondió Palmer, apenas capaz de disimular su disgusto por la criatura—. Lo que quiero saber es: ¿cuándo cumplirá el Amo su parte del pacto?

"A su debido momento. Todo a su debido momento."

—Mi tiempo ya se está acabando —dijo Palmer—. Usted conoce mis condiciones de salud; sabe que he cumplido todas mis promesas, con todos los plazos, que he servido al Amo con fidelidad y cabalidad. Pero comienza a hacerse tarde. Merezco cierta consideración.

"El Señor Oscuro todo lo ve y de nada se olvida."

—Le recordaré el asunto pendiente que él y usted tienen con Setrakian, su "mascota" y ex prisionero.

"Su resistencia está condenada al fracaso."

—De acuerdo. Sin embargo, sus operaciones y diligencias suponen una amenaza para algunos individuos. Por ejemplo, para usted mismo. Y para mí.

Eichhorst permaneció un momento en silencio, como si le concediera su aprobación.

"El Amo arreglará sus asuntos con el judío en cuestión de horas. Ahora: llevo un tiempo sin alimentarme y me prometieron comida fresca…"

Palmer ocultó un gesto de disgusto. ¡Con cuánta rapidez su repugnancia se transformaría en hambre, en necesidad! ¡Qué tan pronto juzgaría su ingenuidad actual como un adulto considera retrospectivamente las necesidades de un niño!

—Todo ha sido arreglado.

Eichhorst le hizo una señal a uno de sus hombres y éste se dirigió hacia uno de los corrales más grandes. Palmer escuchó un lloriqueo y miró su reloj, esperando que concluyera el encuentro.

El hombre regresó agarrando de la nuca a un niño de no más de once años de edad, como un granjero cargando a un cochinillo. El niño, temblando y con los ojos vendados, lanzó puños al aire, pateando y procurando ver por debajo de la venda que le cubría los ojos.

Eichhorst giró la cabeza tras oler a su víctima, estirando la barbilla en un gesto de agradecimiento.

Palmer observó al nazi y se preguntó para sus adentros qué se sentiría después del dolor de la conversión. ¿Qué significaría existir como una criatura que se alimenta de sangre humana?

Palmer se dio vuelta y le hizo señas al señor Fitzwilliam para marcharse.

—Lo dejaré para que coma en paz —dijo, y dejó al vampiro a solas con su alimento.

Estación Espacial Internacional

A DOSCIENTOS VEINTE KILÓMETROS sobre la Tierra, los conceptos del día y de la noche tienen muy poco sentido. Orbitar el planeta una vez cada hora y media permitía divisar más amaneceres y atardeceres de los que una persona podría contemplar en su vida.

La astronauta Thalia Charles roncaba suavemente dentro de un saco de dormir anclado a la pared. La ingeniera de vuelo estadounidense completaba sus cuatrocientos sesenta y seis días en la órbita terrestre baja, y sólo le faltaban seis más para entrar al transbordador espacial de acoplamiento que la llevaría de regreso a casa.

La misión de control establecía sus horarios de sueño y hoy iba a ser un día "ocupado", pues tendría que preparar a la

ISS para recibir al Endeavor y al módulo de instalaciones científicas que transportaba. Oyó la voz que la llamaba y disfrutó de unos segundos apacibles mientras pasaba del sueño a la vigilia. La sensación etérea de estar soñando despierta era una constante en la gravedad cero. Se preguntó cómo reaccionaría su cabeza a una almohada tras su regreso. Cómo sería estar una vez más bajo el yugo entrañable de la gravedad terrestre.

Se quitó el antifaz y la almohadilla del cuello, metiéndolos dentro del saco de dormir antes de aflojar las correas y bajar al piso. Dejó su elástico sobre la litera antes de salir, sacudió su pelo negro y largo, alisándolo con sus dedos y meneando su cabeza para dejarlo en su sitio y, acto seguido, se sujetó de nuevo el elástico con un nudo doble.

La voz de la Misión de Control del Centro Espacial Johnson, localizado en Houston, le dijo que fuera a la computadora portátil en el módulo de la unidad para una teleconferencia. Esto era inusual, pero no un motivo de alarma.

La banda ancha tenía una gran demanda en el espacio y se asignaba con mucho cuidado. Se preguntó si habría ocurrido otra colisión orbital de basura espacial, y si los restos habrían salido disparados por la órbita con la potencia propia de la detonación de una escopeta. Le desagradaba mucho tener que refugiarse como medida de precaución dentro de la Soyuz TMA, la nave espacial adjunta. La Soyuz era su salida de emergencia de la ISS. Dos meses atrás, había ocurrido una amenaza similar, entonces se había visto obligada a permanecer ocho días dentro del módulo de la tripulación, el cual tenía forma de campana. La basura espacial era la mayor amenaza para el funcionamiento de la ISS y para el bienestar psicológico de la tripulación.

La noticia, tal como descubriría ella, resultó ser incluso peor.

—Hemos suspendido el lanzamiento del Endeavor hasta nuevo aviso —le anunció Nicole Fairley, directora de la misión de control.

—¿Suspendido? ¿Quieres decir que lo están aplazando? —preguntó Thalia, esforzándose por no evidenciar su profunda decepción.

—Indefinidamente. Están pasando muchas cosas acá. Algunos acontecimientos preocupantes. Tendremos que esperar.

—¿Qué? ¿Los propulsores de nuevo?

—No, nada mecánico. El Endeavor está bien. No se trata de un problema técnico.

—Está bien…

—Para ser honesta, no sé cuál pueda ser la causa. Tal vez hayas notado que no has recibido ninguna actualización de noticias en estos últimos días.

No había acceso directo a internet en el espacio. Los astronautas recibían información, videos y correos electrónicos a través de un enlace de datos en la banda Ku.

—¿Tenemos otro virus?

Todas las computadoras portátiles de la ISS operaban con una intranet de red inalámbrica, generada por la computadora central.

—No se trata de un virus informático, no.

Thalia se agarró del manillar para no moverse tanto.

—De acuerdo. Dejaré de hacer preguntas y me limitaré a escucharte.

—Estamos en medio de una pandemia mundial desconcertante. Todo parece indicar que comenzó en Manhattan y se ha propagado desde entonces por numerosas ciudades. Al mismo tiempo, se ha reportado un gran número de desapariciones humanas, algo que está en relación directa con lo anterior. Estas desapariciones se atribuyeron inicialmente a personas enfermas que permanecían en casa por incapacidad laboral y que necesitaban atención médica. Pero ahora se han presentado disturbios. Me refiero a calles enteras en la ciudad de Nueva York. La violencia se ha extendido a su vez a otros países. El primer informe de ataques en Londres llegó hace cuatro días y luego en el aeropuerto de Narita en Tokio. Todos los países han controlado las fronteras y las relaciones internacionales, en un esfuerzo por evitar un colapso en los viajes y en el comercio, lo cual —según tengo entendido— es exactamente lo que cada país debería garantizar bajo las circunstancias actuales. La Organización Mundial de la Salud ofreció ayer una conferencia de prensa en Berlín. La mitad de sus miembros estuvo ausente. La pandemia pasó oficialmente de la fase de alerta cinco a la fase seis.

Thalia no pudo creerlo.

—¿Es el eclipse? —preguntó.

—¿Qué dices?

—El ocultamiento. Cuando lo vi desde aquí arriba… la gran mancha negra de la sombra lunar se extendía por el noreste de Estados Unidos como un punto muerto… Supongo que tuve una especie de… premonición.

—Bueno, todo parece haber comenzado en esos momentos.

—Era así como se veía. Algo de muy mal agüero.

—Hemos tenido algunos incidentes serios aquí en Houston y también en Austin y Dallas. La misión de control está funcionando con el setenta por ciento de los empleados y el número disminuye dramáticamente cada día que pasa. Y debido a que los niveles de personal de la operación no son confiables, no tenemos más remedio que aplazar el lanzamiento.

—De acuerdo. Comprendo.

—La nave rusa que subió hace dos meses te llevó suficientes suministros de comida y baterías como para un año en caso de que sea necesario.

—¿Un año? —preguntó Thalia, con más énfasis de lo que hubiera querido.

—Sólo en el peor de los casos. Esperemos que las cosas estén de nuevo bajo control aquí, y que podamos traerte de vuelta en unas dos o tres semanas.

—Fantástico. Así que, mientras tanto, seguiré comiendo borscht liofilizado.

—Este mismo mensaje está siendo retransmitido al comandante Demidov y al ingeniero Maigny por sus respectivas agencias. Somos conscientes de tu situación, Thalia.

—Llevo varios días sin recibir ningún correo electrónico de mi esposo. ¿Ustedes también han retenido esos correos?

—No, no. ¿Dices que varios días?

Thalia asintió con la cabeza. Se imaginó a Billy como siempre, en la cocina de su casa en West Hartford, con un trapo de cocina al hombro, preparando algún plato suculento y elaborado.

—¿Podrías contactarte con él? Supongo que querrá saber del aplazamiento.

—Intentamos hacerlo, pero no recibimos respuesta. Ni en tu casa ni en el restaurante.

Thalia tragó saliva. Se esforzó en recobrar la compostura.

Él está bien, pensó. Soy yo la que está orbitando el planeta en una nave espacial.

Él está allá abajo, con los dos pies en la tierra. Se encuentra bien.

No manifestó otra cosa que no fuera fortaleza y confianza, pero nunca se había sentido tan lejos de su marido como en aquel instante.

Préstamos y curiosidades Knickerbocker
Calle 118 Este, Harlem Latino

LA CUADRA YA ESTABA ARDIENDO CUANDO Gus llegó acompañado de Ángel y los Zafiros.

Vieron el humo desde el puente, grueso y negro, elevándose en varios puntos al norte y al sur de la ciudad, en Harlem, en el Lower East Side y en sectores intermedios, como si la ciudad hubiera sufrido un ataque militar masivo.

El sol matinal ya había ascendido sobre la ciudad desierta. Se dirigieron a Riverside Drive, serpenteando entre las filas de vehículos abandonados. Ver el humo brotar de las manzanas de la ciudad era como ver a una persona sangrando. Gus se sentía desamparado y ansioso: todo se estaba yendo a la mierda a su alrededor, y el tiempo era esencial.

Creem y los Zafiros de Jersey veían arder Manhattan con una especie de satisfacción. Para ellos, era como ver una película de desastres. Para Gus en cambio, esto equivalía a ver su territorio tristemente consumido por las llamas.

La calle a la que se dirigían era el epicentro del incendio más voraz del sector de Uptown: todas las calles que rodeaban la casa de empeños habían sido cubiertas por un espeso velo de humo, transmutando el día en una noche de tormenta.

—Esos hijos de la chingada —dijo Gus—. Bloquearon el sol.

Todo un costado de la calle ardía en medio de las llamas, salvo la casa de empeños de la esquina. Las grandes ventanas de la fachada estaban destrozadas, las rejillas de seguridad habían sido arrancadas y yacían despedazadas sobre la acera.

El resto de la ciudad estaba más paralizado que una fría mañana de navidad, pero esta cuadra —la intersección de la

Calle 118— estaba, a esa oscura hora del día, atiborrada de vampiros que sitiaban la casa de empeños.

Iban por el anciano.

Gabriel Bolívar pasaba de una habitación a otra en el apartamento que había arriba de la tienda. En lugar de cuadros e imágenes, las paredes estaban cubiertas de espejos con marcos de plata, como si un extraño hechizo hubiera convertido las obras de arte en cristales y azogues. El reflejo difuso de la ex estrella del rock se movía de habitación en habitación mientras buscaba al anciano Setrakian y a sus cómplices.

Bolívar entró al cuarto visitado por Kelly, cuya pared estaba cubierta por una jaula de hierro.

No había nadie.

Parecía como si se hubieran marchado. Bolívar deseó que la madre los hubiera acompañado. Su vínculo sanguíneo con el niño habría sido muy valioso. Pero el Amo había enviado a Bolívar y se haría su voluntad.

La labor de sabuesos recayó en los "exploradores", los niños que recién habían quedado ciegos. Bolívar fue a la cocina y vio uno allí, un chico con los ojos completamente negros, agachado y en cuatro patas. Estaba "mirando" por la ventana hacia la calle, utilizando su percepción extrasensorial.

"¿Y en el sótano?", inquirió Bolívar.

"No hay nadie", le respondió el niño.

Pero Bolívar necesitaba cerciorarse y comprobarlo por sí mismo; se dirigió a las escaleras. Descendió la espiral con sus manos y pies descalzos, a una planta situada debajo del nivel de la calle, mientras los otros "exploradores" se encaminaban hacia la tienda, y continuó descendiendo hasta llegar al sótano y a una puerta cerrada con llave.

Los esbirros de Bolívar ya estaban allí, en respuesta a su orden telepática. Rompieron la puerta con sus manos enormes y poderosas, escarbando con las garras de sus dedos medios en el marco de hierro atornillado, hasta que la estructura cedió y luego unieron fuerzas para desprender la puerta.

Los primeros en entrar tropezaron con las lámparas ultravioletas que rodeaban el interior del pasillo. Los rayos eléctricos de color índigo achicharraron sus cuerpos rebosantes de virus y los vampiros se dispersaron entre gritos y nubes de polvo. Los demás fueron repelidos por la luz contra la escalera de caracol, obligándolos a cubrirse los ojos e impidiéndoles ver más allá de la entrada.

Bolívar fue el primero en reaccionar, trepó por la escalera en espiral en vista de la debacle. Era posible que el anciano todavía estuviera allí.

Bolívar tenía que hallar otra forma de entrar.

Vio a los "exploradores" rígidos en el suelo, frente a las ventanas rotas, como perros sabuesos azuzados por un olor. El primero de ellos —una niña de bragas sucias— gruñó y luego pasó entre los pedazos irregulares de vidrio para salir a la calle.

La niña atacó a Ángel, avanzando en cuatro patas con la gracia de un cervatillo. El veterano luchador corrió a la calle, pues no quería tener ningún contacto con ella, pero la niña estaba concentrada en su presa, decidida a derribarla. Saltó desde la calle, con sus ojos negros y la boca abierta y Ángel reaccionó como el luchador que todavía llevaba dentro, neutralizándola como si fuera una rival que se abalanzara sobre él desde la parte superior del cuadrilátero. Le aplicó el "Beso del Ángel", su golpe proverbial con la mano abierta, abofeteando fuertemente a la niña en medio del salto; su cuerpo pequeño y frágil voló a unos doce metros de distancia y se estrelló contra el pavimento.

Ángel retrocedió de inmediato. Una de las grandes desilusiones de su vida era no haber conocido a ninguno de los hijos que había engendrado. Ésta era una vampira, pero parecía tan humana —una niña, todavía— que el luchador se dirigió hacia ella con la mano extendida. La niña se dio vuelta y siseó, sus ojos ciegos como los dos huevos de un pájaro negro, disparándole con su aguijón, que debía tener casi un metro de largo, mucho más corto que el de un vampiro adulto. La punta se agitó ante sus ojos como la cola del diablo y Ángel quedó petrificado.

Gus intervino rápidamente, rematándola de un fuerte espadazo, la hoja levantando chispas al rozar el pavimento.

Su muerte hizo que los otros vampiros se lanzaran al ataque frenéticamente. Fue una batalla despiadada y aunque Gus y los Zafiros eran superados en número, inicialmente por tres a uno, y luego cuatro a uno, los vampiros huyeron de la casa de empeños y de los sótanos de los edificios adyacentes que ardían en llamas. Habían sido convocados psíquicamente a la batalla, o simplemente habían escuchado la campana que los llamaba a cenar. Destruye a uno y dos más se abalanzarán sobre ti.

A continuación, un disparo de escopeta estalló cerca de Gus y un vampiro que se encontraba allí fue seccionado en dos partes. Se dio vuelta y vio al señor Quinlan, el cazador en jefe de los Ancianos, derribando a los vampiros revoltosos con precisión milimétrica. Seguramente había salido de algún sótano al igual que los vampiros, a no ser que los hubiera seguido todo el tiempo a él y a los Zafiros desde la oscuridad de la tierra.

En ese momento Gus percibió —pues sus sentidos estaban exacerbados por la adrenalina de la batalla— que debajo de la piel translúcida de Quinlan no había gusanos de sangre.

Todos los ancianos, incluyendo a los demás cazadores, rebosaban de gusanos, sin embargo, la piel casi iridiscente de Quinlan era tan suave y tersa como la cubierta de un pudín.

Pero la batalla no daba tregua y su percepción se difuminó en un instante.

Las numerosas bajas propinadas por el señor Quinlan abrieron un flanco entre las huestes enemigas y los Zafiros, que ya no corrían peligro de ser acorralados, trasladaron su frente de lucha de la mitad de la calle a la casa de empeños. Los niños acechaban en cuatro patas, en la periferia de la batalla, como lobeznos esperando a un ciervo enfermo para abalanzarse sobre él. Quinlan lanzó una descarga explosiva en su dirección y las criaturas ciegas se desperdigaron lanzando un chillido agudo mientras él cargaba el arma de nuevo.

Ángel le destrozó el cuello a un vampiro con sus manos y, luego, con un movimiento rápido —poco común para un hombre de su edad y constitución—, se dio media vuelta y le rompió el cráneo a otro de un codazo, al golpearlo contra la pared.

Gus aprovechó y corrió espada en ristre hacia adentro en busca del anciano. La tienda estaba vacía y subió corriendo las escaleras. Vio un apartamento antiguo, como antes de la guerra.

La profusión de espejos le dijo que estaba en el lugar adecuado, pero el anciano no estaba por ninguna parte.

Se encontró con dos vampiresas mientras bajaba, enseñándoles el tacón de su bota antes de pasarlas por el filo de su hoja de plata. Sus gritos lo llenaron de adrenalina y saltó sobre sus cuerpos, evitando la sangre blanca que se escurría por los peldaños de las escaleras.

Las graderías seguían hacia abajo, pero él tenía que regresar al lado de sus compadres, a fin de luchar por sus vidas y almas bajo el cielo cubierto de humo.

Antes de salir, cerca de las escaleras, vio la pared en ruinas con las viejas tuberías de cobre y verticales al descubierto. Dejó la espada sobre una vitrina que exhibía broches y camafeos y encontró un bate de béisbol Louisville Slugger autografiado por Chuck Knoblauch, que tenía el ticket con el precio: 39.99 dólares. Rompió la laminilla de la pared hasta dar con la tubería de gas. Era un viejo conducto de hierro fundido. Le dio tres golpes fuertes con el bate, y el acoplamiento cedió sin producir chispas.

El olor del gas comenzó a invadir la habitación, escapando de la tubería rota, no con un silbido fresco, sino con un rugido ronco.

L os "exploradores" se arremolinaron en torno a Bolívar, quien percibió su angustia de inmediato.

Aquel combatiente con la escopeta no era humano; era un vampiro.

Pero era diferente.

Los "exploradores" no podían detectarlo. Aunque fueran de otro clan —y, obviamente lo eran— deberían haberle informado a Bolívar sobre él, siempre y cuando perteneciera al de los gusanos. Bolívar estaba desconcertado por esta extraña presencia y decidió atacar. Sin embargo, los "exploradores" se interpusieron en su camino después de leer sus intenciones. Intentó apartarlos, pero su obstinación lo conminó a prestarles atención. Algo iba a suceder y él necesitaba estar al tanto.

G us enarboló su espada, avanzó derribando a otro vampiro vestido con una bata de médico y entró al edificio de al lado. Arrancó una celosía de madera ardiente y se fue con ella rumbo a la batalla. La clavó en la espalda de un vampiro muerto con la punta afilada hacia abajo y el listón se irguió como una antorcha inflamada.

—¡Creem! —gritó, pues necesitaba que el verdugo engalanado de plata lo cubriera mientras sacaba la ballesta del bolso. Buscó un perno de plata y lo encontró. Arrancó un jirón de la camisa del vampiro derribado, lo envolvió en la cabeza del perno, lo sujetó con fuerza y luego cargó el cerrojo en la cruz, sumergiendo el trapo en la llama y esgrimiendo la ballesta mientras se dirigía a la tienda.

Un vampiro con ropas deportivas y ensangrentadas se abalanzó salvajemente sobre Gus, pero Quinlan detuvo a la criatura con un golpe demoledor en la garganta.

Gus avanzó hacia la acera, gritando:

—¡Atrás, cabrones!

Apuntó con la ballesta, la disparó y el perno en llamas se coló entre la celosía destrozada, aterrizando en la pared posterior de la casa de empeños.

Gus ya estaba afuera cuando el edificio se desmoronó en un solo estallido. La fachada de ladrillos colapsó, esparciéndose en la calle y el techo y las vigas de madera se desintegraron como la cubierta de papel de un petardo.

La onda expansiva lanzó a los vampiros desprevenidos a la calle. La absorción de oxígeno impuso un silencio extraño en la cuadra después de la detonación, aguzado por el contraste del zumbido en sus oídos.

Gus se arrodilló y luego se puso de pie. El edificio de la esquina ya no existía, como si hubiera sido aplastado por el pie de un gigante. El polvo se elevó y los vampiros supervivientes comenzaron a levantarse en torno a ellos. Sólo aquellos pocos que fueron golpeados por los ladrillos permanecieron sin vida.

Los otros se recuperaron rápidamente de la explosión y, una vez más, se dirigieron hambrientos en dirección a los Zafiros.

Por el rabillo del ojo, Gus vio a Quinlan correr al lado opuesto de la calle, bajando rápidamente por una escalera pequeña que conducía a un apartamento situado en un sótano. Gus sólo entendió porqué corría Quinlan al ver la destrucción que había causado.

El golpe de la detonación que sacudió la atmósfera circundante había ascendido hasta la cúspide del hongo de humo y la ráfaga de aire en movimiento generó una ruptura. Una brecha se abrió en medio de la oscuridad, permitiendo que la luz límpida y esplendente del sol lo inundara todo.

El humo se dispersó y los rayos solares destellaron desde el epicentro del impacto, propagándose en un cono amarillo brillante con un gran poder de irradiación, pero los aturdidos vampiros detectaron demasiado tarde el poder de sus rayos.

Gus los vio diseminarse a su alrededor con gritos fantasmales. Sus cuerpos cayeron, reduciéndose instantáneamente a vapor y a ceniza. Los pocos que estaban a prudente distancia de los rayos del sol corrieron a los edificios vecinos en busca de refugio.

Sólo que los "exploradores" reaccionaron con inteligencia, previendo la propagación de la luz y agarraron a Bolívar. Los más pequeños forcejearon justo a tiempo para alejarlo de las garras del sol asesino que ya se aproximaba, jalando una rejilla de la ventilación en la acera y arrojándolo en las profundidades subterráneas.

De repente, Ángel, los Zafiros y Gus estuvieron solos en una calle soleada. Iban armados, pero sin ningún enemigo al frente.

Era sólo otro día soleado en el Este de Harlem.

Gus fue a la zona del desastre, a la casa de empeños removida de sus cimientos.

El sótano estaba completamente al aire libre, lleno de ladrillos humeantes y de polvo. Llamó a Ángel, que acudió cojeando para ayudarle a mover algunos de los pedazos más grandes de concreto a fin de abrir una brecha. Gus se internó entre los múltiples escombros, escoltado por Ángel. Oyó un chisporroteo, pero se trataba simplemente de las conexiones eléctricas por las que aún circulaba energía. Apartó algunos pedazos de ladrillo, escarbando en busca de cuerpos, preocupado de que el anciano pudiera estar escondido allí.

No había cadáveres. Realmente no descubrió gran cosa, sólo una gran cantidad de estantes vacíos, como si el anciano se hubiera mudado recientemente. La puerta del sótano, sometida al fragor de las lámparas ultravioleta, escupía ahora chispas de color naranja. Tal vez esto hubiera sido una especie de búnker, de refugio contra ataques de vampiros o de bóveda construida para evitar que entraran.

Gus permaneció allí más tiempo del indicado —la cortina de humo se estaba desplegando una vez más, cubriendo de nuevo el sol—, mientras cavaba entre los escombros en busca de algo, de cualquier cosa que pudiera serle útil a la causa.

Oculta debajo de una viga caída, Ángel descubrió una caja pequeña, una reliquia sellada y elaborada exclusivamente en plata. Era un descubrimiento hermoso y conmovedor. La alzó, mostrándosela a la pandilla y a Gus en particular.

Éste sostuvo la caja en sus manos.

—El viejo —dijo—. Y sonrió.

Estación Pensilvania

CUANDO LA ANTIGUA ESTACIÓN PENSILVANIA se inauguró en 1910, fue considerada como un monumento al derroche. Un templo suntuoso del transporte masivo y el mayor espacio interior en toda Nueva York, una ciudad que desde un siglo atrás ya estaba inclinada al exceso.

La demolición de la estación original, que comenzó en 1963, y su reemplazo por el actual laberinto de túneles y pasillos, fue vista en términos históricos como un catalizador para el movimiento de restauración arquitectónica, en el sentido en que quizás fue el primer —y algunos dicen que el mayor— fracaso de la "reforma urbana". La estación Pensilvania continuó siendo el centro de transporte más activo de los Estados Unidos, sirviendo a seiscientos mil pasajeros por día, cuatro veces más que la estación Grand Central. Servía a la Amtrak, a la Autoridad Metropolitana del Transporte (MTA), al Tránsito de Nueva Jersey y tenía una estación de la Autoridad Portuaria Trans-Hudson (PATH) a sólo una cuadra de distancia, en aquel entonces accesible por un pasaje subterráneo clausurado desde hacía muchos años por razones de seguridad.

La moderna estación Pensilvania utilizaba las mismas plataformas del metro que la estación original. Eph había reservado pasajes para Zack, Nora y la madre de ésta en el Servicio Keystone, que atravesaba Filadelfia hasta Harrisburg, la capital del estado. Normalmente era un viaje de cuatro horas, aunque se esperaban retrasos significativos. Una vez allí, Nora estudiaría la situación y haría los preparativos para ir al campamento de las niñas.

Eph dejó la furgoneta a una cuadra de distancia, en un paradero de taxis que estaba desocupado y los condujo por las calles desoladas hacia la estación. Una nube oscura se cernía sobre la ciudad —en sentido propio y figurado—, el humo rondándolos amenazadoramente mientras pasaban por los escaparates vacíos. Las vitrinas estaban rotas, aunque no había rastro de los saqueadores, pues casi todos se habían convertido en vampiros.

¿Hasta qué punto y qué tan rápido había sucumbido la ciudad?

Sólo al llegar a la entrada de la Séptima Avenida del Joe Louis Plaza, debajo del anuncio del Madison Square Garden, Eph reconoció un vestigio de la Nueva York de algunas semanas o meses atrás. Policías y funcionarios de la Autoridad Portuaria provistos de chalecos de color naranja dirigían a la multitud apiñada, conservando el orden mientras ingresaban a la estación.

Los pasajeros bajaban hasta la explanada por las escaleras eléctricas detenidas.

El incesante tráfico de personas hacía que la estación continuara siendo uno de los últimos bastiones de la civilización en una ciudad asediada por los vampiros, resistiendo su colonización a pesar de su proximidad con el mundo subterráneo. Eph no ignoraba que la mayoría de los trenes —si es que no todos— estaba retrasada, pero le bastaba saber que seguían funcionando. La afluencia de tantos ciudadanos agobiados por el miedo era suficiente evidencia para comprobarlo: si los trenes dejaban de funcionar, esto se habría convertido en un amotinamiento.

Muy pocas lámparas funcionaban en el techo. Ninguna de las tiendas estaba en servicio, los estantes se hallaban vacíos y en los vidrios de las vitrinas se leían letreros escritos a mano que decían CERRADO HASTA NUEVA ORDEN.

El estruendo de un tren que hacía su arribo a la plataforma inferior tranquilizó a Eph, que llevaba la bolsa de Nora y la señora Martínez, mientras la doctora supervisaba que su madre no se cayera. La explanada estaba atestada de personas, sin embargo, Eph aceptó complacido la presión de la muchedumbre, pues había olvidado la sensación de ser una persona rodeada por una multitud humana.

Varios soldados de la Guardia Nacional aguardaban más adelante. Parecían retraídos y agotados. Aún así, observaban detenidamente a los pasajeros; todavía pesaba una orden de captura sobre Eph.

A esto se sumaba el hecho de que él llevaba, enfundada en la cintura, la pistola que le había dado Setrakian. Eph los acompañó únicamente hasta los altos pilares azules, señalándoles la puerta del salón de Amtrak a la vuelta de la esquina.

Mariela Martínez parecía asustada, incluso algo enfadada. Las multitudes le desagradaban. La madre de Nora, quien había trabajado como enfermera domiciliaria, había sido diagnosticada hacía dos años con principio prematuro de Alzheimer. A veces creía que Nora tenía dieciséis años, lo que ocasionaba serios problemas sobre quién estaba a cargo de quién. Hoy, sin embargo, estaba callada, abrumada y ansiosa por estar lejos de casa. No había discutido con su marido fallecido, ni insistido en vestirse para una fiesta. Llevaba un impermeable largo sobre una bata de color azafrán, con su pelo abundante colgando en una trenza gruesa y gris. Ya se había encariñado con Zack y lo tomó de la mano para subir al tren, lo cual le agradó a Eph al mismo tiempo que le partió el corazón.

Eph se arrodilló frente a su hijo. El chico miró hacia otro lado, como si no quisiera despedirse.

—Ayúdale a Nora con la señora Martínez, ¿quieres?

Zack asintió con la cabeza.

—¿Por qué tenemos que ir a un campamento de niñas?

—Porque Nora es una niña y ya lo conoce. Sólo estarán ustedes tres allá.

—¿Y tú? —preguntó—. ¿Cuándo vendrás?

—Muy pronto, espero.

Eph tenía las manos sobre los hombros de Zack, quien lo tomó de los antebrazos.

—¿Me lo prometes?

—Iré tan pronto como me sea posible.

—Ésa no es una promesa.

Eph apretó los hombros de su hijo, intentando convencerlo.

—Te lo prometo.

Sabía que Zack no le estaba creyendo. Podía sentir la mirada de Nora.

—Dame un abrazo —le dijo Eph.

—¿Por qué? —dijo Zack, retrocediendo un poco—. Te abrazaré cuando te vea… en Pensilvania.

Eph esbozó una sonrisa.

—Espero que ese abrazo sea tan fuerte que me derribe.

—Pero…

Eph lo estrechó, apretándolo con fuerza en medio de la multitud que se arremolinaba en torno a ellos. El muchacho forcejeó levemente; Eph lo besó en la mejilla y lo soltó.

Eph se puso de pie y Nora se acercó rápidamente, aunque se mantuvo a dos pasos de distancia. Sus ojos castaños centelleaban.

—Dime ahora qué es lo que estás planeando.

—Voy a despedirme de ti.

Ella se acercó un poco más, como una amante diciendo adiós, salvo que le presionó la parte inferior del esternón, retorciéndolo con sus nudillos como si apretara un tornillo.

—Quiero saber qué harás cuando nos hayamos ido.

Eph miró a Zack, que estaba junto a la madre de Nora, sosteniendo su mano con docilidad.

—Trataré de ponerle fin a este asunto. ¿Qué piensas tú? —dijo Eph.

—Creo que es demasiado tarde para eso y tú lo sabes. Ven con nosotros. Si estás haciendo esto por el viejo, quiero decirte que siento la misma admiración hacia él. Pero todo está perdido, Eph y ambos lo sabemos. Acompáñanos. Nos reagruparemos allá. Pensaremos en nuestro próximo paso. Setrakian lo entenderá.

Eph sintió que sus palabras lo presionaban más que los nudillos de Nora en su esternón.

—Todavía tenemos una oportunidad aquí —reconvino él—. Eso creo.

—Nosotros… —Nora se cercioró de que él supiera que se estaba refiriendo a los dos— todavía tenemos una oportunidad si nos vamos juntos ahora.

Eph descargó la bolsa y la puso en los hombros de Nora.

—Una bolsa con armas —le explicó—. Por si se presenta algún problema.

Lágrimas de rabia humedecieron los ojos de Nora.

—Debes saber que si terminas haciendo algo estúpido, estoy decidida a odiarte por siempre.

Eph asintió con un aire de docilidad.

Ella lo besó en los labios, rodeándolo con sus brazos. Rozó con su mano la pistola de Eph y se le nublaron los ojos; entonces, giró la cabeza para mirarlo fijamente a la cara. Por un momento, Eph pensó que le iba a arrebatar el arma, pero ella le habló al oído, sintiendo su mejilla húmeda de lágrimas.

—Ya te odio —le susurró.

Se alejó sin mirarlo y condujo a Zack y a Mariela a la plataforma de salida.

Eph vio al niño darse vuelta para mirar hacia atrás, en busca de él. Lo saludó con la mano levantada, pero su hijo no lo vio. Y entonces sintió, súbitamente, todo el peso de la Glock enfundada en su cinturón.

Dentro de la antigua sede del Proyecto Canary, en la Avenida 11 y Calle 27, el doctor Everett Barnes, director de los

Centros para el Control y Prevención de Enfermedades, dormía en la silla reclinable de la antigua oficina de Ephraim Goodweather. El repique del teléfono penetró en su consciencia, aunque no con suficiente fuerza para despertarlo, cosa que sí logró un agente especial del FBI al posar una mano en su hombro.

Barnes se incorporó, desprendiéndose del sueño y sintiéndose renovado.

—¿Washington? —preguntó.

El agente negó con la cabeza.

—Goodweather.

Barnes presionó el botón que titilaba en el teléfono del escritorio y levantó el auricular.

—¿Ephraim? ¿Dónde estás?

—En una cabina telefónica de la estación Pensilvania.

—¿Estás bien?

—Acabo de subir a mi hijo en un tren. Se marchó de la ciudad.

—¿Sí?

—Estoy listo para incorporarme de nuevo.

Barnes miró al agente y asintió con la cabeza.

—Me alivia escuchar eso.

—Quisiera entrevistarme contigo.

—Quédate allá, me pondré en camino.

Colgó el teléfono y el agente le entregó su abrigo. Barnes estaba vestido con su uniforme de la Marina. Salieron de la oficina principal hacia la calle, donde el doctor Barnes tenía estacionada su camioneta SUV negra.

Subió al asiento del pasajero y el agente encendió el motor.

El golpe fue tan repentino que Barnes no sabía qué estaba sucediendo.

Pero no a él, sino al agente del FBI, quien se desplomó hacia delante y su barbilla hizo sonar la bocina al golpearla. Intentó levantar las manos pero recibió un segundo golpe, lanzado desde el asiento de atrás. Una mano empuñaba una pistola. El tercer golpe lo noqueó, dejándolo desmoronado contra la puerta.

El agresor bajó del asiento trasero y abrió la puerta del conductor. Sacó al agente inconsciente y lo dejó en la acera como si fuera una gran bolsa de ropa.

Ephraim Goodweather subió al asiento del conductor y cerró la puerta de un golpe. Barnes abrió la suya, pero Eph le impidió salir, colocándole la pistola en la parte interior del muslo y no en la cabeza: sólo un médico —o tal vez un soldado— sabe que un hombre puede sobrevivir a una herida en la cabeza o en el cuello, pero que un disparo en la arteria femoral significa una muerte segura.

—Ciérrala —le ordenó Eph.

Barnes obedeció. Eph ya tenía la camioneta lista para manejar y avanzó por la Calle 27.

Barnes intentó apartar la pistola de su pierna.

—Por favor, Ephraim: hablemos.

—¡Bien! Comienza.

—¿Puedo colocarme el cinturón de seguridad?

—No —le respondió Eph, doblando la esquina a toda velocidad.

Barnes vio que Ephraim había arrojado algo en el portavasos: la placa del agente del FBI. Tenía el cañón contra su pierna y Eph sujetaba firmemente el volante con la mano izquierda.

—Por favor, Ephraim, ten cuidado.

—Empieza a hablar, Everett —Eph apretó el arma contra la pierna de Barnes—. ¿Por qué diablos sigues aquí? ¿Todavía en la ciudad? ¿Querías un asiento en primera clase, eh?

—No sé a qué te refieres, Ephraim. Es aquí donde están los enfermos.

—¡Los enfermos! —masculló Eph, despectivamente.

—Los infectados.

—Everett, si sigues hablando así, esta arma se disparará.

—Has estado bebiendo.

—Y tú mintiendo: ¡quiero saber por qué no hay una maldita cuarentena!

La furia de Eph tronó en el interior del coche. Giró bruscamente a la derecha para esquivar una furgoneta destartalada y desvalijada.

—No se ha hecho ningún esfuerzo decente en materia de contención —prosiguió—. ¿Por qué han permitido que esto siga ardiendo? ¡Respóndeme!

Barnes estaba arrinconado contra la ventanilla, lloriqueando como un niño.

—¡Es algo que se me sale completamente de las manos! —subrayó.

—Déjame adivinar. Sólo estás cumpliendo órdenes.

—Yo… acepto mi papel, Ephraim. Llegó el momento en que había que tomar una decisión y lo hice. Este mundo, el que nosotros pensábamos conocer, está al borde del colapso.

—¡No me digas!

La voz de Barnes se hizo más fría.

—La apuesta inteligente es con ellos. Nunca apuestes con el corazón, Ephraim. Todas las instancias gubernamentales se han visto comprometidas, directa o indirectamente. Con esto quiero decir que han sido corrompidas o infiltradas. Es algo que está sucediendo, incluso en las esferas más altas.

Eph asintió de manera enfática.

—Eldritch Palmer.

—¿Realmente importa en este momento?

—Para mí, sí.

—Cuando un paciente está condenado a morir, Ephraim, cuando ha desaparecido toda posibilidad de recuperación, ¿qué hace un buen médico?

—Sigue luchando.

—¿De veras? ¿Aunque el final esté próximo? Y cuando ya no se les puede salvar, ¿les ofreces los cuidados paliativos y prolongas algo que ya es inevitable? ¿O dejas que la naturaleza siga su curso?

—¡La naturaleza! ¡Por dios, Everett!

—No sé de qué otra forma llamarlo.

—Yo lo llamo eutanasia. De toda la raza humana. Estás de nuevo con tu uniforme de la Marina, viendo cómo muere sobre la mesa.

—Es obvio que quieres hacer de esto algo personal, Ephraim, cuando yo no soy el responsable de lo que está pasando. Échale la culpa a la enfermedad, no al médico. Hasta cierto punto, estoy tan horrorizado como tú. Pero soy realista y algunas cosas simplemente no pueden ignorarse. Hice lo que hice porque no tenía otra opción.

—Siempre hay una opción, Everett. Siempre. ¡Joder! … yo lo sé. Pero tú… eres un cobarde, un traidor y peor aún: un tonto de mierda.

—Perderás esta guerra, Ephraim. De hecho, y no me equivoco, ya lo has hecho.

—Ya veremos —dijo Eph, habiendo atravesado ya la mitad de la ciudad.

—Tú y yo, lo veremos juntos…

Sotheby's

FUNDADA EN 1744, LA CASA DE SUBASTAS Sotheby's comercia con obras de arte y diamantes, realiza ventas de bienes raíces en cuarenta países; los principales centros de ventas están situados en Londres, Hong Kong, París, Moscú y Nueva York. El Sotheby's de esta ciudad ocupa toda la extensión de la avenida York, entre las calles 71 y 72, a una cuadra del FDR Drive y del río Este. Es un edificio de diez pisos y fachada de cristal, con departamentos, galerías y salones para subastas especializadas, algunas de las cuales están abiertas para el público en general.

Sin embargo, este día no era así. Un destacamento de escoltas privados y cubiertos con máscaras estaba apostado en la acera y detrás de las puertas giratorias. El Upper East Side procuraba mantener cierta apariencia de civilidad, aunque varios enclaves de la ciudad estuvieran hundiéndose en el caos.

Setrakian, quien iba con Fet, manifestó su deseo de registrarse como licitador aprobado para la próxima subasta. Les proporcionaron máscaras y los condujeron al interior. El vestíbulo principal del edificio estaba al aire libre, extendiéndose en diez niveles de balcones superpuestos, rematados con barandas. Les asignaron un escolta y fueron conducidos por las escaleras mecánicas a la oficina de una representante, situada en el quinto piso.

La empleada se puso la máscara de papel al verlos entrar y no se levantó de su escritorio. Saludar con la mano era riesgoso. Setrakian reiteró su intención de participar en la subasta, y ella, sin más protocolo que un simple gesto de aprobación, sacó un paquete de formularios.

—Necesito el nombre y número de su agente. Registre sus cuentas de valores, por favor, así como la prueba de intención de oferta, llenando esta autorización por un millón de dólares, que es el depósito estándar para este nivel de subastas.

Setrakian miró a Fet, jugando con la pluma entre sus dedos torcidos.

—Me temo que estoy hablando con una funcionaria experimentada. Tengo algunas antigüedades interesantes. Me encantaría dejarlas como garantía.

—Lo siento mucho —dijo ella, disponiéndose a recoger los formularios y a regresarlos de nuevo a los cajones de su escritorio.

—Si me lo permite —dijo Setrakian, devolviéndole la pluma, pero ella no hizo el menor movimiento para recibirla—. Me gustaría poder ver el catálogo antes de tomar una decisión.

—Me temo que éste es un privilegio exclusivo para los ofertantes. Nuestras condiciones de seguridad son muy estrictas, como probablemente ya sabrá, debido a la naturaleza de algunos de los artículos ofrecidos…

—El *Occido Lumen*.

La representante hizo un esfuerzo para no evidenciar su sorpresa.

—Precisamente; hay mucho… misterio rodeando el tema, como ya se habrá dado cuenta y, naturalmente, debido al estado actual de las cosas aquí en Manhattan… y al hecho de que ninguna casa de subastas haya ofertado con éxito el *Occido Lumen* en los últimos dos siglos… bueno, no hay que ser muy supersticiosos para poder relacionar los dos aspectos.

—Estoy seguro de que el componente financiero también es bastante significativo. Si no fuera así, ¿para qué continuar con la subasta? Evidentemente, Sotheby's cree que su comisión por la venta supera los riesgos asociados con la subasta del *Lumen*.

—Bueno, yo no puedo hacer comentarios sobre los pormenores del negocio.

—Discúlpeme —dijo Setrakian, poniendo una mano en el borde superior del escritorio con la misma delicadeza con la que podría tomarla del brazo—. ¿Es posible que un anciano como yo pueda simplemente darle una mirada?

Los ojos de la funcionaria permanecían inmóviles sobre su máscara protectora.

—No puedo.

Setrakian miró a Fet. El exterminador se levantó y se quitó la mascarilla. Mostró su placa oficial.

—Odio hacer esto, pero necesito ver al supervisor del edificio inmediatamente. De hecho, al funcionario encargado de esta propiedad.

El director de Sotheby's en Norteamérica se levantó de su escritorio cuando el supervisor del edificio entró acompañado de Fet y Setrakian.

—¿Qué significa esto?

—Este caballero dice que tenemos que evacuar el edificio —indicó el supervisor a través de su máscara.

—Evacuar... ¿qué?

—Tiene la autoridad para sellar el edificio por setenta y dos horas mientras los funcionarios del Departamento de Salud lo inspeccionan.

—Setenta y dos... pero, ¿y qué pasará con la subasta?

—Está cancelada —declaró Fet, encogiéndose de hombros—. A menos que...

La expresión del director fue evidente detrás de su máscara, como si hubiera comprendido de repente.

—La ciudad se derrumba a nuestro alrededor, ¿y usted decide venir justo en este momento en busca de un soborno?

—No es un soborno lo que busco —respondió Fet—. La verdad, y tal vez usted pueda comprobarlo sólo con mirarme, es que soy una especie de fanático del arte.

Se les permitió el acceso restringido al *Occido Lumen*, el cual estaba en una cámara privada del noveno piso, protegido por los gruesos cristales de una voluminosa urna de exhibición, custodiada por dos puertas con clave. La vitrina blindada fue abierta y Fet observó a Setrakian prepararse para inspeccionar con sus manos deformes cubiertas con guantes blancos de algodón, el tomo que había buscado durante tanto tiempo.

El viejo libro descansaba en un estante de roble blanco y ornamentado. Tenía 30 x 20 x 4.5 centímetros y cuatrocientos ochenta y nueve folios escritos a mano sobre pergamino, con veinte páginas iluminadas. Estaba encuadernado en piel, con láminas de plata pura en la portada y contraportada, así como en el lomo. Las páginas también tenían bordes del mismo metal.

En ese momento, Fet comprendió porqué el libro nunca había caído en manos de los Ancianos y porqué el Amo simplemente no lo tomaba para sí sin mayores preámbulos.

La cubierta de plata: el libro estaba, literalmente, fuera de su alcance.

Dos cámaras gemelas instaladas en sendos soportes se elevaron sobre la mesa tomando imágenes de las páginas abiertas, las cuales fueron reproducidas en grandes pantallas de plasma que había en la pared de enfrente. La primera página iluminada contenía un dibujo detallado de una figura con seis apéndices, elaborado en hoja de plata fina y brillante. El estilo y los detalles de la caligrafía remitían a otra época y a otro mundo. A Fet le intrigó la reverencia que Setrakian mostraba por este libro. Le impactó la calidad de su factura, pero cuando se trataba del trabajo artístico en sí, Fet no tenía la menor idea de lo que veían sus ojos, así que esperó a que el viejo hiciera los respectivos comentarios. Lo único que Fet reconocía era la clara semejanza entre esta obra y las pinturas que él y Eph habían visto en el metro. Incluso las tres medias lunas estaban representadas en el texto.

Setrakian centró su interés en dos páginas; una de ellas sólo contenía textos, mientras que la otra estaba ricamente iluminada. Más allá de la evidente calidad artística de la página,

Fet no atinaba a comprender qué podía tener esa imagen que cautivaba al anciano hasta las lágrimas.

Permanecieron allí más de los quince minutos asignados y Setrakian se apresuró a copiar unos veintiocho símbolos. Sin embargo, Fet no pudo verlos en las pantallas. Guardó silencio mientras esperaba que Setrakian —frustrado obviamente por la torpeza de sus dedos encorvados— llenara dos hojas de papel con dichos símbolos.

El anciano permaneció en silencio mientras bajaban en el ascensor. No musitó palabra hasta que cruzaron el vestíbulo y estuvieron lejos de los guardias de seguridad.

—Las páginas tienen marcas de agua. Sólo un ojo entrenado puede percibirlas. Los míos pueden hacerlo —señaló Setrakian.

—¿Marcas de agua? Quieres decir, ¿como los billetes?

Setrakian asintió con la cabeza.

—Todas las páginas del libro. Era una práctica común en algunos grimorios y tratados de alquimia, incluso en los primeros juegos de cartas del Tarot. ¿Me entiendes? Hay un texto impreso en las páginas, pero debajo hay una segunda capa, marcada con agua directamente sobre el papel al momento de prensarlo. Se trata del verdadero conocimiento. Del Sigil. Del símbolo oculto, la clave que he estado buscando.

—Los símbolos que copiaste…

Setrakian se tocó el bolsillo, tranquilizándose al constatar que traía los bocetos.

Se detuvo, pues algo llamó su atención. Fet cruzó la calle con él, hacia la edificación que estaba frente a la fachada de cristal de Sotheby's. El Hogar Mary Manning Walsh era un asilo de ancianos administrado por las hermanas carmelitas de la arquidiócesis de Nueva York.

Setrakian se dirigió al lado izquierdo de la fachada de ladrillo, junto al toldo de la entrada. Había un grafiti anaranjado y negro. Fet tardó un momento en comprender que se trataba de una versión muy estilizada, si bien un poco más cruda, de la figura iluminada que adornaba la portada de aquel libro guardado en la planta superior de Sotheby's, un libro que nadie había visto en décadas.

—¿Qué demonios? —exclamó Fet.

—Es él... su nombre —dijo Setrakian—. Su verdadero nombre. Está marcando toda la ciudad con él. Declarándola suya.

Setrakian retrocedió, contemplando el humo negro que se elevaba en el firmamento y ocultaba al sol.

—Tenemos que encontrar la forma de conseguir ese libro —señaló.

Extracto del diario de Ephraim Goodweather

Queridísimo Zack,

lo que debes saber es que tuve que hacer esto, no por arrogancia (no soy ningún héroe, hijo), sino por convicción. El dolor que siento en este momento es más grande que la tristeza que sentí después de dejarte en la estación del tren. Y quiero decirte que no he escogido al género humano en lugar de ti. Lo que voy a hacer ahora lo hago pensando únicamente en tu futuro y por ninguna otra razón. Si el resto de la humanidad puede beneficiarse, es para mí una cuestión secundaria. Esto es simplemente para que nunca, cuando seas grande, te veas obligado a escoger entre tu hijo y tu deber, como lo acabo de hacer yo.

Desde el primer momento en que te tuve entre mis brazos, supe que ibas a ser el único amor verdadero de mi vida. Un ser humano a quien yo podría darle todo sin esperar nada a cambio. Por favor, Z, comprende que no puedo confiar en nadie más al emprender lo que estoy a punto de hacer. La mayor

*parte de la historia del siglo anterior fue escrita con un arma
en la mano. Lo hicieron hombres impulsados a asesinar por sus
convicciones o por sus demonios. Yo poseo ambas cosas. La
locura es real, hijo, es la existencia actual. Ya no es un trastor-
no de la mente, sino una realidad externa. Tal vez yo pueda
remediar esta situación.*

*Seguramente seré catalogado como un criminal, o tal vez
dirán que enloquecí, pero mi esperanza es que, con el tiempo,
la verdad reivindique mi nombre y que tú, Zack, me lleves una
vez más en tu corazón.*

*No habrá palabras para hacerle justicia a lo que siento por
ti ni al alivio que siento ahora cuando estás a salvo con Nora.
Por eso te ruego que pienses en tu padre, no como un hombre
que te abandonó, que no te cumplió una promesa, sino como un
hombre que quería asegurarse de que sobrevivieras a este asedio contra nuestra especie. Y como un hombre que tuvo que
tomar decisiones difíciles, así como tú lo harás algún día.*

*Finalmente, te ruego que pienses también en tu madre tal
como era. Nuestro amor por ti nunca morirá mientras vivas. Al
concebirte, le dimos un gran regalo al mundo, de eso no tengo
la más mínima duda.*

Tu viejo,
Papá.

Oficina de Atención de Emergencias, Brooklyn

EL EDIFICIO DE LA OEM (ATENCIÓN DE EMERGENCIAS) estaba
situado en una calle oscura de Brooklyn. El edificio, construido hacía cuatro años y valorado en cincuenta millones de dólares, albergaba las ciento treinta agencias del Centro de Operaciones de Emergencias de Nueva York, equipadas con

sistemas audiovisuales e informáticos de última generación, así como con potentes generadores de respaldo. La sede había sido construida en reemplazo de las antiguas instalaciones de la agencia, localizadas en el World Trade Center 7 derribado en el 9/11. Fue construido para fomentar la coordinación de recursos entre los organismos públicos en caso de un desastre a gran escala. Los diversos sistemas electromecánicos garantizaban el suministro eléctrico durante un apagón.

El Centro de Operaciones funcionaba las veinticuatro horas del día y estaba operando normalmente. El problema era que muchas de las agencias que debían coordinar —locales, estatales, federales, o sin ánimo de lucro— estaban fuera de línea, sin personal suficiente o aparentemente abandonadas.

La Red de Emergencias seguía casi incólume, pero muy poca de su preciosa sangre informática estaba llegando a las extremidades, como si la ciudad hubiera sufrido un severo trauma en su cerebro vascular.

E ph temía perder esta oportunidad. Cruzar el puente le tomó mucho más tiempo del que había previsto: la mayoría de las personas que podían y estaban dispuestas a salir de Manhattan ya lo había hecho, pero los coches y los escombros abandonados en las vías impedían el paso. Una inmensa lona amarilla, atada a uno de los cables de soporte del puente, ondeaba como una vieja bandera marítima de cuarentena que se hubiera desprendido del mástil de un buque fantasma.

El director Barnes permaneció sentado y en silencio, aferrado a la manija de la ventana. Concluyó que Eph no iba a decirle a dónde se dirigían.

El tráfico en el Long Island Expressway era mucho más fluido, Eph observó la ciudad mientras la atravesaban, viendo desde los viaductos la desolación de las calles, las estaciones de gasolina desiertas, los estacionamientos vacíos de los centros comerciales.

Su plan era peligroso y lo sabía. Era más desesperado que bien concebido. Muy similar al plan de un psicópata. Pero él no le veía ningún problema a eso: finalmente, el caos reinaba a su alrededor. Y algunas veces la suerte hacía que los preparativos resultaran exitosos.

Llegó justo a tiempo para sintonizar el comienzo de la alocución de Palmer en la radio. Se estacionó cerca de una estación del tren, apagó el motor y se dirigió a Barnes.

—Saca tu identificación. Entraremos juntos al edificio de la OEM. Llevaré la pistola debajo de mi chaqueta. No le dirás nada a nadie ni tratarás de alertar al personal de seguridad. Le dispararé a cualquier persona con la que hables y luego haré lo mismo contigo. ¿Me crees?

Barnes miró a Eph a los ojos y asintió.

—Caminemos ahora y rápido.

Llegaron al edificio de la OEM, situado en la Calle 15. Los vehículos oficiales estaban estacionados a ambos lados. El exterior del edificio de ladrillo marrón se asemejaba al de una escuela primaria recién construida, casi con una cuadra de extensión y dos pisos de altura. Detrás había una torre de transmisión rodeada por una cerca de alambre. Varios miembros de la Guardia Nacional estaban destacados a intervalos de unos diez metros a lo largo del césped corto, custodiando el edificio.

Eph vio el portón del estacionamiento y en el interior lo que debía ser la comitiva de Palmer. La limusina tenía un aspecto casi presidencial, seguramente era blindada.

Eph sabía que tenía que abordar a Palmer antes de subir al vehículo.

—Camina erguido —le dijo a Barnes, sujetándolo del codo, mientras recorrían la acera frente a los soldados en dirección a la entrada.

Un grupo de manifestantes estaba al otro lado de la calle, exhibiendo carteles sobre la ira de Dios. Proclamaban que estaban abandonando a los Estados Unidos porque el país había perdido la fe. Un predicador de traje raído estaba arriba de una tarima improvisada, leyendo versículos del *Apocalipsis*.

Quienes lo rodeaban tenían las palmas abiertas, en dirección la OEM, en un gesto de bendición, rezando por el futuro de la agencia.

Una pancarta con un dibujo a mano de un Jesucristo abatido que sangraba a causa de la corona de espinas, con colmillos de vampiro y ojos enrojecidos y centelleantes.

—¿Quién nos librará ahora? —decía con voz lastimera el monje andrajoso.

Eph sintió que su pecho se llenaba de sudor y se empapaba la pistola enfundada en su cinturón.

Eldritch palmer estaba sentado en el Centro de Operaciones de Emergencia frente a un micrófono instalado sobre una mesa y con una jarra de agua. Miraba en dirección a una pantalla de video con el emblema del Congreso de los Estados Unidos.

Acompañado únicamente por su ayudante de confianza, el señor Fitzwilliam, Palmer llevaba su habitual traje oscuro y se veía un poco más encogido y pálido que de costumbre en la silla. Sus manos arrugadas descansaban inmóviles sobre la mesa, como a la espera de algo.

El enlace vía satélite estaba a punto de transmitir una sesión conjunta de emergencia dentro del periodo de sesiones del Congreso de los Estados Unidos. Esta alocución insólita también sería transmitida en vivo por internet a través de las cadenas de radio y televisión que aún se encontraban funcionando.

El señor Fitzwilliam estaba fuera de la vista de la cámara, con las manos en jarra, observando las instalaciones. La mayoría de las ciento treinta estaciones de trabajo estaban ocupadas, sin embargo, nadie estaba trabajando. Todas las miradas estaban puestas en los monitores.

Después de unas breves palabras introductorias frente a la imagen del Capitolio ocupada a medias, en un video proyectado en la pared de enfrente, Palmer leyó el discurso que aparecía en letras grandes en un tele-prompter detrás de la cámara.

—Quiero hacer frente a esta emergencia de salud pública en términos en los que mi Fundación Stoneheart y yo estamos bien posicionados para intervenir, responder y dar un parte de tranquilidad. Estoy en condiciones de presentarles un plan de acción de tres puntos para los Estados Unidos de América y para el resto del mundo.

"En primer lugar, estoy ofreciendo un préstamo inmediato de tres mil millones de dólares a la ciudad de Nueva York, con el fin de mantener los servicios de la ciudad en funcionamiento y de financiar una cuarentena en toda la ciudad.

"En segundo lugar, como presidente y consejero delegado de Industrias Stoneheart, quiero extender mi garantía personal en lo que a la capacidad y seguridad del sistema de suministro de alimentos de este país se refiere, tanto a través de nuestros conglomerados de transporte como de nuestros frigoríficos.

"En tercer lugar, recomiendo asimismo que la Comisión Reguladora Nuclear sea suspendida para que la Planta de Energía Nuclear Locust Valley pueda entrar en funcionamiento de inmediato, como una solución directa a los catastróficos problemas en la red eléctrica de la ciudad de Nueva York.

Eph había ido un par de veces al edificio de la OEM cuando era jefe del Proyecto Canary en Nueva York. Estaba familiarizado con los procedimientos de seguridad para el ingreso, administrados por guardias profesionales acostumbrados a tratar con otros funcionarios que también portaban armas. Así, mientras que la identificación de Barnes fue inspeccionada casi con minucia, Eph simplemente dejó su placa y la pistola en una cesta y pasó rápidamente a través del detector de metales.

—¿Quiere una escolta, director Barnes? —le preguntó el guardia de seguridad.

Eph tomó sus pertenencias y agarró del brazo a Barnes.

—Conocemos el camino —dijo sin más.

Un panel conformado por tres congresistas demócratas y dos republicanos interrogó a Palmer. El escrutinio más estricto fue el de Nicholas Frone, el miembro de mayor jerarquía dentro del Departamento de Seguridad Nacional, representante del Tercer Distrito Congresional de Nueva York y miembro del Comité Financiero de la Cámara. Se decía que los electores no confiaban mucho en los candidatos calvos ni de barba, sin embargo, Frone había invalidado dicha tendencia, pues había sido elegido por tres periodos consecutivos.

—En cuanto a esta cuarentena, señor Palmer, ¿acaso el caballo no ha salido ya del establo?

Palmer tenía una hoja en sus manos.

—Me gustan sus refranes campechanos, representante Frone. Pero, como alguien que creció en medio de los privilegios, es probable que usted no se dé cuenta de que sí es posible que un granjero laborioso ensille y cabalgue otro caballo para atrapar al que ha escapado. Los granjeros de Estados Unidos nunca renunciarían a un buen caballo. Y yo creo que nosotros tampoco deberíamos hacerlo.

—También me parece interesante que usted haya incluido en su propuesta este reactor nuclear su proyecto favorito, el cual ha procurado evadir todos los procedimientos regulatorios. No estoy convencido en absoluto de que éste sea el momento apropiado para apresurar el funcionamiento de una planta de este tipo. Y me gustaría saber exactamente cómo nos ayudará, cuando el problema, tal como lo entiendo, no es el déficit de energía, sino las interrupciones en el suministro eléctrico.

Palmer meditó unos segundos antes de responder.

—Representante Frone, dos importantísimas plantas de energía que abastecen al estado de Nueva York están actualmente fuera de servicio debido a la falta de energía eléctrica ocasionada por la proliferación de oscilaciones de voltaje en el sistema. Esto genera una reacción en cadena de efectos adversos. Disminuye el suministro de agua a causa de la falta de presión en las líneas, lo que terminará por contaminarla si esto no se soluciona de inmediato. Ha tenido un impacto negativo en el transporte ferroviario a lo largo del corredor noreste, en la inspección de los pasajeros por vía aérea e incluso por carretera, pues los dispensadores eléctricos de gasolina no están funcionando. Ha trastornado las comunicaciones de la telefonía móvil, lo que repercute en todos los servicios estatales de emergencia, como por ejemplo, en la línea 911, poniendo en peligro a los ciudadanos.

"Ahora —prosiguió Palmer—, en lo referente a la energía nuclear, la planta, localizada en su distrito, está lista para entrar en funcionamiento. Ha cumplido todas las regulaciones preliminares sin que haya sido detectada ninguna falla, sin embargo, los procedimientos burocráticos han ocasionado un periodo de espera innecesario. Ustedes tienen una planta de energía de gran capacidad —a la que usted mismo le hizo una campaña negativa—, la cual podría suministrar gran parte de la energía que necesita la ciudad si fuera activada. Ciento cuatro plantas de energía de este tipo suministran el veinte por ciento de la electricidad del país, sin embargo, ésta es la primera central nuclear comisionada en los Estados Unidos desde el incidente del Three Mile Island, acaecido en el año de 1978. La palabra "nuclear" tiene connotaciones negativas, pero realmente es una fuente de energía sostenible que ayuda a reducir las emisiones de carbono. Es nuestra única alternativa honesta a gran escala en contraposición a los combustibles fósiles —concluyó Palmer.

—Permítame interrumpir su mensaje comercial, señor Palmer —replicó el representante Frone—. Con el debido respeto, ¿será que esta crisis no es más que una venta de liquidación para multimillonarios como usted? ¿Acaso no es más que una simple "doctrina de impacto"? Por mi parte, tengo mucha curiosidad de saber qué piensa hacer con Nueva York una vez que sea suya.

—Como lo he aclarado con anterioridad, esto sería algo exento de intereses, por supuesto; una línea continua de crédito a veinte años —respondió Palmer.

E ph arrojó las credenciales del FBI a una papelera y siguió recorriendo con Barnes el Centro de Operaciones de Emergencias, que era el corazón de las instalaciones. La atención de todos los presentes se centraba en Palmer, que aparecía en la infinidad de monitores disponibles.

Eph vio a los hombres de Stoneheart con trajes oscuros, agrupados junto a un pasillo que conducía a un par de puertas de cristal. El cartel con la flecha decía: SALA DE CONFE-RENCIAS SEGURA.

Un escalofrío se apoderó de Eph al advertir que muy seguramente moriría allí. Si lo lograba, obviamente. De hecho, su peor temor era que pudiera ser eliminado sin poder asesinar a Eldritch Palmer.

Eph adivinó dónde estaba la salida al estacionamiento. Se volvió hacia Barnes y le susurró:

—Finge que estás enfermo.

—¿Qué?

—Finge que estás enfermo. No debería parecerte tan difícil.

Eph atravesó la sala de conferencias en su compañía hacia la parte posterior. Un hombre de Stoneheart estaba apostado al lado de dos puertas. Había un aviso brillante señalando el baño de los hombres.

—Aquí está, señor —dijo Eph, abriéndole la puerta a Barnes.

El director entró agarrándose el vientre con una mano y la garganta con la otra. Eph miró furtivamente al hombre de Stoneheart, cuya expresión facial no había cambiado en absoluto.

Estaban solos en el baño. Las palabras de Palmer se escuchaban en los altavoces. Eph sacó la pistola. Llevó a Barnes al inodoro del fondo y lo sentó sobre la tapa.

—Ponte cómodo —le dijo.

—Ephraim... Seguramente te matarán —susurró Barnes.

—Ya lo sé —dijo Eph, golpeando a Barnes con la pistola antes de cerrar la puerta—. A eso vine.

Entretanto, el representante Frone continuaba el debate.

—Antes de que todo esto comenzara, hubo informes en

los medios de comunicación en los que usted y sus secuaces realizaron una incursión masiva en el mercado mundial de la plata, con el fin de acapararla. Francamente, han surgido muchas historias increíbles sobre esta epidemia. Algunas de ellas —sean ciertas o no— han tocado fibras sensibles. Son muchas las personas que les han dado crédito. ¿Está usted aprovechándose de los miedos y supersticiones de la gente? ¿O acaso se trata —como espero— del menor de dos males, de un simple caso de codicia?

Palmer tomó la hoja que estaba delante de él. La dobló a lo largo y a lo ancho y la guardó con cuidado en el bolsillo interior. Lo hizo lentamente, sin apartar sus ojos de la cámara que lo conectaba con Washington, DC.

—Representante Frone, creo que éste es exactamente el tipo de mezquindad y parálisis moral al que nos han conducido estos tiempos oscuros. Es del dominio público que le he donado a su rival político en el distrito la máxima cantidad permitida por la ley en cada una de sus campañas anteriores y es así como usted se está tomando este asunto…

—¡Ésa es una acusación indignante! —replicó Frone.

—Señores —dijo Palmer—. Les habla un anciano. Un hombre frágil, al que le queda muy poco tiempo en esta Tierra. Un hombre que quiere retribuir a la nación que se lo ha dado todo en la vida. Ahora me encuentro en una posición única para hacerlo. Dentro de los límites de la ley, claro está, nunca por encima de ella. Nadie puede estar por encima de la ley, por eso quiero presentarles a ustedes un balance completo en el día de hoy. Por favor, permítanle a un patriota hacer un último acto noble. Eso es todo. Gracias.

El señor Fitzwilliam apartó su silla y Palmer se puso de pie en medio del barullo y de los golpes de martillo que daba el presidente del congreso para cerrar la sesión en el video proyectado en la pared de enfrente.

Eph permaneció escuchando en la puerta. Había cierto movimiento, aunque no el bullicio suficiente. Sintió la tentación de abrir la puerta un poco, pero seguramente lo verían, pues abría hacia adentro.

Agarró la empuñadura de la pistola, asomando en su cintura.

Un hombre pasó a su lado, diciendo "Trae el coche" como si estuviera hablando por un radio.

Ésa era la señal que estaba esperando. Respiró hondo, agarró la manija de la puerta y salió del baño dispuesto a matar.

Dos hombres de Stoneheart se dirigían a las puertas de salida, al otro extremo del salón. Eph miró al otro lado y vio a otros dos doblando la esquina; iban adelante y lo vieron de inmediato.

El cálculo de tiempo de Eph había sido poco menos que perfecto. Dio un paso al costado, como si estuviera dándoles paso a los hombres, fingiendo desinterés.

Eph vio las pequeñas ruedas delanteras. Una silla de ruedas rodaba cerca de la esquina. Dos zapatos relucientes se apoyaban en el reposapiés.

Era Eldritch Palmer, increíblemente pequeño y frágil. Sus manos, blancas como la harina, estaban dobladas en su regazo hundido, con sus ojos mirando enfrente, sin reparar en Eph.

Uno de los escoltas que iban adelante se dio vuelta en dirección a Eph, como para que no viera al multimillonario. Palmer estaba a menos de cinco metros de distancia. Eph no podía esperar más.

Su corazón se aceleró y sacó la pistola de la cintura. Todo sucedió en cámara lenta y de una sola vez.

Levantó el arma y corrió hacia la izquierda, para interrumpirle el paso al hombre de Stoneheart. La mano le temblaba, pero tenía el brazo firme y su puntería era acertada.

Le apuntó al objetivo principal: al pecho del hombre sentado y apretó el gatillo. Sin embargo, el guardaespaldas se abalanzó sobre Eph, en un acto de sacrificio más heroico que el de cualquier agente del Servicio Secreto protegiendo a un presidente de los EE.UU.

La bala dio en el pecho del escolta, pero rebotó en el chaleco blindado que llevaba debajo del traje. Eph reaccionó justo a tiempo, empujándolo antes de ser neutralizado.

Disparó de nuevo aunque su equilibrio era precario y la bala de plata rebotó en el apoyabrazos de la silla de ruedas de Palmer.

Hizo un tercer disparo, pero los hombres de Stoneheart rodearon a Palmer. El proyectil se alojó en la pared. Un hombre especialmente grande con un corte estilo militar —el que llevaba la silla de Palmer— empujó a su benefactor a toda prisa. Los hombres de Stoneheart se catapultaron sobre Eph y lo derribaron.

Cayó de lado, con el brazo que sostenía la pistola apuntando hacia la puerta de salida. Disparó una vez más. Levantó el arma para dispararle a la silla desde atrás, a un lado del guardaespaldas grande, pero un zapato le pisó fuertemente el antebrazo, la bala cayó en la alfombra y la pistola escapó de sus manos.

Eph se vio sepultado por un tumulto creciente, pues los asistentes acudían desde el salón principal. Gritos y alaridos. Manos arañando a Eph, jalándole las extremidades. Movió la cabeza y pudo ver, a través de los brazos y piernas de sus atacantes, la silla de ruedas siendo empujada por la puerta doble, saliendo a la luz del día.

Eph lanzó un grito de dolor. Su única oportunidad se había esfumado para siempre. Había dejado escapar ese momento.

El anciano había salido ileso.

Ahora el mundo era casi suyo.

Instalación de soluciones Selva Negra

EL AMO, COMPLETAMENTE ERGUIDO DENTRO de la negrura absoluta de su cámara subterránea, tres niveles más abajo de la planta empacadora de carne, estaba eléctricamente alerta, con un vigor meditativo. Se había vuelto más deliberante a medida que su carne calcinada por su exposición al sol seguía desprendiéndose de lo que alguna vez fue su cuerpo humano anfitrión, dejando al descubierto una dermis roja y encarnada.

La cabeza del Amo giró dos grados sobre su cuello grande y ancho, en dirección a la entrada, reparando en Bolívar. No tenía necesidad de informarle al Amo lo que éste ya sabía y había visto a través de sí mismo: la llegada de los cazadores humanos a la casa de empeño, evidentemente con la esperanza de ponerse en contacto con el anciano Setrakian y la desastrosa batalla que había tenido lugar a continuación.

Detrás de Bolívar, los exploradores estaban en cuatro patas, como cangrejos ciegos. "Vieron" algo que les inquietó, tal como Bolívar estaba aprendiendo a deducir por su comportamiento.

Alguien se acercaba. La inquietud de los exploradores se vio compensada por la clara falta de preocupación por el intruso que mostró el Amo.

"Los Ancianos han empleado mercenarios para cazar durante el día. Es otra señal de su desesperación. ¿Y el viejo profesor?", preguntó.

"Se escabulló antes de nuestro ataque. Dentro de su domicilio, los exploradores percibieron que aún está vivo", respondió Bolívar.

"Escondiéndose. Tramando. Intrigando.

…Con la misma desesperación de los Ancianos.

Los seres humanos sólo son peligrosos cuando no tienen nada que perder."

El zumbido del motor de una silla de ruedas y el sonido irregular de sus ruedas sobre el piso de tierra, anunciaron que el visitante era Eldritch Palmer. Su escolta y enfermero iba detrás, sosteniendo barras luminosas de color azul para alumbrar los pasadizos. Los exploradores saltaron tras el avance de la silla de ruedas y treparon a la pared, siseando y quedando fuera del radio de la luminiscencia química.

—Más criaturas —dijo Palmer en voz baja, incapaz de ocultar su disgusto al ver a los niños ciegos vampiros y las miradas de sus ojos ennegrecidos. El millonario estaba furioso.

—¿Por qué en este agujero?

"Porque me place."

Palmer vio, por vez primera y a la luz del suave brillo azul, la carne desollada del Amo. Varios trozos cubrían el suelo a sus pies, como mechones de pelo debajo de la silla de un barbero. Le perturbó ver los ojos llameantes bajo la tez agrietada del Amo, habló rápidamente para que no le leyera la mente como un adivino frente a una bola de cristal.

—Mira: he esperado y hecho todo lo que me has pedido sin recibir nada a cambio. ¡Y acaban de atentar contra mi vida! ¡Quiero mi recompensa ahora! Mi paciencia ha llegado a su fin. Me darás lo que me prometiste o dejaré de financiarte, ¿comprendes? ¡Se acabó!

La piel del Amo se arrugó mientras inclinaba su cabeza hacia adelante —la cual tocaba el techo—. El monstruo era realmente intimidante, pero Palmer no se iba a echar para atrás.

—Si llegara, mi muerte prematura pondría en entredicho tu plan. No tendrías más influencia sobre mi voluntad ni podrías solicitar mis recursos.

Eichhorst, el perverso comandante nazi, a quien había llamado el Amo, entró detrás de Palmer envuelto en una bruma de luz azulada.

"Harías bien en controlar tu lengua humana en presencia de Der Meister."

El Amo silenció a Eichhorst con un gesto de su mano inmensa.

Sus ojos rojos se veían púrpuras bajo la luz azul y se posaron en Palmer.

"De acuerdo. Te concederé tu deseo de inmortalidad. En el lapso de un día."

Palmer balbuceó desconcertado. En primer lugar, debido a su sorpresa ante la capitulación repentina del Amo, después de tantos años de esfuerzo.

Y luego, al reconocer el gran salto que se aprestaba a dar. A sumergirse en el abismo que es la muerte, cruzar al otro lado…

El negociante que había en él quería más de una garantía. Pero la intriga en su interior mantuvo la boca cerrada.

No se le imponen condiciones a un monstruo como el Amo. Al contrario, procuras ganarte su favor, luego aceptas su generosidad con gratitud.

Un día más en calidad de mortal. Palmer pensó que podría incluso disfrutar de él.

"Todos los planes están completamente en marcha. Mi progenie avanza a través del continente. Hemos acaparado todos los destinos críticos, nuestro círculo está creciendo en las ciudades y provincias de todo el mundo."

—Y así como el círculo crece, al mismo tiempo se estrecha —objetó Palmer, olvidándose por un momento de sus expectativas. Sus manos describieron un escenario, los dedos entrelazados, las palmas de sus manos apretándose juntas en una pantomima de estrangulamiento.

"De hecho. Una última tarea antes del inicio del Devoramiento."

"El libro", dijo Eichhorst, que se veía como un enano al lado de su Amo gigantesco.

—Desde luego —señaló Palmer—. Será tuyo. Pero, debo preguntarte si… ya conoces el contenido…

"No es crucial que yo esté en posesión del libro. Lo importante es que no esté en poder de los otros."

—Entonces, ¿por qué no detonar la casa de subastas y volar toda la cuadra?

"Las soluciones bruscas ya se han intentado en el pasado, y han fracasado. Este libro ha tenido demasiadas vidas. Tengo que estar absolutamente seguro de su paradero. Para que pueda verlo arder."

El Amo se enderezó completamente, estirándose como sólo él podía hacerlo.

Estaba viendo algo. Se encontraba físicamente en la cueva, pero psíquicamente estaba viendo a través de los ojos de otra persona: de un miembro de su camada.

El Amo pronunció dos palabras en la mente de Palmer: "El niño".

Palmer esperaba una explicación que nunca llegó. El Amo había regresado al presente, al ahora. Había regresado a ellos con una nueva certeza, como si hubiese vislumbrado el porvenir.

"Mañana, el mundo arderá, y el niño y el libro serán míos."

El blog de Fet

HE MATADO.

He asesinado.

Con las mismas manos con que escribo en este momento.

He apuñalado, degollado, golpeado, aplastado, desmembrado, decapitado.

He llevado su sangre blanca en mi ropa y en mis botas.

He destruido. Y me he alegrado por la destrucción.

Ustedes podrían decir que yo, como exterminador de oficio, me he entrenado toda mi vida para esto.

Comprendo el argumento. Pero simplemente no puedo respaldarlo.

Porque una cosa es que una rata corra por tu brazo llena de miedo.

Y otra muy distinta enfrentarte a alguien con apariencia humana y liquidarlo.

Parecen personas. Se parecen mucho a ti y a mí.

Ya no soy un exterminador. Soy un cazador de vampiros.

Y hay algo más.

Algo que sólo declararé aquí porque no me atrevo a decírselo a nadie más.

Porque sé lo que están pensando.

Sé lo que sentirán.

Sé lo que verán cuando me miren a los ojos.

Pero, ¿qué pasa con toda esta matanza?

Me gusta. Y soy bueno para eso.

Incluso se podría decir que soy magnífico.

La ciudad se está desintegrando, y probablemente el mundo también. El apocalipsis es una palabra poderosa, una palabra fuerte cuando comprendes que realmente te enfrentas a él. No puedo ser el único. Debe haber otros como yo. Personas que han vivido toda su vida sintiendo que algo les falta, que nunca encajaron muy bien en el mundo, que nunca entendieron por qué estaban aquí ni para qué; que nunca respondieron al llamado porque nunca lo escucharon. Porque nadie les habló nunca.

Hasta ahora.

Estación Pensilvania

NORA MIRÓ HACIA OTRO LADO EN LO que parecía ser un sólo instante. Mientras observaba el gran tablero a la espera del número de su tren, su mirada se hizo penetrante y se extravió por completo, totalmente agotada.

Por primera vez en varios días, no pensó en nada. Ni en vampiros ni en miedos ni en planes. Su concentración se disipó y su mente se sumergió en una especie de somnolencia mientras sus ojos permanecían abiertos.

Cuando parpadeó de nuevo y volvió a la realidad, fue como despertar de una caída en pleno sueño. De un temblor, de un sobresalto, de un grito de asombro.

Se dio vuelta y vio a Zack a su lado, escuchando su iPod.

Pero su madre había desaparecido.

Miró a su alrededor, pero no la vio. Le quitó los audífonos a Zack para preguntarle si sabía de ella y salió a buscarla.

—Espera aquí —le dijo Nora, señalando las maletas—. ¡No te muevas!

Se abrió paso a través de la multitud que esperaba apretujada junto a los tableros de salida. Buscó un espacio en la multitud, algún rastro que pudiera haber dejado su madre en medio de su parsimonia, pero no vio nada.

—¡Mamá!

Las voces hicieron que Nora se diera vuelta. Avanzó a empellones entre el tumulto, hasta salir casi a un extremo de la explanada, junto a la puerta de una charcutería cerrada.

Allí estaba su madre, importunando a una desconcertada familia del sudeste asiático.

—¡Esme! —gritó la madre de Nora, invocando el nombre de su difunta hermana—. ¡Cuida la tetera, Esme! Está punto de hervir. ¡Puedo oírla!

Nora la tomó del brazo, balbuciéndoles una disculpa a los dos padres —que no hablaban inglés— y a sus dos pequeñas hijas.

—Ven mamá.

—Ya lo ves, Esme —exclamó—. ¿Qué se está quemando?

—Vamos, mamá —dijo Nora con los ojos humedecidos.

—¡Estás quemando la casa!

Nora sujetó con fuerza a su madre y la ayudó a abrirse paso entre la multitud, haciendo caso omiso de los gruñidos e insultos. Zack estaba de puntillas. Nora no le dijo nada, pues no quería desmoronarse frente a él. Pero esto era demasiado. Todo parecía derrumbarse a su alrededor. Nora se acercó para abrazarlo.

Qué orgullosa se había sentido Mariela cuando su hija recibió una licenciatura en química en la Universidad de Fordham, y luego, cuando estudió en la Escuela de Medicina y obtuvo una especialidad en Bioquímica en la Universidad Johns Hopkins. Nora intuía que su madre era consciente de sus logros. Que ella sería una médica acaudalada. Pero Nora se había interesado por la salud pública, no por la medicina interna ni la pediatría. Visto en términos retrospectivos, Nora pensaba que haber crecido a la sombra de Three Mile Island moldeó su vida más de lo que podía llegar a imaginar. Los Centros para el Control y Prevención pagaban salarios gubernamentales, muy distintos de los cuantiosos ingresos que recibían muchos de sus colegas. Pero todavía estaba joven: podía servir ahora y ganar después.

Un día, su madre se perdió de camino a la tienda de comestibles. Ya no era capaz de anudarse los cordones de los zapatos y salía de casa dejando el horno encendido. También hablaba con los muertos. El diagnóstico del Alzheimer obligó a Nora a vender su apartamento para cuidar a su madre. Había estado aplazando la búsqueda de un lugar adecuado para Mariela, sobre todo porque aún no sabía si podría pagarlo.

Zack percibió el malestar de Nora, pero la dejó a solas, pues intuía que ella no quería hablar y se refugió de nuevo en sus audífonos.

Entonces, varias horas después de lo previsto, el número del tren apareció en el tablero, anunciando su llegada. Se desató una carrera desenfrenada. Empujones y gritos, empellones e insultos. Nora recogió el equipaje, sujetó a su madre del brazo y le pidió a Zack que se apresurara.

Las cosas se hicieron más desagradables cuando el oficial de Amtrak que estaba arriba de la estrecha escalera que conducía a la pista anunció que el tren aún no estaba listo. Nora se halló en la parte posterior de la multitud enardecida, pero tan atrás, que no supo si lograrían subir al tren, aunque ya hubieran pagado sus boletos.

Entonces, hizo algo que se había prometido a sí misma no hacer nunca: utilizar su carnet de los CDC para abrirse camino y llegar adelante. Lo hizo sabiendo que no era por su propio beneficio, sino por el de su madre y de Zack. Sin embargo, escuchó los insultos y sintió los dardos de las miradas de todos los pasajeros que los dejaron avanzar de mala gana hasta el terraplén.

Y luego pareció que todo había sido en vano. Cuando abrieron finalmente el acceso a la escalera mecánica para permitir que los pasajeros descendieran a la vía subterránea, Nora se encontró frente a unos rieles vacíos. El tren había sufrido un nuevo retraso, nadie les dijo por qué ni por cuánto tiempo sería la tardanza.

Acomodó las maletas para que su madre se sentara sobre ellas, allí, en primera fila, junto a la línea amarilla. Compartió con Zack la última dona Hostess que había en la bolsa y sólo lo dejó beber pequeños sorbos de agua de la botella a medio llenar que traía consigo.

La tarde los había abandonado. Estarían saliendo —cruzó los dedos— después del atardecer, esto le preocupó. Había planeado y esperaba estar muy lejos de la ciudad cuando cayera la noche. Se inclinaba a cada tanto sobre el borde de la plataforma para observar los túneles, apretando firmemente contra ella el bolso con las armas.

La corriente de aire que salió del túnel fue como un suspiro de alivio. La luz anunció que el tren se aproximaba y todo el mundo se puso de pie. Un tipo que llevaba una mochila enorme y abultada golpeó inadvertidamente a Mariela, quien por poco cae a las vías. El tren se deslizó por la plataforma, todos forcejearon para entrar, mientras un par de puertas se detenía milagrosamente justo frente a Nora. Finalmente les estaba sucediendo algo bueno.

Las puertas se abrieron e ingresaron entre el tropel vociferante. Nora consiguió asientos individuales para su madre y Zack, colocando su equipaje en el estante de arriba, salvo la mochila que Zack tenía en su regazo y la bolsa con las armas. Nora se sentó al frente, sus rodillas contra las de ellos, sus manos aferradas a la barandilla.

El resto de los pasajeros se acomodó como pudo. Una vez a bordo, sabiendo que la etapa final de su éxodo estaba a punto de comenzar, los pasajeros aliviados mostraron un poco más de civismo. Nora vio que un hombre le cedía su asiento a una mujer con un niño. Varias personas les ayudaron a otros pasajeros a acomodar su equipaje. Hubo una sensación inmediata de comunidad entre los afortunados ocupantes de los vagones.

Nora sintió una repentina sensación de bienestar. Al menos estaba cerca de permitirse respirar con facilidad.

—¿Estás bien? —le preguntó a Zack.

—Nunca he estado mejor —dijo él moviendo los ojos, desenredando los cables del iPod y acomodándose los audífonos en sus oídos.

Tal como ella lo temía, muchos pasajeros —algunos con boletos, otros sin ellos— no pudieron abordar el tren. Después de algunos problemas para cerrar las puertas, los pasajeros sin cupo comenzaron a golpear las ventanas, mientras otros suplicaban ante los asistentes de Amtrak que se encontraban en la plataforma, quienes también parecían querer subir al tren. Los pasajeros rechazados parecían refugiados de la guerra: Nora elevó una breve oración por ellos con los ojos cerrados, y luego otra para sí misma, pidiendo perdón por favorecer a sus seres queridos en perjuicio de aquellos desconocidos.

El tren plateado comenzó a moverse hacia el oeste, en dirección a los túneles bajo el río Hudson, el vagón atestado prorrumpió en aplausos. Nora observó las luces de la estación desvaneciéndose hasta desaparecer, luego la oscuridad del inframundo al internarse en el túnel, como nadadores saliendo a la superficie para recobrar el aliento.

Se sentía bien en el interior del tren, que avanzaba en medio de la oscuridad como una espada penetrando en la carne de un vampiro. Miró el rostro arrugado de su madre, notando cómo parpadeaba. Un par de minutos después dormía profundamente.

Salieron de la vía subterránea en medio de la noche, asomando brevemente a la superficie y dejando atrás los túneles bajo el río Hudson. La lluvia salpicó las ventanas del tren y Nora quedó sin aliento ante lo que vio. Escenas totalmente caóticas: coches incinerados, llamaradas en la distancia, ciudadanos peleando bajo jirones de lluvia negra. Figuras corriendo por las calles; ¿estaban siendo perseguidas? ¿Cazadas? ¿Eran seres humanos después de todo? Tal vez eran ellos quienes iban de cacería.

Observó a Zack concentrado en la pantalla de su iPod. Vio, en su ensimismamiento, al padre en el hijo. Nora amaba a Eph y creía que podía amar a Zack, aunque supiera muy poco de él. Los dos se parecían en muchos aspectos, más allá de su fisonomía. Tendría mucho tiempo para conocerlo cuando llegaran al campamento aislado.

Siguió observando la noche, la oscuridad y los apagones brevemente interrumpidos por los faros de automóviles y por las explosiones esporádicas de los generadores de energía eléctrica. La luz equivalía a la esperanza. A ambos lados, el paisaje comenzó a desaparecer y la ciudad comenzó a replegarse. Nora se apretó contra la ventana para evaluar el trayecto recorrido y calcular cuánto tiempo faltaría para ingresar al próximo túnel y salir finalmente de Nueva York.

Fue entonces cuando vio, encima de un muro no muy alto, a una silueta contra un haz de luz que provenía desde abajo. Esta imagen la hizo estremecer: era como una premonición del mal. No apartaba sus ojos de la figura a medida que el tren se acercaba... y la figura comenzó a levantar su brazo.

Estaba señalando el tren. Pero no sólo al tren; también parecía estar señalando directamente a Nora.

El tren aminoró la marcha, o tal vez fue solamente su impresión, su sentido del tiempo y del movimiento distorsionado por el terror.

Sonriendo e iluminada desde atrás bajo la lluvia, con el pelo liso y la boca sucia, los ojos rojos horriblemente dilatados y en llamas, Kelly Goodweather miraba a Nora Martínez.

Sus miradas se encontraron mientras el tren avanzaba.

El dedo de Kelly siguió a Nora.

Apoyó la frente contra el vidrio, asqueada por el espectáculo que ofrecía el vampiro, pero intuyendo lo que Kelly estaba a punto de hacer: saltó en el último instante con la gracia preternatural de los animales, desapareciendo de la vista de Nora mientras se agarraba al tren.

Flatlands

SETRAKIAN TRABAJÓ CON RAPIDEZ, MIENTRAS sentía a Fet llegar en su camioneta al garaje de la parte trasera de la tienda. Pasó frenéticamente las páginas del antiguo volumen sobre la mesa, el tercero de la edición francesa de la *Collection des anciens alchimistes grecs*, publicado en 1888 por Berthelot & Ruelle, en París, mientras sus ojos inspeccionaban los grabados de las páginas y las hojas con los símbolos que copió del *Lumen*. Estudió un símbolo en particular. Por último, encontró el grabado, sus manos y ojos se detuvieron por un momento.

Un ángel de seis alas, con una corona de espinas y con un rostro sin boca y sin ojos pero con múltiples bocas festoneando cada una de sus alas. A sus pies había un símbolo familiar: una media luna acompañada por una palabra.

—*Argentum*—leyó Setrakian. Tomó la página amarillenta con reverencia, desprendió el grabado de la vieja encuadernación y la guardó entre las páginas de su cuaderno de notas cuando Fet abrió la puerta.

Fet regresó antes del atardecer. Estaba seguro de que la camada de vampiros no lo había visto ni rastreado, algo que habría conducido al Amo directamente hasta Setrakian.

El anciano estaba trabajando sobre una mesa cerca de la radio y cerraba uno de sus libros antiguos. Había sintonizado un programa de entrevistas, a bajo volumen, una de las pocas voces que aún se escuchaban en las ondas radiales. Fet sentía una verdadera afinidad con Setrakian. Una parte de ello se debía al vínculo que se crea entre los soldados en tiempos de guerra, la hermandad de la trinchera, que en este caso era la ciudad de Nueva York. Luego estaba el profundo respeto que Fet sentía por este hombre anciano y debilitado que no dejaba de luchar. A Fet le gustaba creer que había similitudes entre él y el profesor, en su consagración a una vocación y en el gran conocimiento de sus enemigos. La diferencia obvia radicaba simplemente en sus maneras de proceder, pues Fet combatía plagas y animales molestos, mientras que Setrakian se había comprometido, desde una edad temprana, a la erradicación de una raza inhumana y parasitaria.

En cierto sentido, Fet pensaba que él y Eph eran hijos putativos del profesor. Hermanos en las armas, sin embargo, tan opuestos como podría esperarse. Uno era un curandero y el otro un exterminador. Uno era un hombre de familia con formación universitaria de estatus alto y el otro un obrero autodidacta y solitario. Uno vivía en Manhattan y el otro en Brooklyn.

El médico y científico que había estado originalmente al frente de la epidemia, había visto menguar su influencia desde los días oscuros en que se divulgó la causa del virus. Mientras que su homólogo, el empleado de la ciudad y propietario de un pequeño negocio en Flatlands —y de instintos asesinos—, militaba al lado del anciano.

Había otra razón por la que Fet se sentía cercano a Setrakian. Era algo que no podía definir muy bien ni dilucidar enteramente. Sus padres habían emigrado desde Ucrania —no de Rusia, como solían decir y como Fet seguía sosteniendo—, no sólo en busca de las oportunidades que anhelaban todos los inmigrantes, sino también para escapar de su pasado. El abuelo paterno de Fet —y esto era algo que no le habían dicho, porque nadie en su familia hablaba de ello, especialmente su padre de carácter huraño— había sido un prisionero de guerra soviético, quien fue destinado a prestar servicios en uno de los campos de concentración durante la Segunda Guerra Mundial. Ya fuera en Treblinka, Sobibor o en cualquier otro lugar, lo cierto era que Fet no lo sabía. Era algo que no sentía el menor deseo de investigar. El papel de su abuelo en la *Shoah* fue conocido dos décadas después de la guerra, cuando fue encarcelado. Alegó en su defensa que era una víctima de los nazis, obligado servir como un simple guardia en el campo. Los ucranianos de origen alemán habían sido destinados a posiciones de autoridad, mientras que el resto trabajaba según los caprichos de los sádicos comandantes de turno. Sin embargo, los fiscales presentaron pruebas de enriquecimiento ilícito en los años de la posguerra, como por ejemplo, la procedencia del patrimonio con el que abrió su empresa de confección, la cual no pudo explicar. Pero fue una fotografía borrosa con su uniforme negro, de pie contra una valla de alambre de púas y sosteniendo una carabina con sus manos cubiertas por guantes —los labios fruncidos en un rictus que algunos consideraban una sonrisa desagradable y otros una mueca de mal gusto— lo que terminó por hundirlo. El padre de Fet nunca habló de él mientras estuvo vivo. Lo poco que sabía Fet era gracias a su madre.

La vergüenza realmente puede perdurar en las generaciones futuras y Fet llevaba esto como una carga terrible, una gran dosis de vergüenza aflorando en la boca del estómago. En términos objetivos, un hombre no puede ser responsable por las acciones de su abuelo…

Sin embargo, uno hereda los pecados de sus antepasados del mismo modo en que se heredan los rasgos faciales. Uno lleva la sangre de ellos, su honor o su ruina.

Fet nunca había sufrido tanto a causa de su parentesco como ahora, excepto tal vez en sueños. Una escena recurrente le alteraba el sueño una y otra vez. Fet regresaba al pueblo natal de su familia, un lugar que no conocía en la vida real. Todas las puertas y ventanas se cerraban ante él, mientras caminaba solitario por las calles mientras era observado. Entonces, súbitamente, de un extremo de la calle, un furioso estallido de moscas agresivas y anaranjadas volaba hacia él con la cadencia propia de caballos galopando.

Un semental —su pelaje, crin y cola en llamas— arremetía contra él. Estaba totalmente consumido por el fuego, y Fet, siempre en el último instante, se apartó de su paso, se dio vuelta y veía que el animal atravesaba el campo dejando una estela de humo oscuro tras de sí.

—¿Cómo está todo allá?

Fet acomodó su cartera en el suelo.

—Silencioso. Amenazante.

Había ido a su apartamento. Sacó un frasco de mantequilla de maní y unas galletas Ritz de los bolsillos de su chaqueta. Le ofreció a Setrakian.

—¿Sabemos algo?

—Nada —dijo Setrakian, inspeccionando el paquete de galletas como si fuera a declinar el ofrecimiento—. Ephraim se está retrasando mucho.

—Los puentes… están obstruidos.

—Mmm —murmuró Setrakian, retirando el papel de cera y husmeando el contenido antes de probar una galleta—. ¿Conseguiste los mapas?

Fet se palpó el bolsillo. Había ido a un depósito del Departamento de Obras Públicas en Gravesend a fin de obtener mapas del alcantarillado de Manhattan, concretamente del sector del Upper East Side.

—Sí, los tengo en mi poder. La pregunta es: ¿llegaremos a utilizarlos?

—Lo haremos. Estoy seguro.

Fet sonrió. La fe del viejo nunca dejaba de entusiasmarlo.

—¿Puedes decirme qué viste en ese libro?

Setrakian dejó a un lado la caja de galletas y encendió su pipa.

—Lo vi… todo. Vi la esperanza, sí. Pero luego… vi el final de nosotros. De todo.

Sacó una reproducción del dibujo de la luna creciente que habían visto en el metro, en el teléfono rosado que encontró Fet y en las páginas del *Lumen*. El anciano lo había copiado tres veces.

—¿Lo ves? Este símbolo, como el propio vampiro, tal como lo fue alguna vez, es un arquetipo. Es común a todos los hombres, tanto en Oriente como en Occidente, pero en su interior contiene una permutación diferente, ¿lo ves? Es algo oculto, pero revelado a tiempo, igual a cualquier profecía. Observa…

Tomó las tres hojas de papel y las extendió sobre una mesa de luz improvisada, superponiéndolas.

—Toda leyenda, criatura o símbolo que hayamos encontrado, ya existe en una gran reserva cósmica donde aguardan los arquetipos. Las formas asoman más allá de nuestra caverna platónica. Como resulta natural, nos creemos sabios, inteligentes y muy avanzados, creemos que nuestros antecesores eran muy ingenuos y simples… cuando en realidad, lo único que hacemos es reproducir el orden del universo, a medida que nos guía…

Las tres lunas giraban en el documento y se acoplaban entre sí.

—Éstas no son tres lunas. No. Son ocultamientos. Tres eclipses solares, y cada uno ocurre en una latitud y una longitud exactas, marcando un periodo de tiempo descomunal y uniforme, señalando un evento, ahora completo. Revelando la geometría sagrada del augurio.

Fet vio con sorpresa que las tres figuras conformaban una señal rudimentaria de peligro biológico ☣.

—Pero este símbolo… Lo conozco por mi trabajo. Fue diseñado no hace mucho, en los años sesenta, me parece…

—Todos los símbolos son eternos. Existen incluso antes de que los soñemos.

—Entonces, ¿cómo?…

—Oh, nosotros sabemos —dijo Setrakian—. Siempre lo sabemos. No descubrimos ni aprendemos nada. Simplemente recordamos las cosas que hemos olvidado…

Señaló el símbolo.

—Una advertencia. Latente en nuestra mente, despierta de nuevo ahora, mientras se acerca el fin de los tiempos.

Fet observó la mesa de trabajo de Setrakian. Estaba experimentando con equipos de fotografía, mientras hablaba de "probar una técnica metalúrgica de emulsión de plata" que Fet no alcanzaba a entender. Pero el anciano parecía saber lo que hacía.

—Plata —dijo Setrakian—. *Argentum*, para los antiguos alquimistas, representada con este símbolo…

Setrakian le mostró de nuevo a Fet la imagen con la luna creciente.

—Y esto, a su vez… —indicó Setrakian, sacando el grabado del arcángel—. Sariel. En algunos manuscritos de Enoc se le llama Arazyel, Asaradel. Nombres muy similares a Azrael y a Ozryel…

Colocó el grabado junto al signo de riesgos biológicos; el símbolo alquímico de la luna creciente les confería una atmósfera impactante a las imágenes. Una convergencia, una dirección, un objetivo.

Setrakian sintió una oleada de energía y emoción. Su mente estaba ávida de hallazgos.

—Ozryel es el ángel de la muerte —dijo Setrakian—. Los musulmanes lo llaman "el de las cuatro caras, los muchos ojos y las múltiples bocas. El de los setenta mil pies y las cuatro mil alas". Y tiene tantos ojos y tantas lenguas como hombres hay en la Tierra. Pero ya ves, sólo habla de cómo puede multiplicarse, cómo puede propagarse...

Fet pensó en varias cosas. Lo que más le preocupaba era extraer de manera segura el gusano de sangre del corazón del vampiro que Setrakian guardaba en el frasco. El anciano había colocado lámparas UV de baterías en la mesa con el fin de contener al gusano. Todo parecía estar a punto, el frasco estaba cerca, con el órgano palpitante del tamaño de un puño, sin embargo, ahora que había llegado el momento, Setrakian estaba reacio a diseccionar el corazón siniestro.

Setrakian se acercó al frasco con formol y unos tentáculos salieron disparados, las ventosas que tenían en la punta a modo de bocas se adhirieron a la superficie de vidrio. Estos gusanos chupadores de sangre eran ciertamente repulsivos. Fet sabía que el anciano llevaba varias décadas alimentándolo con gotas de su propia sangre, cuidando a esa cosa horrible, y al hacerlo, había establecido un vínculo misterioso con ella. Esto era bastante natural. Pero la vacilación de Setrakian en ese momento tenía un componente emocional que iba más allá de la simple melancolía.

Era algo que se asemejaba más a un dolor profundo, casi a la desesperación. Fet comprendió algo. De vez en cuando, en medio de la noche, había visto al anciano hablar con el recipiente, mientras alimentaba a la cosa que había en su interior. La observaba solitario a luz de las velas, le susurraba y acariciaba el frío cristal que contenía su carne impía. En una ocasión,

Fet juró haberlo escuchado cantarle. Dulcemente, no en armenio, sino en una lengua extraña, una canción de cuna…

Setrakian advirtió que Fet lo estaba observando.

—Perdóneme, profesor —le dijo Fet—. Pero… ¿de quién es ese corazón? La historia original que usted nos contó…

Setrakian asintió con la cabeza, al ver que su secreto había sido descubierto.

—Sí… ¿que se lo extraje a una joven viuda en una aldea al norte de Albania? Tienes razón, esa historia no es totalmente cierta.

Las lágrimas brillaron en los ojos del anciano. Una gota resbaló en silencio, y, cuando por fin habló, lo hizo en un susurro, tal como lo ameritaba la historia.

Interludio iii

El corazón de Setrakian

Al igual que miles de sobrevivientes del Holocausto, Setrakian había llegado a Viena en 1947, prácticamente sin dinero alguno. Se estableció en la zona controlada por los soviéticos. Alcanzó un éxito discreto como anticuario, reparando y vendiendo muebles adquiridos en bodegas o en herencias sin reclamar en las cuatro zonas de la ciudad.

Uno de sus clientes se convirtió en su mentor: el profesor Ernst Zelman, uno de los pocos sobrevivientes del mítico Weiner Kreis o Círculo de Viena, una sociedad filosófica de comienzos del siglo XX disuelta por los nazis. Zelman había regresado a Viena después del exilio, luego de perder a casi toda su familia a manos del Tercer Reich. Sentía una enorme empatía con el joven Setrakian y —en una Viena llena de dolor y silencio, en la que hablar del "pasado" y objetar el nazismo era considerado aberrante— Zelman y Setrakian encontraron un gran consuelo en la compañía mutua. El profesor Ernst Zelman le permitió a Setrakian sacar todos los ejemplares que quisiera de su selecta biblioteca y, Setrakian, que era soltero e insomne, devoraba los libros de manera rápida y sistemática. Aplicó por primera vez para la carrera de estudios de filosofía en 1949.

Años más tarde, Abraham Setrakian se convirtió en profesor asociado de filosofía en la Universidad de Viena, por aquel entonces muy fragmentada y permeable.

Después de aceptar el financiamiento de un grupo encabezado por Eldritch Palmer, un magnate industrial estadounidense con inversiones en la zona controlada por los aliados en Viena, y con un profundo interés por lo oculto, la influencia y la colección de artefactos culturales de Setrakian crecieron con mucha rapidez durante la década de 1960, coronada por su más importante recompensa, el bastón con la cabeza de lobo de Jusef Sardu, un personaje que había desaparecido misteriosamente.

Pero ciertos acontecimientos y revelaciones terminaron por convencer a Setrakian de que sus intereses y los de Palmer eran incompatibles. Que en última instancia, el principal objetivo de Palmer era —de hecho— totalmente contrario al propósito que se había trazado Setrakian de cazar y exponer al vampiro conjurado, lo cual desencadenó una ruptura más que desagradable entre los dos.

Setrakian sabía, sin ningún asomo de duda, la identidad del individuo que difundió los rumores de su romance con una estudiante, lo cual condujo a su expulsión de la universidad. Los rumores, por desgracia, eran completamente ciertos y, Setrakian, liberado por la divulgación del secreto, se casó rápidamente con la hermosa Miriam.

Miriam Sacher había contraído polio en su infancia y caminaba con ayuda de férulas en sus brazos y piernas. Abraham la veía como un pajarito delicado e incapaz de volar. Ella, que originalmente era experta en lenguas romances, se había inscrito en varios seminarios de Setrakian y poco a poco captó la atención del catedrático. Era un anatema que un profesor saliera con una estudiante y Miriam convenció a su acaudalado padre de que contratara a Abraham como su profesor particular. Setrakian tenía que caminar una hora luego de tomar dos tranvías que lo llevaban fuera de Viena para llegar a la propiedad de la familia Sacher. La mansión no tenía electricidad, así que Abraham y Miriam leían en la biblioteca a la luz de una lámpara de aceite. Miriam se movilizaba en una silla de ruedas de madera y mimbre que Setrakian empujaba por los estantes cuando necesitaban buscar un libro. Mientras lo hacía, sentía el olor suave y limpio del cabello de Miriam. Un olor que lo embriagaba y que, semejante a un recuerdo, lo distraía plácidamente durante las pocas horas que pasaban separados. Pronto, sus intenciones mutuas se hicieron manifiestas, la discreción dio paso a la aprehensión cuando se ocultaban en los rincones oscuros y polvorientos para encontrar el aliento en los labios del otro.

Deshonrado por la universidad después de un largo proceso para expulsarlo del profesorado y enfrentando la férrea oposición de la familia Sacher, el judío Setrakian se fugó finalmente con la joven princesa de sangre azul, y contrajeron nupcias secretas en Mönchhof. Sólo el profesor Zelman y un puñado de amigos de Miriam estuvieron presentes.

Con el paso del tiempo, Miriam se convirtió en la socia de sus expediciones, en su consuelo durante las épocas de penuria y en una verdadera creyente en su causa. Setrakian se ganó la vida escribiendo pequeños panfletos y trabajando como curador para distintas casas de antigüedades en toda Europa durante más de una década. Miriam hacía rendir al máximo los modestos ingresos y sus noches transcurrían sin mayores novedades. Abraham le frotaba las piernas con una mezcla de alcohol, alcanfor y hierbas, masajeándole con paciencia los nudos de sus músculos y tendones adoloridos todas las noches, ocultándole el hecho de que, mientras lo hacía, a él le dolían tanto sus manos como a ella las piernas. Una noche tras otra, el profesor le hablaba a Miriam sobre los mitos y conocimientos antiguos, le contaba historias pertenecientes a la tradición popular, llenas de significados ocultos. Abraham terminaba cantándole antiguas canciones de cuna alemanas para ayudarle a aliviar su dolor y hacerle conciliar el sueño.

En la primavera de 1967, Abraham Setrakian detectó el rastro de Eichhorst en Bulgaria y su sed de venganza contra los nazis reavivó el fuego que ardía en sus entrañas. Eichhorst, el comandante de Treblinka, era el hombre que le había asignado a Setrakian su estrella de artesano. También había prometido en dos ocasiones ejecutar a su carpintero favorito y hacerlo personalmente. Tal era la suerte que le deparaba a un judío en un campo de exterminio.

Setrakian siguió el rastro de Eichhorst en los Balcanes. Albania había sido un país comunista desde el final de la guerra y, por alguna razón, el *strigoi* parecía florecer en ambientes políticos e ideológicos como ése. Setrakian tenía grandes esperanzas de que la pista del antiguo director del campamento —el dios oscuro de ese reino de la muerte sistematizada— pudiera conducirlo hasta el Amo.

Setrakian dejó a Miriam en un pueblo en las afueras de Shkodër para no quebrantar la naturaleza débil y enfermiza de su esposa y recorrió quince kilómetros a caballo hasta la antigua ciudad de Drisht. Setrakian condujo al renuente animal por escarpadas pendientes de piedra caliza, a lo largo de viejos caminos otomanos que llevaban a la cima de la colina donde estaba el castillo.

El castillo Drisht (*Kalaja e Drishtit*) databa del siglo XII, erigido como bastión de una cadena de fortificaciones bizantinas. El fortín cayó bajo el dominio montenegrino y, luego, brevemente, bajo el yugo veneciano, antes de que la región fuera sometida por los turcos en 1478. Ahora, casi quinientos años después, las ruinas de la fortaleza albergaban a una pequeña aldea musulmana con una mezquita diminuta. El castillo en cambio permanecía abandonado, sus muros sucumbiendo ante el ímpetu de la naturaleza.

Setrakian entró a una aldea vacía, con pocas señales de actividad reciente. La vista desde la cima de la montaña a los Alpes Dináricos hacia el norte, al Mar Adriático y al Estrecho de Otranto al oeste, era amplia y majestuosa.

El castillo en ruinas, con sus siglos de silencio, era un lugar propicio para la caza de vampiros. En términos retrospectivos, esto debió alertar a Setrakian, informándole que tal vez las cosas no eran como parecían.

Descubrió el ataúd en las cámaras subterráneas. Una caja funeraria sencilla y moderna, un hexágono cónico de madera, aparentemente de ciprés, con clavijas de madera en lugar de clavos y bisagras de cuero.

Aún no había caído la noche, pero la luz del lugar no era tan intensa como para permitirle ponerse manos a la obra. Setrakian preparó su espada de plata, decidido a aniquilar a su antiguo verdugo. Esgrimió el florete y levantó la tapa con sus dedos torcidos.

Sin embargo, estaba vacía. En realidad, no tenía fondo. Estaba empotrada en el suelo y funcionaba como una especie de trampilla. Setrakian sujetó una lámpara a su bolsa y miró hacia abajo.

La tierra estaba a casi cinco metros de profundidad, se veía la boca de un túnel que salía hacia otro lado.

Setrakian tomó varias herramientas —incluyendo una linterna adicional, un juego de baterías y sus largos cuchillos de plata (aún le faltaba descubrir las propiedades letales de la luz ultravioleta de rango C, así como el advenimiento de la venta comercial de lámparas UV)— y dejó todos sus víveres y casi toda el agua. Ató una cuerda a las cadenas de la pared y descendió por el túnel-ataúd.

El olor a amoniaco producto de las evacuaciones del *strigoi* era penetrante y Setrakian caminó con cuidado para no ensuciarse las botas. Avanzó por los pasajes, escuchando a cada paso y dejando marcas en las paredes para no extraviarse en las bifurcaciones del túnel, hasta que, después de algún tiempo, advirtió que había regresado a las marcas iniciales.

Sopesó la situación, decidió desandar sus pasos y regresar a la entrada que había debajo de la caja sin fondo. Subiría de nuevo, se prepararía y esperaría a que los habitantes salieran de sus casas cuando cayera la noche.

Pero cuando regresó a la entrada, miró hacia arriba y observó que la tapa del ataúd había sido cerrada y que la cuerda había desaparecido.

Setrakian había perseguido durante años al *strigoi*, así que no reaccionó con miedo a este giro imprevisto de los acontecimientos, sino con rabia. Se dio vuelta de inmediato, se internó de nuevo en los túneles, con la certeza de que su supervivencia dependía del hecho de ser el depredador y no la presa.

Esta vez tomó una ruta diferente y se topó con una familia de cuatro aldeanos. Eran *strigoi*, sus ojos rojos resplandeciendo ante su presencia, reflejados nítidamente bajo el rayo de la linterna.

Pero todos estaban muy débiles para atacarlo. La madre fue la única en ponerse en cuatro patas, Setrakian advirtió en su rostro la característica principal de un vampiro desnutrido: el oscurecimiento de la carne, la articulación del mecanismo del aguijón sobresaliendo de la piel estirada en la garganta y un aspecto aturdido y somnoliento.

Él los liberó sin mayor esfuerzo, despiadadamente.

No tardó en encontrar a otras dos familias, una más fuerte que la otra, pero ninguna supuso realmente un desafío. En otra cámara, vio los restos de un pequeño *strigoi* en lo que parecía ser un intento de canibalismo vampírico.

Pero aún así, no vio la menor señal de Eichhorst.

Cuando exterminó a la antigua red subterránea de vampiros, después de cerciorarse de que no existía ninguna otra salida, regresó a la cámara que estaba debajo del ataúd cerrado. Labró con su daga un punto de apoyo en la pared de roca y comenzó a horadar un poco más arriba, en la pared opuesta. Mientras trabajaba durante horas —la plata había sido una mala elección para hacer este trabajo pues se agrietaba y deformaba, mientras que las empuñaduras y los mangos de hierro resultaron ser más útiles—, se preguntó sobre el pueblo fantasma del *strigoi* que había encontrado antes de internarse en las ruinas del castillo. Su presencia tenía poco sentido. Algo estaba mal, pero Setrakian se resistió a hacer un análisis exhaustivo y dejó a un lado su ansiedad para concentrarse en la misión que tenía por delante.

Horas después —o quizá días—, sin agua y con pocas baterías, se apoyó en los dos asideros inferiores para labrar un tercero. Tenía las manos cubiertas con una mezcla de sangre y polvo, difícilmente podía sostener sus herramientas. Finalmente, apoyó otro pie contra la pared lisa y alcanzó la tapa del ataúd.

Subió luego de impulsarse con sus últimas fuerzas.

Salió de allí casi enloquecido y poseído por la paranoia. El paquete que había dejado allí ya no estaba, y con él, sus escasos víveres y el agua. Sediento, salió del castillo a la luz redentora del día. El cielo estaba nublado. Tuvo la sensación de que habían trascurrido varios años.

Su caballo yacía sin vida a un lado del camino, destripado, el cuerpo frío.

El cielo se abrió sobre él mientras se apresuraba a regresar a la aldea. Un agricultor, que le había asentido con la cabeza mientras se dirigía al castillo, le dio un poco de agua y unas galletas duras como la roca a cambio de su reloj estropeado y, Setrakian, tras una buena dosis de pantomima a efectos de entender y de ser entendido, supo que había pasado tres crepúsculos y tres auroras bajo tierra.

Finalmente, decidió regresar a la villa que había alquilado, pero no encontró a Miriam. No había dejado una nota ni un indicio de su paradero, lo cual era muy ajeno a su forma de proceder. Fue hasta una casa vecina, y luego a la que estaba enfrente. Finalmente, un hombre le abrió la puerta, aunque sólo a medias.

No había visto a su esposa, le dijo el labriego en lengua franca.

Setrakian vio a una mujer acurrucada detrás del hombre y le preguntó si les había sucedido algo.

El hombre le explicó que dos niños habían desaparecido de la aldea la noche anterior. Se sospechaba que había sido una bruja.

Setrakian regresó a la pequeña villa. Se sentó pesadamente en una silla, sosteniendo la cabeza con sus manos fracturadas y llenas de costras, esperó la caída de la noche, esperando que regresara su querida esposa.

Acudió a él en medio de la lluvia, sin las muletas y aparatos ortopédicos que le habían dado soporte a sus extremidades durante su existencia humana. Tenía el cabello húmedo, la piel blanca y lustrosa y la ropa empapada de barro. Se acercó a él con la cabeza erguida y la altivez de una mujer de sociedad que se apresta a darle la bienvenida a un neófito en su círculo íntimo. A sus lados estaban los dos niños del pueblo a quienes había convertido, un niño y una niña todavía enfermos a causa de la transformación.

Miriam tenía las piernas rectas y muy oscuras. La sangre se había acumulado en la parte inferior de sus extremidades, sus manos y pies estaban considerablemente ennegrecidos.

Atrás habían quedado sus pasos tímidos y endebles, aquel modo de andar atrofiado que Setrakian había tratado de fortalecer y confortar durante cada una de las noches que habían compartido juntos.

De qué manera tan consumada y rápida se había transformado, pasando de ser el amor de su vida a esta criatura enloquecida, cubierta de fango y de mirada flamígera. Era ya un *strigoi* que apetecía a los niños que no pudo soportar en vida.

Setrakian se levantó de la silla, con un llanto hondo y silencioso, una parte suya quiso claudicar, irse al infierno con ella y entregarse al vampirismo en medio de su desesperación.

Sin embargo, le segó la vida con el mismo amor que le había prodigado en vida, con el rostro cubierto de lágrimas. También despachó a los niños, sin reparar en sus cuerpos corrompidos, aunque en el caso de Miriam, decidió conservar una parte de ella.

Aunque sepamos que lo que hacemos es una locura, no por ello dejamos de hacerla. Setrakian cortó y extrajo el corazón enfermo de su esposa, el órgano corrupto latiendo con el ansia de un gusano de sangre y lo introdujo dentro de un frasco de conservas.

"La vida es una locura", pensó Setrakian, al concluir este acto de carnicería, mirando alrededor de la habitación. "Igual que el amor."

Flatlands

Después de pasar un último momento con el corazón de su difunta esposa, Setrakian dijo algo que Fet casi no escuchó y que no logró entender. "Perdóname, querida"; acto seguido comenzó a trabajar.

Abrió el corazón no con una hoja de plata, lo que habría sido fatal para el gusano, sino con un cuchillo de acero inoxidable, seccionando el órgano abominable en pequeños tajos. El gusano sólo intentó escapar cuando Setrakian acercó el corazón a las lámparas UV que estaban en el borde de la mesa. Más grueso que un cabello, delgado y rápido, el gusano capilar rosado salió disparado, apuntando en primer lugar a los dedos retorcidos que sujetaban el mango del cuchillo. Pero Setrakian estaba alerta y lo arrojó al centro de la mesa. Lo pinchó con el cuchillo, partiendo al gusano en dos. A continuación, Fet cubrió los extremos separados con dos vasos grandes.

Los gusanos se regeneraron, tanteando el borde interior de sus nuevas jaulas.

Setrakian se dispuso a adelantar su experimento. Fet se recostó en un taburete, mirando a los gusanos revolcarse en el interior del vidrio, impulsados por su sed de sangre. Fet recordó las palabras que Setrakian le había dirigido a Eph acerca de la destrucción de Kelly: "En el acto de liberar a un ser querido… saborearás el significado de la conversión. Ir contra todo lo que eres. Ese acto lo cambia a uno para siempre".

Y las pronunciadas por Nora, en el sentido de que el amor es la verdadera víctima de esta plaga, el instrumento de nuestra perdición, el amor humano corrompido en necesidad vampírica que se revela cuando los muertos vivos regresan por sus seres queridos.

—¿Por qué no te mataron en los túneles? Después de todo, era una trampa —le preguntó Fet. Setrakian levantó la vista para mirarlo.

—Lo creas o no, en aquel entonces tenían miedo de mí. Yo estaba en la flor de la juventud, era fuerte y lleno de vitalidad. Ellos son temibles, es cierto, pero debes tener en cuenta que su número era muy reducido en esa época. Su instinto de conservación era primordial. La expansión desenfrenada de su especie era un tabú. Sin embargo, tenían que hacerme daño. Y ciertamente lo consiguieron.

—¿Aún tienen miedo de ti? —preguntó Fet.

—No de mí, sino de lo que represento. De lo que sé. Pero, ¿qué puede hacer un anciano contra una horda de vampiros?

Fet no creía para nada en la humildad de Setrakian.

—Creo que el hecho de que no nos hayamos rendido, la idea de que el espíritu humano prevalece ante la adversidad absoluta, realmente les intriga —continuó diciendo el anciano—. Ellos son arrogantes. Su origen, si logramos confirmarlo, dará testimonio de ello.

—¿Cuál es su origen, entonces?

—Una vez que tengamos el libro y esté completamente seguro… te lo diré.

La señal de la radio comenzó a desvanecerse, Fet fue el primero en atribuírselo a su oído defectuoso. Le dio vuelta a la manivela, alimentando la unidad y manteniéndola en funcionamiento. Las voces humanas habían sido reemplazadas en las ondas radiales por una fuerte interferencia y unos tonos agudos y esporádicos. Pero una emisora deportiva aún seguía transmitiendo, aunque aparentemente todos sus brillantes comentaristas habían desaparecido, un locutor solitario seguía al frente de las emisiones. Hablaba de temas muy variados, pasando de los Yankees-Mets-Gigantes-Jets-Rangers a las actualizaciones noticiosas obtenidas de internet y de los ocasionales radioescuchas que llamaban.

...La página web del FBI nos informa que el doctor Ephraim Goodweather permanece bajo custodia federal a raíz de un incidente en Brooklyn. Se trata del prófugo y ex oficial de los CDC de la ciudad de Nueva York que transmitió aquel video, ¿lo recuerdan? El del hombre encadenado como un perro en el cobertizo. ¿Se acuerdan de esa criatura demoniaca de aspecto histérico y extravagante? ¡Ésos eran los buenos tiempos! En fin... dicen que ha sido arrestado por... ¿Qué? ¿Intento de asesinato? ¡Por dios! ¡Justo cuando crees que puedes obtener algunas respuestas verídicas! Es decir, este tipo estuvo presente cuando todo comenzó, si la memoria no me traiciona, ¿no? Él subió al avión, al vuelo 753. Y era buscado por el asesinato de uno de los primeros pacientes examinados, un tipo que trabajaba para él, creo que su nombre era Jim Kent. Por lo tanto, es obvio que algo le pasa a este tipo. Mi opinión: creo que le harán lo mismo que a Lee Harvey Oswald. Dos balazos en las tripas y lo silenciarán para siempre. Otra pieza de este rompecabezas gigantesco que nadie parece poder armar. ¿Hay alguien que tenga alguna pista sobre el particular, cualquier idea o teoría? Si tu teléfono sigue funcionando, llámame a la línea deportiva...

Setrakian se sentó con los ojos cerrados.

—¿Intento de asesinato? —preguntó Fet.

—Palmer —dijo Setrakian.

—¡Palmer! —exclamó Fet—. ¿Quieres decir que no es una acusación falsa?

La sorpresa inicial de Fet no tardó en transformarse en solidaridad.

—¡Dispararle a Palmer!

—¡Santo cielo! ¿Por qué no se me había ocurrido eso?

—Me alegra que no lo hayas hecho —inquirió Setrakian.

Fet se pasó los dedos por la parte superior de la cabeza, como si estuviera despertándose a sí mismo.

—Uno más uno es dos, ¿eh? —dio un paso atrás, mirando a través de la puerta entreabierta en dirección a la fachada. La tarde moría allá afuera, detrás de las ventanas—. ¿Así que sabías esto?

—Lo sospechaba.

—¿Y no intentaste detenerlo?

—Comprendí que era imposible. A veces, un hombre tiene que actuar siguiendo sus propios impulsos. Entiende: él es un médico y un científico inmerso en una pandemia, cuya fuente desafía todo aquello que él creía saber. Súmale a eso el conflicto personal que supone la conversión de su esposa. Tomó el camino que creía ser el correcto.

—Una movida audaz. ¿Crees que habría tenido repercusiones en caso de no haber fallado?

—Oh, creo que sí —Setrakian reanudó sus labores.

Fet sonrió.

—No creí que fuera capaz.

—Estoy seguro de que él tampoco.

Fet creyó ver una sombra cruzar por las ventanas de adelante. La imagen apareció de perfil en su periferia visual. Le pareció haber visto a un ser grande.

—Creo que tenemos un cliente —dijo Fet, apresurándose hacia la puerta de atrás.

Setrakian sostuvo su bastón con cabeza de lobo, retirando la parte superior y dejando al descubierto unas cuantas pulgadas de plata pura.

—Prepárate —le dijo Fet—. Tomó su pistola de clavos y una espada y se escurrió por la puerta de atrás, temiendo la presencia del Amo.

Fet vio al hombre grande en la acera de atrás no bien cerró la puerta. Era un hombre de cejas pobladas, corpulento y de unos sesenta años, tan grande como él mismo.

Tenía una pierna ligeramente más grande que la otra. Venía con las dos manos abiertas, con el mismo ademán de un luchador.

No era el Amo. Ni siquiera un vampiro. Los ojos del hombre así lo revelaron. Incluso los recién convertidos en vampiros se mueven de un modo extraño, más como animales o insectos que como seres humanos.

Otras dos personas bajaron de una furgoneta del Departamento de Obras Públicas. Uno de ellos, bajito, corpulento y de aspecto amenazante, iba totalmente cubierto de joyas, gruñendo como un perro callejero cubierto de bisutería. El otro era más joven y sostenía la punta de una espada larga en dirección a Fet, apuntándole a la garganta.

Sabían lo que hacían.

—Soy humano —les dijo Fet—. Si están buscando algo qué robar, les digo que lo único que tengo aquí es veneno para ratas.

—Estamos buscando a un anciano —dijo una voz detrás de Fet.

Se dio vuelta y sus compañeros se mantuvieron frente a él. Era Gus, el cuello roto de su camisa desgarrada revelando parcialmente la frase SOY COMO SOY, tatuada en su clavícula. Llevaba un cuchillo largo de plata en la mano.

Eran tres pandilleros latinos y un viejo ex luchador de manos tan grandes como un par de filetes.

—Está oscureciendo, muchachos —señaló Fet—. Deberían seguir su camino.

—¿Y ahora qué? —preguntó Creem, quien traía una manopla de plata.

—¿Dónde está el viejo? —le dijo Gus a Fet.

Fet disimuló. Estos pillos con aire de punks estaban armados hasta los dientes y él no los conocía. Además, era desconfiado por naturaleza.

—No sé de quién me están hablando.

Gus no le creyó.

—O contestas o iremos de puerta en puerta, cabrón.

—Impresionante. Pero antes te voy a presentar un amiguito —le dijo Fet, señalando la pistola de clavos—. Este primor es muy desagradable. El clavo penetra en los huesos y se aloja en ellos. Produce un daño irreversible, ya se trate de un vampiro o no. Te escucharé gritar cuando intentes sacarte un clavo de tus ojos, cholo cabrón.

—Vasily —dijo Setrakian, saliendo por la puerta trasera con su bastón.

Gus vio las manos del anciano. Completamente deterioradas, tal como lo recordaba. El prestamista se veía aún más envejecido y pequeño. Aunque se habían conocido poco tiempo atrás, tenía la impresión de que habían pasado varios años. Gus se enderezó, sin saber si el anciano lo reconocería.

Setrakian lo miró desde arriba.

—De la cárcel.

—¿La cárcel? —preguntó Fet.

Setrakian extendió la mano y le dio a Gus unas palmaditas afectuosas en el brazo.

—Escuchaste, aprendiste y sobreviviste.

—A güevo. Yo sobreviví y tú lograste salir.

—Tuve un golpe de buena suerte —dijo Setrakian, observando a los demás—. ¿Y tu amigo? El enfermo. ¿Hiciste lo que tenías que hacer?

Gus se estremeció al recordar.

—Hice lo que tenía que hacer. Y lo sigo haciendo desde entonces.

Ángel hurgó en la mochila que llevaba al hombro y Fet le apuntó con su pistola de clavos.

—Tranquilo, grandulón —dijo.

Ángel sacó la caja de plata que había encontrado en la casa de empeños.

Gus se la arrebató, sacó la tarjeta que había adentro y le entregó la caja al prestamista.

Contenía la dirección de Fet.

Setrakian notó que la caja estaba abollada y ennegrecida, con una de sus esquinas deformada por el calor.

—Enviaron a un escuadrón por ti —dijo Gus—. Utilizaron el humo para camuflar su ataque durante el día. Estaban registrando la tienda cuando llegamos.

Gus les hizo una seña a los demás.

—Tuvimos que volar tu sitio en pedazos para salir de allí con la sangre aún roja.

Setrakian mostró un asomo de lástima.

—Entonces, ¿te has unido a la lucha?

—¿Quién, yo? —preguntó Gus, blandiendo su espada de plata—. Yo *soy* la lucha. Me los he estado despachando durante todos estos días; han sido demasiados para contarlos.

Setrakian observó más de cerca el arma de Gus, evidenciando un gran interés.

—Si se puede saber, ¿de dónde has sacado esas armas tan notables?

—De la mismísima fuente —dijo Gus—. Ellos vinieron por mí cuando yo seguía con las manos esposadas, huyendo de la ley. Me raptaron cuando estaba en la calle.

La expresión de Setrakian se hizo oscura.

—¿Quiénes son "ellos"?

—Ellos… Los antiguos.

—¿Los Ancianos? —preguntó Setrakian.

—Mal asunto —exclamó Fet.

—Por favor —dijo Setrakian, haciéndole señas a Gus para que guardara la compostura—. Explícate.

Gus hizo un recuento de la oferta que le habían hecho los Ancianos, quienes tenían a su madre como rehén y cómo había reclutado a los Zafiros de Jersey City para que trabajaran a su lado como cazadores diurnos.

—Mercenarios —acotó Setrakian.

Gus tomó aquello como un cumplido.

—Estamos trapeando el piso con sangre de leche. Un escuadrón implacable de la muerte, asesinos eficaces de vampiros. Más bien diría que les estamos sacando la mierda…

Ángel asintió. Le simpatizaba ese chico.

—Los Ancianos —dijo Gus— creen que todo esto es un ataque concertado. Que están violando las normas de crianza, con el riesgo de exponerlos. Impacto y asombro, supongo…

Fet tosió una carcajada antes de decir:.

—¿Supones? Estás bromeando, ¿verdad? Desertores escolares y asesinos de mierda: ustedes no tienen idea de lo que está pasando aquí. Ni siquiera saben de qué lado están.

—Espera, por favor —Setrakian calló a Fet con un gesto y meditó—. ¿Ellos saben que ustedes han venido a buscarme?

—No —respondió Gus.

—Pronto lo harán. Y no se alegrarán —Setrakian alzó las manos, tranquilizando a Gus, que parecía confundido—. No te preocupes: todo es un gran enredo, una situación complicada para cualquier persona a quien le circule sangre roja en las venas. Por eso me complace mucho que me hayas buscado de nuevo.

Fet había aprendido a disfrutar del resplandor que asomaba en los ojos del anciano cuando se le ocurría una idea. Esto lo ayudó a relajarse un poco.

—Creo que tal vez puedas hacer algo por mí —le dijo Setrakian a Gus.

Gus le lanzó una mirada penetrante a Fet, como si le dijera: "Ahí tienes".

—Dime —le respondió a Setrakian—. Te debo mucho.

—Nos llevarás con los Ancianos.

Agencia del FBI, Brooklyn-Queens

EPH SE SENTÓ SOLO EN UN SALÓN PARA LOS agentes con los codos sobre una mesa, frotándose las manos con calma. La sala olía a café rancio, aunque no se veía taza alguna. La luz de la lámpara del techo se proyectaba en un espejo, iluminando la huella dactilar de una sola mano, fantasma remanente de un interrogatorio anterior.

Era extraña la sensación de ser observado, incluso analizado. Afecta todo lo que haces, tu misma postura, la forma en que te lames los labios o cómo te miras en el espejo, detrás del cual acechan tus captores. Si las ratas de laboratorio supieran que su comportamiento es objeto de estudio, entonces cada experimento con un laberinto y un pedazo de queso tendría una dimensión adicional.

Eph esperó las preguntas de los agentes, quizás con mayor interés del que tenía el FBI por sus respuestas. Esperó que el interrogatorio le diera un indicio de la investigación en curso y, al hacerlo, dejarle saber hasta qué punto la policía y los poderes de facto entendían la dimensión de la invasión vampírica. Había leído una vez que quedarse dormido antes del interrogatorio era una señal casi inequívoca de la culpabilidad de un sospechoso, debido a que, de algún modo, la falta de un desahogo físico para la ansiedad extenuaba a las mentes culpables, lo cual estaba relacionado con una necesidad inconsciente de ocultarse o escapar.

Eph estaba muy cansado y adolorido, pero ante todo, sintió alivio. Todo había terminado para él: estaba arrestado bajo custodia federal. No habría más luchas ni batallas. De todos modos, él era de poca utilidad para Setrakian y Fet. Con Zack y Nora a salvo, fuera de la zona de peligro, dirigiéndose hacia Harrisburg, le pareció que estar sentado allí, en aquel salón, era preferible a calentar el banquillo.

Dos agentes entraron sin presentarse. Lo esposaron con las manos al frente y no en la espalda, lo cual le pareció extraño a Eph, lo levantaron de la silla y se lo llevaron.

Lo condujeron más allá de un calabozo semivacío, hasta un ascensor con clave de acceso. Nadie dijo nada mientras subían. La puerta se abrió ante un pasillo estrecho, luego bajaron unas escaleras que llevaban a una puerta en la azotea.

Un helicóptero estaba estacionado allí, sus rotores girando y cortando el aire nocturno. Había mucho ruido para hacer preguntas; Eph subió agachado al vientre del pájaro mecánico en compañía de los dos agentes y se sentó mientras le abrochaban el cinturón de la silla.

El helicóptero sobrevoló Kew Gardens y Brooklyn. Eph vio las calles en llamas, el helicóptero serpenteando entre los grandes penachos de humo negro y espeso. Toda esta devastación rabiosa debajo de él. Decir que la escena era surrealista no alcanzaría a describirla.

Vio que cruzaban el río Este y se preguntó adónde lo llevaban. Observó las luces de las patrullas policiales y los camiones de los bomberos en el puente de Brooklyn, pero no vio coches ni personas en movimiento. No tardaron en sobrevolar el Bajo Manhattan, el helicóptero descendió y los edificios más altos le bloquearon la vista.

Eph sabía que el cuartel general del FBI estaba en la Plaza Federal, unas pocas cuadras al norte de la alcaldía. No obstante, sobrevolaron el Distrito Financiero.

El helicóptero subió de nuevo, dirigiéndose a la única azotea iluminada en varias cuadras a la redonda: un anillo rojo con luces de seguridad demarcaba el perímetro de un helipuerto.

La aeronave se posó con suavidad y los agentes de seguridad le desabrocharon el cinturón de seguridad. Lo levantaron de su asiento sin ponerse de pie: básicamente lo arrojaron a la azotea con unas cuantas patadas.

Permaneció en cuclillas, el aire azotando su ropa mientras la nave se elevaba de nuevo, girando en el aire y zumbando en la distancia de regreso a Brooklyn. Estaba inerme, con las manos esposadas a su espalda, en medio de la plataforma desierta.

Sintió un olor a quemado y a sal marina, la troposfera sobre Manhattan ahogada por el humo. Recordó la estela de polvo blanca y gris del World Trade Center que se elevó y se asentó de nuevo, propagándose por el horizonte como una nube de desesperación.

Ahora era una nube negra bloqueando las estrellas, haciendo a la noche oscura aún más oscura.

Dio una vuelta, desconcertado. Caminó más allá del anillo de las luces rojas, alrededor de una unidad de aire acondicionado, vio una puerta abierta con una luz débil que salía del interior. Siguió hacia allá y se detuvo con las manos esposadas y extendidas, cuestionándose si debería entrar o no, luego comprendió que no tenía otra opción. Tenía que decidirse entre guardar prudencia, o ser atrevido y explorar el interior.

La luz roja y tenue provenía de una señal de salida. Una escalera larga conducía a otra puerta abierta. Más allá había un pasillo alfombrado con una iluminación sofisticada. Un hombre vestido con un traje oscuro permanecía de pie, con las manos sobre la cintura. Eph se detuvo, buscando hacia dónde correr.

El hombre no dijo nada y permaneció inmóvil. Eph percibió que era un ser humano y no un vampiro.

A su lado, y empotrado en la pared, había un logotipo con un astro negro, dividido en dos por una línea azul metálica. Era el símbolo corporativo del Grupo Stoneheart. Eph se dio cuenta, por primera vez, que parecía una ilustración del sol oculto guiñando un ojo.

Sintió una descarga de adrenalina en su cuerpo y se preparó para pelear. Pero el hombre de Stoneheart se dio media vuelta y se dirigió hacia la puerta del extremo de la sala y la abrió.

Eph caminó hacia él, con cautela, pasando al lado del hombre y cruzando la puerta. El hombre no lo siguió y Eph se encontró al otro lado.

Varias obras de arte adornaban las paredes de la habitación amplia, lienzos gigantes que describían imágenes de pesadilla y abstracciones violentas. Una música se escuchaba débilmente, el volumen sincronizándose con sus oídos mientras se desplazaba por la habitación.

En un rincón del edificio de paredes de vidrio y mirando hacia el norte de la atribulada isla de Manhattan, había una mesa dispuesta para una sola persona.

Un haz de luz difusa iluminaba la tela blanca, haciéndola brillar. Un mayordomo, camarero —o un criado— entró después de Eph y le acercó una silla solitaria. Eph lo miró —era un hombre entrado en años, un empleado interno de toda la vida, que lo observó sin mirarlo a los ojos, de pie, esperando realmente a que su huésped tomara el asiento que le había ofrecido. Y así lo hizo Eph. El criado empujó la silla debajo de la mesa, abrió una servilleta, la dejó en su muslo derecho y se retiró.

Eph miró los grandes ventanales. El reflejo daba la ilusión de estar sentado afuera, en una mesa suspendida a unos setenta y ocho pisos de Manhattan, mientras que allá abajo la ciudad se debatía en un paroxismo de violencia.

Un zumbido leve atentaba contra la agradable sinfonía de fondo. Una silla de ruedas motorizada emergió de la oscuridad y Eldritch Palmer, manipulando la barra del timón con su mano frágil, avanzó por el piso pulido al lado opuesto de la mesa.

Eph se dispuso a incorporarse, pero el señor Fitzwilliam, el guardaespaldas y enfermero de Palmer, irrumpió en medio de las sombras. El tipo parecía salirse de su traje, el corte de su pelo anaranjado, corto como un vivac encendido sobre la roca que tenía por cabeza.

Eph desistió y se sentó de nuevo.

Palmer se acercó y la parte frontal de los brazos de su silla quedó alineada con la mesa. Luego miró a Eph. La cabeza de Palmer parecía un triángulo invertido: una base ancha con venas en forma de "S" sobre las sienes, que se estrechaba en un mentón tembloroso a causa de su edad.

—Tienes una puntería terrible, doctor Goodweather —le dijo Palmer—. Haberme matado podría haber impedido un poco nuestro avance, pero sólo temporalmente. Sin embargo, tu atentado le causó un daño hepático irreversible a uno de mis guardaespaldas. Debo decir que no es precisamente un acto muy propio de un héroe.

Eph no dijo nada, todavía aturdido por el traslado tan repentino de la sede del FBI en Brooklyn al penthouse de Palmer en Wall Street.

—Setrakian lo envió para matarme, ¿no es verdad? —comentó Palmer.

—No lo hizo. De hecho, creo que intentó disuadirme a su manera. Lo hice por mi propia cuenta —respondió Eph.

Palmer frunció el ceño, decepcionado.

—Debo admitir que me gustaría que fuera él quien estuviera aquí, en tu lugar. Alguien que tuviera al menos relación con lo que he hecho, con el alcance de mis logros. Alguien que pudiera entender la magnitud de mis actos, aunque los condene.

Palmer le hizo una señal al señor Fitzwilliam.

—Setrakian no es el hombre que tú crees que es —continuó Palmer.

—¿No? —preguntó Eph—. ¿Quién es entonces?

El señor Fitzwilliam se acercó con un aparatoso equipo médico provisto de ruedas, una máquina cuya función no le era familiar a Eph.

—Crees que es un hombre anciano y bondadoso, un mago blanco —prosiguió Palmer—. Un genio humilde.

Eph permaneció en silencio mientras Fitzwilliam le levantó la camisa a Palmer, dejando al descubierto unas válvulas dobles implantadas en sus muñecas, la carne del anciano cubierta de cicatrices. Fitzwilliam conectó dos tubos de la máquina a las válvulas, sellándolas con cinta adhesiva, y luego encendió el aparato. Parecía ser un alimentador.

—Es un insensato. Un carnicero, un psicópata y un erudito caído en desgracia. Un fracaso en toda la extensión de la palabra —señaló Palmer.

Estas palabras hicieron sonreír a Eph.

—Si fuera tan fracasado, no estaríamos hablando de él ahora, ni usted desearía que yo fuera él.

Palmer pestañeó somnoliento. Levantó la mano de nuevo; una puerta lejana se abrió y apareció una figura. Eph se preparó, preguntándose qué le tendría reservado Palmer, si ese canalla tendría acaso sed de venganza, pero sólo se trataba del criado, quien traía una pequeña bandeja en la punta de los dedos.

Puso un coctel frente a Eph, los cubos de hielo flotando en el líquido ambarino.

—Me han dicho que a los hombres les gustan las bebidas fuertes —señaló Palmer.

Eph miró la copa y luego a Palmer.

—¿Qué es esto?

—Un manhattan —dijo Palmer—. Me pareció apropiado.

—No me refiero a la maldita bebida. ¿Por qué me has traído aquí?

—Eres mi invitado para la cena. Una última cena. No la tuya: la mía —dijo Palmer, señalando con su cabeza la máquina alimentadora.

El criado regresó con una bandeja cubierta por una tapa de acero inoxidable. La dejó frente a Eph y retiró la cubierta. Un bacalao negro glaseado, papas tipo baby, mezcla de vegetales orientales, todo ello apetitoso y humeante.

Eph miró el plato sobre la mesa.

—Vamos, doctor Goodweather. Usted no ha visto una comida como ésta en varios días. Y no crea que pienso manipularlo, envenenarlo ni drogarlo. Si yo deseara su muerte, el señor Fitzwilliam, aquí presente, se encargaría rápidamente de ello y acto seguido daría cuenta de su cena.

En realidad, Eph estaba buscando los cubiertos.

Tomó el cuchillo de plata de ley, levantándolo en el aire para observar el reflejo de la luz.

—Sí, es de plata —señaló Palmer—. Esta noche no hay vampiros.

Eph tomó el tenedor con sus ojos fijos en Palmer; partió el pescado y sus esposas sonaron. Palmer lo observó llevarse un bocado a la boca y masticarlo, los jugos del alimento detonando en su lengua reseca, su estómago sonaba de hambre.

—Han pasado ya varias décadas desde la última vez que ingerí alimentos por vía oral —dijo Palmer—. Me acostumbré a no comer mientras me recuperaba de varios procedimientos quirúrgicos. En realidad, puedes perder el gusto por la comida con una facilidad sorprendente.

Observó a Eph masticar y tragar.

—Después de un tiempo, el simple acto de comer llega a parecer bastante animal. Grotesco, de hecho. Nada diferente de un gato comiéndose a un pájaro muerto. El tracto digestivo conformado por boca, garganta y estómago es un medio de alimentación muy burdo. Y por lo tanto, primitivo.

—Para ustedes, todos nosotros somos unos simples animales, ¿verdad? —comentó Eph.

—El término aceptado es "clientes" —anotó Palmer—. Pero, ciertamente, nosotros, la clase superior, nos hemos valido de esos impulsos humanos básicos, evolucionando considerablemente a través de su explotación. Hemos comercializado el consumo, manipulado la moral y las leyes para dominar a las masas con el miedo o el odio y, al hacerlo, hemos logrado crear un sistema de capital y remuneración que ha concentrado casi toda la riqueza del mundo en manos de unos pocos.

Creo que el sistema ha funcionado bastante bien durante los últimos dos mil años. Pero todo lo bueno debe terminar. Y tras el reciente desplome del mercado bursátil, ya lo has visto, es evidente que hemos estado cimentando un objetivo imposible. El dinero se acumula sobre el dinero en una espiral interminable. Quedan dos opciones: el colapso total, que no le atrae a nadie, o que los más ricos hundan el acelerador a fondo y se queden con todo. Y en eso estamos.

—Trajiste al Amo hasta aquí. Hiciste los preparativos para que viajara en ese avión —señaló Eph.

—Desde luego. Pero, doctor, he estado tan obsesionado durante los últimos diez años con la orquestación de este plan que hacerle un recuento pormenorizado sería desperdiciar las últimas horas que me quedan.

—¿Estás vendiendo a la raza humana para asegurarte una vida eterna como vampiro?

Palmer juntó las manos como en un gesto de oración y se las frotó para calentarse un poco.

—¿Sabías que esta isla fue alguna vez el hogar de tantas especies diferentes como las que alberga hoy el Parque Nacional de Yellowstone?

—No, no lo sabía. ¿De modo que nosotros los humanos ya sabíamos cuál era nuestro destino? ¿Eso es lo que quieres decir?

Palmer esbozó una sonrisa casi imperceptible.

—No; eso no es cierto. Sería demasiado moralista. Todas las especies dominantes han asolado la Tierra con un entusiasmo similar, en mayor o igual medida. Mi punto es que la Tierra no importa. El cielo tampoco. Todo el sistema está estructurado en torno a un deterioro de largo aliento y a su eventual renacimiento. ¿Por qué valoras tanto a la humanidad? Creo que puedes ver cómo todo se les está yendo de las manos. Se están desintegrando. ¿Esa sensación es tan mala realmente?

Eph recordó —con un poco de vergüenza— su apatía en la sala de interrogatorio del FBI. Miró con disgusto el coctel que Palmer esperaba que bebiera.

—La decisión más inteligente hubiera sido llegar a un acuerdo —prosiguió Palmer.

—Yo no tenía nada que ofrecer —observó Eph.

Palmer meditó en esto.

—¿Es por eso que todavía te resistes?

—En parte. ¿Por qué deberían divertirse únicamente las personas como tú?

Palmer asentó sus manos en el apoyabrazos, con un aire de certeza cercano a la revelación.

—Son los mitos, ¿no? Las películas, los libros y las fábulas: se han arraigado profundamente. El entretenimiento que vendíamos tenía por objeto aplacarlos a ustedes. Mantenerlos sometidos, sin que dejaran de soñar. Necesitábamos que siguieran deseando, que tuvieran esperanzas y ambiciones. Cualquier cosa que desviara su atención de su sensación animal y se volcara a la ficción de una existencia superior, de un propósito más elevado. Algo que estuviera más allá del ciclo del nacimiento, reproducción y muerte.

Una sonrisa de satisfacción afloró en el rostro de Palmer. Eph tomó la palabra, señalándolo con el tenedor.

—¿Pero no es eso lo que estás haciendo ahora precisamente? Piensas que estás a punto de ir más allá de la muerte. Por lo tanto, crees en las mismas ficciones.

—¿Yo? ¿Una víctima de ese gran mito? —Palmer sopesó esa posibilidad, pero pronto la descartó—. Me he labrado un nuevo destino. Estoy renunciando a la muerte para alcanzar la liberación. Creo que la humanidad que tanto conmueve a tu corazón ya está subyugada y totalmente programada para el sometimiento.

GUILLERMO DEL TORO Y CHUCK HOGAN

Eph levantó la mirada.

—¿Subyugación? ¿Qué quieres decir con eso?

—No voy a darte una información detallada —respondió Palmer, haciendo un gesto de negación—. Y no porque tema que puedas hacer algo heroico con dicha información. Es demasiado tarde. La suerte ya está echada.

Eph hizo un recuento mental. Recordó el discurso que había dado Palmer ese mismo día, los tres puntos de su propuesta.

—¿Por qué una cuarentena ahora? ¿Para qué quieren aislar las ciudades? ¿Cuál es su objetivo? A menos que pretendan reunirnos en una manada.

Palmer no respondió.

—No pueden convertir a todo el mundo —continuó Eph—, porque se quedarían sin sangre para alimentarse. Ustedes necesitan una fuente de suministro confiable.

Eph pensó en la tercera propuesta y ató cabos. Un sistema de distribución de alimentos. La planta empacadora de carne.

—¿Eres…? No…

Palmer posó sus viejas manos en el regazo.

—¿Qué pasa con las plantas de energía nuclear? ¿Por qué necesitan que entren en funcionamiento? —lo presionó Eph.

—La suerte ya está echada —repitió Palmer.

Eph dejó su tenedor, limpiando la hoja del cuchillo con la servilleta antes de depositarlo en el plato. Estas revelaciones habían espantado su necesidad biológica de consumir proteínas.

—No estás loco, después de todo —dijo Eph, intentando descifrarlo—. Ni siquiera estás mal. Estás desesperado y ciertamente eres un megalómano. Absolutamente perverso. ¿Todo esto obedece al miedo que siente un hombre rico frente a la muerte? ¿Estás tratando de comprar una manera de evitarla? ¿Realmente estás eligiendo una alternativa? Pero, ¿para qué?

¿Qué no has hecho ya para conseguir lo que deseas? ¿Qué otras cosas podrías anhelar?

Por un brevísimo instante, los ojos de Palmer mostraron un indicio de fragilidad, incluso de miedo. Y entonces se reveló tal como era: un hombre frágil, viejo y enfermo.

—Usted no entiende, doctor Goodweather. Toda mi vida he estado enfermo. *Toda mi vida.* No tuve infancia ni adolescencia. He luchado contra mi propia podredumbre durante tanto tiempo como puedo recordar. ¿Que si le temo a la muerte? Todos los días camino a su lado. Lo que quiero ahora es trascenderla. Silenciarla. ¿Qué he ganado con mi condición humana? Todos los placeres que he sentido han estado manchados por el áspero susurro de la decadencia y de la enfermedad.

—Pero, ¿ser un vampiro? Una… ¿una criatura? ¿Un chupasangre, o algo peor?

—Bueno… se han hecho ciertos arreglos. Seré exaltado en cierto modo. Incluso en la siguiente fase tiene que haber un sistema de clases, como ya lo sabes. Y me han prometido un lugar en la cúspide.

—Es una promesa hecha por un vampiro, por un virus. Pero, ¿qué hay de tu voluntad? Él se apoderará de ella como lo ha hecho con la de todos los demás. ¿De qué te sirve eso? Simplemente cambiarías un susurro por otro…

—Me han tratado peor, créeme. Pero es muy amable de tu parte mostrar tu preocupación por mi bienestar —Palmer miró los grandes ventanales, más allá de su reflejo, hacia la ciudad moribunda—. Cualquier persona preferiría un destino diferente, supongo. Pero tarde o temprano le darán la bienvenida a nuestra alternativa. Ya lo verás. Aceptarán cualquier sistema y cualquier orden que les prometa una ilusión de seguridad —Palmer miró hacia atrás—. No has probado tu bebida.

—Tal vez no estoy tan preprogramado. Tal vez las personas son más impredecibles de lo que piensas —dijo Eph.

—No lo creo. Cada modelo tiene sus anomalías individuales. Un médico y científico reputado se convierte en un asesino: es divertido, ¿no te parece? La mayoría de los seres humanos carece de visión, de una visión de la verdad. De la capacidad de actuar con una certeza absoluta. No la tienen, reconócelo. Como grupo —un rebaño, según tus palabras— son fáciles de manejar y maravillosamente previsibles. Capaces de venderse, de convertirse, de matar a los que dicen amar a cambio de un poco de paz mental o de un bocado de comida.

Palmer se encogió de hombros, decepcionado de que Eph hubiera terminado de comer y de que la cena hubiera llegado a su fin.

—Ahora regresarás de nuevo al FBI.

—¿Esos agentes están involucrados? ¿Qué tan grande es esta conspiración?

—¿"Esos agentes"? —Palmer negó con la cabeza—. Al igual que en cualquier institución burocrática (los CDC, pongámoslo como ejemplo), una vez que controlas los estamentos superiores, el resto de la organización simplemente cumple las órdenes. Los Ancianos han actuado así durante años y el Amo no es la excepción. ¿No ves que los gobiernos fueron instituidos precisamente por esa razón? Así que no hay ninguna conspiración, doctor Goodweather. Ésta es la misma estructura que ha existido desde que se lleva la cuenta del tiempo.

Fitzwilliam desconectó a Palmer del alimentador.

Eph advirtió que Palmer ya era un vampiro a medias; el paso de la alimentación por vía intravenosa a una dieta de sangre no era muy grande.

—¿Por qué mandaste traerme?

—No fue para regodearme. Creo que eso ha quedado claro. Y mucho menos para aliviar las tribulaciones de mi alma —Palmer se rio entre dientes antes de adoptar un aire serio—. Ésta es mi última noche en calidad de humano. Cenar con mi asesino fallido me pareció un colofón exquisito... Mañana, doctor Goodweather, existiré en un lugar fuera del alcance de la muerte. Y tu raza existirá de una forma que está más allá de todo lo que hayan podido imaginar hasta ahora.

—¿Mi raza? —dijo Eph, interrumpiéndolo.

—Te he entregado a un nuevo Mesías y la cuenta está saldada. Los urdidores de fábulas tenían razón, a excepción de su caracterización con respecto a la segunda venida del Mesías. Dios promete la vida eterna y el Amo la hace posible. En efecto, él resucitará a los muertos. Presidirá el juicio final. Y establecerá su reino sobre la Tierra.

—¿Y qué ganas con eso? ¿Te convertirás en un hacedor de reyes? Pareces un ser sin autonomía que se limita a cumplir sus órdenes.

Palmer frunció sus labios resecos de una manera condescendiente.

—Ya veo. Otro intento torpe de sembrar dudas en mí. El doctor Barnes me advirtió que eras muy obstinado. Pero supongo que tendrás que intentarlo una y otra vez.

—No estoy intentando nada. Si no puedes darte cuenta de que él te ha estado manipulando, entonces lo que te mereces es una buena pelea.

Palmer conservó su expresión flemática. Pero algo más se escondía detrás de ésta.

—Mañana —dijo— será el día.

—¿Y por qué aceptó él compartir el poder con otro ser? —preguntó Eph. Se incorporó, dejando caer las manos debajo de la mesa. Comenzó a improvisar, pero se sentía lúcido—. Piensa en ello. ¿Qué tipo de obligación lo amarra a él a este acuerdo? ¿Qué van a hacer ustedes dos? ¿Darse la mano? No son hermanos de sangre, todavía no. En el mejor de los casos, mañana a esta hora te habrás convertido en una sanguijuela más de su colmena. Te lo dice un epidemiólogo. Los virus no hacen negocios.

—Él no sería nada sin mí.

—Querrás decir sin tu dinero. Sin tu influencia mundana. Todo lo cual —Eph asintió al mirar hacia abajo—… ha dejado de existir.

Fitzwilliam se acercó a un lado de Eph.

—El helicóptero ha regresado.

—Así que buenas noches, doctor Goodweather —dijo Palmer, antes de comenzar a alejarse en su silla—. Y adiós.

—Él ha estado convirtiendo personas a diestra y siniestra. Así que pregúntate lo siguiente: si eres tan malditamente importante, Palmer, ¿por qué te hace esperar en la fila?

Palmer se fue alejando despacio. Fitzwilliam ayudó a incorporar a Eph, que había tenido suerte: el cuchillo de plata que llevaba escondido en la pretina del pantalón sólo le rozó el muslo.

—¿Qué hay para ti en todo esto? —le preguntó Eph a Fitzwilliam—. Eres demasiado saludable para estar soñando con la vida eterna como una sanguijuela.

Fitzwilliam no dijo nada. Eph sentía el cuchillo todavía apretado contra su cadera mientras era conducido de nuevo a la azotea.

LLUVIA

¡THUD-BUMP!

Nora se estremeció ante el primer impacto. Todos lo sintieron, pero pocos supieron de qué se trataba. Ella no sabía mucho sobre los túneles del río Norte que conectaban a Manhattan y Nueva Jersey. Supuso que, en circunstancias normales —algo que realmente ya no existía—, era un trayecto que duraba de dos a tres minutos en total, a varios metros por debajo del río Hudson. Un viaje de ida sin escalas. La única forma de atravesar el túnel en ambos sentidos. Era probable que ellos no hubieran llegado siquiera a la mitad, a la parte más profunda debajo del río.

¡Bam-bam!-¡¡BAMM!!-¡Bam-Bam!

Otro golpe. Se escuchó un traqueteo debajo del chasis del tren. El ruido y una fuerte vibración, provenientes de la parte delantera, sacudieron el piso del tren hasta la parte posterior —ella lo sintió bajo sus pies— y luego se desvanecieron. Muchos años atrás, su padre, que iba conduciendo el Cadillac de su hermano, pisó un tejón mientras recorría las montañas de Adirondack. El ruido fue casi el mismo, sólo que éste era mucho más fuerte.

Pero esta vez no se trataba de un tejón.

Y tampoco —sospechó ella— de un ser humano.

El miedo la envolvió. Los golpes despertaron a su madre y Nora la tomó instintivamente de su mano débil. En respuesta, recibió una sonrisa vaga y una mirada vacía.

Mejor que sea así, pensó Nora, y se estremeció aún más. Era mejor no hacerles frente a sus preguntas, sospechas y temores. Nora ya tenía de sobra con todo lo que estaba viviendo.

Zack seguía bajo la influencia de sus audífonos, los ojos cerrados, balanceando suavemente la cabeza sobre la mochila que tenía en el regazo; quizá seguía el ritmo de la música, o tal vez estaba dormido. De cualquier manera, no sintió los golpes ni la preocupación creciente entre los pasajeros del vagón. Aunque no por mucho tiempo…

¡Bump-CRUNCH!

Los pasajeros comenzaron a jadear. Los impactos eran más frecuentes y los ruidos más fuertes. Nora imploró que pudieran atravesar el túnel a tiempo. Algo que siempre había odiado de los trenes y metros subterráneos era que nunca podía ver nada por las ventanas delanteras. No puedes ver lo mismo que el conductor. Lo único que alcanzas a ver es una imagen borrosa, sin saber qué viene en camino.

Más golpes. Ella creyó reconocer el chasquido de huesos, y ¡otro sonido! un gruñido que no era humano, no muy diferente al de un cerdo.

Tal parecía que al conductor se le había agotado la paciencia; activó el freno de emergencia, produciendo un chirrido metálico, rasgando la "pizarra del miedo" de Nora con uñas de acero.

Los viajeros que iban a pie se agarraron de los respaldos de los asientos y de los pasamanos del techo. Los golpes se convirtieron en uno solo, estruendoso y aterrador, el peso del tren aplastando más cuerpos. Zack alzó la cabeza, abrió los ojos y miró a Nora.

El tren comenzó a resbalar, con el estrépito de las ruedas contra los rieles. Se presentó un estremecimiento descomunal y repentino, y el compartimiento interior se sacudió con tal violencia que muchos pasajeros cayeron al suelo.

El tren se detuvo con un sonido estridente, los vagones inclinados hacia la derecha.

Se había salido de las vías.

Descarrilado.

Las luces del tren titilaron y se apagaron. Estalló un gemido agudo, con notas de pánico.

Las luces de emergencia se encendieron con un brillo tenue.

Nora ayudó a Zack a ponerse en pie. Era hora de empezar a moverse. Llevó a su madre de la mano, avanzando hacia la parte delantera del vagón antes de que los demás pasajeros se recobraran del impacto. Quería echarle un vistazo al túnel aprovechando los faros del tren. Pero inmediatamente se percató de que el pasillo era intransitable. Demasiadas personas, demasiado equipaje en el suelo.

Nora tomó la cuerda de la bolsa con las armas y condujo a Zack y a su madre al lado, hacia la salida que había entre los vagones. Se comportó con civismo, esperando a que los demás pasajeros tomaran sus equipajes de mano, cuando escuchó los primeros gritos en el vagón de adelante.

Todos los pasajeros se dieron vuelta.

—¡Vamos! —les dijo Nora a Zack y a su madre, abriéndose paso en medio del tumulto hacia las puertas de salida. No le importó que los demás pasajeros la miraran mal: ella tenía dos vidas que proteger, sin contar la suya.

Vio, por encima de los pasajeros confundidos, unos movimientos frenéticos en el siguiente vagón, mientras esperaba que un tipo lograra abrir las puertas automáticas en un extremo del vagón. Unas figuras oscuras se movían rápidamente... y una explosión de sangre arterial salpicó la puerta de cristal que separaba los compartimentos.

Los cazadores les habían dado Hummers blindados, de color negro y ornamentos cromados a Gus y a sus secuaces. La mayoría de los adornos habían desaparecido tras chocar con otros vehículos en su intento por cruzar rápidamente los puentes y calles de la ciudad.

Gus iba en contravía por la Calle 59 y los faros delanteros eran las únicas luces para alumbrar el camino. Fet iba adelante, en el asiento del pasajero, con la bolsa del arsenal a sus pies. Ángel y los Zafiros los seguían en otro vehículo.

La radio estaba encendida y el anfitrión del programa deportivo había puesto música, tal vez para darle un descanso a su voz o a su vejiga. Fet reconoció, mientras Gus giraba abruptamente hacia la acera para esquivar algunos vehículos abandonados, la letra de una canción de Elton John, "Don't Let the Sun Go Dow on Me...", *No dejes que el sol caiga sobre mí...*

Gus apagó la radio.

—No es nada gracioso —dijo.

Poco después se detuvieron frente a un edificio con vista a Central Park, justamente el tipo de lugar donde Fet siempre había imaginado que podía vivir un vampiro. Desde la acera, se veía como una torre gótica contra el cielo de humo.

Fet entró por la puerta delantera junto a Setrakian, ambos con sus espadas en ristre. Ángel iba detrás y Gus silbaba una melodía a su lado.

El vestíbulo, cubierto con tapiz pardo, estaba vacío y sumido en la penumbra.

Gus tenía una llave del ascensor, una pequeña jaula de hierro verde forjado de estilo victoriano con todos sus cables a la vista.

El pasillo del último piso se encontraba en construcción, o al menos así parecía. Gus descargó sus armas en un andamio.

—Dejen todas sus armas aquí —ordenó.

Fet miró a Setrakian, quien no parecía dispuesto a soltar las suyas, y el exterminador sujetó su espada con fuerza.

—Como quieras —dijo Gus.

Ángel permaneció detrás mientras Gus los conducía por la única puerta, y subieron tres escaleras que daban a una antesala oscura. Allí estaba la tintura habitual de tierra y amoniaco, con una sensación inequívoca de calor. Gus retiró una cortina pesada, revelando una sala amplia con tres ventanales que daban al parque.

Perfilados contra cada una de ellas había tres seres de pie, inmóviles, calvos y completamente desnudos, hieráticos como estatuas montando guardia sobre el monumento de Central Park.

Fet levantó su espada de plata, la hoja erguida como la aguja de un instrumento que midiera la presencia del mal. Sintió un golpe súbito en la mano y la empuñadura del florete resbaló de sus dedos. Su otro brazo, con el que sostenía la bolsa del armamento, se estremeció a la altura del hombro y el exterminador se sintió más liviano.

Le habían cortado las manijas de su bolsa. Giró su cabeza a tiempo para ver su espada incrustarse en la pared lateral, perforándola, la hoja vibrando y la bolsa de las armas colgando de ella.

Luego sintió un arma blanca a un lado de su garganta. No era una hoja de plata, sino la punta de un cuchillo de hierro.

Y junto a él, un rostro tan pálido que casi resplandecía. Sus ojos tenían la profundidad escarlata de la posesión vampírica, su boca curvada en una mueca desdentada.

La garganta hinchada le latía, no por el flujo sanguíneo, sino debido a la aprehensión.

—Oye... —la voz de Fet desapareció en el vacío.

Todo había terminado para él. La rapidez con que ellos se movían era increíble. Mucho más rápido que los animales.

Pero los tres seres de las ventanas seguían inmóviles.

"Setrakian."

La voz, que irrumpió en su mente, estuvo acompañada por una sensación de entumecimiento que nubló sus pensamientos.

Fet le echó un vistazo al profesor. Todavía tenía su arma con la hoja envainada. Un cazador estaba a su lado, apuntándole con un arma en la sien.

—Vienen conmigo —les dijo Gus, acercándose a ellos.

"Ellos tienen armas de plata."

Era la voz de un cazador, más enérgica que la del Anciano.

—No vengo para destruirte. No esta vez —dijo Setrakian.

"Nunca te acercarías tanto."

—Pero he estado muy cerca en el pasado y tú lo sabes. No revivamos viejas batallas. Mi deseo actual es dejar todo eso a un lado por ahora. Me he puesto a merced tuya por una razón: quiero hacer un trato.

"¿Un trato? ¿Qué podrías tener para ofrecerme?"

—El libro. Y el Amo.

Fet sintió que el vampiro gorila retiraba el arma sólo unos pocos milímetros; la punta seguía apretada contra su piel, pero ya no le arañaba la garganta.

Los seres permanecían inmóviles en las ventanas, pero la voz imponente se escuchaba firme en su cabeza.

"¿Y qué es lo que quieres a cambio?"

—El mundo —respondió Setrakian.

Nora vio a las figuras oscuras ensañadas con los pasajeros del vagón de atrás. Golpeó a un pasajero detrás de la rodilla, jalando a su madre y a Zack, y empujando a una pasajera en traje de oficina y tenis en su intento por salir del tren descarrilado.

Nora logró que su madre bajara el peldaño alto sin caerse. Miró hacia el lugar donde la locomotora se había salido de la vía, ladeada contra la pared del túnel y comprendió que tendrían que ir hacia el otro lado.

Había cambiado la claustrofobia del tren atascado por la claustrofobia de un túnel que pasaba por debajo de un río.

Nora abrió el cierre lateral de su bolsa y sacó la lámpara Luma. La encendió y la batería regresó a la vida; el foco UVC se calentó e irradió sus rayos de color índigo.

Las vías se iluminaron. Por todas partes había desechos de vampiros, un guano fluorescente que cubría el suelo y escurría por las paredes. Era evidente que miles de ellos habían utilizado este camino durante varios días para pasar a tierra firme. Era un ambiente perfecto para ellos: oscuro, sucio y oculto a los ojos de la superficie.

Otros pasajeros bajaron del tren, alumbrando el camino con las pantallas de sus teléfonos móviles.

—¡Oh, dios santísimo! —gritó uno.

Nora se dio vuelta y vio, iluminadas por los teléfonos de los pasajeros, las ruedas del tren cubiertas con sangre blanca de vampiros. Muchos pegotes de piel pálida y de cartílago negro de los huesos triturados colgaban del chasis.

Nora se preguntó si habían sido atropellados accidentalmente, o si se habrían arrojado a las vías del tren.

Esta última opción le parecía más probable. Pero, ¿por qué lo habrían hecho?

Nora creyó saberlo. Con la imagen de Kelly aún fresca en su mente, pasó su brazo por el hombro de Zack, tomó a su madre de la mano y corrió hacia la parte posterior del tren.

Nueva Jersey estaba relativamente lejos y ellos no estaban solos allí.

Oyeron más gritos en el tren: pasajeros mutilados por las criaturas pálidas que merodeaban por los vagones. Nora procuró impedir que Zack viera sus cabezas apretadas contra las ventanas, regurgitando saliva y sangre.

Llegó a un extremo del tren y pasó al otro lado, caminando sobre la multitud de cadáveres de vampiros aplastados en las vías, matando con su luz ultravioleta a los gusanos de sangre que acechaban en el suelo. Avanzó hacia a la locomotora por un tramo despejado.

Los túneles transmiten sonidos y los distorsionan. Nora no estaba segura de lo que escuchaba, pero su cercanía le produjo un susto adicional. Invitó a los pasajeros que la seguían a detenerse un momento y a permanecer inmóviles y en silencio.

Oyó un sonido repetitivo, como si varias personas corrieran, pero lo atribuyó al efecto del sonido magnificado por el túnel. Aguzó sus oídos. El sonido venía de atrás, de la ruta ya recorrida por el tren: era una horda de pasos.

La luz de las pantallas telefónicas y de la lámpara UV de Nora no eran muy potentes. Algo se acercaba a ellos desde la oscuridad impenetrable. Nora resguardó a Zack y a su madre y empezó a correr en dirección opuesta.

E l cazador se apartó de Fet, sin dejar de apretar el punzón contra su cuello. Setrakian había comenzado a informarles a los Ancianos sobre la alianza entre Eldricht Palmer y el Amo.

"Ya lo sabemos. Vino a pedirnos la inmortalidad hace algún un tiempo."

—Pero ustedes se la negaron y entonces tocó la puerta de al lado.

"No cumplía con nuestros criterios. La eternidad es un hermoso regalo; es la entrada a una aristocracia inmortal. Somos rigurosamente selectivos."

La voz que retumbaba en la cabeza de Fet sonaba como el regaño de un padre multiplicado por mil. Miró al cazador que estaba a su lado y se preguntó: ¿Será algún rey europeo fallecido hace mucho tiempo? ¿Alejandro Magno? ¿Acaso Howard Hughes?

No, esos cazadores no eran nada de eso. Fet supuso que fue un soldado de élite en su vida anterior, retirado del campo de batalla, tal vez durante una misión especial. Y reclutado por el servicio selectivo final.

Pero, ¿de cuál ejército sería? ¿De qué época y qué guerra? ¿Vietnam? ¿Normandía? ¿Termópilas?

—Los Ancianos están conectados con el mundo humano en sus más altos niveles. Ellos asumen la riqueza del iniciado, lo cual les ayuda a permanecer aislados y a ejercer su influencia en todo el mundo —dijo Setrakian, confirmando, al referir estos hechos, las teorías que había esbozado durante toda su vida.

"Si se tratara de una simple transacción comercial, su riqueza sería suficiente para nosotros. Pero no nos conformamos con riquezas. Lo que buscamos es poder, capacidad de acceso y obediencia. Y a él le faltaba esto último."

—Palmer se enfureció cuando el regalo le fue negado. Así que buscó al Amo descarriado, al joven…

"Quieres saberlo todo, Setrakian. Codicioso hasta el final. De acuerdo. Te concedemos que tienes la mitad de la razón en todo. Sí, Palmer pudo haber buscado al Séptimo. Pero puedes estar seguro de que fue el Séptimo quien lo encontró a él."

—¿Sabes qué es lo que quiere?

"Lo sabemos."

—Entonces deben saber que están en problemas. El Amo está creando una fuerza de miles de esbirros y son demasiados para que sus cazadores puedan aniquilarlos. Su cepa se está propagando. Se trata de seres que ustedes no pueden controlar, al menos no con poder ni con influencias.

"Mencionaste el Códice de Plata."

El poder de sus voces hizo que Fet entrecerrara los ojos.

—Lo que quiero de ustedes es un apoyo financiero ilimitado. Lo necesito de inmediato —dijo Setrakian, dando un paso hacia adelante.

"La subasta. ¿Crees que no hemos considerado esto antes?"

—Si ustedes hacen una oferta utilizando un intermediario humano, correrían el riesgo de exponerse. Es imposible garantizar los motivos. Lo mejor sería hacer fracasar todas las ventas potenciales. Pero eso no será posible en esta ocasión. Estoy convencido de que el momento de este gran ataque, el ocultamiento de la Tierra y la reaparición del libro no son ninguna coincidencia. Todo se ha alineado. ¿Niegan ustedes esta simetría cósmica?

"De ninguna manera. Pero de nuevo, el resultado seguirá el plan trazado sin importar lo que hagamos."

—No hacer nada me parece un plan inconveniente.

"¿Y qué quieres a cambio?"

—Un breve vistazo a su contenido. Este libro, elaborado en plata, es una creación humana que ustedes no pueden poseer. He visto el Códice de Plata, como ustedes lo llaman. Contiene muchas revelaciones, eso se lo puedo garantizar. Ustedes serían más sabios si aceptaran que la humanidad sabe de su origen.

"Son verdades a medias y especulaciones."

—¿De veras? ¿Se puede correr ese riesgo? ¿Mal'akh Elohim?

Hubo una pausa. Fet sintió un breve relajamiento en su cabeza. Podría jurar que vio al Anciano torcer sus labios en señal de disgusto.

"Las alianzas más improbables suelen ser las más productivas."

—Déjenme ser muy claro en este punto. No les estoy ofreciendo ninguna alianza. Esto no es más que una tregua en tiempos de guerra. El enemigo de mi enemigo no es por ahora amigo mío ni yo lo soy de ustedes. Sólo les prometo ver el libro y a través de él, tener una oportunidad para derrotar al Amo envilecido antes de que él los destruya a ustedes. Pero cuando este acuerdo expire, sólo les prometo que la lucha continuará. Yo los perseguiré de nuevo y ustedes me perseguirán a mí...

"Después de que leas el libro, Setrakian, no podremos permitir que sigas viviendo. Debes saberlo. Es una prohibición que pesa sobre todos los seres humanos."

—Yo no soy muy aficionado a la lectura... —aclaró Fet, después de tragar saliva.

—Acepto. Y ahora que nos estamos entendiendo mutuamente, hay otra cosa que necesito. No de ustedes, sino de este joven. De Gus —dijo Setrakian.

Gus se acercó al prestamista y a Fet.

—Siempre y cuando pueda seguir matando.

No hubo ceremonia de inauguración, tijeras gigantes, dignatarios ni políticos. No hubo fanfarria en absoluto.

La planta nuclear de Locust Valley entró en funcionamiento a las 5:23 a.m. Los inspectores de la Comisión Residente de Regulación Nuclear supervisaron los procedimientos desde la sala de control de aquella central que había costado diecisiete mil millones de dólares.

Locust Valley era una instalación nuclear de fisión que operaba con reactores térmicos dobles de Generación III, ecualizados con agua liviana. La revisión de las instalaciones y de los procedimientos de seguridad había concluido antes de que las barras de uranio 235 y las bazas de control fueran introducidas en el agua, dentro del núcleo presurizado.

El principio de la fisión controlada se asemeja a una bomba nuclear que explota a un ritmo lento y continuo, antes que en milésimas de segundo. El calor producido genera electricidad, la cual es encauzada y transmitida de manera semejante a la energía convencional proveniente de las plantas de carbón.

Palmer entendía el concepto de la fisión sólo en el sentido en que era similar a la división celular en la biología. La energía se produce tras la división: ése era el valor y la magia de la fisión nuclear.

Afuera, las torres paralelas de refrigeración despedían vapor como dos tazas gigantes de hormigón.

Palmer se maravilló. Ésa era la pieza final del rompecabezas. La última pieza que encajaba en su lugar.

Éste fue el momento en que el perno se deslizó, justo antes de que la gran puerta de la bóveda se abriera.

Mientras veía las nubes de vapor desplazándose por el cielo ominoso como fantasmas emergiendo de gigantescos calderos, Palmer se acordó de Chernobyl. Del pueblo negro de Pripyat, donde había conocido al Amo. El accidente del reactor fue, al igual que los campos de concentración en la Segunda Guerra Mundial, una lección para el Amo. La raza humana ya le había mostrado el camino. Le había suministrado las herramientas de su propia destrucción.

Todo ello respaldado por Eldritch Palmer.

"Él ha estado convirtiendo personas por simple placer."

Ah, doctor Goodweather. Pero los primeros serán los últimos y los últimos serán los primeros. Era así como se supone que funcionan las cosas, según la Biblia.

Pero esto no era la Biblia. Esto era América.

"Lo primero debía ser lo primero."

Palmer no tardó en saber cómo se sentían sus socios comerciales después de haber negociado con él: como si les hubieran dado un puñetazo en el estómago con la misma mano con que los habían saludado.

Crees que estás trabajando con alguien hasta que comprendes algo: que estás trabajando para él.

"¿Por qué te hacen esperar en la fila?"

Así era.

Zack se apartó de Nora cuando su iPod cayó al piso del túnel. Fue una estupidez, un acto reflejo, pero su mamá se lo había comprado y le había bajado canciones que no le gustaban a ella y que odiaba incluso. Por eso, cuando sostenía el pequeño dispositivo mágico entre sus manos y se extraviaba en la música, también se conectaba con su madre.

—¡Zachary!

Era curioso que Nora pronunciara su nombre completo, pero funcionó, y él se incorporó rápidamente. Parecía desesperada y agarraba con fuerza a su madre en la parte delantera del tren. Zack sintió una empatía con Nora, un vínculo en común, pues sus dos madres estaban muy enfermas: ambos las habían perdido, sin embargo, seguían parcialmente allí.

Zack recogió el reproductor de música y lo metió en el bolsillo de sus jeans y los audífonos quedaron enredados en el riel. El tren descarrilado se sacudía de tanto en tanto por los ataques de las criaturas, Nora se esforzó para que él no viera lo que sucedía. Pero él lo sabía. Había visto las ventanas cubiertas de sangre. Había visto sus caras. Estaba casi en estado de shock, viviendo una pesadilla terrible.

Nora se había detenido y miraba horrorizada algo detrás de él.

Unas pequeñas figuras salían de la oscuridad del túnel, moviéndose a gran velocidad. Estas criaturas recién convertidas, ninguna de las cuales llegaba siquiera a los quince años, avanzaron sobre ellos con agilidad inhumana.

Eran dirigidos por una falange de niños vampiros ciegos, sus ojos negros y calcinados, quienes se movían de un modo diferente al de los niños videntes que se les adelantaron al llegar al tren, profiriendo horribles chillidos de alegría inhumana.

Se abalanzaron inmediatamente sobre los pasajeros que huían de la carnicería. Otros corrían por las paredes del túnel y se lanzaron sobre el techo del tren, como pequeñas arañas saliendo de un saco de huevos.

Una figura adulta se movía con intenciones diabólicas entre ellos. Era una figura femenina, ensombrecida por la luz tenue del túnel, y quien, al parecer, dirigía el ataque. Una madre posesa al frente de un ejército de niños demoniacos.

Una mano lo agarró de la capucha de su chaqueta —era Nora— y lo apartó. Zack trastabilló y luego se incorporó para correr con ella, tomando el brazo de Mariela y pasándolo debajo de su hombro, arrastrando a la anciana lejos del tren descarrilado y atestado de niños vampiros enloquecidos.

La luz índigo de Nora escasamente les iluminaba el camino a lo largo de las vías, un caleidoscopio magnificando los excrementos psicodélicos y enfermizos de los vampiros. Nadie parecía seguirlos.

—¡Mira! —dijo Zack.

Sus ojos percibieron dos huellas que conducían a una puerta en la pared izquierda. Nora los condujo hacia allá, apresurándose a mover la manija. Estaba atascada o cerrada con seguro. Dio un paso atrás y la pateó con el tacón de su zapato una y otra vez, hasta que el cerrojo se vino abajo y la puerta se abrió.

Al otro lado había una plataforma idéntica, dos escaleras que conducían a otro túnel, así como otras vías ferroviarias, de las cuales aquélla correspondía al extremo sur del túnel, que iba hacia el este, de Nueva Jersey a Manhattan.

Nora cerró la puerta con tanta fuerza como pudo y acosó a sus dos acompañantes.

—Rápido —les ordenó—. Muévanse rápido. No podemos luchar contra todos ellos.

Entonces se internaron en la oscuridad del túnel. Zack ayudó a Nora, quien sostenía a su madre, pero estaba claro que no podían seguir así indefinidamente.

No escucharon nada detrás de ellos —no oyeron que la puerta se abría— y no obstante avanzaron como si los vampiros les pisaran los talones. Sentían que cada segundo era un lapso de tiempo prestado.

Mariela había perdido sus zapatos, sus medias de nylon estaban rotas y sus pies cortados y sangrando.

—Necesito descansar. Quiero irme a casa —repetía una y otra vez en voz alta.

La situación se hizo incontrolable. Nora y Zack se detuvieron un momento. Nora le tapó la boca con su mano para hacerla callar.

Zack vio el rostro de Nora iluminado por la luz violeta de la lámpara. Percibió su inquietud mientras intentaba seguir adelante y callar a su madre al mismo tiempo.

Advirtió entonces que debía tomar una decisión terrible.

Su madre forcejeó para desprenderse de Nora, quien soltó su bolso de lona.

—Ábrelo —le dijo a Zack—. Quiero que saques un cuchillo.

—Ya tengo uno —el chico se llevó la mano al bolsillo, sacando la navaja de cuatro pulgadas con el mango de hueso marrón.

—¿De dónde sacaste eso?

—Me lo dio el profesor Setrakian.

—Zack. Por favor escúchame. ¿Confías en mí?

Era una pregunta extraña.

—Sí —respondió él.

—Bien. Necesito que te escondas debajo de este saliente.

Los costados de las vías estaban reforzados con traviesas a medio metro del suelo y el recodo que había debajo de ellas estaba envuelto en tinieblas.

—Acuéstate ahí y mantén el cuchillo contra tu pecho. Permanece en la oscuridad. Sé que es peligroso. Yo… no tardaré mucho tiempo, lo prometo. Cualquier persona que se te acerque y que no sea yo, la cortas con eso. ¿Entiendes?

—Yo… —él había visto los rostros de los pasajeros, apretujados contra las ventanas del tren—. Entiendo.

—En la garganta, en el cuello, donde puedas. Síguelos cortando y apuñalando hasta que caigan. Luego corre y escóndete de nuevo. ¿Entiendes?

Él asintió con la cabeza, las lágrimas rodaban por sus mejillas.

—Prométemelo.

Zack asintió de nuevo.

—No tardaré en regresar. Si me tardo mucho, sabrás a qué se debe. Y entonces quiero que empieces a correr —dijo señalando en dirección a New Jersey—. No te detengas por nada. Ni siquiera por mí. ¿De acuerdo?

—¿Qué vas a hacer?

Zack lo sabía. Estaba seguro de ello. Y Nora también.

Mariela le mordió la mano y Nora soltó a su madre. Luego abrazó a Zack con delicadeza, hundiendo la cara del chico en su cuerpo. Él sintió que ella le besaba la coronilla. Mariela comenzó a gritar de nuevo y Nora le tapó la boca por segunda vez.

—Sé valiente.

—Vete —le respondió él.

Zack se acostó de espaldas y se coló debajo de las traviesas, sin pensar en las fobias habituales, como por ejemplo, en las ratas o ratones. Apretó el mango de la navaja con fuerza, sosteniendo el cuchillo contra su pecho, como un crucifijo, y escuchó a Nora alejarse con su madre.

F et esperó en la furgoneta del Departamento de Obras Públicas. Llevaba un chaleco reflector sobre su overol y un casco de seguridad. Estaba repasando el mapa del alcantarillado a la luz del tablero.

Las armas improvisadas del anciano —a base de aleaciones de plata— estaban atrás, cubiertas con toallas enrolladas. Le preocupaba este plan. Eran demasiadas piezas en juego. Miró la puerta trasera de su tienda esperando que apareciera el anciano.

Adentro, Setrakian se ajustó el cuello de la camisa más limpia que tenía, apretando los lazos del corbatín con sus dedos nudosos. Sacó uno de sus pequeños espejos con respaldo de plata. Iba vestido con su mejor traje.

Dejó el espejo a un lado e hizo una última comprobación. ¡Sus pastillas! Encontró la caja y sacudió suavemente el contenido como amuleto para la buena suerte, maldiciéndose a sí mismo por haberlo casi olvidado, y las echó en el bolsillo de la chaqueta. Había ultimado todos los detalles.

Mientras se dirigía a la puerta, miró por última vez el frasco que contenía los restos del corazón diseccionado de su esposa. Lo había irradiado con luz negra, matando al gusano de sangre de una buena vez. El órgano, que siempre estuvo en las garras del virus parásito, estaba adquiriendo una coloración negra a causa de su descomposición.

Setrakian lo miró como un deudo contempla la lápida de un ser querido. El anciano sintió que era la última cosa que vería allí, pues estaba seguro de que no regresaría jamás.

E ph estaba sentado en un extenso banco de madera, recostado contra la pared.

El agente del FBI se llamaba Lesh y su silla y escritorio estaban casi a un metro de Eph. El médico tenía la mano izquierda esposada a un riel de acero que recorría la pared justo encima de la mesa, a la usanza de las barandas de seguridad en los baños para discapacitados. Tuvo que encorvarse un poco mientras estaba sentado, estirando la pierna derecha para que el cuchillo, todavía oculto en su cintura, no le incomodara. Nadie lo había requisado a su regreso.

El agente Lesh tenía un tic facial, un guiño ocasional de su ojo izquierdo que le hacía mover la mejilla, aunque no le afectaba el habla. En el escritorio de su cubículo, sobre unos marcos sencillos, unos niños en edad escolar sonreían en las fotografías.

—Bueno —indicó el agente—. No entiendo eso. ¿Es un virus o un parásito?

—Ambos —respondió Eph, procurando ser razonable y esperando que lo dejaran en libertad—. El virus es transmitido por un parásito que tiene la forma de un gusano de sangre. Este parásito entra al organismo tras la infección, mediante el aguijón que tienen en la garganta.

El agente Lesh guiñó un ojo involuntariamente y anotó aquello en su libreta.

Así que, finalmente, el FBI estaba comenzando a entender las cosas, sólo que demasiado tarde. Los agentes sensatos como Lesh estaban en la base de la pirámide, sin tener idea de lo que habían decidido desde mucho tiempo atrás los que estaban en la cúspide.

—¿Dónde están los otros dos agentes? —preguntó Eph.

—¿Quiénes?

—Los que me llevaron a la ciudad en el helicóptero.

El agente Lesh se puso de pie y se asomó a los otros cubículos. Unos pocos agentes dedicados atendían sus labores.

—Oigan, ¿alguien llevó al doctor Goodweather a Manhattan en helicóptero?

Se escucharon gruñidos y negaciones. Eph comprendió que no había visto a los dos hombres desde su regreso.

—Yo diría que se han marchado para siempre.

—No puede ser —dijo el agente Lesh—. Nuestras órdenes son permanecer aquí hasta nuevo aviso.

Eso no sonaba del todo bien. Eph volvió a mirar las fotos en el escritorio de Lesh.

—¿Pudiste sacar a tu familia de la ciudad?

—No vivimos en la ciudad. Es demasiado costosa. Todos los días conduzco desde Jersey. Pero sí, están lejos. La escuela fue cerrada y mi esposa y mis hijos se fueron a casa de un amigo en Kinnelon Lake.

No es lo suficientemente lejos, pensó Eph.

—La mía también se marchó —comentó.

Se inclinó hacia delante, tan lejos como se lo permitían sus esposas y el cuchillo de plata.

—Agente Lesh… —dijo Eph, tratando de confiarle un secreto—. Todo esto que está pasando… Sé que parece completamente confuso. Sin embargo, no lo es. ¿Me comprendes? Se trata de un ataque cuidadosamente planeado y coordinado. Y hoy… todo está llegando a un punto. Todavía no sé exactamente cómo ni a qué. Pero es hoy. Y nosotros —tú y yo— necesitamos salir de aquí.

El agente Lesh guiñó el ojo dos veces.

—Usted está bajo arresto, doctor. Le disparó a un hombre a plena luz del día frente a decenas de testigos y podría recibir cargos federales si las cosas no fueran tan disparatadas y no hubieran cerrado la mayoría de las agencias del gobierno. Así que no puede ir a ninguna parte, y por lo tanto, yo tampoco. ¿Ahora bien, qué puede usted decirme sobre esto?

El agente Lesh le mostró algunas fotografías de los dibujos pintados en los edificios con la figura semejante a un insecto con seis patas, hechos con aerosol.

—Boston —dijo el agente Lesh. Sacó otra foto de abajo—. Ésta es en Pittsburgh. Por no hablar de Cleveland, Atlanta, Portland, Oregón… a tres mil kilómetros de distancia.

—No lo sé con certeza, pero creo que es algún tipo de código —anotó Eph—. Ellos no se comunican a través del habla. Necesitan un sistema de lenguaje. Están marcando territorios, señalando su progreso, o algo por el estilo.

—¿Y este grafiti en forma de insecto?

—Es casi como… ¿Has oído hablar de la escritura automática? ¿Del inconsciente? Mira: todos ellos están conectados a un nivel psíquico. Es algo que no entiendo, pero sé que existe. Y como cualquier gran inteligencia, me parece que hay un aspecto del inconsciente en este dibujo que se despliega… casi de un modo artístico, expresándose a sí mismo. Verás los mismos diseños a lo largo del país. Probablemente ya estén en medio mundo.

El agente Lesh dejó las fotos en su escritorio y se masajeó la nuca.

—¿Dices que se combate con plata? ¿Con luz ultravioleta? ¿Con rayos solares?

—Mira mi pistola. Está aquí, ¿verdad? Examina las balas. Son de pura plata. No porque Palmer sea un vampiro. No, todavía no lo es. Pero me la dieron…

—¿Sí? Continúe, ¿quién se las dio? Me gustaría saber por qué sabe todas estas cosas.

Las luces se apagaron de repente. Las rejillas de la ventilación se silenciaron y de inmediato se oyó un clamor de protesta.

—¡Otra vez! —se quejó el agente Lesh, poniéndose de pie.

Las luces de emergencia titilaron y las luces del techo y de los avisos de SALIDA que había en las puertas se redujeron casi a una cuarta parte de su potencia.

—Magnífico —señaló el agente Lesh, sacando una linterna que tenía en el cubículo.

La alarma contra incendios se disparó, sonando estrepitosamente por los altavoces.

—¡Ah! —exclamó el agente Lesh—. ¡Vamos mejorando!

Eph escuchó un grito proveniente de algún lugar del edificio.

—Oye —le gritó Eph, jalando las esposas—. Quítamelas. Vienen por nosotros.

—¿Eh? —el agente Lesh permaneció inmóvil, escuchando los gritos que se habían sumado al primero—. ¿Vienen por nosotros?

Se oyó un estruendo, como si una puerta se hubiera partido.

—Vienen por mí —dijo Eph—. ¡Agarra mi arma!

El agente Lesh siguió escuchando. Desabrochó la funda de su pistola.

—¡No! ¡Eso no funciona! ¡Mi arma de plata! ¿No lo entiendes? ¡Ve por ella…!

Se oyeron disparos en el piso de abajo.

—¡Mierda! —Lesh sacó su arma.

Eph renegó de sus esposas y del barrote.

Jaló la barandilla con ambas manos, pero no cedió. Deslizó las esposas hacia un extremo, y luego hacia el otro, esperando que se rompieran en algún punto débil, pero los tornillos eran gruesos y la barra estaba firmemente empotrada en la pared. Le dio un puntapié, pero de nada valió.

Eph oyó un grito —más cercano ahora— y más disparos. Intentó ponerse en pie, pero sólo consiguió hacerlo a medias. Trató de derribar el muro.

Oyó disparos en la habitación. Las paredes del cubículo le impedían ver. La única información que recibía era los destellos producidos por los disparos de los agentes y sus gritos.

Buscó el cuchillo de plata. Allí en su mano se sentía mucho más pequeño que en el penthouse de Palmer. Lo agarró del lomo en un ángulo y tiró hacia atrás, fuerte y rápido. La punta se rompió, quedando una hoja corta y afilada, como un cuchillo improvisado por un presidiario.

Una criatura saltó por el borde superior del cubículo. Estaba en cuclillas, apoyándose en sus cuatro extremidades. Se veía pequeña bajo la luz tenue, girando la cabeza de un modo extraño, como si buscara algo, mirando sin ver, husmeando sin tener sentido del olfato.

Volvió su rostro hacia Eph, sabiendo que estaba encadenado. Saltó desde arriba con agilidad felina y Eph vio que los ojos del niño vampiro estaban ennegrecidos, como si se tratara de pequeños focos fundidos. Tenía el rostro ligeramente inclinado y sus ojos ciegos aún no estaban sincronizados con su cuerpo. Y no obstante, Eph sintió que lo había visto; de eso estaba seguro.

Su situación le pareció aterradora, como si estuviera encadenado con un jaguar en una jaula. Permaneció de lado, con la esperanza vana de proteger su garganta, esgrimiendo su cuchillo de plata contra la criatura rastreadora que ya había detectado su arma. Eph se movió a un lado, tanto como se lo permitía el barrote al que estaban sujetadas las esposas; la criatura lo siguió hacia la izquierda y luego hacia la derecha, su cabeza como de serpiente sobre el cuello deforme.

Entonces lo atacó con su aguijón, más pequeño que el de un vampiro adulto y Eph reaccionó justo a tiempo para blandir su cuchillo. Lo hubiera cortado o no, lo cierto fue que espantó a la criatura, la cual retrocedió como un perro apaleado.

—¡Vete de aquí! —le gritó Eph, como si se tratara de un animal, pero la criatura se limitó a mirarle con sus ojos ciegos. Dos vampiros —monstruos de aspecto humano con manchas de sangre en la parte frontal de sus camisas— doblaron por una esquina de los cubículos y Eph comprendió que la criatura había pedido refuerzos.

Eph agitó el cuchillo de plata como lo haría un demente, intentando asustarlos más de lo que ellos lo estaban asustando a él.

Pero no funcionó.

Las criaturas se apartaron a ambos lados, Eph cortó a una en el brazo y después a la otra. La plata les hizo el daño suficiente para abrirles la piel y hacer fluir su sustancia viscosa y blanca.

Uno de ellos le sujetó el cuchillo. El otro lo agarró del hombro y del pelo.

No se lo llevaron de inmediato. Estaban esperando al explorador. Eph opuso tanta resistencia como pudo, pero fue neutralizado y encadenado a la pared. El calor febril de esos monstruos y el hedor de su mortandad le produjeron náuseas. Intentó atacar a uno de ellos con el cuchillo, pero se le resbaló de las manos.

El explorador se le acercó lentamente, como un depredador saboreando su presa.

Eph intentó mantener su barbilla hacia abajo, pero la mano que le sujetaba el pelo le tiró la cabeza hacia atrás, ofreciéndole el cuello a la pequeña criatura.

Eph lanzó un grito de desafío en el instante final y la cabeza de la criatura explotó en una niebla blanca. Su cuerpo cayó hacia abajo, retorciéndose y Eph sintió que los vampiros dejaron de sujetarlo con tanta firmeza.

Eph empujó a uno y derribó al otro de una patada.

Vio a dos seres humanos pertrechados en un rincón, un par de latinos armados hasta los dientes para exterminar vampiros. Uno de éstos fue alcanzado por un cuchillo de plata cuando intentaba trepar a las divisiones de los cubículos, mientras huía de los rayos de una lámpara UV. El otro intentó oponer resistencia, pero recibió una patada en la rodilla que lo hizo hincarse, y fue rematado con un tornillo que le atravesó el cráneo.

Luego apareció otro tipo, un mexicano corpulento. Parecía tener poco más de sesenta años, pero arrojó a no pocos vampiros a izquierda y derecha con una agilidad increíble.

Eph levantó las piernas para esquivar el chorro de sangre blanca que corría por el suelo y a los gusanos que buscaban un nuevo cuerpo anfitrión.

El líder dio un paso adelante, era un chico mexicano, de ojos brillantes, guantes de cuero y una bandolera con pernos de plata cruzada en el pecho. Eph vio que sus botas negras estaban recubiertas con punteras de plata.

—¿Usted es el doctor Goodweather? —le preguntó.

Eph asintió con la cabeza.

—Mi nombre es Agustín Elizalde —dijo el mexicano—. El prestamista nos envió a buscarlo.

S etrakian entró al vestíbulo de la sede de Sotheby's en la Calle 77 y Avenida York en compañía de Fet y pidió que le dijeran dónde estaba la sala de registros. Mostró un cheque de un banco suizo y fue aceptado de inmediato después de una llamada telefónica.

—Bienvenido a Sotheby's, señor Setrakian.

Le asignaron la paleta número veintitrés y un asistente lo acompañó al décimo piso. En la puerta de la sala de subastas le pidieron que guardara su abrigo y su bastón. Accedió a rega-ñadientes y le dieron un boleto plástico que guardó en el bol-sillo inferior del chaleco. Fet fue admitido en el salón de subas-tas, pero sólo quienes tenían paletas podían sentarse en las sillas. Permaneció atrás, divisando toda la sala desde allí.

La subasta se realizó bajo las más estrictas medidas de segu-ridad. Setrakian tomó un asiento en la cuarta fila. No era demasia-do cerca, pero tampoco demasiado lejos. Se sentó con su paleta numerada descansando sobre su pierna. La tarima estaba ilumina-da; un empleado con guantes blancos le sirvió agua en un vaso al maestro de subastas y desapareció por una puerta de servicio. El área de exhibición estaba al lado izquierdo del escenario, con un atril de bronce a la espera de los primeros artículos del catálogo. El nombre de Sotheby's ocupaba el centro de las pantallas de video.

Las primeras diez o quince filas estaban casi llenas, aun-que al fondo había algunas sillas vacías. Sin embargo, era evidente que algunos de los participantes habían sido contratados para llenar la zona de licitación y sus ojos carecían de la férrea atención de un verdadero comprador. Los dos espacios del salón, entre las filas posteriores y las paredes removibles —para permitir el máximo número de asistentes— estaban repletos, al igual que la zona posterior. Muchos de los espectadores llevaban máscaras y guantes.

Una subasta es tan teatral como un mercado y todo allí tenía una atmósfera de *fin-de-siècle*: una explosión de abundancia, una exhibición postrera de capitalismo en medio de la abrumadora ruina económica. La mayoría de los allí presentes había asistido simplemente por el espectáculo, como dolientes refinados acudiendo a un funeral.

Las expectativas aumentaron cuando apareció el subastador. La emoción de la anticipación se propagó por la sala mientras leía las palabras de apertura y les explicaba las reglas básicas a los licitantes. Luego descargó el martillo para dar inicio a la subasta.

Los primeros artículos eran discretas pinturas barrocas, simples aperitivos para abrir el apetito de los licitadores antes del plato principal.

¿Por qué Setrakian se sentía tan tenso, tan malhumorado y tan paranoico, así de repente? Una parte de la enorme fortuna de los Ancianos ya estaba en sus bolsillos. Era inevitable que el libro tanto tiempo buscado estuviera en sus manos.

Se sentía extrañamente expuesto, sentado allí. Se sintió... observado, no de forma pasiva, sino por unos ojos que lo conocían, penetrantes y familiares.

Localizó el origen de su paranoia detrás de un par de lentes oscuros, tres filas detrás y al otro lado del pasillo. Se trataba de una figura vestida con un traje de tela oscura y guantes de cuero negro.

Era Thomas Eichhorst. Tenía la piel suave y estirada y su cuerpo muy bien conservado, seguramente a causa del maquillaje y de la peluca… sin embargo, tenía algo más. ¿Se trataría de una cirugía? ¿Acaso ese médico demente había mantenido un aspecto semejante al de los seres humanos para poder así rodearse y codearse con los vivos? Aunque estaban ocultos detrás de los lentes del nazi, Setrakian sintió escalofrío al saber que los ojos de Eichhorst habían hecho contacto con los suyos.

Abraham era poco más que un adolescente cuando entró al campo de exterminio. Y ahora, volvía a ver con los mismos ojos cándidos al antiguo comandante de Treblinka, sintiendo la misma descarga de miedo, combinada con un pánico irracional. Este ser malvado —mientras él seguía siendo un simple mortal— había determinado la vida y la muerte dentro de aquella fábrica de muerte. Hacía sesenta y cuatro años… El temor se apoderó otra vez de Setrakian, como si hubiera sido ayer. Ese monstruo, esa bestia, multiplicada ahora por cien.

El reflujo ácido le quemó la garganta al anciano casi hasta asfixiarlo.

Eichhorst le asintió con la cabeza, con la misma suavidad de siempre. Con su cortesía habitual.

Parecía sonreír, aunque en realidad no era una sonrisa; sólo una forma de abrir la boca, suficiente para que el anciano pudiera ver la punta de su aguijón asomando entre sus labios pintados.

Setrakian se volvió hacia el estrado. Ocultó el temblor de sus manos deformes, un anciano avergonzado del miedo de su juventud.

Eichhorst había ido por el libro. Pujaría por él en representación del Amo, financiado por Eldritch Palmer.

Setrakian buscó la caja de pastillas en el bolsillo de su chaleco. Sus dedos artríticos se movían penosamente y no quería que Eichhorst viera su angustia y se deleitara con ella.

Deslizó la píldora de nitroglicerina debajo de su lengua discretamente y esperó a que le surtiera efecto. Se prometió a sí mismo derrotar a este nazi aunque se le fuera la vida en ello.

"Tu corazón es errático, judío."

Setrakian no reaccionó exteriormente a la voz que invadía su mente. Hizo un gran esfuerzo para ignorar una provocación tan desagradable como aquella.

El subastador y la tarima desaparecieron de su campo de visión, al igual que todo Manhattan y el continente norteamericano. En ese instante, Setrakian sólo vio las alambradas del campo. Vio la tierra empapada de sangre y los rostros demacrados de sus compañeros artesanos.

Vio a Eichhorst sentado en la grupa de su caballo favorito. Era el único ser del campamento a quien él le mostraba algún indicio de afecto, dándole zanahorias y manzanas, pues le complacía alimentar a la bestia delante de los prisioneros que morían de hambre. Le gustaba hundir sus talones en los flancos del caballo, haciéndole relinchar y encabritarse, así como practicar puntería con su rifle Ruger mientras montaba el caballo encabritado. Un trabajador era ejecutado de forma aleatoria en cada reunión. Y en tres ocasiones, las víctimas habían estado al lado de Setrakian.

"Vi a tu guardaespaldas cuando entraste."

¿Se refería a Fet? Setrakian se dio vuelta y vio a Fet entre los espectadores que estaban atrás, cerca de un par de guardaespaldas bien vestidos que custodiaban la salida. Se veía completamente fuera de lugar con su overol de exterminador.

"Fetorski, ¿verdad? Un ucraniano de sangre pura es más bien escaso. Amargo y salado, pero con un final fuerte. Deberías saber que soy un conocedor de la sangre humana, judío. Mi nariz nunca miente. Reconocí su aroma cuando entró, y la forma de su mandíbula. ¿No te acuerdas?"

Las palabras de la bestia abominable inquietaron a Setrakian. Porque odiaba su origen y porque contenían una buena dosis de veracidad.

En el campo de visión de su ojo mental vio a un hombre corpulento con el uniforme negro de los guardias ucranianos agarrar con obediencia las riendas de Eichhorst con sus guantes de cuero negro y entregarle el rifle a su comandante.

"No puede ser una coincidencia que estés aquí con el descendiente de uno de tus verdugos."

Setrakian cerró los ojos a los insultos de Eichhorst. Despejó su mente y concentró su atención en el asunto en cuestión. Pensó, con una especie de voz mental y tan fuerte como pudo hacerlo, esperando que el vampiro lo escuchara: "Te sorprenderá saber con quién más estoy asociado".

Nora sacó el monóculo con visor nocturno y se lo colocó encima de su gorra de los Mets. Cerró un ojo y miró hacia el túnel del río Norte —"visión de rata" lo llamaba Fet—, en ese momento ella agradeció que existiera ese artefacto.

El túnel se encontraba despejado, un poco más adelante estaba ella a una distancia intermedia. Pero ella no pudo encontrar la salida. Y no había ningún lugar dónde esconderse. Nada.

Estaba sola con su madre y lejos de Zack. No quiso mirarla siquiera con el monóculo. Mariela respiraba penosamente, incapaz de seguir el paso. Nora la sostenía del brazo, arrastrándola prácticamente por las piedras que rodeaban los carriles, sintiendo el acecho de los vampiros a sus espaldas.

Comprendió que estaba buscando el lugar más adecuado. El mejor. El espectáculo que estaba contemplando era terrorífico. Las voces en su cabeza —sólo la suya— aducían argumentos contradictorios:

"No puedes hacer esto."

No puedes pensar en salvar a tu madre y a Zack: tienes que elegir.

"¿Cómo escoger a un niño por encima de tu propia madre?"

Elije a uno, o los perderás a ambos.

"Ella ha tenido una vida agradable."

Mentira. Todos vivimos bien, exactamente hasta el momento en que nuestras vidas terminan.

"Ella te dio la vida."

Pero si no lo haces ahora, se la entregarás a los vampiros, maldiciéndola por toda la eternidad.

"El Alzheimer tampoco tiene cura. Su condición empeora cada vez más. Ella es diferente de la mujer que fue tu madre. ¿En qué se diferencia del contagio del virus? Ella no representa una amenaza para los demás. Sólo para ti misma y para Zack."

De todos modos tendrás que destruirla cuando regrese por ti.

"Le dijiste a Eph que debía destruir a Kelly."

Su demencia es tal que ni siquiera se dará cuenta.

"Pero tú sí lo sabrás."

En pocas palabras: ¿lo harías contigo misma antes de ser convertida?

"Sí."

Es tu elección.

"Nunca es lo uno o lo otro. No hay nada que sea completamente claro. Todo sucede con demasiada rapidez; estás perdida desde el momento en que se abalanzan sobre ti. Debes actuar antes de ser transformada. Tienes que anticiparte."

Sin embargo no hay garantías.

"No puedes liberar a alguien antes de transformarse. Sólo puedes decirte a ti misma que esperarías haber hecho eso y preguntarte si tenías razón."

Sería un asesinato.

"¿Le enterrarías el cuchillo a Zack si el final fuera inminente?"

Tal vez. Sí.

"Dudarías."

Zack tendría más oportunidades de sobrevivir a un ataque.

"¿Así que cambiarías lo viejo por lo nuevo?"

Tal vez. Sí.

—¿Cuándo demonios llegará tu inútil padre? —preguntó su madre.

Nora regresó a la realidad. Se sentía demasiado trastornada para llorar. Realmente, el mundo era muy cruel.

Un aullido resonó en el túnel y Nora sintió escalofríos.

Se puso detrás de su madre. No podía mirarla a la cara. Sujetó el cuchillo con firmeza, levantándolo para clavarlo detrás del cuello de la anciana.

Pero esto no era nada.

Era algo que no tenía cabida en su corazón y ella lo sabía.

El amor es nuestra perdición.

Los vampiros no conocían la culpa. Ésa era su gran ventaja. Nunca vacilaban.

Para comprobarlo, Nora levantó la vista y descubrió que la acechaban desde ambos lados del túnel. Dos vampiros habían avanzado hacia ella mientras estaba distraída y sus ojos despedían un brillo entre blanco y verdoso bajo el prisma de su monóculo.

No sabían que ella podía verlos. No entendían la tecnología de los rayos infrarrojos. Creyeron que ella era igual al resto de los pasajeros, perdida en la oscuridad y caminando a ciegas.

—Siéntate aquí, mamá —le dijo Nora, doblándole las rodillas para que bajara a las vías. De lo contrario, Mariela comenzaría a caminar sin rumbo definido.

—Papá está en camino.

Nora se dio vuelta y caminó hacia los dos vampiros sin mirarlos. Habían salido de los muros de piedra con su característico aire desgarbado.

Respiró profundo antes de matarlos.

Estos vampiros se convirtieron en los destinatarios de su angustia homicida.

Atacó primero al de la izquierda, cortándolo en dos antes de que saltara. El grito amargo del vampiro resonó en sus oídos mientras se daba media vuelta y arremetía contra la otra criatura, que permanecía sentada mirando a su madre. Se volvió hacia Nora, con la boca abierta para desplegar su aguijón.

Una mancha blanca nubló su visión mientras la ira retumbaba en su cabeza. Liquidó a su atacante jadeando y con los ojos llenos de lágrimas.

Miró de nuevo el lugar de donde había salido. ¿Las dos criaturas habrían pasado por donde estaba Zack? Ninguna de las dos parecía haberse alimentado, aunque su visor nocturno le impedía tener una idea exacta de su palidez.

Nora alumbró a los dos cadáveres con la lámpara, achicharrando a los gusanos de sangre antes de que pudieran escabullirse por las rocas en dirección a Mariela. Irradió el cuchillo, apagó la lámpara, regresó donde su madre y la ayudó a incorporarse.

—¿Tu padre ya está aquí? —preguntó.

—Pronto, mamá —respondió Nora, apresurándose por Zack, las lágrimas resbalaban por sus mejillas—. ¡Pronto!

S etrakian no se molestó en aumentar la oferta hasta que el *Occido Lumen* sobrepasó el umbral de los diez millones. El ritmo veloz de la puja se vio impulsado no sólo por la extraordinaria rareza del artículo, sino también por las circunstancias mismas de la subasta; la sensación de que la ciudad colapsaría en cualquier momento y que el mundo estaba cambiando para siempre.

Los incrementos de la puja ascendieron a trescientos mil dólares cuando el precio se acercaba a los quince millones.

Y cuando rondaba los veinte millones, los incrementos ascendieron a quinientos mil dólares.

Setrakian no tuvo que mirar a su alrededor para saber contra quién estaba licitando. Otros asistentes, atraídos por la naturaleza "maldita" del libro, no tardaron en hacer su oferta, pero desistieron cuando el monto alcanzó el paroxismo de los ocho dígitos.

El subastador pidió una breve pausa para tomar un poco de agua cuando llegaron a los veinticinco millones, pero en última instancia sólo contribuyó… a que aumentara el dramatismo. Pidió un momento para recordarles a los presentes el precio más alto pagado por un libro en una subasta: 30.8 millones dólares por el *Códice Leicester* de Leonardo Da Vinci, en 1994.

Setrakian sintió que todos los asistentes tenían sus ojos sobre él. Mantuvo su atención en el *Lumen*, el voluminoso libro con cubierta de plata, reluciente bajo su urna de cristal. Estaba abierto y las dos páginas aparecían proyectadas en sendos monitores de gran formato. En uno se veía el texto manuscrito, y en el otro, a una figura humana de color plateado con alas grandes y blancas, observando de pie una ciudad lejana mientras era destruida por una tormenta de llamas rojas y amarillas.

La subasta se reanudó y las ofertas subieron rápidamente. Setrakian volvió a alzar y a bajar su paleta.

Se oyó un auténtico murmullo de asombro por parte del público cuando la puja sobrepasó el umbral de los treinta millones.

El subastador señaló al otro lado de Setrakian por 30.5 millones dólares. El anciano ofreció treinta millones. Era la compra del libro más cara en la historia, pero, ¿qué significado tenía este hito para el ofertante y para la humanidad?

El subastador hizo el llamado por 31.5 millones, y no tardó en conseguirlo.

Setrakian respondió con treinta y dos millones de dólares antes de que pidiera esta cifra.

El subastador miró de nuevo a Eichhorst, pero una asistente lo interrumpió antes de solicitar la siguiente oferta. El subastador se apartó del podio para hablar con ella, no sin antes evidenciar su contrariedad.

Se puso rígido al recibir la noticia, agachó la cabeza y asintió.

Setrakian se preguntó qué estaba pasando.

La funcionaria pasó por la tarima y caminó en su dirección. Setrakian la vio avanzar confundida a su lado y seguir tres filas más atrás, hasta detenerse ante Eichhorst.

Se arrodilló en el pasillo, susurrándole algo al oído.

—Puede hablar conmigo aquí —le dijo Eichhorst, moviendo sus labios en una parodia de voz humana.

La funcionaria siguió hablando, mientras el ofertante intentaba preservar su privacidad lo mejor que podía.

—Esto es ridículo. Tiene que haber un error.

La funcionaria se disculpó pero se mantuvo firme.

—¡Imposible! —Eichhorst se puso de pie—. Suspenderá la subasta mientras yo rectifico la situación.

La funcionaria miró rápidamente al subastador y luego a los funcionarios de Sotheby's, quienes observaban detrás de un balcón cubierto por vidrios, como si hubieran sido invitados a presenciar una cirugía.

El funcionario se dirigió a Eichhorst.

—Me temo, señor, que simplemente no es posible —le dijo.

—Insisto.

—Señor…

Eichhorst se dirigió al subastador, señalándolo con su paleta.

—Mantenga su paleta en alto hasta que se me permita entrar en contacto con mi benefactor.

El subastador regresó a su micrófono.

—Las reglas de la subasta son muy claras en este punto, señor. Me temo que sin una línea de crédito viable…

—Tengo una línea de crédito viable.

—Señor, nuestra información señala que acaba de ser anulada. Lo siento mucho. Tendrá que discutir este asunto con su banco.

—¡Con mi banco! ¡Por el contrario, concluiremos la puja aquí y ahora, y luego solucionaré esta anomalía!

—Lo siento, señor. Las reglas de la casa son las mismas desde hace varias décadas: no pueden alterarse para nadie.

El subastador miró hacia el público, reanudando la licitación.

—¡Escucho treinta y dos millones de dólares!

Eichhorst levantó su paleta.

—¡Treinta y cinco millones!

—Lo siento, señor. La oferta es de treinta y dos millones. ¿Escucho 32.5?

Setrakian se sentó, con la paleta en su pierna.

—¿32.5 millones?

Nada.

—Treinta y dos millones, a la una.

—¡Cuarenta millones de dólares! —dijo Eichhorst, quien estaba de pie en el pasillo.

—Treinta y dos millones, a las dos.

—¡Objeción! Esta subasta debe cancelarse. Deben darme más tiempo para…

—Treinta y dos millones. El lote mil siete se vende al postor número veintitrés. ¡Felicitaciones!

El martillo golpeó el estrado ratificando la venta y la sala estalló en aplausos.

Varias personas tocaron a Setrakian en señal de felicitación, pero el anciano se levantó con rapidez y se dirigió a la parte delantera de la sala, donde fue recibido por otro funcionario.

—Me gustaría tomar posesión de la obra inmediatamente —le informó.

—Pero, señor, tenemos unos documentos que hay que…

—Puede tramitar el pago, incluyendo la comisión de la casa, pero tomaré posesión del libro ahora mismo.

El Hummer de Gus serpenteó y se abrió paso a través del puente Queensboro. Mientras regresaban a Manhattan, Eph vio decenas de vehículos militares estacionados en la Calle 59 y la Segunda Avenida, frente a la entrada del teleférico de la isla Roosevelt.

Los grandes camiones techados con toldos, con el aviso FORT DRUM pintado con esténcil negro, mientras que dos autobuses blancos y algunos Jeeps tenían la inscripción USMA WEST POINT.

—¿Están cerrando el puente? —preguntó Gus, con sus manos enguantadas sobre el volante.

—Tal vez estén implantando la cuarentena —observó Eph.

—¿Crees que están con nosotros o contra nosotros?

Eph vio al personal en traje de trabajo retirar una lona de una ametralladora grande, montada sobre un camión y sintió que su corazón se le aceleraba un poco.

—Diré que con nosotros.

—Eso espero —dijo Gus, dirigiéndose velozmente hacia el sector Uptown—. Porque si no, esto se pondrá más cabrón.

Llegaron a la Calle 72 y avenida York justo cuando la batalla callejera estaba comenzando. Los vampiros salían del edificio de ladrillos que servía como hogar geriátrico, frente a Sotheby's, sus inquilinos decrépitos pero insuflados ya con la movilidad y energía propias de los *strigoi*.

Gus apagó el motor y abrió el maletero. Eph, Ángel, y los dos Zafiros se bajaron y tomaron sus armas de plata.

—Supongo que él ganó, después de todo —dijo Gus, quien rompió una caja de cartón y le pasó a Eph dos botellas de vidrio oscuras de cuello angosto que luego las llenó con gasolina.

—¿Qué ganó? —preguntó Eph.

Gus introdujo un trapo en cada una, retiró la tapa de su encendedor Zippo plateado y les prendió fuego. Tomó una de las botellas y se alejó del Hummer en dirección a la calle.

—Métanle el hombro, muchachos —los animó Gus—. A la cuenta de tres. Una. Dos. ¡Ya!

Lanzaron las bombas molotov a las cabezas de los vampiros. Las botellas se rompieron, encendiéndose de inmediato, las llamas líquidas aumentaron y se propagaron de manera instantánea como dos piscinas infernales. Dos vampiras con hábitos de hermanas carmelitas fueron las primeras en caer, sus hábitos marrones y blancos fueron presa de las llamas como si de periódicos se tratara. Acto seguido, sucumbió una multitud de vampiros en batas de baño y camisones, en medio de fuertes chillidos.

Los Zafiros prosiguieron, ensartando a las criaturas emboscadas y rematándolas, sólo para ver otras que venían por la Calle 71, como bomberos maniáticos respondiendo a una llamada psíquica de cinco alarmas.

Una pareja de vampiros en llamas arremetió contra ellos pero se desplomaron a un palmo de Gus al ser acribillados con pernos de plata.

—¿Dónde chingados estarán? —gritó Gus, mirando la entrada de Sotheby's. Los árboles altos y esbeltos ardían como centinelas infernales fuera de la casa de subastas.

Eph vio que los guardias del edificio se apresuraban a cerrar las puertas giratorias en el interior del pasillo de cristal.

—¡Vamos! —gritó y cruzaron los árboles en llamas. Gus disparó algunos proyectiles de plata en las puertas, perforando y resquebrajando el cristal antes de que Ángel se lanzara a la carga.

Setrakian se apoyó pesadamente en su largo bastón mientras bajaba en el ascensor. La subasta lo había agotado, sin embargo, le faltaban muchas cosas por hacer. Fet estaba a su lado, la bolsa de armas en su espalda y el libro de treinta y dos millones de dólares, envuelto en un plástico de burbujas bajo su brazo.

A la derecha de Setrakian, uno de los guardias de seguridad de la casa de subastas esperaba con las manos posadas sobre la hebilla de su cinturón.

Una música de cámara se escuchaba por el altavoz del panel. Era un cuarteto de cuerdas de Dvořák.

—Felicitaciones, señor —le dijo el guardia de seguridad para romper el silencio.

—Muchas gracias —dijo Setrakian, viendo el cable blanco en la oreja oscura del hombre—. ¿Su radio funciona en el ascensor, por casualidad?

—No, señor.

El ascensor se detuvo bruscamente y ellos intentaron agarrarse de las paredes. Continuó bajando y se detuvo de nuevo. El número en la pantalla de arriba decía 4.

El guardia hundió el botón BAJAR y luego el del cuarto piso, apretando varias veces cada uno de ellos.

El guardia estaba absorto en esas labores y Fet sacó la espada de su bolsa, apostándose frente a la puerta. Setrakian giró la empuñadura de su bastón, dejando al descubierto el filo de plata de la hoja oculta.

El primer golpe contra la puerta sacudió al guardia, quien saltó hacia atrás.

El segundo golpe dejó un orificio del tamaño de un cuenco grande.

El guardia estiró la mano para sentir la convexidad.

—Qué… —atinó a decir.

La puerta se abrió y unas manos pálidas lo sacaron del ascensor.

Fet corrió tras él con el libro en su brazo, bajando el hombro y arremetiendo hacia adelante como un jugador de rugby cruzando con el balón a través de toda la línea defensiva. Embistió a los vampiros, lanzándolos contra la pared, Setrakian detrás de él, su espada de plata centelleando y abriendo un camino de mortandad hasta el piso principal.

Fet cortó y cercenó aquí y allá, combatiendo de cerca con las criaturas, sintiendo su calor inhumano, su sangre ácida y blanca derramándose a borbotones sobre su abrigo. Le extendió la mano con que sujetaba la espada al guardia de seguridad, pero vio que no podía hacer nada por él, pues el guardia desapareció debajo de un montón de vampiros hambrientos.

Setrakian despejó el camino hacia la barandilla delantera con vista a los cuatro pisos interiores agitando su florete a diestra y siniestra. Vio cuerpos ardiendo en la calle, los árboles en llamas y una trifulca a la entrada del edificio. Distinguió a Gus en el vestíbulo, junto a su veterano amigo mexicano. Era el ex luchador, que cojeaba; miró hacia arriba, señalando a Setrakian.

—¡Aquí! —le gritó el anciano a Fet, quien se apartó del tumulto, examinando su ropa en busca de gusanos de sangre mientras se acercaba corriendo. Setrakian señaló al luchador.

—¿Estás seguro? —preguntó Fet.

Setrakian asintió y el exterminador, luego de fruncir el ceño, sostuvo el *Occido Lumen* sobre la barandilla, esperando que el luchador se acercara. Gus desnucó a un demonio que iba por el luchador y Setrakian vio a otra persona: era Ephraim, aniquilando criaturas con su lámpara de luz ultravioleta.

Fet soltó el precioso libro, mirándolo con atención mientras caía.

Ángel, quien estaba cuatro pisos más abajo, lo atrapó en sus brazos como quien agarra a un bebé lanzado desde un edificio en llamas.

Fet se incorporó, pues ya podía combatir con sus dos brazos, sacó una daga del fondo de su mochila y condujo a Setrakian a las escaleras mecánicas.

Las escaleras eléctricas se entrecruzaban de lado a lado. Los vampiros que subían por ellas, convocados a pelear por la voluntad del Amo, saltaron los peldaños en la confluencia de las escaleras. Fet los despachó con el peso de sus botas y con la punta de su espada, haciéndolos rodar escaleras abajo.

Setrakian, que estaba en el primer piso, miró por el espacio descubierto y vio a Eichhorst en uno de los pisos de arriba, mirando hacia abajo.

Sus compañeros habían completado casi el trabajo en el vestíbulo. Los cadáveres de los vampiros liberados yacían retorcidos en el piso, sus caras y manos con garras entumecidas en una agonía salpicada con la asquerosa sustancia blanca. Unos vampiros golpeaban el vidrio de la entrada y otros más venían en camino.

Gus los condujo por las puertas destrozadas hasta ganar la acera. Un enjambre de vampiros venía de las calles 71 y 72 del sector oeste y de la avenida York desde el norte y el sur. Salían de las alcantarillas sin tapa que había en las intersecciones. Detener su ofensiva era como intentar salir con vida de un barco que se hunde, pues por cada vampiro aniquilado aparecían dos.

Un par de Hummers negros se detuvieron abruptamente en la esquina, con sus faros intimidantes, derribando vampiros con las rejillas protectoras, las gruesas llantas aplastando sus cuerpos. Un equipo de cazadores se bajó, encapuchados y armados con ballestas, haciendo sentir su presencia de inmediato. Eran como unos vampiros matando a otros y los que iban atrás eran diezmados por el cuerpo de élite.

Setrakian sabía que habían llegado para escoltarlo a él y al libro directamente a los Ancianos o simplemente para apoderarse del Códice de Plata. Ninguna de estas opciones le convenía. Permaneció junto al luchador, quien llevaba el libro bajo el brazo; su cojera en perfecta sintonía con el paso lento del anciano, quien al conocer el apodo del luchador, "El Ángel de plata", no tuvo más que sonreír

Fet los condujo a la esquina de la Calle 72 y York. La tapa de la alcantarilla que iba a descorrer ya estaba a un lado y le dijo a Creem que descendiera para despejar el agujero de vampiros. Dejó que Ángel y Setrakian bajaran a continuación, el luchador escasamente pudo escurrirse por el interior del orificio. Luego, y sin mediar palabra, Eph bajó los peldaños de la escalera de hierro. Gus y el resto de los Zafiros permanecieron atrás para que los vampiros se acercaran a ellos para bajar y escabullirse. Entretanto, Fet logró bajar justo cuando el tumulto se derrumbó sobre él.

—¡Al otro lado! —les gritó—. ¡Al otro lado!

Habían comenzado a dirigirse hacia el oeste por el túnel de la alcantarilla, camino al corazón del metro, pero Fet los condujo hacia el este, debajo de una calle extensa que moría en el FDR Drive. El canalón del túnel transportaba un chorro diminuto de agua; la falta de actividad humana en la superficie de Manhattan se traducía en menos duchas y en menos inodoros vaciados.

—¡Hasta el final! —sentenció Fet, su voz retumbando dentro del túnel de piedra.

Eph se acercó a Setrakian. El viejo estaba aminorando la marcha y la punta de su bastón chapoteaba en la corriente de agua.

—¿Puedes hacerlo? —le preguntó Eph.

—Tengo que hacerlo —respondió Setrakian.

—Vi a Palmer. Hoy es el día. El último día.

—Lo sé —dijo Setrakian.

Eph le dio unas palmaditas a Ángel en el brazo donde llevaba el libro forrado con el plástico de burbujas.

—Aquí —Eph tomó el paquete y el mexicano grande y cojo tomó del brazo a Setrakian para ayudarle a avanzar.

Eph miró al luchador mientras corrían, lleno de preguntas que no sabía cómo formular.

—¡Ahí vienen! —dijo Fet.

Eph miró hacia atrás. Simples formas en el túnel oscuro, viniendo tras ellos como un torrente oscuro de aguas pantanosas.

Dos de los Zafiros se dieron vuelta para hacerles frente.

—¡No! —les gritó Fet.

—¡No se molesten! ¡Simplemente vengan acá!

Fet se detuvo frente a dos cajas de madera amarradas a las tuberías en las paredes del túnel. Parecían altavoces en sentido vertical, inclinados hacia el túnel. Había instalado un interruptor simple en cada uno y los tomó en sus manos.

—¡A un lado! —les gritó a sus compañeros, que estaban detrás de él—. Por el panel…

Pero ninguno de ellos dobló la esquina. Ver la avalancha de vampiros y a Fet sostener solitario los detonadores de los artefactos de Setrakian era demasiado comprometedor.

Los primeros rostros aparecieron entre la oscuridad, con sus ojos enrojecidos y sus bocas abiertas. Los *strigoi* avanzaron hacia ellos sin la menor consideración por sus compañeros vampiros ni por ellos, tropezando unos con otros en una carrera despiadada para ser el primero en atacar a los humanos. Una estampida de enfermedad y depravación, rugido y furia de la colmena recién convertida.

Fet esperó hasta que estuvieron casi encima de él. Su voz se elevó en un grito que brotó de su garganta, pero que en última instancia parecía provenir directamente de su mente, un clamor por la perseverancia humana que tenía el ímpetu de un huracán.

Estiraron sus manos ávidas, la multitud de vampiros ya casi sobre él, pero Fet encendió los dos interruptores.

El efecto fue similar al flash de una cámara gigante. Los dos dispositivos detonaron al unísono en un estallido de plata. Fue una expulsión de materia química que evisceró a los vampiros en una ola de devastación. Los que estaban rezagados fueron aniquilados con la misma rapidez que quienes iban adelante, pues no tenían donde resguardarse, y las partículas argénteas los calcinaron como si hubieran sufrido los rigores de una radiación, fulminando su ADN viral.

El tinte plateado prevaleció en los momentos posteriores a la gran purga como una nevada luminosa, el grito de Fet se desvaneció en el túnel vacío mientras la materia pulverizada que alguna vez habían sido vampiros humanos se asentaba en el suelo del túnel.

Desaparecieron como si él los hubiera teletransportado a otra parte. Como si hubiera tomado una foto, sólo que cuando el flash se apagó, ya no quedaba ningún vampiro.

O al menos ninguno que no estuviera destrozado.

Fet liberó los gatillos y miró a Setrakian.

—¡Así se hace! —exclamó el viejo.

Se dirigieron a otra escalera que daba a una pasarela. Al final había una puerta que se abría en una rejilla debajo de una acera, la superficie visible encima de ellos. Fet subió las cajas que había dispuesto a modo de escaleras y retiró la rejilla tras golpearla con el hombro.

Llegaron a la rampa de acceso al FDR de la Calle 73. Tropezaron con algunos perros callejeros cuando ingresaron a la vía rápida de seis carriles, sobre las barreras divisorias de concreto, abriéndose paso entre los coches abandonados hacia el río Este.

Eph miró hacia atrás y vio vampiros cayendo desde un balcón alto, que realmente era la explanada situada al final de la Calle 72. Era un verdadero enjambre, que venía desde la Calle 73, avanzando por el bulevar. A Eph le preocupó que estuvieran retrocediendo hacia el río, con las criaturas sedientas de sangre rodeándolos por todas partes.

Pero al otro lado de una valla de hierro no muy alta había una especie de muelle municipal, aunque estaba demasiado oscuro como para que Eph pudiera asegurarlo. Fet fue el primero en acercarse, moviéndose con cierta confianza y Eph lo siguió en compañía de los demás.

Fet corrió hacia el final del muelle y Eph lo vio con claridad: un remolcador, sus costados reforzados con neumáticos grandes a modo de defensa. Subieron a la cubierta principal y Fet corrió hacia el puente. El motor arrancó con una tos seca seguida de un rugido, Eph desató la soga de la popa. El barco se sacudió, pues Fet empujó con mucha fuerza, pero pronto comenzaron a navegar.

En el canal Oeste, a unas pocas decenas de metros de Manhattan, Eph observó a la horda de vampiros dirigirse al extremo del FDR Drive. Se agruparon allá atrás, sin poder aventurarse en el agua en movimiento, siguiendo con sus ojos la lenta trayectoria del vapor que se dirigía hacia el sur.

El río era una zona segura. Un territorio libre de vampiros.

Un poco más allá, Eph vio los edificios de la ciudad envueltos en tinieblas. Detrás de él, sobre la isla Roosevelt y en la mitad del río Este, se filtraban algunos focos de luz diurna —no de rayos solares, pues definitivamente era un día nublado—, pero una claridad a fin de cuentas, entre las masas terráqueas de Manhattan y Queens, sepultadas bajo un manto de humo.

Se acercaron al puente de Queensboro, deslizándose por debajo del paso a nivel. Un destello brillante refulgió en el horizonte de Manhattan y Eph se volvió para verlo. Resplandeció otro, semejante a un modesto fuego artificial. Y luego un tercero.

Bengalas de iluminación de colores naranja y blanco.

Un vehículo irrumpió por el FDR Drive hacia la multitud de vampiros que observaban la embarcación. Era un jeep, los soldados con trajes camuflados atrás del vehículo, disparando armas automáticas contra la multitud.

—¡El ejército! —anunció Eph. Sintió algo que no había sentido en un buen tiempo: esperanza. Buscó infructuosamente a Setrakian con la mirada y se dirigió a la cabina principal.

N ora encontró finalmente una puerta que no conducía a una salida del túnel, sino a un cuarto de almacenamiento. No estaba cerrado con llave —los constructores jamás imaginaron que circularían peatones a más de cien metros debajo del Hudson— y vio varios equipos de seguridad, como linternas de alerta, banderas y chalecos fosforescentes de color naranja y una caja vieja de cartón con bengalas. También había linternas, pero las baterías estaban corroídas.

Acomodó varios sacos de arena en un rincón para que su madre se sentara y guardó un puñado de bengalas en su bolso.

—Mamá. Cállate por favor. Quédate aquí. Regresaré pronto.

Su madre se sentó en el frío trono de los sacos de arena, observando el armario con curiosidad.

—¿Dónde dejaste las galletas?

—Se acabaron, mamá. Duerme ahora. Descansa.

—¿Aquí en la despensa?

—Por favor. Es una sorpresa para papá —Nora retrocedió en dirección a la puerta—. No te muevas hasta que venga por ti.

Cerró la puerta con rapidez, observando con su monóculo infrarrojo en busca de los vampiros. Dejó dos sacos de arena en la puerta para mantenerla cerrada. Se apresuró a ir por Zack, alejándose de su madre.

Le pareció que había actuado con cobardía, dejando a su pobre madre encerrada en un armario, pero por lo menos así podía seguir albergando algún destello de esperanza.

Siguió caminando a un lado del túnel hacia el este, buscando el lugar donde había dejado a Zack. Todo se veía diferente bajo la luz verde del visor. Había dejado una raya de pintura blanca en el túnel a manera de señal pero no pudo encontrarla. Pensó de nuevo en los dos vampiros que se le habían acercado y se estremeció.

—¡Zack! —exclamó, en una mezcla de grito y de susurro. Fue un acto temerario, pero la preocupación se impuso sobre la razón. Tenía que estar cerca de donde lo había dejado—. ¡Zack, soy yo, Nora! ¿Dónde estás…?

Lo que vio frente a ella la dejó sin voz. Resplandeciendo en su monocular y desplegado en la parte ancha del túnel, había un grafiti de proporciones monumentales, elaborado con una técnica excepcional. Representaba una gran criatura humanoide desprovista de rostro, con dos brazos, dos piernas y un par de alas magníficas.

Comprendió de manera intuitiva que ésa era la iteración final de los grafitis de seis pétalos que habían visto diseminados por toda la ciudad. Las mismas flores o insectos: se trataba de iconos, de analogías, de abstracciones. Dibujos animados de aquel ser temible.

La imagen de esa criatura de alas grandes y la forma en que estaba representada —de estilo a un mismo tiempo naturalista y extraordinariamente evocador— la aterrorizaba de un modo que no conseguía entender. ¡Cuán misteriosa era aquella ambiciosa obra de arte callejera en el túnel oscuro bajo la superficie terrestre! Un tatuaje deslumbrante de extraordinaria belleza y amenaza, horadado en las entrañas de la civilización.

Nora comprendió que era una imagen destinada para ser contemplada únicamente por ojos vampíricos.

Se dio vuelta al escuchar un silbido. Vio con su prisma nocturno a Kelly Goodweather, su rostro contraído en una expresión de ansia que casi parecía dolor. Su boca era una hendidura abierta, chasqueando la punta del aguijón como la lengua de un lagarto, sus labios abiertos en un silbido.

Sus ropas raídas todavía estaban empapadas a causa de la lluvia, colgando pesadamente de su cuerpo delgado, el pelo aplastado y la piel cubierta con manchas nauseabundas. Sus ojos, que parecían destilar un resplandor níveo bajo el cristal verdoso de Nora, estaban dilatados por el ansia.

Buscó su lámpara UVC. Necesitaba irradiar y calentar el espacio que había entre ella y la ex esposa insepulta de su amante, pero Kelly se le acercó con una velocidad increíble, arrebatándole la lámpara antes de que Nora pudiera accionar el interruptor.

La lámpara Luma se estrelló contra la pared y cayó al suelo.

Nora logró mantener a Kelly a raya gracias a su hoja de plata, la criatura saltó hacia atrás, sobre la plataforma del túnel bajo. Brincó al otro lado y Nora la persiguió con su cuchillo largo. Kelly fingió atacarla y luego saltó hacia arriba. Nora le lanzó un cuchillazo, mareándose al ver a la ágil criatura a través de su monóculo.

Kelly aterrizó en el otro lado del túnel, con una mancha de color blanco a un lado del cuello. Era una herida superficial, pero bastó para que reparara en ella. La vampira vio la sangre blanca en su mano y se la arrojó a Nora, mientras su rostro adquiría una expresión diabólica y feroz.

Nora retrocedió, buscando una bengala en su bolsa. Escuchó manos escarbando con sus garras entre las piedras de la vía y no tuvo que apartar la vista de Kelly para verlos.

Eran tres niños vampiros, dos varones y una niña, convocados por ella para ayudarla a someter a Nora.

—Está bien —dijo Nora, retirando la tapa de plástico de la bengala—. ¿Prefieren hacerlo así?

Rastrilló la parte superior de la tapa contra la barra roja; la bengala se encendió y las llamas rojas resplandecieron en la oscuridad. La doctora miró por el visor y vio que las llamas iluminaban el túnel desde el techo hasta el piso en un nimbo rojo y delirante.

Los niños retrocedieron, repelidos por la intensidad de la luz. Nora amenazó a Kelly con la bengala, ésta bajó la barbilla pero no retrocedió.

Uno de los niños se acercó a Nora desde un costado, emitiendo un chillido agudo y Nora lo neutralizó con su cuchillo, enterrándole la hoja de plata en lo más profundo de su pecho, justo hasta la empuñadura. La criatura retrocedió tambaleando —Nora tiró del cuchillo con rapidez— debilitada y aturdida. El niño abrió los labios, intentando aguijonearla por última vez y Nora le introdujo la bengala ardiente en la boca.

La criatura se resistió violentamente, pero Nora lo cortó sin dejar de gritar.

El niño vampiro cayó y Nora le sacó la bengala, todavía iluminada.

Se dio vuelta, anticipando el ataque de Kelly.

Pero ella había desaparecido. No se veía por ninguna parte.

Nora empuñó la bengala y vio a los dos vampiros agazapados junto a su compañero caído. Se cercioró de que Kelly no estuviera en el techo ni debajo de la cornisa.

La incertidumbre era peor aún. Las criaturas se separaron, dando vueltas alrededor de ella, Nora retrocedió hacia la pared que había debajo del mural gigante, lista para la batalla, decidida a no dejarse emboscar.

Eldritch Palmer observó las bengalas encendidas sobre los tejados del sector Uptown. Fuegos artificiales insignificantes. Protestas con cajas de fósforos en un mundo de oscuridad. El helicóptero venía del norte y se detuvo un momento antes de aterrizar. Palmer esperaba a sus visitantes en la planta setenta y ocho del edificio Stoneheart.

Eichhorst fue el primero. Un vampiro ataviado con un traje de tweed era como un pitbull con un suéter de punto. Mantuvo la puerta abierta y el Amo, que iba cubierto, se agachó al entrar.

Palmer observó todo esto a través del reflejo en las ventanas.

"Explica."

Su voz era sepulcral, llena de furia.

Palmer se puso de pie después de reunir fuerzas.

—Te suspendí la financiación. Cerré la línea de crédito. Así de simple.

Eichhorst estaba a un lado, con las manos cruzadas, cubiertas con guantes. El Amo miró a Palmer, su piel en carne viva, roja, inflamada, sus ojos carmesí, penetrantes.

—Fue una demostración de la importancia que tiene mi participación en el éxito de tu empresa. Fue evidente para mí que necesitas que se te recuerde su valor —añadió Palmer.

"Ellos se llevaron el libro."

Esto lo dijo Eichhorst, cuyo desprecio por Palmer siempre había sido manifiesto y nunca dejaba de pagarle con la misma moneda. Sin embargo, Palmer se dirigió al Amo.

—¿Qué importa eso ahora? Conviérteme y estaré más que dispuesto a acabar con el profesor Setrakian.

"Qué poco entiendes. Eso significa que siempre me has visto como un simple medio para alcanzar un fin. Tu fin."

—¿Y no debería acaso decir lo mismo de ti? Has tardado muchos años en darme mi regalo. Te he dado todo y no me he guardado nada. ¡Hasta ahora!

"Ese libro no es un simple trofeo. Se trata de un cáliz de información. Es la última esperanza que tienen los cerdos humanos. El suspiro final de tu raza. No eres capaz de entender eso. Tu perspectiva humana es insignificante."

—Permíteme ver entonces —Palmer se acercó a él, deteniéndose a un palmo del pecho cubierto del Amo—. Ha llegado el momento. Dame lo que es legítimamente mío y todo lo que necesites será tuyo.

El Amo no articuló un solo pensamiento en la mente de Palmer. Permaneció inmóvil.

Sin embargo, Palmer no sentía ningún temor.

—Tenemos un trato.

"¿Has obstaculizado algo más? ¿Has alterado alguno de los otros planes puestos en marcha?"

—Ninguno. Todo está en pie. Ahora, ¿tenemos un trato?

"Así es."

La rapidez con la que el Amo se inclinó sobre él sorprendió a Palmer, haciendo estremecer su corazón endeble. La proximidad de su rostro, los gusanos de sangre recorriendo las venas y vasos capilares debajo de esa remolacha cuarteada que era su piel. El cerebro de Palmer secretó hormonas largamente olvidadas, pues se acercaba el momento de su transformación. Hacía mucho tiempo que había empacado sus maletas —mentalmente—, sin embargo, aún había un asomo de inquietud en este primer paso de su viaje sin regreso. No tenía nada en contra de las mejoras que la transformación podría obrar en su cuerpo; únicamente se preguntó qué efecto tendría en su arma más temible y fuente de solaz desde hacía tanto tiempo: su mente.

La mano del Amo presionó el hombro huesudo de Palmer como lo harían las garras de un buitre con una ramita. Lo asió de la coronilla con su otra mano, girándola hacia un lado, estirando el cuello y la garganta del anciano.

Palmer miró al techo, pero sus ojos dejaron de enfocar. Oyó el coro en su cabeza. Nunca había estado en las garras de nadie, de cosa alguna, en aquellos brazos. El Amo lo soltó y Palmer cojeó.

Estaba listo. Su respiración se adelgazó en ráfagas breves y excitadas a medida que la garra endurecida del dedo medio del Amo le pinchaba las carnes flojas de su cuello estirado.

El Amo sintió el pulso del anciano enfermo en el cuello, el corazón del hombre latiendo lleno de expectación, y percibió el llamado en lo más profundo de su aguijón. Quería sangre.

Pero hizo caso omiso de su naturaleza y, con un chasquido firme, desprendió la cabeza de Eldritch Palmer del torso. La soltó, sujetó el cuerpo mutilado y partió a Palmer en dos, el cuerpo separándose con facilidad allí donde los huesos de la cadera se reducían para dar paso a la cintura. Arrojó los pedazos de carne sanguinolenta a la pared del fondo, los cuales chocaron contra la colección de arte abstracto y cayeron al suelo.

El Amo se volvió con rapidez tras detectar otra fuente de sangre cercana.

El señor Fitzwilliam estaba parado en el umbral. Un ser humano de hombros anchos con un traje confeccionado para guardar armas de defensa personal.

Palmer había querido el cuerpo de este hombre para su transformación. Codiciaba la fuerza de su guardaespaldas, su estatura física, deseando el cuerpo de aquel hombre para toda la eternidad.

Fitzwilliam era parte de Palmer.

El Amo observó su mente y le comunicó eso, antes de volar hacia él en un instante. Fitzwilliam vio por primera vez al Amo en el salón, la sangre roja goteando de sus manos enormes. El Amo se inclinó sobre él, sintiendo una sensación de escozor y drenaje, como una férula de fuego en la garganta.

El dolor desapareció al cabo de un tiempo. Y lo mismo sucedió con la vista que tenía el señor Fitzwilliam del techo.

El Amo succionó al hombre y lo dejó caer.

"Animales."

Eichhorst seguía en la extensa sala, con la misma paciencia de un abogado.

"Demos comienzo a la Noche Eterna", anunció el Amo.

El remolcador iba sin luces por el río Este, hacia el edificio de las Naciones Unidas. Fet timoneó el barco a un lado de la isla sitiada, permaneciendo a unos pocos cientos de metros de la costa. No era un capitán de barco, pero el acelerador era fácil de manejar, tal como había visto cuando el remolcador atracó en la Calle 72, los gruesos neumáticos eran bastante flexibles.

Setrakian estaba sentado frente al *Occido Lumen* en la mesa de navegación, detrás de Fet. La fuerte luz de la única lámpara del barco hacía que las ilustraciones de plata resplandecieran. Setrakian estaba absorto en su labor, estudiando el volumen, casi en trance. Tenía una pequeña libreta a su lado.

Un cuaderno escolar a medio llenar con sus anotaciones.

El *Lumen* estaba escrito a mano, de forma densa y maravillosa, contenía hasta cien renglones en una sola página. Los dedos envejecidos del anciano, arqueados desde hacía tanto tiempo, pasaban cada uno de los folios con delicadeza y rapidez.

Analizó cada página, iluminándolas desde atrás, buscando marcas de agua y haciendo bosquejos rápidos tras encontrarlas. Anotaba su posición exacta y la disposición en las páginas, pues eran elementos vitales en la decodificación de los textos inscritos en ellas.

Eph estaba a su lado, observando alternativamente las ilustraciones fantasmagóricas y la isla en llamas desde la ventana de la cabina. Vio un radio cerca de Fet y lo encendió con el volumen bajo para no distraer a Setrakian. Era un radio satelital; Eph buscó las emisoras de noticias hasta que detectó una voz.

Una voz femenina y cansada, una radiodifusora anclada en la sede de Sirius XM que funcionaba con una especie de generador de respaldo a prueba de fallos. La estación operaba con señales múltiples e interrumpidas —internet, teléfono y correo electrónico— recolectando informes de todo el país y del mundo. La locutora aclaraba en repetidas ocasiones que no tenía manera de verificar si la información era fidedigna.

Habló sobre el vampirismo, diciendo que era un virus que se propagaba de persona a persona. Ofreció información detallada de una infraestructura doméstica que estaba colapsando: varios accidentes, algunos de ellos catastróficos o que bloqueaban el tráfico en importantes puentes de Connecticut, Florida, Ohio, el estado de Washington y California. Cortes de energía en algunas de las regiones más aisladas, especialmente a lo largo de las costas, así como en los gasoductos del Medio Oeste. La Guardia Nacional y varios regimientos del ejército habían sido destacados para mantener el orden en muchos centros metropolitanos, con reportes de actividad militar en Nueva York y Washington, DC. Un conflicto armado había estallado a lo largo de la frontera entre Corea del Norte y del Sur. Las mezquitas incendiadas en Irak habían provocado disturbios, los cuales se habían intensificado tras la presencia de las tropas norteamericanas. Una serie de explosiones de origen desconocido en las catacumbas de París habían paralizado la ciudad. Y una misteriosa serie de informes sobre suicidios colectivos en las cataratas Victoria, en Zimbabwe, en las cataratas del Iguazú entre Brasil y Argentina, y en las Cataratas del Niágara en Nueva York.

Eph negó con la cabeza al oír aquello —la desconcertante pesadilla de *La guerra de los mundos* hecha realidad—, luego oyó el informe del descarrilamiento de un tren de Amtrak en el interior del túnel del río Norte, con lo cual, la isla de Manhattan quedaba todavía más aislada. La locutora transmitió un informe sobre los disturbios en Ciudad de México y Eph permaneció con su mirada fija en la radio.

—Un descarrilamiento —dijo.

En la radio no podían responderle.

—No dijo cuándo sucedió. Seguramente lograron cruzar —señaló Fet.

El miedo le atravesó el pecho. Eph se sintió enfermo.

—No lo hicieron —señaló.

Él lo sabía. No se trataba de clarividencia ni de poderes psíquicos: simplemente lo sabía. Su viaje de huida le pareció en aquel momento demasiado bueno para ser cierto. Su alivio y lucidez se esfumaron en un instante. Una nube oscura envolvió su mente.

—Tengo que ir allá —se volvió hacia Fet, incapaz de ver más allá de la imagen mental de un descarrilamiento y el ataque posterior de los vampiros—. Llévame a la orilla. Iré a buscar a Zack y a Nora.

Fet giró el timón sin objetar.

—Déjame buscar un lugar para atracar.

Eph buscó sus armas. Recordó que Gus y Creem, los antiguos pandilleros y rivales, estaban devorando comida chatarra de una bolsa que encontraron en una tienda de víveres y que el mexicano le había pasado una bolsa lanzándola de un puntapié.

Un cambio en el tono de la emisora volvió a llamar su atención. Se había reportado un accidente en una planta nuclear en la costa oriental de China. No era un informe proveniente de ninguna agencia de noticias china, pero hubo testimonios de una nube en forma de hongo, visible desde Taiwán, así como lecturas de los sismógrafos cerca de Guangdong, registrando un terremoto de 6.6 en la escala de Richter. Se decía que la falta de informes de Hong Kong sugería la posibilidad de un impulso electromagnético nuclear, que transformaría los cables eléctricos en pararrayos o en antenas con la capacidad de quemar todos los dispositivos que estuvieran conectados.

—¿Así que ahora los vampiros nos están bombardeando? Ya nos jodimos —sentenció Gus.

Luego le tradujo a Ángel, que estaba improvisando una férula para su rodilla.

—¡Madre de dios! —exclamó Ángel, santiguándose.

—Espera un minuto. ¿Un accidente en la planta nuclear? Eso es una fusión nuclear, no una bomba. Tal vez ocurrió una explosión de vapor, como en Chernobyl, pero no una detonación. Las plantas están diseñadas para que eso no sea posible —comentó Fet.

—¿Diseñadas por quién? —preguntó Setrakian, sin apartar los ojos del libro.

—No sé… ¿qué quieres decir? —balbuceó Fet.

—¿Quién las construyó?

—Stoneheart —contestó Eph—. Eldritch Palmer.

—¿Qué? —exclamó Fet—. Pero… ¿explosiones nucleares? ¿Para qué hacer eso cuando está a punto de apoderarse del mundo?

—Habrá más —dijo Setrakian. Su voz afloró sin aliento, amorfa y desentonada.

—¿Qué quieres decir con eso de "más"? —preguntó Fet.

—Cuatro más. Los Ancianos nacieron de la luz. La Luz Caída, el *Occido Lumen*; lo único que puede liquidarlos… —respondió Setrakian.

Gus se acercó al anciano. El libro estaba completamente abierto. Había un mandala complejo de color plateado, negro y rojo. Encima de él, sobre papel para calcar, Setrakian había trazado el contorno del ángel de seis alas.

—¿Qué dice? —preguntó Gus.

Setrakian cerró el libro de plata y se puso de pie.

—Tenemos que hablar con los Ancianos, ¡ahora mismo!

—De acuerdo —concedió Gus, aunque estaba desconcertado por este cambio tan repentino—. ¿Para entregarles el libro?

—No —respondió Setrakian, encontrando su caja de pastillas en el bolsillo del chaleco y abriéndola con los dedos temblorosos.

—El libro llega demasiado tarde para ellos.

Gus lo miró de soslayo.

—¿Demasiado tarde?

Setrakian tuvo que esforzarse para sacar una pastilla de nitroglicerina de la caja.

Fet le sujetó la mano temblorosa, extrajo una píldora y la dejó en la palma arrugada del anciano.

—¿Sabe algo, profesor? —le dijo Fet—. Palmer acaba de inaugurar una nueva central nuclear en Long Island.

Los ojos del anciano se hicieron distantes y difusos, como si todavía estuviera aturdido por la geometría concéntrica del mandala. Setrakian colocó la pastilla debajo de la lengua y cerró los ojos, esperando que le apaciguara el corazón.

N ora se fue con su madre y Zack permaneció acostado en la inmundicia, debajo del pequeño saliente de las traviesas de las tuberías, al lado sur de los túneles del río Norte, con la navaja de plata contra su pecho. Tenía que aguzar sus oídos y estar muy atento, pues ella podría venir por él en cualquier instante. Era una situación insostenible, pues comenzaba a quedarse sin aire. Sólo en aquel instante se percató de eso y palpó sus bolsillos en busca del inhalador.

Se lo llevó a la boca, inhaló dos veces y de inmediato sintió un alivio. Pensó que el aire en sus pulmones era como un tipo atrapado dentro de una red. Luchaba contra ella cuando estaba ansioso y la jalaba, lo cual empeoraba su situación, al hacer que el cerco se estrechara, envolviéndolo más y más. Inhalar el gas comprimido en la cápsula equivalía a una explosión fulminante que lo dejaba completamente débil y renqueando, para sentir a continuación que la red cedía.

Guardó el inhalador con un movimiento enérgico y poco después hizo lo mismo con el cuchillo. Dale un nombre y será tuyo para siempre. Eso le había dicho el profesor. Zack pensó febrilmente en uno, tratando de concentrarse en cualquier otra cosa distinta al túnel.

A los autos se les adjudican nombres femeninos. Las armas reciben los apodos de sus dueños. ¿Con qué tipo de nombre se podría bautizar a los cuchillos?

Pensó en el profesor, en los dedos viejos y deformes del anciano que le había regalado el arma.

Abraham.

Ése era su primer nombre.

Y tal fue el nombre de su cuchillo.

—¡Auxilio! —gritó una voz masculina. Era alguien que venía corriendo por el túnel. Su voz retumbaba a causa del eco.

—¡Ayúdenme! ¿Hay alguien ahí?

Zack no se movió. Ni siquiera giró la cabeza, sus ojos inmóviles. Oyó al hombre tropezar y caer y poco después escuchó otros pasos. Alguien lo estaba persiguiendo. Se levantó de nuevo y volvió a caer. O lo derribaron. Zack no se había percatado de cuán cerca estaba el hombre. El tipo pateó, desvariando como un loco, arrastrándose por uno de los rieles. Zack lo vio entonces: una silueta serpeando en la oscuridad, tropezando contra las traviesas mientras intentaba ahuyentar a sus perseguidores con patadas. Estaba tan cerca que Zack sintió el hálito de su angustia. Tan cerca que aprestó a Abraham en el acto, con la hoja hacia el lado de afuera de su mano.

Uno de los atacantes agarró al hombre por la espalda. Sus gritos de espanto fueron silenciados, mientras le abrían la boca de un tajo, desgarrando su mejilla. Fue asaltado por otras manos —sumamente largas— que jalaban de su piel y de sus ropas, arrastrándolo hacia el costado de la vía.

Zack sintió que la desesperación del hombre se propagaba hacia él. Un temblor se apoderó de su cuerpo, tanto que temió delatarse. El hombre lanzó un último gemido de angustia, suficiente para saber que ellos —los niños— lo estaban llevando en la dirección contraria.

Tenía que correr. Buscar a Nora. Entonces recordó aquella ocasión cuando jugaba al gato y al ratón, escondido detrás de los arbustos de un antejardín de su antiguo barrio, pendiente del conteo acompasado del gato. Fue el último en ser encontrado —o casi—, cuando advirtió que el niño que había llegado tarde al juego continuaba desaparecido. Comenzaron a buscarlo, llamándolo por su nombre —era un niño más pequeño—, y luego se desentendieron de él, suponiendo que había regresado a su casa. Pero Zack no creía eso. Había visto el resplandor en los ojos del pequeño cuando corrió a esconderse, la previsión casi diabólica del perseguido intentando burlar a sus cazadores; entonces, más que la euforia de la persecución, tuvo la certeza de un escondite más que ingenioso para una mente de cinco años.

Y entonces Zack lo supo. Fue hasta la casa del anciano que les gritaba cuando ellos se atrevían a pasar por su patio trasero. Habían recogido la basura un día anterior y Zack se dirigió al refrigerador que estaba muy cerca del callejón, tumbado sobre el suelo en posición horizontal. La puerta estaba sobre el electrodoméstico de color calabaza. Zack corrió la puerta y el sello se rompió. El niño estaba oculto allí y ya se estaba poniendo azul a causa del frío.

El niño había logrado colocar la puerta sobre él con una fuerza pasmosa. Se encontraba a salvo, aunque comenzó a vomitar en el césped cuando Zack lo ayudó a salir el refrigerador. El anciano no tardó en hacer su aparición, visiblemente molesto, obligándolos a huir antes de ser alcanzados por la furia de su rastrillo.

Zack se deslizó sobre su espalda, medio cubierto de hollín y echó a correr. Encendió su iPod para alumbrarse con el destello de la pantalla agrietada, que proyectaba un nimbo de poco más de un metro de luz tenue y azul. No podía oír nada, ni siquiera el eco de sus propios pasos, así de fuerte palpitaba el pánico dentro de su cabeza. Daba por descontado que estaba siendo perseguido, podía sentir las manos intentando agarrarlo de la nuca.

Quería gritar el nombre de Nora pero se abstuvo de hacerlo, pues sabía muy bien que eso lo delataría. La hoja de Abraham chocó contra la pared del túnel, indicándole que se estaba desviando hacia la derecha.

Zack vio una llama roja flameando unos cuantos metros hacia adelante. No era una antorcha, sino una luz agresiva, como un incendio. Era el miedo que lo hacía alucinar. Se suponía que debía estar escapando de los problemas, no acudiendo a ellos. Aminoró la marcha: no quería seguir hacia adelante y era incapaz de regresar.

Pensó en el niño escondido en el refrigerador. Sin luz ni aire, aislado de cualquier sonido cercano.

La puerta, oscura contra el muro divisorio, tenía un cartel que Zack no se molestó en leer. La baranda daba una curva hacia el norte y él siguió en esa dirección. Olió el humo del tren descarrilado. Y el hedor pestilente del amoniaco. Estaba cometiendo un error: debía esperar a Nora, quien seguramente lo estaría buscando en ese preciso instante, pero de todos modos siguió corriendo.

Más adelante vio una figura. Al principio creyó que era Nora. Pero aquélla llevaba una mochila y Nora tenía una bolsa.

Tal optimismo era otro truco de su mente adolescente.

El silbido le inspiró miedo inicialmente. Pero Zack alcanzó a percibir en la periferia difusa de su espectro luminoso, que aquella figura no estaba animada por ninguna intención funesta. Vio los movimientos elegantes de aquel brazo y se dio cuenta de que rociaba pintura sobre la pared del túnel.

Zack avanzó un poco más. La figura no era mucho más alta que él y tenía la cabeza cubierta con una capucha negra. Ostentaba salpicaduras de todos los colores en los codos y a los costados de su sudadera negra; llevaba pantalones camuflados con varios bolsillos y tenis Converse High-tops. Estaba pintando en el muro, aunque Zack sólo podía ver un pequeño fragmento del mural, de color plateado y aspecto burdo. El vándalo estampaba en ese momento su firma: PHADE.

Todo sucedió en cuestión de segundos, razón por la cual a Zack no le pareció raro que alguien pintara en la más absoluta oscuridad.

Phade bajó el brazo y se volvió hacia Zack.

—Oye, no sé si estás enterado, pero harías mejor en salir de aquí lo antes posible —dijo Zack.

Phade se quitó la capucha que le velaba el rostro. No era un hombre, sino una niña o algo semejante, pero lo cierto era que tenía un aspecto muy extraño. No pasaba de los veinte años. Su rostro era completamente inexpresivo, tan poco natural como podría serlo una máscara de carne mustia enmarcando la maligna biología enconada en su interior. Bajo la luz del iPod, su piel tenía la palidez de un pedazo de carne en salmuera, o más bien, como el color de un feto de cerdo preservado dentro de un frasco de formol. Zack vio que tenía manchas rojas en el mentón, el cuello y en la sudadera. Y no eran de aerosol.

Escuchó unos chillidos detrás de él. Giró su cabeza y luego el cuerpo, dándose cuenta de que acababa de darle la espalda a un vampiro. Mientras se daba vuelta en dirección a Phade, extendió la mano con que sostenía el cuchillo, sin advertir que la criatura se había abalanzado sobre él.

La hoja de Abraham se alojó en la garganta de Phade. Zack retiró su mano con rapidez, como si hubiera cometido un acto trágico y el líquido blanco manó profusamente del cuello de la criatura. Sus ojos se desorbitaron con aire amenazante, antes de que Zack supiera lo que estaba haciendo, apuñaló cuatro veces más al vampiro en la garganta. La lata de aerosol siseó contra los bolsillos de Phade antes de caer al suelo.

El vampiro se derrumbó.

Zack permaneció con el arma homicida en su mano, sosteniendo a Abraham como un objeto que hubiera estropeado algo, sin saber cómo repararlo.

El avance desquiciado de los vampiros lo despertó de su ensimismamiento, de una forma invisible y apremiante en medio de la oscuridad. Zack soltó su iPod, agarró la lata de Krylon plateado, la válvula del aerosol bajo su dedo, mientras dos niños vampiros emergían de las tinieblas cubiertos de telarañas, agitando sus aguijones dentro y fuera de sus bocas entre silbidos frenéticos. Sus movimientos eran indescriptiblemente extraños y rápidos, sacándole el máximo provecho a la flexibilidad juvenil de sus brazos y rodillas dislocadas, casi reptando por el suelo.

Zack apuntó a los aguijones. Disparó sobre el rostro de las dos criaturas antes de ser atacado. Una especie de película cubrió sus ojos, nublando su visión. Retrocedieron, tratando de quitarse la pintura con sus manos descomunales —para el tamaño de su cuerpo—, pero no tuvieron suerte.

Era la oportunidad de Zack de matarlos, pero sabía que no tardarían en llegar más vampiros, así que recogió su iPod, que le servía de linterna, antes de que los vampiros pintarrajeados lo detectaran con sus otros sentidos.

Escuchó unos pasos y vio una puerta acordonada con cintas de precaución. Estaba cerrada pero no sellada; nadie esperaba ladrones en semejantes profundidades, Zack deslizó la punta de su navaja en la cerradura, intentando violentarla. Adentro, la trepidación de los transformadores lo sobresaltó. No vio más puertas y sintió pánico al pensar que había quedado atrapado. Sin embargo, en la pared izquierda, un ducto de servicio asomaba a un palmo del suelo, antes de girar y acoplarse con las máquinas. Zack se agachó y no vio muros enfrente. Dejó su iPod en el suelo con la pantalla encendida, la luz reflejando la parte inferior del tubo metálico. A continuación, se deslizó por debajo del ducto con la misma agilidad de un disco sobre una mesa de hockey. Serpenteó por el suelo, recorriendo un buen trecho antes de detenerse al golpear algo duro. Zack notó que la luz dejó de brillar.

Pero no vaciló. Se acostó boca abajo para internarse debajo del ducto. Introdujo primero su cabeza por el espacio estrecho, arrastrándose sobre su espalda. Se deslizó unos quince metros, su camisa enredándose en el suelo áspero y cortándose la espalda. Su cabeza asomó finalmente en el vacío, allí donde el ducto describía una curva y se elevaba junto a una escalera incrustada en el muro.

Zack logró encender la luz de su iPod. No pudo ver nada.

Se escucharon unos pasos retumbado a lo largo de la vía: eran los niños vampiros que seguían su rastro, moviéndose con una facilidad sobrenatural.

Zack comenzó a subir la escalera con la lata de pintura en la mano y la navaja en el cinto. Caminó agarrándose a los peldaños de hierro, el eco de los golpes retumbando entre el metal y su ser. Se detuvo un momento, enganchando su codo en un peldaño, sacando el iPod de su bolsillo para ver qué había atrás.

El iPod resbaló de sus manos. Intentó agarrarlo y por poco se cae de la escalera; tuvo que resignarse a despedirse de su aparato.

La espiral de la pantalla iluminó fugazmente la figura que subía por la escalera y a su cómplice abominable.

Zack intentó subir tan rápido como podía, pero no lo consiguió. Sintió que la escalera se estremecía, hizo una pausa y se volvió justo a tiempo. El niño vampiro le pisaba los talones; Zack lo golpeó con la lata de Krylon y luego lo pateó hasta deshacerse de él.

Siguió subiendo, deseaba no tener que mirar constantemente hacia atrás. La luz de su iPod era mínima y aún le faltaba mucho para llegar a la plataforma del nivel inferior. La escalera se agitó con violencia. Otras criaturas subían los peldaños. Zack escuchó a un perro ladrar —un ruido sordo y exterior— y supo que estaba cerca de alguna salida. Esto le dio un impulso de energía y se apresuró hacia arriba, llegando a una superficie plana y redonda.

Era una boca de inspección. La parte interior estaba suave, lisa y fría a causa del desgaste. La civilización y su superficie estaban justo encima. Zack la empujó con el canto de la mano. Con todas sus fuerzas.

Pero fue en vano.

Sintió que alguien —o algo— subía por la escalera y roció pintura sin saber muy bien hacia dónde. Oyó un ruido similar a un gemido y le dio puntapiés, pero la criatura no se desprendió de la escalera. Permaneció colgada, columpiándose. Zack le dio otro puntapié, pero una mano lo sujetó del tobillo. Una mano hirviente. Un niño vampiro colgaba de él, jalándolo hacia abajo. Zack soltó la lata de aerosol y se aferró a la escalera con sus dos manos. Intentó aplastarle los dedos contra la baranda, pero la criatura seguía sujetándolo con la misma tenacidad. Finalmente lo consiguió y la criatura lanzó un chillido.

Zack oyó el sonido del cuerpo chocar contra la pared mientras caía. Otra criatura se abalanzó sobre él antes de que pudiera reaccionar. Zack sintió su calor, su terreidad. Una mano lo agarró de la axila, enganchándolo y levantándolo hacia la boca de la alcantarilla. La criatura quitó la tapa a un lado tras darle dos golpes fuertes. Salió a la frescura del aire libre arrastrando al pequeño.

Zack intentó sacar el cuchillo de su cintura y por poco se corta el cinturón. Pero el vampiro lo apretó allí con su mano, sujetándolo con fuerza, Zack cerró los ojos, pues no quería ver a la criatura que lo seguía agarrando con firmeza y sin moverse. Como si estuviera esperando.

Zack abrió los ojos. Miró hacia arriba lentamente, temiendo ver una expresión maliciosa en aquel rostro.

Sus ojos eran de un rojo ardiente, su cabello ralo y sin vida.

Su garganta abultada se sacudió; el aguijón se agitaba al interior de las mejillas. En su mirada se amalgamaba la necesidad vampírica y la expectación de la satisfacción bestial.

Abraham resbaló de su mano.

—Mamá —dijo Zack.

Llegaron al edificio del Central Park en dos coches que robaron en un hotel, sin encontrar ninguna interferencia militar en el trayecto. No había energía y el ascensor no funcionaba. Gus y los Zafiros subieron por las escaleras, pero Setrakian no estaba en condiciones de llegar hasta la parte superior. Fet no se ofreció a llevarlo; el viejo era demasiado orgulloso como para contemplar siquiera esa posibilidad. El obstáculo parecía insalvable; con el libro de plata en sus brazos, Setrakian, parecía mucho más anciano que nunca.

Fet notó que el ascensor era muy antiguo, pues sus puertas eran plegables. Sintió una corazonada; fue a explorar las puertas que estaban cerca de la escalera y vio un ascensor montaplatos forrado con papel pintado. Sin musitar el menor reparo, Setrakian le entregó su bastón a Fet y subió a la pequeña plataforma, donde se sentó con el libro en sus rodillas. Ángel accionó la polea y el contrapeso, graduando la velocidad del ascenso.

Setrakian fue izado en medio de la oscuridad del edificio al interior del artefacto con forma de ataúd, sus manos apoyadas en la cubierta de plata del precioso volumen. Estaba tratando de recobrar el aliento y de aquietar su mente, pero una especie de clamor acudió repentinamente a su cabeza: el rostro de todos y cada uno de los vampiros que había matado. Toda la sangre blanca que había derramado, las miríadas de gusanos expulsados de aquellos cuerpos malditos. Durante varios años se había sentido intrigado por la naturaleza y el origen de estos monstruos sobre la Tierra. Los Ancianos: de dónde venían. La maldad original que había creado a estos seres.

Fet subió a la última planta, todavía en obra negra, y encontró la puerta del montaplatos. La abrió y vio a Setrakian, aparentemente aturdido, darse vuelta y tantear el suelo con sus zapatos antes de ponerse en pie para salir. Fet le entregó su bastón, el anciano parpadeó y lo miró con un leve asomo de agradecimiento.

Unos peldaños más arriba, la puerta que conducía al apartamento vacío estaba entreabierta. Gus fue el primero en entrar. El señor Quinlan y un par de cazadores más se limitaron a verlos entrar, permaneciendo afuera. Los Ancianos seguían como antes, inmóviles como estatuas y sin hacer el menor ruido, mientras observaban el colapso de la ciudad.

Quinlan se hizo al lado de una estrecha puerta de ébano, al otro lado de la habitación. Allí, en el extremo derecho donde había estado erguido el Tercero, lo único que quedaba era algo semejante a un montón de cenizas blancas dentro de una urna de madera.

Setrakian se acercó a los cazadores más de lo que le habían permitido en su visita anterior. Se detuvo en el centro de la habitación. El Central Park estaba envuelto en un nimbo luminoso que alumbraba el apartamento y hacía que los dos Ancianos se vieran tan blancos como el magnesio.

"Así que ya lo sabes…"

Setrakian permaneció un momento en silencio.

—Además de Sardu, ustedes eran Seis Ancianos, tres del Viejo Mundo y tres del Nuevo. Seis sitios de nacimiento —señaló.

"El nacimiento es un acto humano. Seis sitios de origen."

—Uno de ellos fue Bulgaria. Después China. Pero, ¿por qué no los salvaguardaron?

"La arrogancia… y cuando supimos que corríamos peligro, ya era demasiado tarde. El Joven nos engañó: Chernobyl fue un señuelo. Se las ingenió para permanecer en la sombra durante todo este tiempo, alimentándose de carroña. Y ahora ha hecho su aparición…"

—Entonces ustedes saben que están condenados a la destrucción.

El Anciano que estaba a la izquierda se volatilizó en una explosión de luz blanca. Su figura se hizo polvo y se esparció en un estrépito agudo, semejante a un suspiro estridente, un impacto eléctrico y psíquico que estremeció a los humanos presentes en la sala.

Dos de los cazadores fueron igualmente pulverizados de manera casi instantánea y se desvanecieron en una niebla más fina que el humo, sin dejar cenizas ni polvo, sólo sus ropas, en una pila ardiente abandonada en el suelo.

La estirpe sagrada desaparecía con los Ancianos.

El Amo estaba eliminando a sus únicos rivales para controlar el planeta. ¿Era eso?

"La ironía es que éste fue el plan inicial. Permitir que el ganado construyera su redil para crear y hacer proliferar sus armas y sus motivos para autodestruirse. Hemos estado alterando los ecosistemas del planeta por medio de la raza predominante. Y cuando el efecto invernadero fuera irreversible, apareceríamos para volver a tomar posesión de la Tierra."

—Estaban construyendo sobre un nido de vampiros —anotó Setrakian.

"El invierno nuclear es un ambiente perfecto. Noches más largas, días más cortos. Nosotros podríamos existir en la superficie, protegidos por la atmósfera radioactiva. Y ya casi lo habíamos logrado. Sin embargo, él lo presintió. Previó que cuando lográramos este objetivo, tendría que compartir el planeta y su rica fuente de alimentos con nosotros. Pero él no quiere hacerlo."

—¿Qué es lo que quiere, entonces? —preguntó Setrakian.

"Dolor. El más Joven busca todo el dolor que pueda ser capaz de infligir. Y tan rápido como pueda. No puede detenerse. Esta adicción… esta sed de sufrimiento yace en la raíz de nuestro origen…"

Setrakian dio otro paso hacia el Último.

—Hay que actuar rápido. Si ustedes son vulnerables en sus lugares de origen, entonces él también.

"Ahora que ya sabes qué contiene el libro, debes aprender a interpretarlo…"

—¿El lugar de su origen? ¿Es eso?

"Nos identificaste con el mal. Los causantes de su contagio e implantación en el mundo. El azote de tu raza. Y ya ves, en realidad garantizábamos la unidad de lo viviente. Pero ahora sentirás el látigo del verdadero Amo."

—No si nos dices cómo derrotarlo.

"No te debemos nada. Es el fin."

—Por venganza, entonces. ¡Él los está eliminando ahora mismo, mientras están aquí!

"Tu punto de vista es limitado, como es costumbre entre los humanos. La batalla está perdida, sí, pero nada será borrado. En cualquier caso, ahora que él ha mostrado su mano, puedes estar seguro de que ha guarnecido su lugar de nacimiento en la Tierra."

—Ustedes dijeron que era Chernobyl —replicó Setrakian—. Está aquí, estoy seguro. Pero necesito tiempo para descifrarlo. Y no me queda mucho.

"Sadum. Amurah."

—¿Qué dices? No entiendo… —dijo Setrakian, levantando el libro—. Está aquí, tengo la certeza. Pero necesito tiempo para decodificarlo. Y ya no tenemos más tiempo.

"No nacimos ni fuimos engendrados. Fuimos implantados en un acto de barbarie. Una transgresión contra el orden cósmico. Una atrocidad. Y lo que una vez fue sembrado puede ser cosechado."

—¿En qué sentido es diferente él?

"Sólo es más fuerte. Es como nosotros. Nosotros somos él, pero él no es nosotros."

En un abrir y cerrar de ojos, el Anciano se había vuelto hacia él. Su cabeza y su rostro, desprovistos de todo rasgo, se habían suavizado con el tiempo, los ojos rojos y hundidos, la nariz aplastada como por un golpe, la boca abierta en una negrura insondable y desdentada.

"Una sola cosa debes hacer. Reúne cada partícula de nuestros restos. Deposítalos en un relicario de plata y madera de roble blanco. Esto es indispensable. No sólo para nosotros, sino también para ti."

—¿Por qué? Dímelo.

"De roble blanco. Asegúrate de eso, Setrakian."

—No lo haré, a menos que sepa lo que estoy haciendo, no quiero causar más daño —señaló Setrakian.

"Lo harás. Ya no hay lugar para eso 'de más daño'."

Setrakian comprendió que el Anciano tenía razón.

—Los recogeremos y preservaremos en un cubo de basura —dijo Fet, quien estaba detrás de Setrakian.

El Anciano miró más allá de Setrakian, en dirección al exterminador, con una expresión de desprecio en sus ojos hundidos, pero también con algo semejante a la compasión.

"Sadum. Amurah. Y su nombre… nuestro nombre…"

Setrakian cayó en cuenta: "Oziriel, el Ángel de la Muerte". Y entonces lo entendió todo y se le ocurrieron todas las preguntas pertinentes, pero ya era demasiado tarde. Un estallido de luz blanca, una pulsación de energía y el último Anciano del Nuevo Mundo se desvaneció en una dispersión de cenizas níveas.

Los últimos cazadores se retorcieron en un espasmo de dolor y se evaporaron entre las ropas humeantes.

Setrakian sintió que una ráfaga de aire ionizado mecía su ropa antes de desvanecerse.

Se dejó caer, apoyado en su bastón. Los Ancianos habían dejado de existir.

Sin embargo, aún prevalecía una maldad más grande.

En la atomización de los Ancianos, Setrakian vislumbró su propio destino.

—¿Qué hacemos? —preguntó Fet.

Setrakian recuperó la voz.

—Reunir los restos.

—¿Estás seguro?

Setrakian asintió con la cabeza.

—Conseguir la urna. El relicario puede venir más adelante.

Se volvió y miró a Gus: el asesino de vampiros escarbaba entre las ropas de un cazador con la punta de su espada de plata.

Estaba inspeccionando la habitación en busca del señor Quinlan —o de sus restos— pero el jefe de los cazadores no se veía por ninguna parte.

Sin embargo, la puerta estrecha del extremo izquierdo de la sala —la de ébano que había cruzado Quinlan al entrar— estaba entreabierta.

Las palabras de los Ancianos acudieron de nuevo a Gus, las de su primer encuentro:

"Él es nuestro mejor cazador. Eficiente y leal. Excepcional en muchos aspectos."

¿Quinlan se había salvado? ¿Por qué no se había desintegrado como los demás?

—¿Qué es? —preguntó Setrakian, acercándose a Gus.

—Quinlan, uno de los cazadores… no dejó rastro. ¿Adónde se fue? —dijo Gus.

—Eso ya no importa. Ya estás libre de ellos —anotó Setrakian—. Libre de su control.

Gus se volvió hacia el anciano.

—Ninguno de nosotros estará libre por mucho tiempo.

—Tendrás la oportunidad de liberar a tu madre.

—Si la encuentro.

—No —dijo Setrakian—. Ella te encontrará.

—Así que nada ha cambiado —dijo Gus, asintiendo con su cabeza.

—Sí: una cosa. Si hubieran tenido éxito en hacer retroceder el Amo, te habrían convertido en uno de sus cazadores. Te has librado de eso.

—Si todo sigue igual para ti —dijo Creem—, entonces podemos dividirnos. Ya sabemos cómo trabajar. Pero todos tenemos familias con las cuales reunirnos. (O tal vez no.) De cualquier manera, todavía tenemos que asegurar algunos lugares. Gus, si alguna vez necesitas a los Zafiros, simplemente ven por nosotros.

Creem le estrechó la mano. Ángel permanecía de pie, sumido en la incertidumbre. Miró a los dos pandilleros, alternativamente. Le asintió a Gus. El gran ex luchador había decidido quedarse.

—Ahora soy uno de tu equipo —dijo Gus, dirigiéndose a Setrakian.

—Ya no necesitas nada de mí. Pero yo necesito algo de ti —afirmó Setrakian.

—Simplemente dilo.

—Un aventón.

—Ésa es mi especialidad. Hay más Hummers en el garaje del edificio. A menos que… ¡mierda!, también se hayan evaporado.

Gus fue por uno de los vehículos. Fet había encontrado un maletín lleno de dinero en efectivo en los cajones de un arcón. Arrojó los billetes al suelo para que Ángel depositara las cenizas de los Ancianos. Había escuchado la conversación de Gus y Setrakian.

—Creo saber hacia dónde nos dirigimos.

—No —objetó Setrakian, con aire distraído, como si sólo una parte de él estuviera allí.

—Sólo yo. Le entregó el *Occido Lumen* y su cuaderno de notas a Fet.

—No quiero esto —dijo Fet.

—Debes tomarlo. Y recuerda. Sadum, Amurah. ¿Recordarás eso, Vasiliy?

—No necesito recordar nada; iré contigo.

—No; lo más importante ahora es el libro. Debe estar en un lugar seguro, fuera de las garras del Amo. No podemos perderlo.

—No podemos perderte.

—Ya estoy casi perdido —observó Setrakian, declinando el comentario.

—Por eso es que me necesitas a tu lado.

—Sadum. Amurah. Dilo —le indicó Setrakian—. Eso es lo que puedes hacer por mí. Déjame oírlo: permíteme saber que recordarás esas palabras…

—Sadum. Amurah —dijo Fet con obediencia—. Me las he aprendido.

Setrakian hizo un gesto de aprobación.

—Este mundo se convertirá en un lugar duro y terrible, donde no cabrá la esperanza. Protege esas palabras —el libro— como una llama. Léelo. Las claves están en mis notas. Su naturaleza, origen y su nombre: todo era uno…

—Tú sabes que no doy pie con bola en materia de lectura.

—Entonces busca a Ephraim, los dos podrán hacerlo juntos. Debes ir con él ahora mismo. Vayan —dijo, con la voz quebrada.

—Nosotros dos somos menos que tú. Dale esto a Gus. Deja que te lleve, por favor… —le suplicó el exterminador casi con los ojos humedecidos por las lágrimas.

Setrakian agarró a Fet suavemente del antebrazo con su mano retorcida.

—Es tu responsabilidad ahora, Vasiliy. Confío en ti plenamente… Sé valiente.

La solapa de plata era fría al tacto. Finalmente accedió a recibir el libro, por la insistencia del anciano, semejante a la de un moribundo que le entrega su diario a un heredero renuente.

—¿Qué vas a hacer? —le preguntó Fet, consciente de que ésta era la última vez que vería a Setrakian—. ¿Qué puedes hacer?

—Sólo una cosa, hijo mío —respondió Setrakian, soltándolo del brazo.

Oír esa palabra —hijo— fue lo que más conmovió a Fet. Contuvo su dolor mientras veía al anciano alejarse.

Aunque Eph sólo había corrido una milla por el túnel del río Norte, sintió como si hubieran sido diez.

Guiado sólo por el monóculo de visión nocturna que le había prestado Fet, sobre el paisaje verdoso de las vías del tren, el ingreso de Eph a las profundidades del río Hudson fue un verdadero descenso a los infiernos. Mareado, jadeando y completamente desesperado, comenzó a ver manchas blancas y lustrosas a lo largo de los rieles ferroviarios.

Se detuvo para sacar la lámpara Luma de su bolsa. La luz ultravioleta captó la explosión de color de la sustancia orgánica expulsada por los vampiros. La mancha era reciente, el olor a amoniaco le hizo llorar los ojos. Estos residuos indicaban una alimentación masiva.

Eph corrió hasta ver el último vagón del tren descarrilado. No escuchó ruidos; todo estaba en silencio. Caminó por
el costado derecho y vio la locomotora —o el primer vagón
de pasajeros— descarrilado en la distancia, asentado en dia-
gonal contra la pared del túnel. Se escabulló por una de las
puertas y subió al tren en tinieblas. Vio los restos de la carnicería a través de su lente verde. Cadáveres desplomados sobre
las sillas y sobre otros cuerpos tirados en el suelo. Eran vampiros, que se levantarían con el próximo crepúsculo. No tenía
tiempo para liberarlos a todos. Ni de mirarlos cara a cara, uno
por uno.

Sabía que Nora no estaba entre ellos; era muy inteligente y astuta.

Retrocedió de un salto, fue al otro lado y vio a los fisgo-
nes. Eran cuatro, dos a cada lado y sus ojos se reflejaban como
cristales en su monocular. Su lámpara Luma le permitió verlos
con claridad, los rostros hambrientos y lascivos mientras re-
trocedían, permitiéndole avanzar.

Eph sabía lo que debía hacer. Caminó entre ellos, contando
hasta tres antes de sacar su espada de la mochila y darse vuelta.

Cortó en dos a los primeros agresores desprevenidos;
luego hizo lo propio con el otro par de chupasangres y los
decapitó sin contemplaciones.

Eph regresó al rastro de los residuos líquidos que se extendían por la carrilera antes de que sus cuerpos cayeran sobre
las vías. Conducían a un pasaje al lado izquierdo, en dirección
a los trenes que venían de Manhattan. Siguió los colores ondulantes, haciendo caso omiso de su asco e internándose en la
oscuridad del túnel. Pasó junto a dos cadáveres mutilados —bajo
la luz negra, la fosforescencia de la sangre derramada indicaba
que se trataba de unos *strigoi*— y más adelante escuchó un
alboroto estridente.

Se encontró con unas nueve o diez criaturas agolpadas frente a una puerta. Se dispersaron al detectarlo, Eph agitó su lámpara Luma para que ninguno lo siguiera.

La puerta. Zack estaba adentro, pensó Eph.

Presa de sus instintos homicidas, atacó a los vampiros antes de que pudieran coordinar un asalto. Los rebanó y achicharró con los rayos de la Luma. Su brutalidad animal sobrepasaba la de ellos. Sus instintos paternos eran más fuertes que la sed de sangre de las criaturas.

Era una batalla por la vida de su hijo, acometida por un padre llevado al límite, así que la muerte no tardó en imponer su oscuro destino. Matar era un juego de niños. Se dirigió a la puerta y la golpeó con la empuñadura de su espada.

—Zack! ¡Soy yo! ¡Ábreme!

La mano que aferraba el pomo lo soltó y Eph destrozó la puerta. Allí estaba Nora, con los ojos abiertos y tan brillantes como la bengala que sostenía en la mano. Ella lo miró largamente, como asegurándose de que era él —el ser humano que había en él—, entonces se precipitó en sus brazos. Detrás de ella, sentada en una caja cubierta con su bata, sus ojos tristes fijos en un rincón, estaba la madre de Nora.

Eph la rodeó con sus brazos lo mejor que pudo, evitando tocarla con la espada salpicada de sangre blanca. Retrocedió al ver que el resto del cuarto estaba vacío.

—¿Dónde está Zack? —preguntó.

Gus cruzó rápidamente el perímetro de la entrada, las siluetas oscuras de las torres de enfriamiento irguiéndose en la distancia. Los sensores de movimiento, ubicados en los altos postes blancos como cabezas insertadas en una pica, no detectaron al Hummer. El camino era largo y serpenteante, avanzaron sin encontrar resistencia.

Setrakian viajaba en el asiento del copiloto con la mano en el corazón. Altas cercas, rematadas con alambre de púas, las torres escupiendo un vapor semejante al humo. Un ramalazo del campo de concentración lo estremeció como una náusea.

—Federales —dijo Ángel, desde el asiento trasero.

Varios camiones de la Guardia Nacional estaban apostados en la entrada a la zona interior de seguridad. Gus redujo la velocidad a la espera de alguna señal.

No escuchó ninguna indicación al respecto, así que avanzó hasta la puerta y se detuvo. Se bajó del Hummer con el motor encendido y fue a inspeccionar. El primer camión estaba vacío. También el segundo; sin embargo, Gus vio manchas de sangre roja en el parabrisas y en el tablero y una costra pegajosa en el asiento delantero.

Fue a la parte trasera del camión y levantó la lona. Le hizo señas a Ángel, quien llegó cojeando. Examinaron juntos la provisión de armas. Ángel se colgó una ametralladora en cada uno de sus hombros, sosteniendo un rifle de asalto en sus brazos. Guardó municiones en los bolsillos y en la camisa. Gus llevó dos subametralladoras Colt al Hummer.

Dejaron atrás los camiones hasta llegar al edificio principal. Al salir, Setrakian oyó unos motores que hacían mucho ruido y advirtió que la planta estaba funcionando con generadores Diesel de respaldo. Los sistemas de seguridad estaban operando de forma automática para impedir que el reactor abandonado se apagara.

Cuando entraron al edificio principal, fueron recibidos por un pelotón de vampiros vestidos con trajes de trabajo. Con Gus adelante y Ángel cojeando detrás, se abrieron paso entre las filas de soldados recién convertidos, mutilando sus cuerpos sin la menor compasión. Las balas hicieron tambalear a los vampiros, pero no serían aniquilados a menos que les cercenaran sus vértebras cervicales.

—¿Sabes adónde vamos? —preguntó Gus por encima del hombro.

—No —respondió Setrakian.

Pasaron los controles de seguridad, atravesando varias puertas repletas de señales de advertencia. No había vampiros soldados, únicamente trabajadores convertidos en guardias y centinelas. Mientras más resistencia hallaron, más certeza tuvo Setrakian de encontrarse cerca de la sala de control.

"Setrakian."

El anciano se agarró de la pared.

El Amo. Aquí...

La "voz" del Amo se oía más poderosa dentro de su cabeza que la de los Ancianos, parecía que una mano lo sujetaba de la base del cráneo y agitaba su columna como si se tratara de un látigo.

Ángel ayudó a Setrakian a incorporarse y llamó a Gus.

—¿Qué pasa? —preguntó, temiendo un ataque al corazón.

Ellos no habían oído nada. El Amo le hablaba solamente a Setrakian.

—Está aquí —respondió Setrakian—. El Amo.

Gus los miró, completamente alerta.

—¿Está aquí? De poca madre. Vamos por él.

—No. Ustedes no entienden. No lo han enfrentado. Él no es como los Ancianos. Estas armas no son nada para él. Bailará entre las balas.

—Estoy curtido; nada me asusta —dijo Gus, cargando de nuevo su arma con el cañón humeante.

—Lo sé, pero a él no se le puede ganar de esta manera. Aquí no, y menos con armas para matar personas.

Setrakian se acomodó el chaleco y se enderezó.

—Sé lo que quiere.

—Muy bien. ¿Qué es?

—Algo que sólo yo puedo darle.

—¿Ese libro?

—No. Escúchame, Gus. Regresa a Manhattan. Si te marchas ahora mismo, es posible que puedas llegar a tiempo. Trata de encontrar a Eph y Fet. Recomiéndales que se refugien bajo tierra. Mientras más profundo sea, mejor.

—¿Este lugar va a explotar? —Gus miró a Ángel, quien respiraba con dificultad, agarrándose su pierna adolorida—. Regresa entonces con nosotros. No podrás derrotarlo aquí.

—No puedo detener esta reacción nuclear. Pero… tal vez pueda incidir en la reacción en cadena de la infección vampírica.

Una alarma se activó y los bocinazos atronadores comenzaron a sonar con insistencia. Ángel observó asustado los dos extremos del pasillo.

—Me parece que los generadores de respaldo están fallando —señaló Setrakian.

Agarró a Gus de la camisa, levantando su voz en medio de las explosiones.

—¡Váyanse ya! ¿Quieren cocinarse vivos aquí?

Gus permaneció al lado de Ángel y el anciano salió caminando, desenfundando la espada de su bastón. Gus miró al otro anciano a su cargo, al luchador achacoso empapado de sudor, los ojos grandes e inciertos, quien esperaba que le dijeran qué hacer.

—Vamos —dijo Gus—. Ya oíste.

Ángel lo detuvo con sus fuertes brazos.

—¿Vamos a dejarlo solo aquí?

Gus hizo un gesto negativo sabiendo que no había otra solución.

—Si estoy vivo es por él. Para mí, la palabra del prestamista es ley. Vámonos tan lejos como podamos, a menos que quieras ver la radiografía de tu propio esqueleto en tamaño natural.

Ángel seguía mirando a Setrakian y Gus tuvo que empujarlo.

Setrakian entró a la sala de control, donde vio a una criatura solitaria con un traje raído, sentado frente a una serie de paneles; miraba las agujas de los dos medidores en ceros que señalaban las fallas en el sistema. Las luces rojas de emergencia titilaban en todos los rincones de la sala, a pesar de que la alarma estaba apagada.

Eichhorst se limitó a mirarle la cabeza, sus ojos enrojecidos posándose en su antiguo prisionero de Treblinka. Su rostro no expresaba la menor preocupación, pues no podía denotar las sutilezas de la emoción y escasamente exteriorizaba las reacciones más notorias, como la sorpresa.

"Llegas justo a tiempo."

Eichhorst volvió a concentrarse en los monitores.

Setrakian, con la espada en vilo, describió un círculo detrás de la criatura abominable.

"No pude extenderte mis felicitaciones por haber obtenido el libro. Reconozco que ganarle de ese modo a Palmer fue algo inteligente."

—Esperaba verlo aquí.

"No volverás a verlo otra vez. Ustedes, criaturas, y sus esperanzas patéticas… Él nunca comprendió el alcance de su sueño, precisamente porque no podía entender que no eran sus aspiraciones las que contaban, sino las del Amo."

—¿Y a ti? ¿Por qué te ha mantenido con vida? —le preguntó Setrakian.

"El Amo aprende de los humanos. Ésa es una de las claves de su grandeza. Él mira: ve. Tu especie le ha mostrado el camino de su solución final. Allí donde sólo veo manadas de animales, él ve patrones de conducta. Él escucha lo que dices cuando —como sospecho— no tienes idea de lo que hablas."

—¿Estás diciendo que él aprendió de ti? ¿Qué aprendió?

Setrakian apretó el mango de su espada cuando Eichhorst se dio vuelta. Miró al antiguo comandante de campo y entonces comprendió.

"No es fácil instalar, operar un campo y hacer que funcione bien. Requería un tipo especial de intelecto humano para supervisar la destrucción sistemática de una especie con la máxima eficiencia. Él simplemente acudió a mi experiencia en el ramo."

Setrakian se sintió vaciado, como si la carne se le desprendiera de los huesos.

Campos de concentración. Corrales humanos. Granjas aprovisionadoras de sangre diseminadas por todo el país, por todo el mundo.

En cierto sentido, Setrakian siempre lo había sabido, pero nunca quiso creerlo. Lo había visto en los ojos del Amo durante su primer encuentro en el cuartel de Treblinka. La inhumanidad del hombre para con el hombre habría de estimular el apetito del monstruo por los holocaustos. Le demostramos, por medio de nuestras atrocidades, nuestro destino a la némesis final, dándole la bienvenida como si se tratara de una profecía. De repente, un panel de monitores se apagó y el edificio se estremeció.

Setrakian se aclaró la garganta para recuperar el tono de su voz.

—¿Dónde está tu Amo en este momento?

"Él está en todas partes, ¿no lo sabes? Aquí, ahora. Observándote. A través de mí."

Setrakian se preparó, dando un paso hacia adelante. Su rumbo estaba claro.

—Debe de estar contento con tu trabajo. Pero en ese momento ya no te puede ayudar. Ni tampoco yo.

"Me subestimas, judío."

Eichhorst saltó con facilidad a la consola cercana, saliendo del rango letal de Setrakian. El viejo levantó la hoja de plata, la punta en dirección a la garganta del nazi. Eichhorst tenía los brazos a los lados, frotándose sus largos dedos contra la palma de su mano. Amagó un ataque, pero Setrakian no cedió un ápice.

El viejo vampiro saltó a otra consola, pisoteando los delicados controles con sus zapatos. Setrakian lo persiguió hasta que sus fuerzas comenzaron a flaquear. Apretó los nudillos torcidos contra su pecho, sujetando la funda del bastón sobre su corazón.

"Tienes una presión arterial muy irregular, Setrakian."

El anciano dio un respingo y se tambaleó. Exageró su malestar, pero no por Eichhorst. El brazo que sostenía la espada se le dobló, pero mantuvo la hoja en alto.

La bestia abominable saltó al suelo, contemplando a Setrakian con una expresión similar a la nostalgia.

"Ya no conozco la cárcel de los latidos del corazón, ni la cadena de la respiración pulmonar. Esa labor parsimoniosa y barata del reloj de la carne."

Setrakian se apoyó en la consola esperando recuperar sus fuerzas.

"¿Preferirías morir que continuar en una forma más grande?"

—Mejor morir como un hombre que vivir como un monstruo —respondió Setrakian.

"¿Acaso no ves que, para todos los seres inferiores, tú eres el monstruo? Ustedes son quienes se apropiaron del planeta para sus fines. Y ahora el gusano regresa."

Los ojos de Eichhorst parpadearon un momento, y sus párpados nictitantes se entrecerraron.

"Él me ordena convertirte. No busco tu sangre. La endogamia hebraica ha fortificado la línea de sangre en una cepa tan salada y llena de minerales como el río Jordán."

—No me convertirás. Ni siquiera el Amo pudo convertirme.

Eichhorst se movió en sentido lateral, sin intentar salvar la distancia que había entre ellos.

"Tu esposa luchó pero nunca gritó. Eso me pareció extraño. Ni siquiera un lloriqueo. Sólo una palabra: 'Abraham'."

Setrakian se dejó provocar, esperando que el vampiro se acercara.

—Ella vio el fin. Encontró solaz en el momento, sabiendo que yo la vengaría un día.

"Ella dijo tu nombre pero tú no estabas allá. Me pregunto si tu gritarás al final."

Setrakian por poco se hincó en una rodilla antes de deslizar su cuchilla, colocando la punta contra el suelo como una especie de muleta para no caerse.

"Suelta tu arma, judío."

Setrakian levantó su espada, sosteniendo la parte superior de la empuñadura para examinar la línea de la antigua hoja de plata. Miró el pomo con la cabeza del lobo, y sintió su contrapeso.

"Acepta tu destino."

—Ah —exclamó Setrakian, mirando a Eichhorst, que estaba a pocos pasos de distancia—. Ya lo hice.

Setrakian lanzó con todas sus fuerzas. La espada cruzó el espacio que había entre ellos y penetró a Eichhorst debajo del peto, en todo el centro de su torso, entre los botones del chaleco. El vampiro cayó contra la consola, doblando los brazos como si tratara de equilibrarse. La plata letal estaba en su cuerpo y él no podía tocarla para sacarse la hoja. Comenzó a temblar a medida que las propiedades vermicidas y tóxicas de la plata se propagaban como un cáncer fulminante. La sangre blanca asomó en la espada, así como los primeros gusanos que escapaban.

Setrakian se levantó y permaneció tambaleando frente a Eichhorst. Lo hizo sin ningún sentido triunfal y con poca satisfacción. Se aseguró de que los ojos del vampiro estuvieran concentrados en él —y, por extensión, los ojos del Amo— y le dijo:

—Por medio de él me arrebataste el amor. Ahora tendrás que convertirme tú mismo. —Agarró la empuñadura de la espada y lentamente la sacó del pecho de Eichhorst.

El vampiro chocó de nuevo contra la consola con sus manos en el aire, sin aferrarse a nada. Comenzó a deslizarse a la derecha, cayendo con rigidez, y Setrakian, a pesar de su debilidad, anticipó la trayectoria de Eichhorst y puso la punta de su espada contra el suelo. La cuchilla descansó en un ángulo de cuarenta grados, el mismo que tiene la cuchilla de la guillotina.

El vampiro cayó, la espada le atravesó el cuello, y el nazi quedó destruido.

Setrakian limpió los dos lados de la hoja de plata en el puño del abrigo del vampiro y retrocedió de los gusanos que escapaban del cuello abierto de Eichhorst. El pecho se le apretó como un nudo. Buscó su caja de pastillas, y al tratar de abrirlas con sus manos retorcidas, regó el contenido en el piso de la sala de control.

Gus salió de la planta nuclear delante de Ángel, al día oscuro y nublado. En medio del sonido atronador de las alarmas, escuchó un silencio sepulcral; los generadores habían dejado de trabajar. Sintió en el aire el chasquido de un descenso en el voltaje, como una electricidad estática, pero bien podría ser su presentimiento de lo que estaba por venir.

Entonces, un ruido familiar se extendió en el aire. Un helicóptero. Gus vio las luces, observó la nave describiendo círculos detrás de las torres humeantes. Comprendió que debía ser el Amo, huyendo de allí para no calcinarse junto al resto de Long Island.

Gus se dirigió a la parte posterior del camión de la Guardia Nacional. La primera vez había visto un misil Stinger, pero sólo había tomado armas de asalto. Pero ahora se trataba de un motivo especial.

Lo sacó, examinándolo minuciosamente para asegurarse de que estaba apuntando en la dirección correcta. Lo apoyó bien en su hombro. Le pareció sorprendentemente liviano para tratarse de un arma antiaérea que pesaba unos quince kilometros. Rebasó a Ángel, quien iba renqueando a un lado del edificio. El helicóptero descendía lentamente en busca de un espacio despejado para aterrizar.

No tuvo dificultades para encontrar el gatillo ni la mira telescópica. Miró a través de ella y cuando el misil detectó el calor que salía por el escape del helicóptero, emitió un tono alto, como el de un silbato. Gus apretó el gatillo y el cohete salió del tubo. El mecanismo de lanzamiento salió disparado, el arma se iluminó y el Stinger voló como un penacho de humo alrededor de un cordel. El misil impactó el blanco a unos doscientos metros por encima del suelo, el aparato estalló y la explosión hizo que se estrellara contra los árboles cercanos.

Gus retiró el lanzador vacío. El fuego era agradable. Iluminaría su camino hacia el agua. El Long Island Sound era el camino más rápido y seguro para regresar.

Así se lo comunicó a Ángel, pero justo en ese momento supo, mientras la lejana luz de las llamas se reflejaba en el rostro del veterano luchador, que algo había cambiado irremisiblemente.

—Voy a quedarme —dijo Ángel.

Gus intentó explicar lo que sólo comprendía de manera vaga.

—Este lugar va a estallar. ¡Es una puta bomba nuclear!

—No puedo abandonar una lucha —Ángel se dio unas palmaditas en la pierna para indicar que lo decía en sentido propio y figurado—. Además, ya he estado aquí antes.

—¿Aquí?

—En mis películas. Ya sé cómo terminan. El malo se enfrenta al bueno y todo parece perdido.

—Ángel —dijo Gus, sintiendo que tenían que separarse.

—Al final todo saldrá bien...

Gus había notado que el ex luchador era cada vez más incoherente. El asedio vampírico estaba agotando su mente y su cordura.

—Aquí no. No contra esto.

Ángel sacó un pedazo de tela de su bolsillo delantero. Se lo puso en la cabeza, deslizando la máscara de plata hasta que sólo sus ojos y su boca fueron visibles.

—Vete —le ordenó—. Regresa a la isla, junto al doctor. Haz lo que te dijo el viejo. Él no tiene planes para mí. Así que aquí me quedo. En la lucha hasta el final.

Gus sonrió ante la valentía del luchador, por primera vez supo quién era Ángel. Percibió su fuerza, el coraje de este hombre entrado en años. De niño había visto todas las películas del luchador en la televisión. Las pasaban día y noche durante los fines de semana. Y ahora estaba de pie junto a su héroe.

—Este mundo es muy cabrón, ¿no?

—Pero es el único que tenemos —replicó Ángel, asintiendo.

Gus sintió un arrebato de amor por su paisano, que estaba a punto de encarar su destino. Su ídolo de matiné. Los ojos se le llenaron de lágrimas mientras le daba unas palmadas al luchador en sus hombros anchos.

—¡Que viva el Ángel de Plata, culeros! —exclamó.

—¡Que viva! —coreó Ángel.

Y con esto, el Ángel de Plata se dio vuelta, cojeando, hacia la fatídica planta de energía.

L as luces de emergencia titilaron, la alarma exterior silenciada en la sala de control. Los instrumentos del panel parpadearon, como implorando ser activados.

Setrakian se arrodilló en el suelo al otro lado del cuerpo inmóvil de Eichhorst. Su cabeza había rodado casi hasta el rincón. Uno de sus espejos se había agrietado y estaba usando el respaldo de plata para aplastar a los gusanos de sangre que querían atacarlo. Con la otra mano intentaba recoger las pastillas para el corazón, pero sus dedos retorcidos y sus nudillos artríticos tenían dificultades para agarrarlas.

Entonces percibió una presencia, cuya llegada repentina alteró la atmósfera ya densa de la sala. No vio ninguna bocanada de humo ni trueno alguno. Se trataba de un golpe psíquico más impresionante que una simple escenografía. Setrakian no tenía que verlo para saber que era el Amo, sin embargo, levantó la mirada desde el borde de su manto oscuro hasta su rostro altanero.

Su carne se había desprendido hasta la subdermis, salvo por unas cuantas manchas de piel calcinada. Una bestia feroz, roja y con manchas negras. Sus ojos rugían con intensidad, con un tono más sangriento que el rojo más encendido. Los gusanos circulaban bajo la superficie ondulada, como nervios crispados, llenos de locura.

"Ya está hecho."

El Amo agarró la cabeza de lobo de la espada de Setrakian antes de que el anciano pudiera reaccionar. La bestia sostuvo la hoja de plata para inspeccionarla del mismo modo como un hombre manipula una varilla al rojo vivo.

"El mundo es mío."

El Amo, sus movimientos reducidos casi a una ilusión, recuperó la vaina de madera que había caído al otro lado de la habitación. Ensambló las dos piezas, enterrando la cuchilla en la funda del bastón y asegurando la unión con un giro súbito y desgarrador de sus manos.

Luego lo asentó en el suelo. Obviamente, aquel bastón tan largo era perfecto para él: había pertenecido a Sardu, al gigante humano en cuyo cuerpo habitaba actualmente el Amo.

"El combustible nuclear del reactor está comenzando a calentarse y a derretirse. Esta planta fue construida utilizando las más modernas medidas de seguridad. Pese a todas sus garantías en este sentido, los procedimientos de contención automática sólo retrasarán lo inevitable. La conflagración estallará. La fisión nuclear tendrá lugar, contaminando y destruyendo este sitio, lugar de origen del sexto y único miembro restante de mi clan. La acumulación de vapor de agua revertirá en una explosión catastrófica del reactor, que arrojará una nube de lluvia radiactiva."

El Amo pinchó a Setrakian en las costillas con la punta del bastón, el anciano escuchó y sintió un chasquido, encogiéndose como un ovillo en el suelo.

"Cuando mi sombra descienda sobre ti, Setrakian, también descenderá sobre este planeta. Primero infecté a esta ciudad, ahora el virus se ha propagado por todo el mundo. No bastaba con que tu mundo estuviera sumergido a medias en la penumbra. ¡Cuánto tiempo he buscado estas tinieblas permanentes y duraderas! Esta roca cálida y verde azulada se estremece a mi tacto, convirtiéndose en una piedra negra y fría, cubierta de escarcha y de putrefacción. El crepúsculo de la humanidad es la aurora de la cosecha de sangre."

La cabeza del Amo se volvió unos pocos grados hacia la puerta. No estaba alarmado, ni siquiera molesto, sino más bien curioso. Setrakian se volvió también, un ramalazo de esperanza recorrió su espalda. La puerta se abrió y Ángel entró cojeando, con una máscara de nylon plateada brillante con costuras de color negro.

—No… —jadeó Setrakian.

Ángel tenía un arma automática y al ver a la imponente criatura de casi tres metros de altura encima de Setrakian, atacó al rey vampiro.

La Cosa permaneció un momento allí, mirando a su ridículo oponente. Pero mientras las balas volaban, el Amo se convirtió, instintivamente, en una mancha difusa y las ráfagas se alojaron en los equipos sensibles que cubrían las paredes de la sala. El Amo se hizo a un lado, sólo visible durante un instante, aunque volvió a moverse cuando Ángel se dio vuelta para disparar. Los proyectiles se incrustaron en un panel de control, y de la pared brotó una lluvia de chispas.

Setrakian concentró su atención en el suelo, recogiendo frenéticamente sus píldoras.

El Amo se movió con mayor lentitud y Ángel pudo verlo. El luchador enmascarado dejó caer el arma grande y arremetió contra la Bestia.

El Amo advirtió la fragilidad de la rodilla del luchador, y concluyó que no representaría un problema mayor. El cuerpo del enmascarado ya estaba envejecido, pero tenía, sin embargo, un tamaño muy apropiado. Podría habitarlo temporalmente.

El Amo eludió a Ángel. El luchador se dio vuelta, pero el Amo volvió a situarse detrás de él. Mientras estudiaba a Ángel, el Amo le dio una palmada detrás del cuello, justo donde el dobladillo de su máscara se unía con la piel. El luchador trastabilló aparatosamente una vez más.

Estaban jugando con él y eso no le gustó para nada. Se incorporó rápidamente y se abalanzó con su mano abierta, acertándole al Amo un golpe en la barbilla. El "Beso del Ángel".

La cabeza de la criatura retrocedió. Ángel se sorprendió con el éxito de su golpe. El Amo bajó los ojos y miró al vengador enmascarado con un asomo de rabia, los gusanos agitándose, ondulantes y veloces bajo la piel cuarteada.

Ángel sonrió con emoción dentro de su máscara.

—Quisieras que te revelara mi identidad, ¿no? —dijo desafiante—. El misterio muere conmigo. Mi cara debe permanecer oculta.

Estas palabras eran el lema de las películas del Ángel de Plata, dobladas a muchos idiomas en todo el mundo, palabras que, durante varias décadas, el luchador había esperado que se hicieran realidad. Pero el Amo ya se había cansado de jugar.

Golpeó a Ángel con el dorso de su mano descomunal. Fue un golpe devastador. La mandíbula y el pómulo izquierdo reventaron dentro de la máscara, así como el ojo izquierdo del luchador.

Pero Ángel no se dio por vencido. Permaneció de pie luego de un esfuerzo enorme. Estaba temblando, su rodilla le dolía a más no poder y se atragantaba con su propia sangre… sin embargo, regresó mentalmente a cierto escenario, más joven y feliz.

Se sintió mareado, calentado y lleno de bríos, recordó que estaba en un set cinematográfico. Por supuesto, estaba filmando una película. El monstruo que estaba delante de él no era más que una suma de efectos especiales ingeniosos. Entonces, ¿por qué le dolía tanto? Su máscara tenía un olor extraño, a pelo sucio y a sudor. Olía como a una cosa sacada de la cámara del olvido. Olía a él.

Una burbuja de sangre subió a su garganta y estalló en un gemido líquido. Con la mandíbula y el lado izquierdo de su cara pulverizada, la olorosa máscara era lo único que mantenía unida la cara del viejo luchador.

Ángel gruñó y atacó a su oponente. El Amo soltó el bastón para agarrar al luchador grande con sus dos manos y lo destrozó en un instante.

Setrakian ahogó un grito. Estaba colocando un par de pastillas debajo de su lengua y dejó de hacerlo cuando el Amo volvió a concentrarse en él.

La Cosa lo agarró del hombro y levantó al anciano. Setrakian quedó suspendido en el aire frente el Amo, oprimido por las manos ensangrentadas del vampiro. El Amo lo acercó y Setrakian contempló su espantoso rostro de sanguijuela, surcado por una maldad arcaica.

"Creo que, después de todo, siempre quisiste esto, profesor. Me temo que siempre has sentido curiosidad de saber qué hay al otro lado."

Setrakian no pudo responderle, pues las pastillas se disolvían justo en ese momento bajo su lengua. Pero no tuvo que responderle al Amo verbalmente.

"Mi espada canta de plata", pensó.

Se sintió mareado, la medicina surtiendo efecto, nublando sus pensamientos y ocultándole al Amo sus verdaderas intenciones. "Aprendimos mucho del libro. Sabemos que Chernobyl fue un señuelo..." Vio la cara del Amo. Cómo hubiera deseado ver el miedo reflejado en ella.

"Tu nombre. Conozco tu verdadero nombre... ¿Quieres oírlo, Oziriel?"

Y entonces la boca del Amo se abrió y disparó su aguijón con furia, rompiendo y perforando el cuello del anciano, desgarrando sus cuerdas vocales y obstruyéndole la arteria carótida. Setrakian se fue quedando sin voz, pero no sintió un dolor punzante, sólo un ramalazo en todo su cuerpo, producto de la succión. El colapso del sistema circulatorio y de los órganos tributarios le produjo un shock.

Los ojos del Amo tenían un viso escarlata mientras contemplaba el rostro de su presa y lo bebía con una satisfacción inmensa. Setrakian sostuvo la mirada de la bestia, no por desafío, sino esperando reconocer algún síntoma de malestar. Sintió la vibración de los gusanos de sangre retorciéndose por todo su cuerpo, inspeccionándolo e invadiéndolo con avidez.

De repente, el Amo se sacudió como si se estuviera atragantando. Su cabeza se replegó bruscamente hacia atrás y sus párpados nictitantes se entrecerraron. Aun así, se mantuvo firmemente aferrado a él, consumiéndolo tercamente hasta el final. El Amo se separó finalmente —todo el proceso tomó menos de medio minuto— y replegó su aguijón enrojecido. Miró a Setrakian, leyendo el interés en sus ojos, luego dio un paso atrás. Su rostro se contrajo, los gusanos de sangre se aquietaron un poco y su cuello grueso se congestionó.

Lanzó a Setrakian al suelo y se fue hacia atrás, tambaleando, enfermo por la sangre del anciano. Sintió llamas en la boca de sus entrañas.

Setrakian yacía en el suelo de la sala de control, sangrando por la herida del pinchazo, en medio de una bruma tenue.

Relajó su lengua, sintiendo desaparecer la última pastilla alojada en su mandíbula. Había ingerido grandes dosis de nitroglicerina, sustancia que relajaba los vasos sanguíneos, y también de Coumadin, el anticoagulante derivado del veneno para ratas de Fet; se lo había transferido al Amo.

En efecto, el exterminador tenía razón: las criaturas no tenían ningún mecanismo de purga.

Una vez que ingerían la sustancia, no podían vomitar.

El Amo, consumiéndose por dentro, avanzó dando tumbos por las puertas, apresurándose tras el aviso infernal de las alarmas.

El Centro Espacial Johnson se silenció mientras la estación describía su órbita sombría y pasaba sobre el lado oscuro de la Tierra. Había perdido contacto con Houston.

Poco después sintió los primeros golpes. Eran fragmentos de basura espacial que golpeaban la estación. Esto no era del todo inusual, salvo por la frecuencia de los impactos.

Eran demasiados. Y bastante cerca.

Ella flotó tan quedamente como pudo, tratando de calmarse y de pensar. Algo no estaba bien.

Se dirigió a la escotilla y divisó la Tierra. Dos puntos de luz muy intensa se veían en el lado nocturno del planeta. Uno de ellos estaba en todo el borde, justo en la cresta del anochecer. Otro estaba más cerca del costado oriental.

Nunca había presenciado algo igual, nada en su formación profesional ni en la extensa literatura que había leído la preparó para este espectáculo. Para su ojo experto, no obstante, la intensidad de la luz, su calor evidente —simples puntitos extendiéndose por el globo— eran señal inequívoca de explosiones de gran magnitud.

La estación fue sacudida por otro impacto firme. No del roce habitual de pequeños fragmentos metálicos de los desechos espaciales. No. Un indicador de emergencia se apagó y las luces amarillas titilaron a un lado de la puerta. Algo había perforado los paneles solares. Era como si la estación espacial se encontrara bajo ataque enemigo. Ahora tendría que vestir el traje espacial, pero, cuando estaba a punto de hacerlo, ¡BAMMM! El casco recibió un impacto aún más contundente. Se dirigió a la sala de control y no tardó en ver la advertencia de una fuga vertiginosa de oxígeno titilando en una de las computadoras. Los tanques habían sido perforados. Llamó a sus compañeros mientras se dirigía a la esclusa de aire.

El casco recibió otro impacto, más fuerte que el anterior. Thalia se puso el traje tan rápido como pudo, pero la estación ya tenía un boquete. Forcejeó para asegurarse el casco de su traje antes de caer al vacío mortal. Abrió la válvula del oxígeno con las últimas fuerzas que le quedaban. Thalia flotó en la oscuridad y perdió la conciencia. El último pensamiento que ocupó su mente antes del apagón final no fue su esposo, sino su perro, a quien oyó ladrar de algún modo en medio del silencio del vacío celeste.

La Estación Espacial Internacional no tardó en ser uno más de los restos flotantes divagando por el espacio, desviándose gradualmente de su órbita y flotando inexorablemente hacia la Tierra.

Setrakian yacía en el suelo de la planta nuclear de Locust Valley. La cabeza le daba vueltas mientras tenía lugar el proceso de conversión. Podía sentirlo.

El dolor que le atenazaba la garganta era sólo el comienzo.

Su pecho era un hervidero de actividad. Los gusanos de sangre se habían asentado y secretado su carga útil: el virus se estaba incubando rápidamente dentro de él, saturando sus células. Modificando su información. Intentando rehacerlo.

Su cuerpo no podía soportar la transformación. Incluso descontando el hecho de que sus arterias estuvieran ya muy debilitadas, lo cierto del caso es que ya era demasiado viejo como para sufrir un proceso de tal naturaleza. Era como un girasol de tallo delgado, doblado bajo el peso de una cabeza en crecimiento. O como un feto desarrollándose a partir de cromosomas defectuosos.

Las voces. Él las escuchó. El zumbido de una conciencia mayor. Una coordinación de su ser. Un concierto disonante.

Sintió calor. Su temperatura corporal iba en aumento, también el calor provenía del suelo, que ahora temblaba. El sistema de refrigeración, diseñado para evitar que se derritiera el combustible caliente y nuclear, había fallado. El combustible se había derretido en la base del núcleo del reactor. Cuando llegara a la masa de agua, el subsuelo de la planta entraría en erupción, liberando un vapor letal.

"Setrakian."

La voz del Amo en su cabeza. Alternándose con la suya propia. Tuvo una visión de lo que parecía ser la parte posterior de un camión de la Guardia Nacional que había visto fuera de la planta. La panorámica del pavimento, vaga y monocromática, vista a través de los ojos de un ser con la visión nocturna mejorada más allá de la capacidad humana.

Setrakian vio su bastón —el de Sardu— resonando a unos pocos pasos de distancia, como si pudiera extender la mano y tocarlo por última vez.

Pic-pic-pic…

Estaba viendo lo que veía el Amo.

"Qué tonto eres, Setrakian."

El piso del camión retumbó y el vehículo se alejó con rapidez. Su visión parecía mecerse hacia adelante y hacia atrás, como si la captara a través de un ente que se retorcía entre espasmos de dolor.

"¿Creías poder matarme con tu sangre envenenada?"

Setrakian se incorporó en cuatro patas, confiando en la fortaleza transitoria que le confería su transformación.

Pic-pic..

"Te he enfermado, *Strigoi*", pensó Setrakian. "Una vez más te he debilitado."

Y él sabía que el Amo le oía ahora.

"Te has convertido."

"Finalmente he liberado a Sardu… Y pronto me liberaré a mí mismo."

Setrakian, a punto de convertirse en vampiro permaneció en silencio, arrastrándose más cerca del núcleo a punto de explotar.

La presión se siguió acumulando dentro de la estructura de contención. Una burbuja de hidrógeno letal se expandía sin control. El escudo de hormigón reforzado de acero sólo haría que la explosión final fuera aún más devastadora.

Setrakian se arrastró moviendo sus brazos y piernas. El cuerpo transformándose por dentro, su mente estremecida con la vista de un millar de ojos, su cabeza cantando con el coro de mil voces.

La hora cero había llegado. Todos ellos se dirigían a las profundidades subterráneas.

Pic…

—Silencio, *strigoi*. Silencio, *strigoi*.

El combustible nuclear llegó a las aguas subterráneas. La tierra debajo de la planta entró en erupción, el lugar de origen del último anciano fue borrado junto a Setrakian en ese mismo instante.

"Ya no más. Se acabó para ti."

El contenedor a presión se resquebrajó, liberando una nube radiactiva sobre el Long Island Sound.

Gabriel Bolívar, la antigua estrella de rock, esperó en las profundidades de la planta empacadora de carne. Había sido convocado especialmente por el Amo, con el fin de prepararse y de estar listo.

"Gabriel, hijo mío."

Las voces zumbaban al unísono en un acorde perfecto, vibrante de fidelidad. Setrakian el anciano y su voz habían sido silenciados para siempre.

"Gabriel. El nombre de un arcángel... Nada más apropiado..."

Bolívar esperó al padre oscuro, sintiendo su proximidad. Sabedor de su victoria en la superficie. Lo único que restaba era esperar a que el nuevo mundo se restableciera.

El Amo entró en la recámara negra y sucia. Permaneció frente a Bolívar, con la cabeza inclinada en el techo de la cámara. Bolívar sentía el malestar en el cuerpo del Amo, pero su mente —su palabra— sonaba asertiva como siempre.

"En mí, vivirás. En mi sed, en mi voz y en mi aliento. Y viviremos en ti. Nuestras mentes residirán en la tuya y nuestras sangres circularán juntas."

El Amo se quitó su manto y estiró su largo brazo en el ataúd, sacando un puñado de tierra fértil. Lo introdujo en la boca inmunda de Bolívar.

"Y tú serás mi hijo y yo tu padre y ambos reinaremos por siempre."

El Amo estrechó a Bolívar en un abrazo perversamente fraterno. La delgadez de Bolívar era alarmante; se veía muy frágil y pequeño frente a la figura colosal del Amo. Se sintió tragado, poseído; recibido. Por primera vez en la vida —o en la muerte—, Gabriel Bolívar se sintió en casa.

Centenares de gusanos salieron del Amo, aflorando de su piel encarnada. Serpentearon frenéticos a su alrededor, interior y exteriormente, fundiendo a los dos seres en una suerte de bordado carmesí.

Entonces, en un paroxismo agónico, el Amo se desprendió del empaque del gigante de antaño, desmoronándose y fragmentándose al chocar contra el suelo. Mientras hizo esto, el alma del cazador de niños también encontró la libertad. Desertó del coro, del himno que glorificaba al Amo.

Sardu ya no existía. Gabriel Bolívar se había convertido en una nueva entidad.

Bolívar-el Amo escupió la tierra. Abrió la boca y probó su aguijón. La protuberancia carnosa salió con un golpeteo firme y se retrajo.

El Amo volvió a nacer.

Este cuerpo no le era muy familiar, pues el Amo llevaba mucho tiempo acostumbrado a Sardu, pero su nuevo anfitrión temporal era flexible y fresco. El Amo pronto lo pondría a prueba.

En cualquier caso, la corporeidad humana era de poco interés para el Amo en ese momento. El cuerpo del gigante se había adaptado a la Cosa mientras vivía entre las sombras. Pero el tamaño y la durabilidad del cuerpo-huésped poco importaban ahora. No en este mundo nuevo que había creado a su propia imagen.

El Amo sintió una intrusión humana. Un corazón fuerte, una palpitación agitada. Un niño.

Fuera del túnel contiguo, Kelly Goodweather se acercaba con su hijo Zachary, a quien traía firmemente agarrado. El pequeño temblaba, defendiéndose en una postura de autoprotección. No podía ver nada en la oscuridad, sólo detectaba presencias, cuerpos calientes en el subsuelo fresco. Percibió un olor a amoniaco, a suelo húmedo y a podredumbre.

Kelly se acercó con el orgullo propio de un gato que deposita a un ratón en el umbral de su amo. La apariencia física del Amo, revelada ante sus ojos nocturnos en la oscuridad absoluta de la cámara subterránea, no la confundió en lo más mínimo. Ella vio su presencia dentro de Bolívar sin reparo alguno.

El Amo raspó un poco de magnesio de la pared y lo roció en la cesta de la antorcha. Luego lo picó en la piedra con su uña larga y un ramillete de chispas encendieron el pequeño cirio, confiriéndole a la cámara un brillo anaranjado.

Zack vio frente a él a un vampiro famélico, con ojos rojos brillantes y desorbitados en una rara expresión de holgura. Su mente se le había bloqueado casi por completo debido al pánico, pero todavía quedaba esa pequeña parte de él que confiaba en su madre y que encontraba sosiego mientras ella estuviera cerca.

Luego, Zack vio el cadáver del vampiro demacrado tendido en el suelo, su piel calcinada por el sol, la carne tan suave como el vinilo suave y todavía reluciente.

El cuero de la bestia.

Vio también un bastón apoyado contra la pared de la cueva. La cabeza del lobo comenzaba a ser presa de las llamas.

El profesor Setrakian.

¡No!

"Sí."

La voz estaba dentro de su cabeza. Respondiéndole con el poder y la autoridad con que Zack creía que Dios podría responder algún día a sus oraciones.

Pero ésta no era la voz de Dios. Era la presencia imponente de la criatura delgada que tenía frente a él.

—Papá —susurró Zack. Su padre había estado con el profesor. Sus ojos se llenaron de lágrimas—. Papá…

Zack movió la boca, pero la palabra no estuvo acompañada de ninguna señal de aliento. Sus pulmones empezaban a constreñirse. Se tocó los bolsillos en busca de su inhalador. Sus rodillas cedieron y Zack se desplomó al suelo.

Kelly miró a su hijo sin inmutarse. El Amo se había preparado para destruir a Kelly. No estaba acostumbrado a los desplantes, no podía aceptar que ella no hubiera convertido al niño de inmediato.

Y de repente, el Amo comprendió por qué. El vínculo de Kelly con el chico era tan fuerte, el amor que sentía por él era tan grande, que se lo había llevado al Amo para que éste lo convirtiera.

Era un acto de devoción. Una ofrenda nacida del amor —el precedente humano— en honor a la necesidad vampírica; un sentimiento que, de hecho, estaba por encima de dicha necesidad.

Y, en efecto, el Amo sentía hambre. Y el niño era un espécimen valioso y se sentiría honrado de recibir al Amo.

Pero ahora… todo se veía diferente bajo la oscuridad de esta nueva noche.

El Amo concluyó que era más provechoso esperar.

Sintió la angustia en el pecho del niño, el aceleramiento germinal de su corazón, que ahora comenzaba a ralentizarse. El chico estaba en el suelo, cubriéndose la garganta, mientras el Amo se erguía en toda su enormidad frente a él. La criatura se pinchó el dedo con la garra de su dedo medio, teniendo cuidado de no dejar pasar ningún gusano, dejando que una sola gota blanca cayera en la boca abierta del niño y se asentara en su lengua jadeante.

El niño gimió de repente, aspirando aire. Extrañó el sabor a cobre y alcanfor hirviente en su boca, pero volvió a respirar con normalidad. En alguna ocasión, y de manera osada, Zack había lamido los extremos de una batería de nueve voltios; sintió una descarga similar antes de que sus pulmones se abrieran. Miró al Amo —a esa criatura, a esa presencia— con el asombro propio de quien ha sido sanado.

EPÍLOGO

Extracto del diario de Ephraim Goodweather

Domingo, 28 de noviembre

*C*on todas las ciudades y provincias alrededor del mundo alarmadas ya por los primeros informes provenientes de Nueva York y azotadas por oleadas de desapariciones inexplicables cada vez más crecientes...

Ante los rumores y relatos macabros —desaparecidos que regresaban a sus hogares después del anochecer, poseídos por deseos inhumanos— propagándose a un ritmo más vertiginoso que el de la propia pandemia...

Con términos como "vampirismo" y "plaga" pronunciados finalmente por todos los hombres de Estado...

Y con la economía, los medios de comunicación y los sistemas de transporte colapsando en todo el mundo...

...El mundo ya estaba en el borde, tambaleándose en medio del pánico generalizado.

Y entonces estallaron las conflagraciones de las plantas nucleares. Una tras otra.

Ningún registro oficial de los hechos o de la secuencia temporal puede verificarse —ni nunca lo hará— debido a la destrucción masiva y a la devastación subsiguiente. Lo que sigue es la hipótesis más aceptada, aunque hay que reconocer que es *"la mejor conjetura", basada principalmente en la disposición de las fichas antes de que cayera la primera del dominó. Después de China, la falla en el reactor de la planta nuclear construida por el grupo Stoneheart en Hadera, en las costas de Israel, desencadenó una segunda fusión nuclear. Una nube de vapor radiactivo se levantó, propagando grandes partículas de radioisótopos, así como de cesio y telurio en forma de aerosol. Las cálidas corrientes de viento del Mediterráneo llevaron la contaminación hacia el noroeste, a Siria y a Turquía, así como al Mar Negro en Rusia y también hacia el oriente, a Irak y al norte de Irán.*

Se sospechaba que la causa había sido un sabotaje terrorista y todo parecía indicar que provenía de Pakistán. Este país negó estar involucrado, pero el gabinete israelí se congregó luego de una reunión de emergencia en la Knesset, lo cual fue calificado de inmediato como un consejo de guerra. Mientras tanto, Siria y Chipre exigieron una censura internacional y cuantiosas reparaciones económicas a Israel, e Irán declaró que la maldición de los vampiros era de origen judío.

El presidente y primer ministro de Pakistán, interpretando que la fusión del reactor era una excusa de Israel para lanzar un ataque contra los países musulmanes, logró que el parlamento aprobara un ataque nuclear preventivo de seis ojivas.

Israel respondió de inmediato con un segundo ataque.

Irán bombardeó a Israel y se adjudicó la victoria. India lanzó ojivas de quince kilotones en represalia contra Pakistán e Irán.

Corea del Norte, impulsada por el temor a la peste y al de una hambruna a gran escala, atacó a Corea del Sur y desplegó sus tropas a lo largo del Paralelo 38.

China se dejó arrastrar al conflicto, en un intento por distraer a la comunidad internacional luego de las fallas catastróficas de su reactor nuclear.

Las explosiones nucleares desencadenaron terremotos y erupciones volcánicas. Varias toneladas de cenizas y de ácido sulfúrico fueron arrojadas a la estratosfera, así como cantidades de dióxido de carbono, multiplicando por mil el efecto invernadero.

Las ciudades ardieron y los pozos petrolíferos estallaron en llamas, consumiendo varios millones de barriles diarios de petróleo, que no pudieron ser sofocados por el hombre.

Estas chimeneas lo oscurecieron todo, llenando de humo la estratosfera ya saturada de ceniza volcánica, circulando por todo el planeta y absorbiendo la luz solar a niveles que alcanzaron ochenta y noventa por ciento.

El hollín frío se esparció como una capucha sobre la Tierra y cubrió con su manto funesto a todos los asentamientos humanos, generando un caos mayor y la inminencia axiomática del éxtasis. Las ciudades degeneraron en prisiones tóxicas, y las autopistas se convirtieron en depósitos de chatarra inoperantes. Las fronteras con México y Canadá fueron cerradas, los ciudadanos ilegales que cruzaban el río Grande fueron recibidos con la potestad de las armas de fuego. Pero aun las fronteras no tardaron en desaparecer.

La inmensa nube radiactiva permaneció suspendida sobre Manhattan, el cielo se vistió de rojo hasta que el manto de hollín atmosférico sustituyó al sol. Era una noche perpetua y artificial, pues los relojes aún marcaban el día, sin embargo, todo era demasiado real.

En el litoral, el océano adquirió un viso negro y plateado, duplicando la oscuridad de la atmósfera.

Luego se desató una lluvia de cenizas. La precipitación contribuyó a que todo se hiciera más y más negro.

Las alarmas no tardaron en silenciarse y las hordas de vampiros salieron de sus sótanos… para reclamar su reino.

Túnel del Río Norte

F et vio a Nora sentada en la vía, allí en las entrañas del túnel bajo el río Hudson. La señora Martínez dormía con la cabeza apoyada en el regazo de su hija, que le acariciaba el pelo gris.

—Nora —dijo Fet, sentándose a su lado—, ven, déjame ayudarte con tu madre…

—Mariela —dijo Nora—. Su nombre es Mariela.

Y entonces se desmoronó, rompiendo en lágrimas, su cuerpo estremecido por el llanto atávico mientras hundía su rostro en el pecho de Fet.

Eph no tardó en regresar de la tubería que iba hacia el este, donde había buscado infructuosamente a Zack. Nora lo observó, agotada y vacía, casi intentando levantarse, con la esperanza y el dolor reflejados en su rostro. Eph apartó el visor nocturno de sus ojos y negó con la cabeza.

Nada.

Fet sintió la tensión entre Eph y Nora. Ambos estaban emocionalmente devastados y parecían no contar con palabras. Sabía que Eph no culpaba a Nora, que él no dudaba un solo instante de que ella había hecho todo lo que estaba a su alcance para salvar a Zack, dadas las circunstancias. Pero sintió que al perder a Zack, también había perdido a Eph.

Fet le contó que Setrakian se había marchado a Locust Valley en compañía de Gus.

—Me dijo que viniera hasta aquí —Fet miró a Eph—. A buscarte.

Eph sacó de su bolsillo la botella que había encontrado en la cabina del remolcador. Bebió un gran sorbo y miró hacia el túnel con evidente expresión de disgusto.

—Así que aquí estamos —se limitó a decir.

Fet sintió a Nora erizarse a su lado. A continuación, un rugido lejano comenzó a llenar el túnel. Fet no lo oyó en un comienzo, porque el sonido se vio distorsionado por el incesante zumbido de su oído malo.

Era una máquina, un motor que venía hacia ellos y el ruido se oyó como un bisbiseo terrorífico en el interior del extenso túnel de piedra.

La luz se acercó. No podía ser un tren.

Dos luces. Unos faros delanteros. Era un automóvil.

Fet sacó su espada, dispuesto a todo. El vehículo se detuvo, los neumáticos gruesos destrozados por las vías del tren, el Hummer negro trepidando en los rines.

La parrilla delantera estaba completamente blanca con sangre de vampiros.

Gus se apeó, con un pañuelo azul amarrado en la cabeza. Fet se apresuró a la puerta de enfrente, en busca del anciano.

Pero no había nadie más en el Hummer.

Gus supo a quién buscaba Fet y negó con la cabeza.

—Dime… —suplicó Fet.

Gus le contó que había dejado a Setrakian en la planta nuclear.

—¿Lo dejaste? —señaló Fet.

La sonrisa de Gus tenía un rictus de rabia.

—Me lo exigió. Lo mismo que hizo contigo.

Fet se contuvo. Se dio cuenta de que el chico tenía razón.

—¿Desapareció? —preguntó Nora.

—Creo que sí. Estaba dispuesto a luchar hasta el final. Ángel también se quedó; estaba chiflado —explicó Gus—. Por otro lado, es imposible que el Amo haya escapado ileso. Sólo con la radiación…

—La fusión nuclear —corrigió Nora.

Gus asintió.

—Oí la explosión y las sirenas. Una nube desagradable venía hacia acá. El anciano me ordenó que viniera por ustedes.

—Dijo que nos refugiáramos aquí. Para protegernos del desastre —señaló a Fet, echando un vistazo a su alrededor.

Se encontraban bajo tierra. Fet estaba acostumbrado a tener la ventaja en este tipo de escenarios: era un exterminador que liquidaba a los bichos en sus madrigueras. Pensó qué harían las ratas, las supervivientes por excelencia, ante esta situación, y vio el tren descarrilado en la distancia, sus ventanas manchadas de sangre reflejando los faros del Hummer.

—Limpiaremos los vagones del tren —dijo—. Podremos dormir allí por turnos. Cerraremos las puertas con seguro. Hay un vagón-cafetería donde podremos encontrar comida. Hay agua. Y baños.

—Tal vez nos sirva por unos días —dijo Nora.

—Durante todo el tiempo que sea posible —acotó Fet. Sintió una oleada de emociones: orgullo, resolución, gratitud y dolor, golpeándolo como un puño.

El anciano había desaparecido pero en cierto sentido seguía acompañándolos.

—Lo suficiente para que pasen los peores efectos de la radiactividad.

—¿Y luego qué? —Nora estaba agotada y harta de todo. Sin embargo, aún no se vislumbraba un final. No tenían ningún lugar adónde ir, sino seguir adelante, a través de este nuevo infierno en la Tierra—. Setrakian se ha ido; tal vez haya muerto o le haya sucedido algo peor. Hay un verdadero holocausto sobre nosotros. Ellos han ganado. El *strigoi* ha prevalecido. Todo ha terminado. Se acabó.

Nadie dijo nada. El aire permaneció silencioso e inmóvil en el extenso túnel.

Fet abrió la bolsa que llevaba al hombro, hurgó en su interior con sus manos sucias y sacó el libro de plata.

—Tal vez —dijo—. O tal vez no…

Eph agarró una de las potentes linternas de Gus y se alejó, siguiendo el rastro de los desechos vampíricos.

Ninguno de ellos lo condujo a Zack. Sin embargo, continuó llamando a su hijo, su voz produciendo un eco vacío a través del túnel y regresando de nuevo a él como una burla. Vació la botella, arrojó el grueso recipiente de cristal contra la pared del túnel y el sonido que produjo al romperse resonó como una blasfemia.

Encontró el inhalador de Zack.

Estaba a un lado de la vía, en un lugar casi imperceptible. Aún llevaba la etiqueta de identificación: *Zachary Goodweather, calle Kelton, Woodside, Nueva York.* De repente, cada una de esas palabras le habló de un montón de cosas perdidas: un nombre, una calle, un barrio.

Lo había perdido todo. Nada de esto tenía ya significado alguno.

Eph presionó el inhalador mientras permanecía de pie allí, en aquella cueva oscura y subterránea. Lo apretó con tanta fuerza que la carcasa de plástico comenzó a resquebrajarse.

Se detuvo. Conserva esto, se dijo a sí mismo. Se lo llevó a su corazón y apagó la linterna. Permaneció inmóvil, temblando de rabia en medio de la oscuridad absoluta.

El mundo había perdido al sol. Eph había perdido a su hijo.

Comenzó a prepararse para lo peor.

Regresaría junto a sus aliados. Podría limpiar el tren descarrilado, vigilar con ellos y esperar.

Pero mientras los demás aguardaban a que el aire de la atmósfera se descontaminara un poco, Eph estaría esperando otra cosa.

Estaría anhelando que Zack regresara a él convertido en un vampiro.

Pero él había aprendido de su error. Y no podía mostrar la menor señal de condescendencia, tal como lo había hecho con Kelly.

Sería un privilegio y un regalo liberar a su único hijo.

Pero el peor escenario imaginado por Eph —que Zack regresara transformado en un vampiro en busca del alma de su padre— no resultó ser lo peor de todo.

No.

Lo peor fue que Zack nunca regresó.

Lo peor fue la comprensión gradual de que su vigilia no tendría fin. Que su dolor no encontraría la liberación.

La Noche Eterna había comenzado.

Esta obra se terminó de imprimir en los talleres de
Grupo Art Graph, S.A. de C.V.
Av. Peñuelas 15-D, Col. San Pedrito Peñuelas,
C.P. 76148,Querétaro. Qro. Tel.: (442) 220 8969